무기여 잘 있어라

A Farewell to Arms

세계문학전집 279

무기여 잘 있어라

A Farewell to Arms

어니스트 헤밍웨이

김욱동 옮김

민음사

차례

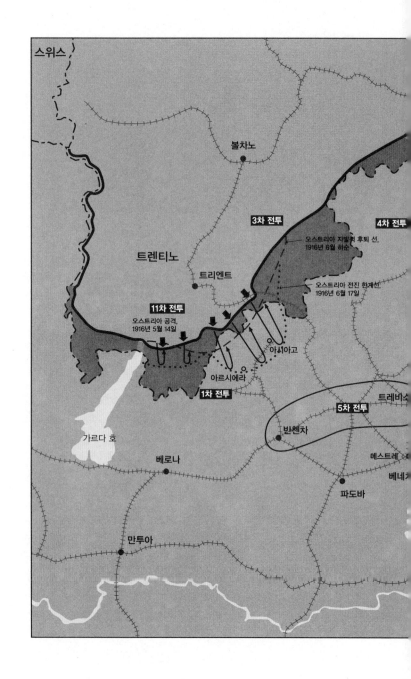

스위스

볼차노

트렌티노

3차 전투

4차 전투

오스트리아 자발적 후퇴 선,
1916년 6월 하순

트리엔트

오스트리아 전진 한계선,
1916년 6월 17일

11차 전투

오스트리아 공격,
1916년 5월 14일

아시아고

아르시에라

1차 전투

트레비소

5차 전투

빈첸차

가르다 호

메스트레

베로나

베네치아

파도바

만투아

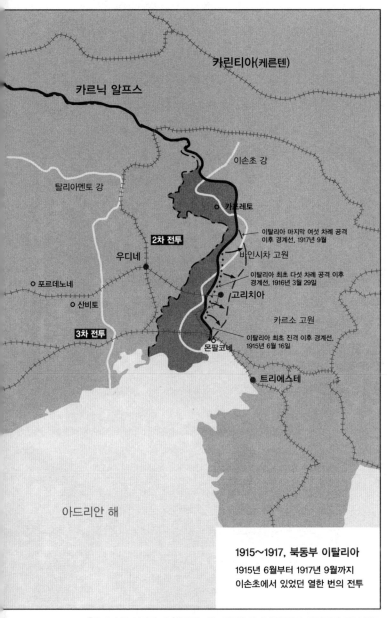

카린티아(케른텐)

카르닉 알프스

이손초 강

탈리아멘토 강

카포레토

2차 전투

이탈리아 마지막 여섯 차례 공격
이후 경계선, 1917년 9월

우디네

바인시차 고원

이탈리아 최초 다섯 차례 공격 이후
경계선, 1916년 3월 29일

포르데노네

산비토

고리치아

카르소 고원

3차 전투

이탈리아 최초 진격 이후 경계선,
1915년 6월 16일

몬팔코네

트리에스테

아드리안 해

1915~1917, 북동부 이탈리아

1915년 6월부터 1917년 9월까지
이손초에서 있었던 열한 번의 전투

❖『무기여 잘 있어라』의 배경이 되는 제1차 세계대전 당시 이탈리아 전선 지도

1부

1

그해 여름도 다 지나갈 무렵 우리는 강과 들판을 사이에 두고 산들이 바라보이는 어느 마을의 민가에 머물고 있었다. 강 바닥에는 햇볕을 받아 바싹 마른 자갈과 둥근 조약돌이 하얗게 빛나고 있었고, 여울목에는 푸르고 맑은 물이 빠르게 흐르고 있었다. 군인들이 집 옆 도로를 따라 내려가자 그들이 일으킨 먼지가 분처럼 뽀얗게 나뭇잎에 내려앉았다. 나무줄기도 먼지를 뒤집어썼으며, 그해는 유난히 나뭇잎도 일찍 떨어졌다. 도로를 따라 진군하는 부대며, 뽀얗게 피어오르는 먼지며, 미풍에도 우수수 떨어지는 나뭇잎들이며, 행군하는 병사들의 모습이 보였다. 그들이 지나간 도로는 희뿌옇게 텅 빈 채 나뭇잎만 뒹굴었다.

들판은 곡식으로 풍성했다. 과수원이 많았지만 들판 너머 산들은 갈색 맨살을 드러내고 있었다. 산에서는 전투가 벌어지고 있어 밤이 되면 대포에서 내뿜는 섬광이 번쩍였다. 어둠 속에서 번쩍이는 섬광은 마치 여름날의 번갯불 같았다. 그러나 밤이면 날이 서늘해졌고 폭풍우가 몰아닥칠 기미는 보이지 않았다.

이따금씩 어둠 속에서 군인들이 창문 밑을 행군하고 대포가 포차(砲車)에 끌려 지나가는 소리가 들리기도 했다. 안장 양쪽에 탄약 상자를 실은 노새, 군인들을 실어 나르는 회색빛 군용 트럭, 또 짐을 가득 싣고 범포(帆布)를 덮어씌운 채 느릿느릿 움직이는 트럭들로 밤이면 도로는 더욱 붐볐다. 한낮에는 기다란 포신(砲身)을 푸른 나뭇가지로 덮은 커다란 대포들이 트랙터에 끌려 지나갔다. 트랙터 위에도 푸른 잎이 달린 나뭇가지와 덩굴이 덮여 있었다. 북쪽으로는 계곡 너머로 밤나무 숲이 보이고, 그 뒤로는 강 이쪽으로 또 다른 산이 보였다. 그 산을 점령하기 위해 전투가 벌어졌지만 성공적이지는 못했다. 가을이 되어 우기(雨期)가 시작되자 밤나무 잎이 모두 떨어져 나뭇가지가 앙상해지고 줄기는 비에 젖어 거무스레하게 변했다. 포도밭도 잎이 듬성해지고 덩굴만 앙상하게 남았다. 가을이 되면서 이 지방 일대가 축축하게 비에 젖고 갈색이 되어 죽음처럼 생기를 잃었다. 강에는 안개가 자욱이 끼고 산에는 구름이 낮게 드리웠다. 트럭들이 진흙을 튀기며 도로를 달리는 바람에 외투를 입은 군인들은 진흙을 뒤집어쓰고 비에 젖었다. 소총도 마찬가지였다. 그들 외투 속 허리띠 앞쪽에 가죽 탄약 상자 두 개를 매달고 있었는데, 회색빛 탄약 상자 속에는 가늘고 기다란 6.5밀리 구경 탄창이 여러 개 들어 있어

묵직했다. 그 탄약 상자가 외투 속에서 불룩하게 튀어나와 행군하는 병사들은 마치 육 개월 된 임신부들처럼 보였다.

꽤 빠른 속도로 지나가는 회색 소형 자동차도 몇 대 있었다. 이런 차에는 보통 장교 한 사람이 운전병 옆에 나란히 앉고, 뒷좌석에는 장교 몇 사람이 더 타고 있었는데 군용 트럭보다 훨씬 심하게 진흙을 튀겼다. 만약 뒷좌석에 앉아 있는 장교가 몸집이 무척 작고 두 장군 사이에 끼어 얼굴도 잘 보이지 않으며 겨우 모자 끝과 좁은 등만 보이는 데다 자동차가 특별히 속도를 내고 있다면, 그 차에는 국왕*이 타고 있는 게 분명했다. 국왕은 우디네**에 거처하면서 이렇게 거의 매일 전황(戰況)을 살피러 나왔지만 상황은 아주 불리하게 돌아가고 있었다.

겨울이 시작되자 장마가 찾아왔고 장마와 더불어 콜레라가 퍼졌다. 하지만 콜레라가 전염되는 것은 막았고, 결과적으로 군대에서는 겨우 칠천 명의 희생자가 나왔을 뿐이다.

---

* 제1차 세계대전 당시의 이탈리아 국왕인 비토리오 에마누엘레 3세(1869~1947). 사보이 가문 출신으로 1900년에서 1946년까지 왕위에 있었으며 키가 무척 작았다.
** 이탈리아 북동부에 위치한 소도시. 탈리아멘토 강과 이손초 강 사이에 있다.

2

그 이듬해에는 많은 승리가 있었다. 계곡과 밤나무 숲이 있는 언덕 너머의 산을 점령했고, 남쪽으로 고원에 있는 들판 너머에서도 승리했다. 우리는 8월에 강을 건너 고리치아*에서 분수가 있는 민가에 머물렀다. 담을 두른 정원에 나무가 울창하고, 집 곁에는 자줏빛 등나무 넝쿨이 우거져 있었다. 전투는 이제 1.5킬로미터 정도밖에 떨어지지 않은 건너편 산에서 벌어지고 있었다. 마을은 아주 깨끗했고, 우리가 머무는 집도 매우 훌륭했다. 숙소 뒤쪽으로는 강이 흘렀다. 손쉽게 점령한 이 마을과 달리 우리는 마을 건너 쪽 산들을 아직도 점령하지 못하고 있었다. 군사적인 공격만 약간 있었을 뿐 포격을 가해 이

---

* 이탈리아 북동부에 위치한 소도시로 이손초 강변에 있다. 이 소설을 쓰기 시작할 무렵에는 오스트리아 – 헝가리 영토였다.

마을을 완전히 파괴하려고 하지 않는 것을 보면 전쟁이 끝난 뒤 오스트리아군*이 다시 이 마을로 돌아올 생각인 것 같아서 나는 기분이 좋았다. 주민들도 여전히 마을에 살고 있었고, 골목 위쪽으로 들어가면 병원들과 카페들이 있는 데다 포병대가 주둔하고 있었다. 위안소도 사병들이 이용하는 곳과 장교들이 이용하는 곳, 두 곳이 있었다. 여름이 지나자 밤이 서늘해지면서 마을 저쪽 산에서 전투가 벌어졌다. 포탄 흔적이 있는 철교며, 전투가 벌어졌던 강변 옆 무너진 터널이며, 광장 주위와 광장으로 이어지는 길가에 길게 늘어선 가로수가 눈에 띄었다. 그 외에 마을에는 아가씨들이 있었고, 자동차를 타고 지나가는 국왕의 얼굴과 목이 긴 작은 몸집과 염소수염 같은 회색 턱수염도 이따금씩 눈에 띄었다. 포탄을 맞아 벽이 무너져 내린 집들은 내부를 갑자기 훤히 드러냈고, 뜰과 때로는 도로까지 석회 부스러기와 벽돌 조각이 여기저기 흩어져 있었다. 카르소** 지방의 전황도 모두 순조로워 그해 가을은 우리가 시골에서 보낸 지난해 가을과 사뭇 달랐다. 전쟁 또한 크게 달라져 있었다.

마을 건너편 산의 참나무 숲도 이제는 모두 사라지고 없었다. 우리가 마을에 왔던 지난여름만 해도 울창했는데 지금은

* 제1차 세계대전에서 이탈리아는 독일제국과 오스트리아-헝가리에 맞서 싸웠다. 이탈리아는 대영제국, 프랑스 제3공화정, 러시아 등과 함께 연합국의 주요 일원이었다.
** 아드리아 해 북쪽 해안에 위치한 유고슬라비아의 석회석 고원 지대. 제1차 세계대전 무렵에는 오스트리아에 속해 있었다.

나무 그루터기와 부러진 등걸만이 남고 땅바닥도 온통 파헤쳐져 있었다. 가을도 저물어 가던 어느 날 참나무 숲이 있던 곳에 나가 보니 구름이 산 위를 뒤덮고 있었다. 구름은 매우 빠르게 흘렀고 태양이 누런색으로 흐릿해졌다가 모든 것이 잿빛으로 변하더니 하늘이 온통 캄캄해졌다. 구름이 산 아래쪽으로 밀려 내려와 순식간에 우리를 둘러싸더니 금방 눈으로 바뀌었다. 눈은 바람에 비스듬히 휘날리며 헐벗은 땅과 불쑥 튀어나온 나무 그루터기와 대포를 뒤덮었다. 참호 뒤쪽으로 변소에 가는 길에도 눈 속에 오솔길이 생겨났다.

그 뒤 나는 읍내로 내려와 장교용 위안소 창문으로 눈이 내리는 모습을 바라보면서 친구와 아스티* 한 병을 마셨다. 느리지만 무섭게 퍼붓는 눈을 바라보자니 이제 올해도 다 갔다는 생각이 들었다. 강 상류 쪽 산들은 아직도 점령하지 못한 채였고 강 건너편 산들도 마찬가지였다. 모두 내년으로 미룰 수밖에 없었다. 친구는 같은 식당에서 식사하는 군종신부(軍宗神父)가 진창길을 조심스럽게 지나가는 것을 보고 그의 주의를 끌기 위해 창문을 톡톡 두드렸다. 신부가 얼굴을 들어 올려다보았다. 그는 우리를 보자 빙긋 미소를 지었다. 친구는 그에게 들어오라고 손짓했다. 그러나 신부는 고개를 젓고는 그대로 가 버렸다. 그날 밤 식당에서 스파게티 코스**가 나오자 우리

---

* 이탈리아 북서부 피에몬테 주의 아스티에서 아스카르통(種) 포도로 만드는 포도주.
** '프리모 피아토'(첫 번째 요리)라 부르는 이 코스는 이탈리아 전통 식사에서 '안티파스토'(전채요리) 다음으로 '세콘도 피아토'(주요리) 전에 나온다.

모두는 포크로 너덜너덜한 국수 가닥을 찍어 올려 접시에서 떨어지기가 무섭게 입안에 집어넣거나, 쉴 새 없이 집어 올려 입안에 밀어 넣으며 몹시 빠르게 진지한 표정으로 먹었다. 짚으로 싼 4리터들이 병에서 마음껏 포도주도 따라 마셨다. 포도주 병은 금속제 받침에 매달려 흔들거리고 있어 집게손가락으로 병목을 잡아당기면 투명하게 붉고 떫은맛이 나는 훌륭한 포도주가 같은 손에 든 잔 속에 쏟아져 나왔다. 이 식사 코스가 끝나자 대위가 신부를 놀려 대기 시작했다.

신부는 아직 나이가 어려 금방 얼굴이 빨개졌다. 우리와 같은 군복을 입고 있었지만 회색 상의 왼쪽 가슴주머니 위에 짙은 붉은색 벨벳 십자가를 달고 있었다. 별로 도움이 되는 것 같지는 않았지만, 대위는 내가 한마디도 놓치지 않도록 영어가 섞인 엉터리 이탈리아어를 구사했다.

"신부님은 오늘 아가씨들하고 같이 있었죠." 대위가 신부와 나를 번갈아 보며 말했다. 그러자 신부는 빙그레 웃으며 얼굴을 붉히고 고개를 내저었다. 대위는 곧잘 그를 놀려 댔다.

"내 말이 틀렸나요? 오늘 신부님이 아가씨들하고 같이 있는 걸 봤는데요." 대위가 물었다.

"아닌데요." 신부가 대답했다. 다른 장교들은 신부를 놀리는 것을 재미있어했다.

"아가씨들하고 같이 있지 않았다는군. 물론 아가씨와 잔 적도 없겠네." 대위가 내게 설명해 주었다. 내 잔을 잡고 술을 따르는 동안 그는 나를 쳐다보면서도 신부한테서 눈을 떼지 않왔다.

"신부님은 매일 밤 혼자서 다섯 명씩* 상대한다니까."그
러자 식탁에 앉아 있던 사람들이 모두 와하고 웃음을 터뜨
렸다. "알겠어? 신부님은 매일 밤 1대5야."그는 손짓을 해
보이며 큰 소리로 웃었다. 그러나 신부는 농담으로 받아넘
겼다.

"로마 교황은 이 전쟁에서 오스트리아군이 승리하기를 바
라지. 그분은 프란츠 요제프** 편이거든. 거기서 돈이 나오니
까. 난 무신론자야."소령이 말했다.

"『검은 돼지』***라는 책을 읽어 보셨습니까? 한 권 구해다
드리죠. 전 그 책을 읽고 나서 신앙심이 흔들렸습니다."중위
가 물었다.

"더럽고 불결한 책입니다. 설마하니 정말 그 책을 좋아하는
건 아니겠지요."신부가 말했다.

"정말로 가치 있는 책이죠. 그 책을 읽어 보면 신부가 어떤
사람들인지 잘 알 수 있죠. 자네도 좋아할 거야."중위가 나를
향해 말했다. 나는 신부에게 미소를 지었고, 신부 또한 촛불
건너편에서 나를 향해 빙그레 미소를 지어 보였다. "읽지 마
세요."신부가 말했다.

---

* 영어 'five against one'은 남성의 자위행위를 가리키는 속어로 쓰인다
** 프란츠 요제프 1세(1830~1916). 제1차 세계대전 당시 오스트리아 황
제이며 헝가리의 왕으로 합스부르크의 마지막 통치자.
*** 가톨릭교회를 신랄하게 비판한 책으로 이탈리아에서 출간되었다. 이
책의 제목인 '검은 돼지'란 검은색 사제복을 입고 있는 신부를 가리킨다.

"자네한테도 한 권 구해다 주지." 중위가 말했다.

"생각 좀 한다는 사람은 모두 무신론자지. 물론 그렇다고 프리메이슨*을 믿는 건 아니지만." 소령이 말했다.

"전 프리메이슨을 믿습니다. 훌륭한 결사 조직이지요." 중위가 말했다. 바로 그때 누군가가 식당 안에 들어왔다. 문이 열리면서 밖에 눈이 내리는 것이 보였다.

"눈이 내리는 계절이 되었으니 공격은 더 없겠지요." 내가 말했다.

"물론이지. 그러니 자네는 휴가나 갔다 오게. 로마든 나폴리든 시칠리아든……." 소령이 대답했다.

"아말피**에 가는 게 좋을걸. 아말피에 있는 우리 가족한테 소개장을 써 주지. 아마 친아들처럼 무척 귀여워해 줄 거야." 중위가 말했다.

"팔레르모***에 가야 해."

"카프리****가 좋지."

"아브루치*****를 구경하고 카프라코타******에 있는 우리 가족들을 방문하는 건 어떠세요." 신부가 말했다.

"신부님은 아브루치를 얘기하시네. 여기보다도 눈이 더 많

---

* 형제애와 자선과 상호 협력을 기본 원칙으로 1717년에 런던에서 설립된 국제적인 비밀결사 조직. 18세기 계몽주의 정신을 기조로 한다.
** 이탈리아 남부 살레르노 만(灣)에 위치한 항구도시.
*** 이탈리아 북쪽 해안에 있는 시칠리아의 수도이자 항구도시.
**** 이탈리아 서부 나폴리 만 입구 근처에 있는 섬.
***** 아드리아 해에 인접한 이탈리아 중부 지역.
****** 이탈리아 중부 아브루치 지역에 있는 산간 마을.

이 내리는 곳인데. 저 친구는 시골 농사꾼들을 만나고 싶어 하지 않아요. 문명과 문화의 중심지로 보내야죠."

"멋진 아가씨들을 만나야지. 내가 나폴리의 주소들을 가르쳐 주지. 예쁘고 젊은 아가씨들 말이야……. 어머니들이 늘 따라다녀 탈이지만. 하! 하! 하!" 대위는 그림자놀이를 할 때처럼 한쪽 손을 펴서 엄지손가락을 세우고는 다른 손가락을 쫙 폈다. 그러자 벽 위에 손 그림자가 비쳤다. 그는 또다시 엉터리 이탈리아어로 이렇게 말했다. "자네는 이런 식으로 가는 거야." 그러면서 엄지손가락을 가리키더니 "그러고는 이런 식으로 돌아오는 거야." 하고 이번에는 새끼손가락을 만졌다. 그러자 모두 와하고 웃었다.

"이걸 보라고." 대위가 말했다. 그는 다시 손을 폈다. 또다시 촛불이 만든 그림자가 벽에 비쳤다. 그는 꼿꼿이 세운 엄지손가락에서 시작해 차례로 다섯 손가락에 이름을 붙여 나갔다. "소위(엄지손가락), 중위(집게손가락), 대위(가운뎃손가락), 소령(약손가락), 중령(새끼손가락). 자네는 소위로 떠나! 그리고 중령으로 돌아오는 거야!" 그러자 모두 웃었다. 대위의 손가락 게임은 대성공이었다. 그는 신부를 쳐다보며 큰 소리로 말했다. "신부님은 매일 밤 혼자서 아가씨를 다섯씩이나 해치운다고!" 그러자 다시 모두 와하고 웃었다.

"자넨 즉시 휴가를 떠나도록 하게." 소령이 말했다.

"나도 같이 가서 안내해 주고 싶군." 중위가 말했다.

"돌아올 때 축음기를 가져와."

"좋은 오페라 음반도 갖고 오고."

"카루소* 판도 갖고 와."

"카루소는 그만둬. 그자는 소리만 빽빽 질러 대잖아."

"자네도 그자처럼 소리를 질러 보고 싶지 않아?"

"그자는 소리만 질러 대. 빽빽거리기만 한다고!"

"아브루치에 다녀오세요." 신부가 말했다. 다른 사람들은 시끄럽게 소리를 지르며 떠들고 있었다. "멋진 사냥을 할 수 있어요. 그곳 사람들을 좋아하게 될 겁니다. 날씨는 춥지만 하늘이 청명하고 아주 건조하지요. 우리 집에서 묵으세요. 우리 아버지는 이름난 사냥꾼이랍니다."

"자, 문을 닫기 전에 어서 위안소에나 가 보세." 대위가 말했다.

"그럼 또 만나요." 나는 신부에게 인사를 했다.

"잘 가세요." 신부도 인사를 했다.

---

* 엔리코 카루소(1873~1921). 20세기 초엽에 세계적으로 이름을 떨친 이탈리아 태생의 테너 가수.

3

내가 전선에 다시 돌아왔을 때도 우리 부대는 아직 그 마을
에 머물고 있었다. 마을 일대에는 대포가 전보다 훨씬 더 많이
설치되었고, 어느덧 봄이 찾아와 있었다. 들판은 푸릇푸릇하
게 변했고, 포도나무에도 조그마한 초록빛 새싹이 돋아났고,
길가의 가로수에도 조금씩 잎이 나와 있었다. 또 바다에서는
산들바람이 불어왔다. 언덕이 있는 마을이며, 마을 위 언덕에
둘러싸인 컵 모양 분지의 고성(古城)이며, 그 너머에 있는 산
들, 그리고 비탈진 곳에 조금씩 초록색이 섞인 갈색 산들이 보
였다. 마을에도 대포의 수가 늘었고, 병원도 몇 군데 새로 생
겼으며, 거리에서는 영국 남자들과 때로는 여자들까지 만날
수 있었다. 포격을 맞은 집도 몇 채 더 늘어 있었다. 날씨기 따
뜻해 제법 봄다웠다. 담벼락에 비친 햇살 덕분에 따뜻해진 몸
으로 수목 사이 오솔길을 따라 걸어 내려갔다. 우리 부대는 아

직도 그 민가에 머물고 있었는데 내가 휴가를 떠나기 전과 조금도 달라진 게 없었다. 문이 활짝 열려 있었고, 병사 하나가 햇볕을 쬐며 벤치에 앉아 있었다. 문 옆에는 앰뷸런스 한 대가 대기 중이었다. 집 안으로 들어서자 대리석 바닥 냄새와 병원 냄새가 풍겼다. 계절이 봄으로 바뀌었을 뿐 모든 것이 내가 휴가를 떠날 때의 모습 그대로였다. 큰 방의 문 안을 들여다보니 소령이 책상 앞에 앉아 있었다. 열린 창으로 햇빛이 방 안에 가득 들어왔다. 소령은 나를 보지 못했다. 나는 방 안에 들어가서 귀대 보고를 할지, 먼저 2층으로 올라가서 세수를 할지 망설이다가 2층에 먼저 올라가기로 했다.

리날디 중위와 함께 쓰는 방에서는 안마당이 내려다보였다. 창문이 열려 있었고, 내 침대에는 담요가 가지런히 정돈되어 있었으며, 타원형 양철통에 든 방독면이며 똑같은 못에 걸어 놓은 철모며 내 소지품은 그대로 벽에 걸려 있었다. 침대 발치에는 내 납작한 트렁크가 있었고 그 위에는 기름을 발라 가죽이 반들거리는 겨울용 구두가 놓여 있었다. 푸른빛을 띠는 팔각형 총신과 뺨에 꼭 들어맞게 검은색 호두나무로 만든 멋진 개머리판이 달린 내 오스트리아식 저격 소총은 두 침대 위쪽에 걸려 있었다. 소총에 딸린 조준경은 트렁크 속에 넣어 잠가 둔 기억이 났다. 리날디 중위는 다른 쪽 침대에서 잠을 자고 있었다. 그는 내가 들어오는 소리에 눈을 뜨고 벌떡 일어나 앉았다.

"차우!* 그래, 재미있었어?" 그가 물었다.

---

* ciaou! '안녕', '잘 가.' 등에 해당하는 이탈리아어의 비격식 인사말.

"굉장했지."

악수가 끝나자 그는 내 목을 끌어안고 키스를 했다.

"으으으!" 내가 소리를 질렀다.

"더러워라. 어서 씻고 와. 어디 가서 뭘 했어? 지금 당장 모조리 얘기해 봐." 그가 말했다.

"안 간 데 없이 다 갔지. 밀라노, 피렌체, 로마, 나폴리, 빌라산조반니*, 메시나**, 타오르미나***……."

"기차 시간표 외우듯 하네. 그래, 멋진 모험도 했겠지?"

"그럼, 했고말고."

"어디서?"

"밀라노랑, 피렌체랑, 로마랑, 나폴리랑……."

"그런 얘긴 됐어. 진짜로 제일 좋았던 데만 얘기해 봐."

"그야 밀라노지."

"제일 먼저 갔던 곳이라 그럴 테지. 그래, 어디서 아가씨를 만났지? 코바****에서? 어디 갔었는데? 기분이 어땠어? 지금 당장 다 얘기해 봐. 밤새도록 같이 있었어?"

"그랬지!"

"한데 그 정도는 아무것도 아냐. 여기도 지금 예쁜 아가씨들이 와 있다고. 아직껏 전선에는 한 번도 와 본 적 없는 새 아

---

* 이탈리아 칼라브리아에 있는 작은 마을로 메시나 해협에 있다.
** 이탈리아 시칠리아 섬에서 세 번째로 큰 도시로 메시나의 주도. 시칠리아의 북동쪽 끝으로 빌라산조반니의 맞은편에 있다.
*** 이탈리아 시칠리아 섬 동쪽 해안에 있는 작은 마을.
**** 이탈리아 밀라노의 스칼라 극장 근처에 있는 유명한 카페.

가씨들이지."

"그거 잘됐군."

"내 말 못 믿겠어? 오늘 오후에 당장 나가 보자고. 마을에는
영국 아가씨들도 있어. 난 지금 미스 바클리에게 빠져 있지.
자네를 데리고 갈까 하는데. 어쩌면 그녀와 결혼하게 될지도
모르거든."

"몸부터 씻고 귀대 보고를 해야겠어. 요샌 아무 일도 없나
보지?"

"자네가 휴가를 떠난 뒤로는 별로 일이 없었지. 고작해야
동상이니 동창(凍瘡)이니 황달이니 임질이니 자해 부상이니
폐렴이니 무른궤양이니 굳은궤양이니 하는 것뿐이었어. 매주
누군가 꼭 하나쯤은 바위 파편에 부상을 입지. 하지만 진짜 부
상을 입은 사람은 그리 많지 않아. 다음 주부터 또 전투가 시
작돼. 아마 그럴 거야. 모두 그렇게 말하더군. 어때, 내가 미스
바클리와 결혼해도 괜찮겠어? 물론 전쟁이 끝난 뒤의 일이겠
지만 말이야."

"물론 괜찮지." 나는 이렇게 대답한 뒤 세숫대야에 물을 가
득 받았다.

"오늘 밤에 나한테 모조리 털어놔. 난 미스 바클리에게 산
뜻하고 멋지게 보이려면 지금 잠을 좀 자 둬야겠어." 리날디
가 말했다.

나는 윗도리와 셔츠를 벗고 대야의 찬물로 몸을 닦았다. 수
건으로 물기를 닦으며 방 안을 빙 둘러보고 창밖을 내다보았
다. 그리고 눈을 감고 침대 위에 누워 있는 리날디를 쳐다보았

다. 얼굴이 잘생긴 그는 나와 동갑으로 아말피 출신이었다. 자신이 외과 의사인 것을 무척 자랑스럽게 생각했는데 우리는 퍽 친한 사이였다. 내가 그를 쳐다보는 동안 그가 눈을 떴다.

"돈 좀 있어?"

"응, 있어."

"그럼 50리라*만 빌려 줘."

나는 수건으로 손을 닦고 벽에 걸려 있는 윗옷 안주머니에서 지갑을 꺼냈다. 리날디는 지폐를 받자 침대에서 일어나지도 않은 채 그것을 접어 바지 주머니 속에 쑤셔 넣었다. 그가 빙그레 웃으며 말했다. "미스 바클리에게 재산이 많은 남자라는 인상을 줘야 하거든. 자넨 정말이지 좋은 친구이자 든든한 재정 후원자야."

"망할 인간 같으니." 내가 말했다.

그날 저녁 나는 식당에서 군종신부 옆자리에 앉았다. 그는 내가 아브루치에 가지 않은 것에 실망해서 갑자기 마음이 상한 것 같았다. 자기 아버지에게 내가 그곳에 갈 거라고 편지를 써 보내 식구들이 나를 맞을 준비를 하고 있었다는 것이다. 나 자신도 신부 못지않게 아쉬웠고 어째서 그곳을 방문하지 않았는지 알 수 없었다. 마음속으로는 가고 싶었지만 이런저런 일이 겹쳐 못 가고 말았다고 설명하려고 애썼다. 겨우겨우 신부도 납득하고 내가 정말 가고 싶어 했다는 것을 이해해 줘서

---

* 이탈리아의 기본 화폐 단위. 이 무렵 1리라의 화폐 가치는 미화 20센트에 해당했다.

그런대로 오해가 풀렸다. 나는 포도주를 많이 마신 뒤 커피와 스트레가*를 마셨다. 술에 얼큰히 취한 기분으로 어째서 우리 인간은 벼르던 일들을 막상 하지 않는지, 어째서 그런 일들을 절대로 못 하는지에 대해 설명했다.

다른 장교들이 논쟁을 하는 동안 우리 두 사람은 계속 이야기를 나누었다. 나는 아브루치를 방문하고 싶었다. 그러나 길이 꽁꽁 얼어붙어 무쇠처럼 단단한 곳, 날씨가 청명하고 춥고 건조한 곳, 눈조차 바삭바삭해서 가루처럼 흩날리는 곳, 눈 속에 토끼 발자국이 있고 농부들이 모자를 벗어 들고 '나리.' 하고 인사하는 곳, 멋진 사냥을 할 수 있는 곳은 한 군데도 방문하지 못했다. 그런 곳 대신에 내가 간 곳은 연기가 자욱한 카페였다. 밤이 되면 실내가 빙빙 돌아 현기증을 막기 위해 벽을 쳐다봐야만 했고, 몽롱하게 취해 침대 속으로 들어가 무엇에도 관심 두지 않은 채 오직 거기 있는 것에만 신경을 썼으며, 언뜻 잠에서 깨어났을 때는 같이 자고 있던 상대가 누구인지 몰라 묘한 흥분을 느꼈고, 어둠 속에서 세상이 모두 비현실적인 환상으로밖에 보이지 않았으며, 그래서 몹시 흥분한 나머지 밤이면 누구인지 알지 못하지만 상관할 게 없다고, 이거면 충분하다고, 전혀 신경 쓸 필요 없다고 생각하며 또다시 같은 일을 반복했던 것이다. 그러다가 갑자기 무척 마음을 쓰게 되고 때로는 그 사실을 깨닫고 자다가 아침에 눈을 뜨는 때도 있었다. 존재하던 것들이 모두 안개처럼 사라져 버리고 모든

---

* 식사 뒤에 마시는 이탈리아산 과일주.

것이 날카롭고 뚜렷하고 투명하게 머릿속에 떠오를 때도 있었고, 화대(花代) 때문에 말다툼을 벌일 때도 있었다. 가슴 한 구석에 아직 남아 있는 쾌감 때문에 기분이 좋고 마음이 포근해져서 아침도 점심도 맛있을 때도 있었다. 즐거운 마음이 모두 사라져 거리로 뛰쳐 나와서야 비로소 마음이 후련해질 때도 있었지만 어김없이 또 똑같은 낮과 밤이 반복되었다. 나는 그런 밤에 관해서, 또 밤과 낮이 어떻게 다른지에 관해서, 그리고 낮이 너무 청명하고 춥지만 않다면 차라리 밤이 얼마나 더 좋은지에 대해서 설명하려고 애썼지만 막상 잘되지는 않았다. 지금도 나는 그것을 설명할 수 없다. 그러나 경험이 있는 사람이라면 이해할 수 있을 것이다. 신부는 그런 경험이 없었지만 내가 정말로 아브루치에 가고 싶었으면서도 끝내 가지 못했다는 것만은 알아주었다. 우리는 역시 다른 점이 많지만 많은 취향이 닮은 친구였다. 그는 내가 모르는 것, 일단 배워도 늘 잊어버리는 것을 언제나 알고 있었다. 나는 나중에 그것을 깨달았지만 그때는 그것을 알지 못했다. 이럭저럭 하는 동안 우리는 모두 식당에 모여 있었고 식사도 모두 끝이 났지만 논쟁은 아직도 계속되었다. 우리 두 사람이 이야기를 멈추자 대위가 큰 소리로 외쳤다. "신부님은 행복하지 않아요. 아가씨 없인 행복하지 않다고요."

"난 행복합니다." 신부가 대답했다.

"신부님은 행복하지 않아요. 신부님은 오스트리아군이 이 전쟁에서 승리하기를 바라고 있어요." 대위가 말했다. 다른 사람들이 그의 말에 귀를 기울였다. 신부는 고개를 저었다.

"그렇지 않아요." 그가 대꾸했다.

"신부님은 아군이 공격하지 않기를 바라고 있지요. 우리가 절대로 공격하지 않기를 바라는 거 아닌가요?"

"전혀 그렇지 않아요. 전쟁을 벌인 이상 공격은 마땅히 해야지요."

"공격을 해야지요. 공격해야 하고말고요!"

그러자 신부가 고개를 끄덕였다.

"신부님 좀 내버려 두게. 괜한 사람 가지고 그러지 말고." 소령이 말했다.

"어쨌든 신부님이 이 전쟁에서 할 수 있는 건 아무것도 없잖아요." 대위가 말했다. 우리는 모두 자리에서 일어나 식탁을 떠났다.

4

어느 날 아침, 나는 이웃집 정원에 있는 포대(砲隊) 때문에 잠에서 깼다. 햇살이 창 너머로 쏟아져 들어오는 것을 보면서 나는 침대에서 일어났다. 창가로 다가가 밖을 내다보았다. 자갈길과 잔디밭은 축축하게 이슬에 젖어 있었다. 포대에서 두 번에 걸쳐 대포를 발사했는데, 그때마다 폭풍이 불어온 듯 창문이 흔들리고 내 잠옷 앞자락이 펄럭거렸다. 보이지는 않지만 대포가 직접 우리 머리 위에서 발사되고 있는 게 틀림없었다. 이런 곳에 포대가 있다는 것 자체가 골칫거리였지만 그나마 규모가 더 크지 않은 게 다행이었다. 마당을 내려다보고 있으려니 트럭 한 대가 도로에서 시동을 거는 소리가 들렸다. 나는 옷을 입고 아래층으로 내려가 부엌에서 커피를 마신 뒤 차고로 나갔다.

기다란 차고 안에는 자동차 열 대가 한 줄로 나란히 서 있었다. 포장 화물 자동차처럼 만든 앰뷸런스는 지붕이 육중하고 앞부분이 뭉툭하고 회색 페인트가 칠해져 있었다. 정비병들이 그중 한 대를 앞마당에 내놓고 수리하고 있었다. 나머지 세 대는 산속 응급 치료소에 가 있었다.

"적군이 아군 포대를 포격한 적이 있었나?" 내가 정비병 한 사람에게 물었다.

"없습니다, 중위님. 아군 포대는 자그마한 언덕에 가려져 있거든요."

"그래, 그동안 어땠나?"

"그리 나쁘진 않았습니다. 이 차는 고장 났지만 다른 차들은 모두 굴러갑니다." 그는 일손을 멈추고 빙그레 웃으면서 물었다. "휴가 다녀오셨습니까?"

"그래."

그는 점퍼에 손을 닦으며 이를 드러내고 싱긋 웃었다. "재미 좋으셨습니까?" 다른 정비병들도 히죽히죽 따라 웃었다.

"좋았지. 한데 이 차는 어디가 고장인가?" 내가 물었다.

"못 쓰겠어요. 한 곳을 고치면 다른 곳이 고장 납니다."

"이번엔 어디가 고장인데?"

"새 링으로 갈아 끼우는 중이죠."

나는 그들이 일을 계속하도록 내버려 두었다. 엔진을 뜯고 부속품을 빼어 작업대 위에 늘어놓은 그 차는 몰골이 형편없었다. 나는 자리를 떠나 차고 안으로 들어가서 차를 한 대 한 대 살펴보았다. 몇 대는 깨끗하게 세차되어 있었고 몇 대는 먼지투성이였지만 그런대로 깨끗한 편이었다. 타이어에 금이

간 곳은 없는지, 돌에 긁힌 데는 없는지 세밀하게 살펴보았다.
모든 것이 잘 정비되어 있는 것 같았다. 내가 이곳에서 감독할
때와 분명히 별 차이가 없어 보였다. 자동차의 상태를 점검하
고, 부속품 입수 여부를 살피고, 부상자들과 환자들을 전방 치
료소에서 옮겨 오고, 그들을 산에서 치료 후송소까지 이송한
뒤 다시 서류에 기재된 병원으로 후송하는 임무를 원활하게
수행하는 것이 상당 부분 나한테 달려 있었다. 내가 그곳에 있
든 없든 문제가 없는 것은 분명했다.

"부속품을 얻는 데 별다른 어려움은 없었나?" 내가 공병 하
사관에게 물었다.

"네, 없었습니다, 중위님."

"지금 가솔린 창고는 어디에 있지?"

"예전 장소 그대로입니다."

"좋아." 나는 이렇게 말하고 나서 숙소로 돌아와 식당에서
커피를 한 잔 더 마셨다. 연유를 타서 희뿌연 커피는 맛이 달
짝지근했다. 창밖은 화창한 봄날 아침이었다. 콧속이 건조해
지는 것이 낮이 되면 매우 무더울 것 같았다. 그날 나는 산속
에 있는 주둔지를 둘러보고 오후 늦게야 마을로 돌아왔다.

내가 휴가를 떠나 있는 동안 모든 일이 호전된 것 같았다.
들리는 소문으로는 공격이 또다시 시작될 거라고 했다. 우리
가 소속된 사단은 강 상류의 어느 지점을 공격할 계획이어서
소령은 내게 공격에 대비해 주둔시설을 점검해 두라고 했다.
공격은 강 건너 상류의 좁은 산골짜기 위쪽에서 감행해 산허
리를 타고 산개할 예정이었다. 앰뷸런스의 주둔지는 될 수 있

는 대로 강 가까이로 하고 은폐해 두어야 했다. 물론 그 지점을 선택하는 것은 보병이 할 일이지만 우리가 직접 챙기도록 되어 있었다. 이런 일 중 하나를 하면 왠지 전투원이 된 듯한 기분이 들었다.

나는 온통 먼지를 뒤집어써서 더러워진 몸을 씻으러 2층 내 방에 올라갔다. 리날디가 휴고 영문법 책*을 들고 침대에 걸터앉아 있었다. 말쑥하게 군복을 입고 까만 장화를 신고 머리카락은 기름을 발라서 반들거렸다.

"마침 잘 왔어. 나랑 같이 미스 바클리를 만나러 가자고." 그가 나를 보더니 이렇게 말했다.

"싫어."

"같이 가. 부탁이니 같이 가서 나에 대해서 좋은 인상을 심어 줘."

"좋아. 그럼 세수하고 올 때까지 좀 기다려."

"씻는 대로 바로 와."

나는 세수를 하고 머리에 빗질을 한 뒤 같이 방을 나섰다.

"잠깐만. 어쩌면 한 잔씩 해 두는 게 좋을지도 몰라." 리날디는 자기 트렁크를 열고 술병을 꺼냈다.

"스트레가가 아니네." 내가 말했다.

"응, 그라파**야."

"어쨌든 좋아."

---

* 찰스 휴고가 이탈리아인을 대상으로 쓴 초보자용 영문법 입문서.
** 포도주를 만들기 위해 포도를 압축한 뒤 그 찌꺼기를 증류한 이탈리아 브랜디.

그는 잔 두 개에 술을 따랐다. 우리는 집게손가락을 편 채 서로의 잔을 부딪쳤다. 그라파는 무척 독했다.

"한 잔 더 할까?"

"좋지." 내가 대답했다. 우리는 그라파를 두 잔째 마셨고, 리날디가 술병을 치운 뒤 계단을 내려왔다. 마을을 걷자니 더 웠지만 해가 저물기 시작해서 기분은 꽤 상쾌했다. 영국군의 병원은 전쟁 전에 독일인들이 지은 큰 별장이었다. 바클리는 정원에 나와 있었다. 다른 간호사 한 명과 함께였다. 나무 사이로 그들의 흰 제복이 보이자 우리는 그들을 향해 걸어갔다. 리날디가 거수경례를 했다. 나도 거수경례를 했지만 그 친구 보다는 좀 더 절도 있게 했다.

"처음 뵙겠어요. 선생님은 이탈리아인이 아니시죠?" 바클리가 인사를 했다.

"네, 아닙니다."

리날디는 다른 간호사와 이야기를 나누던 중이었다. 그들은 서로 웃고 있었다.

"참, 이상한 일이네요……. 이탈리아 군대에 소속되어 계시다니요."

"군대라고 할 수도 없죠. 앰뷸런스 부대일 뿐인걸요."

"그래도 이상해요. 왜 그러셨어요?"

"나도 모르겠습니다. 세상일이라는 게 언제나 설명할 수 있는 선 아니잖아요." 내가 내답했나.

"어머나, 그런가요? 나는 언제나 설명할 수 있다고 배웠는데요."

"그것 참 훌륭하군요."

"계속 이런 식으로 얘기해야 하나요?"

"아닙니다." 내가 대답했다.

"그렇다면 마음이 놓이는군요. 그렇지 않으세요?"

"그 막대기는 뭔가요?" 내가 물었다. 미스 바클리는 매우 키가 컸다. 간호사 제복이라고 생각되는 옷을 입고 있었고 금발에 황갈색 피부 그리고 잿빛을 띠는 눈을 가지고 있었다. 아주 예쁜 여자라는 생각이 들었다. 그녀는 가죽을 감은, 장난감 말채찍 비슷한 가느다란 등나무 막대기를 들고 있었다.

"작년에 전사한 어느 청년의 유품이랍니다."

"거참 안됐군요."

"아주 착한 청년이었죠. 저와 결혼하기로 되어 있었는데, 그만 솜 강*에서 전사하고 말았어요."

"정말 처참한 전투였지요."

"선생님도 그곳에 계셨나요?"

"아뇨."

"그 전투에 대해 들었어요. 이곳에선 그런 전투가 전혀 없더군요. 그이 식구들이 내게 이 작은 막대기를 보내 줬어요. 그이 어머니가 부쳐 주신 거죠. 다른 유품과 함께 보내 왔어요." 그녀가 말했다.

"약혼한 지는 오래됐나요?"

---

* 북부 프랑스에 있는 강으로 도버 해협으로 흘러들어 간다. 이곳에서 제1차 세계대전 때 연합군과 독일군이 치열한 전투를 벌였다.

"팔 년 됐어요. 어렸을 적부터 함께 자랐거든요."

"그럼 왜 결혼을 안 했나요?"

"모르겠어요. 내가 바보였나 봐요. 그이가 원했다면 뭐든 다 줬을 텐데. 하지만 그게 그이한테 이롭지 않을 거라고 생각했어요." 그녀가 대답했다.

"그랬군요."

"선생님은 누구를 사랑해 본 적이 있으세요?"

"아직 없습니다." 내가 대답했다.

우리는 벤치에 걸터앉았고, 나는 그녀를 쳐다보았다.

"머리카락이 참 아름답네요." 내가 말했다.

"마음에 드세요?"

"무척 마음에 듭니다."

"그이가 전사했을 때 싹둑 자르려고 했어요."

"안 돼요."

"저는 그이를 위해 뭔가 해 주고 싶었어요. 어떤 것이든 상관없어요. 그이가 원하는 것이라면 뭐든 줬을 거예요. 그이가 그걸 알았다면 원하는 걸 다 얻었을 텐데. 난 그이와 결혼이든 뭐든 할 수 있었을 거예요. 이제야 그걸 알게 됐어요. 하지만 그이는 전쟁에 나가고 싶어 했고 난 아무것도 몰랐지요."

나는 아무 말도 하지 않았다.

"그때는 아무것도 몰랐어요. 오히려 그이에게 안 좋을 거라고만 생각했죠. 어쩌면 그이가 잠시 못 잊을지도 모른다고 생각했어요. 그랬는데 결국 그이는 전사했고, 그래서 이제 모든 게 끝나고 만 거예요."

"정말 끝일까요."

"아, 정말이에요. 죽으면 그걸로 모든 게 끝이에요." 그녀가 말했다.

우리는 리날디가 다른 간호사와 이야기를 나누고 있는 것을 바라보았다.

"저 여자분은 이름이 뭐죠?"

"퍼거슨이에요. 헬렌 퍼거슨. 선생님의 친구분은 군의관이시죠?"

"네, 맞아요. 꽤 좋은 사람이죠."

"참 잘됐네요. 이렇게 전선 가까운 곳에서 좋은 사람을 만나기란 힘든 일인데. 이곳은 전선과 가깝죠?"

"그런 편이죠."

"싱거운 전선이에요. 하지만 아주 아름다운 전선이죠. 공격이 있을 예정인가요?" 그녀가 말했다.

"네, 그렇습니다."

"그럼 우리도 바빠지겠네요. 지금은 한가하지만요."

"간호사로 일하신 지 오래됐나요?"

"1915년 말경부터 했어요. 그이가 참전한 뒤 바로 간호사가 됐죠. 내가 근무하는 병원으로 그이가 후송되어 오게 될지도 모른다는 어리석은 생각을 했던 게 기억나요. 군도에 찔려 머리에 붕대를 친친 두른 채로, 혹은 어깨에 관통상을 입거나 한 채로 말이에요. 하여간 그림처럼 아름다운 환상을 품고 있었어요."

"이곳은 정말이지 그림처럼 아름다운 전선입니다." 내가 말했다.

"그래요. 사람들은 지금 프랑스가 정말 어떤 상황에 있는지 깨닫지 못하고 있어요. 그걸 안다면 이렇게 전쟁을 계속하지 않겠죠. 그이는 군도에 부상을 입은 게 아니었어요. 산산이 부서져서 날아가 버렸죠." 그녀가 대답했다.

나는 아무 말도 하지 않았다.

"이 전쟁이 언제까지나 계속될 거라고 보세요?"

"아뇨."

"그럼 어떻게 하면 멈출까요?"

"어느 한쪽이 손을 들겠죠."

"우리 쪽이 먼저 손을 들 거예요. 프랑스에서 항복할 거라고요. 솜 강에서처럼 전투를 계속하다가는 패배하지 않을 수 없거든요."

"하지만 이곳에선 패배하지 않을 겁니다." 내가 말했다.

"그렇게 생각하세요?"

"네, 작년 여름엔 잘 싸웠으니까요."

"그래도 항복할지 모르죠. 누구든 항복하지 말란 법은 없으니까요." 그녀가 말했다.

"그건 독일군도 마찬가지죠."

"아녜요. 독일군은 절대 항복하지 않을 거예요." 그녀가 대꾸했다.

우리는 리날디의 피거슨이 있는 곳으로 걸어갔다.

"이탈리아는 마음에 드십니까?" 리날디가 영어로 퍼거슨에게 물었다.

"네, 참 좋아요."

"무슨 말인지 못 알아듣겠습니다." 리날디가 고개를 흔들었다.

"아바스탄차 베네.*" 내가 통역을 해 주었다. 그러자 그는 고개를 저었다.

"좋긴 뭐가 좋아. 한데 아가씨는 영국을 좋아하나요?"

"별로 좋아하지 않아요. 아시다시피, 전 스코틀랜드인이거든요."

리날디는 어리둥절한 표정으로 나를 쳐다보았다.

"이 아가씨는 스코틀랜드인이라서 영국보다는 스코틀랜드를 더 좋아한대." 내가 이탈리아어로 말했다.

"하지만 스코틀랜드도 영국이잖아?"

나는 이 말을 퍼거슨에게 통역해 주었다.

"파 앙코르.**" 퍼거슨이 말했다.

"꼭 그렇지만도 않다고요?"

"전혀 달라요. 우리는 영국인들을 좋아하지 않아요."

"영국인을 좋아하지 않는다고요? 그러면 미스 바클리도 좋아하지 않겠네요?"

"아, 그거야 다르죠. 뭐든지 글자 그대로 받아들이시면 안돼요."

잠시 뒤 우리는 작별 인사를 하고 그곳을 떠났다. 숙소로 돌

---

* Abbastanza bene. '꽤 좋다.'라는 뜻의 이탈리아어.
** Pas encore. '아직은 그렇지 않다.'라는 뜻의 프랑스어.

아오는 길에 리날디가 말했다. "미스 바클리는 나보다 자네를 더 좋아하는 것 같아. 틀림없어. 하지만 그 귀여운 스코틀랜드 아가씨도 꽤 괜찮던걸."

"그래, 아주 괜찮아." 내가 맞장구를 쳤다. 나는 그녀를 별로 관심 있게 보지 않았다. "그 여자 좋아해?"

"아니." 리날디가 대답했다.

5

이튿날 오후, 나는 다시 바클리를 만나러 갔다. 그녀가 정원에 없었기 때문에 앰뷸런스들이 서 있는 별장의 옆문 쪽으로 갔다. 건물 안에서 만난 수간호사는 바클리가 지금 근무 중이라고 일러 주었다. "잘 아시겠지만 지금은 전쟁 중이랍니다."

나도 잘 안다고 대답했다.

"선생님은 이탈리아군에 소속된 미국인이시죠?" 그녀가 물었다.

"네, 그렇습니다, 간호사님."

"어쩌다 그렇게 되셨나요? 왜 우리 군대에 입대하지 않으셨죠?"

"저도 잘 모르겠습니다. 이제라도 들어갈 수 있나요?" 내가 대답했다.

"이제는 안 될걸요. 말씀해 보세요. 어쩌다 이탈리아 군대에 들어가시게 되었나요?"

"저는 그때 이탈리아에 머물고 있었어요. 게다가 이탈리아어를 할 줄도 알고." 내가 대답했다.

"어머! 저도 지금 배우는 중이에요. 아름다운 언어죠." 그녀가 말했다.

"이 주면 배울 수 있다고 하는 사람도 있어요."

"말도 안 돼, 이 주 가지고는 어림도 없던데요. 벌써 시작한 지 몇 달이나 된걸요. 7시 이후에 오시면 미스 바클리를 만날 수 있을 거예요. 그 시간엔 일이 끝나니까요. 하지만 이탈리아인을 잔뜩 끌고 오시면 안 돼요."

"이탈리아어가 그토록 아름다운데도 말입니까?"

"안 돼요. 군복이 아무리 멋져도요."

"그럼 안녕히 계십시오." 내가 인사를 했다.

"아 리베데르시,* 중위님!"

"아 리베데를라!" 나는 거수경례를 하고 밖으로 나왔다. 이탈리아인처럼 외국인에게 인사를 한다는 것은 정말 어색하기 짝이 없는 노릇이었다. 이탈리아식 거수경례는 처음부터 외국인에게는 맞지 않게 만들어진 듯하다.

그날은 온종일 무더웠다. 나는 강 상류 쪽 플라바**에 있는

---

* A rivederci. '그럼 다시 만날 때까지.'라는 뜻의 이탈리아어. 다음에 나오는 '아 리베데를라(A rivederla)'도 마찬가지다. 둘 다 잠시 헤어질 때 쓰는 인사말이다.
** 이탈리아 이손초 강에 위치한 소도시로 유고슬라비아와의 접경 지역. 오늘날에는 슬로베니아 지역으로 편입되어 있다.

교두보까지 올라갔다가 돌아왔다. 공격이 개시될 곳이 바로 그 지점이었다. 산길에서 부교(浮橋)로 통하는 길이 하나밖에 없는 데다 그 길마저 1.5킬로미터쯤에 걸쳐 기관총과 포화의 사정거리 안에 놓여 있었기 때문에 작년에는 강 건너까지 전진할 수가 없었다. 더구나 길의 폭도 공격에 필요한 모든 물자를 수송할 만큼 넓지 않아, 오스트리아군은 언제라도 이 도로를 강타하여 아수라장으로 만들 수 있었다. 그러나 이탈리아군은 강을 건너 대안 쪽으로 얼마쯤 전진하여 오스트리아군 측의 강둑을 1.5킬로미터 반쯤 확보해 놓고 있었다. 작전상 까다로운 지점이어서 오스트리아군도 점령당한 채 가만히 있을 리 없었다. 오스트리아군 역시 훨씬 하류 쪽에 교두보를 확보하고 있었기 때문에 양쪽이 서로 눈감아 주고 있는 것 같았다. 오스트리아군의 참호는 이탈리아군의 전선에서 겨우 몇 미터밖에 떨어지지 않은 산허리 위쪽에 있었다. 그곳에는 작은 마을이 하나 있었지만 지금은 완전히 폐허로 변해 있었다. 철도역의 잔해와 파괴된 철교가 있었지만 적이 빤히 볼 수 있는 지점에 있었기 때문에 그것을 보수하여 사용하기란 불가능했다.

나는 좁은 도로를 따라 강 쪽으로 내려가서 언덕 아래에 있는 응급 치료소에 차를 세워 두고는 산등성이에 가려진 부교를 건너 완전히 파괴된 마을의 참호를 빠져나와 경사진 변두리를 지나갔다. 병사들은 모두 참호 안에 들어가 있었다. 포병대에 엄호 사격을 요청할 때나 전화선이 절단되는 경우 연락을 취하도록 로켓 발사대는 만반의 발사 준비를 갖추고 있었다. 그곳은 조용하고 무덥고 지저분했다. 나는 철조망 너머로 오스트리아군 전선을 바라보았다. 사람의 그림자 하나 보이지 않았다. 나는 어느 참호에서 안면이 있는 대위 한 사람과 술을 한잔 마신 뒤 다리를 건너 숙소로 돌아왔다.

산을 넘어 다리까지 꾸불꾸불 이어지는 널찍한 새 도로가 거의 완공 단계에 있었다. 이 도로가 완공되면 공격이 개시될 것이다. 도로는 여러 군데 커브를 돌면서 숲 속을 통과해 아래로 뻗어 있었다. 수송은 모두 이 새 도로 아래쪽으로 하고, 빈 트럭이며 짐마차며 부상병을 태운 앰뷸런스며 그 밖의 모든 후송 차량은 옛날의 좁은 도로 위쪽으로 보낼 계획이었다. 응급 전방 구호소는 강 건너 오스트리아군 측 산기슭에 있었고 위생병들은 부교를 건너 부상병들을 후송하기로 했다. 공격이 시작돼도 이것만큼은 변함이 없을 것이다. 내가 판단하기로 평탄해지기 시작하는 새 도로의 마지막 1.5킬로미터 정도는 오스트리아군에게 집중적으로 기관총 세례와 포격을 받을 가능성이 있었다. 아무리 봐도 지독한 혼란이 일어날 것 같았다. 그러나 나는 이 최후의 위험 지대를 통과한 뒤 앰뷸런스들을 감춰 놓고 부교로 후송되는 부상병을 기다릴 만한 장소 한 곳을 찾아냈다. 이 도로로 자동차를 몰고 가고 싶었지만 길은 아직 완공되지 않은 상태였다. 길 폭이 넓은 데다 경사도 그리 심하지 않게 잘 닦여 있어 산허리 숲의 공터 사이로 바라보니 구부러진 이 길은 아주 인상적이었다. 앰뷸런스에는 성능 좋은 철제 브레이크가 장착되어 있어 걱정 없을 것이고, 어쨌든 내려올 때는 빈 차로 내려오게 될 것이다. 나는 비좁은 도로 위쪽으로 자동차를 몰고 돌아왔다.

헌병 두 명이 내 차를 세웠다. 포탄 한 발이 떨어졌다는데, 우리가 기다리는 동안 도로 위로 세 발이 더 떨어졌다. 77밀리 포탄으로 쉬잇 하고 바람을 일으키며 날아와서는 폭발과 함께 눈부시게 밝은 섬광을 발하더니 뒤이어 회색 연기가 도로를 가로질러 피어올랐다. 헌병은 손을 흔들어 통과 신호를 보냈다. 무너진 곳들을 피해 지나왔지만 포탄이 떨어진 곳을 통과하자니 고성능 폭약 냄새며 폭발의 여파로 공중에 흩날린 진흙과 돌멩이 그리고 방금 박살 난 부싯돌 냄새가 코를 찔렀다. 나는 숙소가 있는 고리치아로 돌아온 뒤 앞에서 말한 대로 바클리를 방문했지만 그녀는 마침 근무 중이었던 것이다.

나는 급히 저녁을 먹고 영국인들이 병원으로 사용하고 있는 별장을 향해 걸음을 옮겼다. 굉장히 넓고 아름다운 집으로 건물 주위에는 멋진 나무들이 많았다. 바클리는 정원 벤치에 앉아 있었다. 퍼거슨도 그녀와 함께 있었다. 두 사람은 나를 보자 반가워하는 기색이 역력했다. 잠시 후 퍼거슨이 실례한다며 자리를 떴다.

"두 사람만 있게 해 드려야죠. 제가 없어도 재미있는 시간을 보낼 테니까요." 그녀가 말했다.

"가지 마, 헬렌." 바클리가 말렸다.

"정말로 가야겠어. 편지를 몇 장 써야 하거든."

"그럼 안녕히 가십시오." 내가 말했다.

"그럼 또 뵙죠, 헨리 씨."

"검열관을 괴롭게 할 내용은 쓰지 마세요."

"걱정 마세요. 지금 제가 얼마나 아름다운 곳에서 살고 있는지, 이탈리아 군인들이 얼마나 용감한지, 그런 내용만 쓸 테니까요."

"그러면 훈장을 타게 될 겁니다."

"그러면 얼마나 좋겠어요. 그럼 안녕, 캐서린."

"그럼 좀 있다 만나." 바클리가 대답했다. 퍼거슨이 어둠 속으로 사라졌다.

"좋은 분입니다." 내가 말했다.

"아, 그럼요. 참 좋은 애죠. 간호사예요."

"그럼 당신은 간호사가 아닌가요?"

"어머, 아니에요. 난 VAD*예요. 죽도록 일해 봐야 인정도 못 받는."

"왜죠?"

"아무 일도 일어나지 않을 때는 누구도 우리를 인정해 주지 않아요. 정말로 다급한 일이 생긴다면 모를까."

"어떻게 다른가요?"

"간호사는 의사하고 같아요. 간호사가 되려면 시간이 많이 걸리죠. 하지만 VAD는 단기 과정이에요."

"그렇군요."

"이탈리아군은 여자들이 이렇게 전선에 너무 가까이 있는

---

* '구급 간호 봉사대(Voluntary Aid Detachment)'의 약어. 제1차 세계대전 발발 직전 영국 적십자회가 조직한 단체. 삼 년 동안 교육 과정을 밟아야 하는 정식 간호사와 달리, 임시 간호사들은 단기 속성 과정을 이수하고 자격증을 획득했다.

걸 원치 않았어요. 그래서 우리 모두는 행동을 매우 조심하고 있어요. 외출도 하지 않고요."

"하지만 나는 이렇게 방문하잖아요."

"그야 그렇죠. 우린 수도원에 들어와 있는 게 아니니까요."

"전쟁 얘기는 그만하죠."

"하지만 그러기 힘들걸요. 그만하려고 해도 그럴 수가 있어야지요."

"아무튼 그만하기로 해요."

"좋아요."

우리는 어둠 속에서 서로를 마주 보았다. 나는 그녀가 무척 아름답다고 생각하며 손을 잡았다. 그녀는 손이 잡힌 채 가만히 있었다. 그래서 나는 그 손을 꼭 잡은 채 한 팔로 그녀를 껴안았다.

"안 돼요." 그녀가 말했다. 나는 그녀를 껴안은 채 그대로 있었다.

"왜 안 되죠?"

"어쨌든 안 돼요."

"괜찮아요. 자, 어서." 내가 말했다. 나는 그녀에게 키스를 하기 위해 어둠 속에서 몸을 구부렸다. 그러자 순간 눈에서 불꽃이 번쩍 튀었다. 그녀가 내 얼굴을 힘껏 때린 것이다. 그녀가 손으로 내 코와 두 눈을 때렸기 때문에 반사적으로 눈에서 눈물이 핑 돌았다.

"죄송해요." 그녀가 사과했다. 그 말을 들으니 내가 유리한 입장에 놓여 있다는 확신이 섰다.

"맞아도 싸죠."

"정말로 죄송해요. 밤에 비번인 간호사라면 으레 그러리라고 생각하는 것 같아 참을 수 없었어요. 아프게 할 생각은 조금도 없었어요. 아프셨죠?" 그녀가 물었다.

그녀는 어둠 속에서 나를 빤히 쳐다보고 있었다. 나는 화가 났지만 체스 게임에서 상대방의 수를 읽듯 앞으로 전개될 상황을 훤히 꿸 수 있었다.

"당신은 잘못한 게 없어요. 조금도 언짢게 생각하지 않아요." 내가 말했다.

"가엾은 분."

"아시겠지만, 난 지금껏 이상한 생활을 해 왔지요. 심지어 영어를 지껄일 기회마저 전혀 없었거든요. 그런데 당신이 정말로 아름다워서 그만." 나는 그녀의 얼굴을 바라보았다.

"그런 말도 안 되는 소리는 안 하셔도 돼요. 죄송하다고 그랬잖아요. 우리 이제 화해한 거예요."

"그래요. 그리고 전쟁 이야기도 잊어버렸고요." 내가 대답했다.

그러자 그녀는 한바탕 웃었다. 그녀가 웃는 모습을 보는 것은 처음이었다. 나는 가만히 그녀의 얼굴을 쳐다보았다.

"당신은 좋은 분이에요." 그녀가 말했다.

"아니, 그렇지 않습니다."

"아니에요. 당신은 소중한 분이에요. 괜찮다면 키스하셔도 좋아요."

나는 그녀의 두 눈을 들여다보면서 아까처럼 한 팔로 그녀를 끌어안고 키스를 했다. 힘껏 키스를 하고 꼭 껴안은 채 그녀의 입술을 열기 위해 애썼다. 그러나 그녀의 입술은 굳게 닫혀 있었다. 나는 여전히 화가 났다. 그녀를 껴안고 있으려니 그녀가 갑자기 몸을 부르르 떨었다. 더욱 바짝 끌어안자 심장의 고동이 느껴졌다. 그녀가 입술을 열면서 내 팔에 기댄 채 머리를 뒤로 젖혔다. 그러고 나서 내 어깨에 기대어 울었다.

"아, 당신, 내게 잘해 주실 거죠?" 그녀가 말했다.

어럽쇼, 별꼴 다 보겠네. 나는 속으로 그렇게 생각했다. 나는 그녀의 머리카락을 쓰다듬으며 가볍게 어깨를 두드려 주었다. 그녀는 여전히 울고 있었다.

"그래 주실 거죠?" 그녀는 내 얼굴을 올려다보았다. "이제부터 우리는 이상한 삶을 살게 될 테니까요."

잠시 뒤 나는 그녀와 함께 별장 입구까지 걸어가 그녀를 안으로 들여보낸 뒤 숙소로 돌아왔다. 숙소로 돌아오는 길로 2층 내 방에 올라갔다. 리날디는 침대에 누워 있었다. 그는 나를 쳐다보았다.

"그래, 미스 바클리와는 잘돼 가?"

"우린 그서 친구일 뿐이야."

"발정기의 개처럼 기분 좋은 모습인데."

나는 그 말의 뜻을 제대로 이해할 수 없었다.

"뭐 같다고?"

그러자 그가 설명해 주었다.

"자네도 기분 좋아 보이는데. 마치 개가……."

"관두자. 이러다간 금방이라도 욕지거리가 나오겠어." 그가 웃었다.

"잘 자!" 내가 말했다.

"잘 자, 귀여운 내 강아지."

나는 베개를 던져 그의 촛불을 끄고는 어둠 속에서 침대로 들어갔다.

리날디는 초를 집어 들어 불을 켜고는 다시 책을 읽기 시작했다.

6

나는 이틀 동안 주둔지에 나가 있었다. 숙소로 돌아왔을 때
는 시간이 너무 늦어 이튿날 저녁에야 바클리를 만나러 갈 수
있었다. 그녀는 정원에 없었고 나는 병원 사무실에서 그녀가
내려올 때까지 기다렸다. 사무실로 사용 중인 방에는 벽을 따
라 페인트칠한 둥근 나무 기둥 위에 대리석 흉상이 많이 놓여
있었다. 사무실로 통하는 복도에도 대리석 흉상들이 줄지어
있었다. 흉상들은 모두 비슷비슷해 보이는 대리석의 특징을
유감없이 드러내고 있었다. 조각은 언제 보아도 칙칙했다. 청
동 조각은 그나마 조금 볼품이 있었지만 대리석 흉상은 하나
같이 공동묘지처럼 보였다. 물론 공동묘지 중에도 딱 한 군데
훌륭한 곳이 있다. 피사의 공동묘지 말이다. 제노바*는 형편없

---

* 이탈리아 서북부 밀라노 부근에 있는 항구도시.

는 대리석의 표본이나 보러 가는 도시였다. 이 집은 원래 아주 돈 많은 어느 독일인의 별장이었던 만큼 틀림없이 꽤나 많은 돈을 지불하고 저 동상들을 구입했으리라. 도대체 어느 조각가가 만들었을까, 제작비로 얼마나 받았을까 하는 생각이 들었다. 이 집 식구들의 흉상일까, 아니면 다른 사람들의 흉상일까 하는 추측도 제멋대로 해 보았다. 그러나 모두가 한결같이 고전적인 분위기를 풍겼다. 도무지 뭐라고 말할 수 없는 조각품들이었다. 나는 모자를 손에 쥔 채 의자에 앉아 있었다. 우리는 고리치아 거리에서도 철모를 쓰도록 되어 있었지만 철모는 쓰기가 불편한 데다 민간인들이 피난을 가지 않은 마을에서는 어울리지 않아 우스꽝스러워 보였다. 주둔지에 갈 때는 철모를 쓰고 영국제 방독면도 갖고 갔다. 이탈리아군에서도 그 방독면을 지급하기 시작하던 차였다. 그것은 진짜 방독면이었다. 또한 우리는 자동 권총도 반드시 휴대해야 했다. 심지어 군의관들이나 위생 장교들도 마찬가지였다. 나는 앉아 있는 의자 등받이에 권총이 배기는 것을 느꼈다. 눈에 잘 보이는 곳에 차고 다니지 않으면 체포당할 수도 있었다. 리날디는 권총집에 화장지를 잔뜩 넣어 차고 다녔다. 나는 진짜 권총을 차고 다녔는데, 사격 연습을 하기 전까지는 권총 강도 같은 느낌이 들었다. 총신이 짧은 7.65밀리 구경의 아스트라 권총*으로 사격할 때 반동이 너무 심해 뭔가를 맞춘다는 것은 엄두도 내지 못했다. 과녁 아래쪽을 겨누고는 우스꽝스럽게 짧은 총신

─────────

* 스페인 게르니카의 소시에타 운세타 앤드 콤파니아에서 만든 권총.

의 반동에 익숙해지려고 애쓴 뒤에야 스무 보 거리에서 1미터쯤 안의 물건을 겨누어 맞힐 수 있게 되었다. 권총을 휴대하는 것이 쑥스러웠지만 곧 잊어버리고 권총을 허리에 차고 다녔는데 등허리의 가는 부위에 툭툭 걸리곤 했다. 다만 영어로 말하는 사람들을 만나면 막연히 멋쩍은 생각이 들었다. 나는 여전히 의자에 앉아 있었다. 대리석 바닥이며 대리석 흉상이 놓인 둥근 기둥이며 벽의 프레스코 벽화를 바라보면서 바클리가 나타나기를 기다리는 동안, 당번병처럼 보이는 사내가 책상 너머에서 못마땅한 눈초리로 나를 바라보았다. 프레스코 벽화는 그렇게 형편없지 않았다. 프레스코 벽화는 페인트가 벗겨지고 얇은 조각이 떨어져 나가기 시작할 무렵에 이르러서야 오히려 괜찮아 보이는 법이다.

캐서린 바클리가 복도 아래쪽으로 걸어오는 것을 보고 나는 자리에서 일어섰다. 나를 향해 걸어오는 그녀는 키는 그렇게 커 보이지 않았지만 아주 예뻐 보였다.

"안녕하셨어요, 헨리 씨." 그녀가 인사를 했다.

"안녕하셨습니까?" 나도 인사를 했다. 당번병이 책상 뒤에서 우리 이야기에 귀를 기울였다.

"여기 앉을까요, 아니면 정원으로 나갈까요?"

"밖으로 나가요. 밖이 훨씬 시원해요."

나는 그녀를 따라 정원으로 걸어 나왔고 당번병은 뒤에서 우리를 지켜보았다. 자갈을 깔아 놓은 차도로 나오자 그녀가 물었다. "그동안 어디에 가 계셨어요?"

"주둔지에 다녀왔습니다."

"나한테 쪽지도 보낼 수 없었나요?"

"네, 어쩌다 그렇게 됐어요. 곧 돌아올 줄 알았거든요." 내가 대답했다.

"미리 알려 주셨어야죠, 자기."

우리는 차도를 벗어나 나무 그늘 아래를 걸었다. 나는 그녀의 두 손을 잡고 걸음을 멈춘 뒤 그녀에게 키스를 했다.

"어디 갈 만한 데가 없을까요?"

"없어요. 그냥 이곳을 산책할 수 있을 뿐이죠. 꽤 오랫동안 오지 않으셨네요." 그녀가 대답했다.

"오늘로 사흘째지요. 하지만 지금은 이렇게 돌아오지 않았습니까."

그녀는 내 얼굴을 쳐다보았다. "나를 사랑하시나요?"

"그럼요."

"전에도 날 사랑한다고 하셨나요?"

"그랬지요. 당신을 사랑해요." 나는 거짓말을 했다. 나는 그녀에게 사랑한다고 말한 적이 없었다.

"그럼 캐서린이라고 불러 주시겠어요?"

"캐서린." 우리는 다시 조금 더 걷기 시작해 어느 나무 그늘 아래서 걸음을 멈췄다.

"'나는 밤이 되어 캐서린에게로 돌아왔노라.' 이렇게 말해 보세요."

"나는 밤이 되어 캐서린에게로 돌아왔노라."

"어머, 귀여운 사람. 그래요. 정말 돌아와 주신 거죠?"

"그럼요."

"난 정말로 당신을 사랑하고 있어요. 그래서 끔찍했어요. 이젠 가 버리지 않으실 거죠?"

"그럼요, 언제나 다시 돌아올 겁니다."

"아, 정말 사랑해요. 손을 다시 거기 놔 주세요."

"계속 여기 있었어요." 키스할 때 그녀의 얼굴을 똑바로 볼 수 있도록 나는 그녀의 몸을 옆으로 돌렸다. 그녀는 두 눈을 꼭 감고 있었다. 감은 두 눈에 키스를 했다. 그녀의 머리가 살짝 어떻게 된 게 아닌가 싶었다. 설령 머리가 어떻게 됐다 해도 상관없었다. 지금 그녀와 어떤 상태에 빠져들건 그건 조금도 신경 쓰이지 않았다. 매일 저녁 장교용 위안소에 가는 것보다는 이게 훨씬 나았기 때문이다. 그곳에서는 아가씨들이 온몸에 찰싹 매달리고 동료 장교들과 위층을 오르내리는 사이사이 애정의 표시로 군모를 거꾸로 썼다. 나는 캐서린 바클리를 사랑하지 않았으며, 또 앞으로도 사랑하지 않으리라는 사실을 잘 알았다. 이것은 마치 카드 대신 말로 하는 브리지 게임* 같은 것이었다. 브리지처럼 돈을 따기 위해 게임을 하거나, 아니면 뭔가 내기를 걸고 게임을 하는 척하면 되는 것이다. 무엇을 건 게임인지는 아무도 말하지 않았다. 나아 아무래도 좋았다.

"어디든 갈 만한 곳이 있으면 좋겠는데요." 내가 말했다. 나는 지금 남성들이 오래 서서 연애할 때 겪는 그 어려움을 겪고 있었다.

---

* 2인 1조로 팀을 나누어 점수를 내는 서양 카드 게임.

"갈 곳이 아무 데도 없어요." 그녀가 대답했다. 지금껏 어떤 상태에 빠져 있었건 그녀는 제정신으로 돌아와 있었다.

"그럼 저곳에 잠깐 앉아서 쉬죠."

우리는 평평한 돌 벤치에 걸터앉았다. 나는 캐서린 바클리의 손을 잡았다. 내가 껴안으려 하자 그녀는 저지했다.

"많이 피곤하시죠?"

"아뇨."

그녀는 풀밭에 시선을 떨어뜨렸다.

"지금 우린 뻔한 게임을 하고 있는 거죠?"

"무슨 게임 말인가요?"

"모르는 척하지 마세요."

"정말 모르겠는데요."

"당신은 친절한 분이에요. 그리고 선수처럼 정말 노련해요. 하지만 어쨌든 뻔한 게임인걸요." 그녀가 말했다.

"사람들 생각을 언제나 그렇게 잘 아나요?

"언제나라곤 할 수 없죠. 하지만 당신이라면 알 수 있어요. 나를 사랑하는 척할 필요는 없어요. 오늘 밤은 이 정도면 충분해요. 더 하실 말씀 있으세요?"

"하지만 난 당신을 사랑하고 있어요."

"제발 그런 쓸데없는 거짓말은 그만하기로 해요. 난 잠깐 동안 아주 멋진 촌극을 했을 뿐이에요. 하지만 지금은 괜찮아졌어요. 보시다시피 난 지금 미친 것도 아니고 정신이 나간 것도 아녜요. 가끔씩 그럴 때도 있지만요."

나는 그녀의 손을 꼭 쥐었다. "사랑스러운 캐서린."

"아주 묘하게 들리네요……. 캐서린 하는 소리 말이에요. 지금까지 발음할 때와는 달라요. 하지만 당신은 정말 친절한 분이에요. 정말로 좋은 사람이라고요."

"군종신부도 그런 말을 했죠."

"그래요, 당신은 정말 좋은 분이에요. 앞으로도 나를 만나러 와 주실 거죠?"

"물론이죠."

"나를 사랑한다고 말할 필요까지는 없어요. 당분간은 그걸로 됐어요." 그녀는 벤치에서 일어서더니 나에게 손을 내밀었다. "그럼 안녕히 주무세요."

나는 그녀에게 키스하고 싶었다.

"안 돼요. 지금 난 무척 피곤해요." 그녀가 말했다.

"그래도 키스해 줘요." 내가 말했다.

"정말로 피곤하다니까요, 귀여운 사람."

"내게 키스해 줘요."

"그렇게도 하고 싶으세요?"

"그럼요."

우리는 키스를 했고 그녀는 갑자기 멈추고 나를 뿌리쳐 버렸다. "이제 안 돼요. 안녕히 가세요, 자기." 우리는 병원 문 앞까지 걸어갔다. 나는 그녀가 안으로 들어가 복도 저편으로 내려가는 것을 바라보았다. 나는 그녀가 걸어가는 모습을 가만히 지켜보는 것이 좋았다. 그녀는 복도 아래쪽으로 계속 걸어갔다. 그리고 나는 발길을 돌려 숙소로 돌아왔다. 무더운 밤이었고, 산 위쪽에서는 한창 전투가 벌어지고 있었다. 산가브리엘레* 쪽에서 포화가 번쩍였다.

나는 빌라로사** 앞에서 걸음을 멈추었다. 셔터를 내렸지만 안에서는 아직도 영업이 계속되고 있었다. 누군가가 노래를 부르고 있었다. 나는 숙소로 돌아왔다. 옷을 벗는데 리날디가 들어왔다.

"아하! 일이 잘 안 되는 모양이네. 우리 꼬맹이가 당황한 걸 보니." 그가 말했다.

"어디 갔다 와?"

"빌라로사에. 배운 게 아주 많았지, 이봐. 모두 노래를 불렀어. 한데 자넨 어딜 갔던 거야?"

"영국 아가씨를 찾아갔지."

"나는 말이야, 그 영국 아가씨와 엮이지 않은 걸 천만다행으로 생각해."

* 이탈리아 북동쪽에 위치한 마을.
** 고리치아에 있는 장교용 위안소. '붉은 집'이라는 뜻이다.

7

이튿날 오후, 나는 산에 있는 첫 번째 주둔지에서 돌아와 부상자 임시 수용소에 차를 세웠다. 이곳에서는 부상자들과 환자들을 서류에 따라 분류해서 서류에 지정 병원을 기입해 주고 있었다. 계속 운전을 했던 터라 자동차에 그대로 앉아 있는데 운전병이 서류를 가지고 왔다. 날씨는 무덥고 하늘은 눈이 부실 정도로 맑고 푸르렀으며 도로는 희고 먼지가 자욱했다. 나는 피아트 자동차의 높다란 좌석에 앉은 채 아무런 생각 없이 일개 연대가 도로 위를 지나는 모습을 바라보고 있었다. 병사들은 더워서 땀을 뻘뻘 흘렸다. 몇 명은 철모를 쓰고 있었지만 보통은 배낭 뒤에 매달고 있었다. 철모의 대부분은 너무 커서 그것을 쓰고 있는 병사의 귓전까지 덮다시피 했다. 장교들은 모두 철모를 쓰고 있었는데 사병들의 것보다는 머리에 잘 맞았기 때문이다. 그들은 바실리카타* 여단의 절반에 해당하는 병사들이었다. 옷깃에 붉은색과 흰색 줄무늬가 있는 것을 보면 알 수 있었다. 연대가 지나가고 한참 뒤에 미처 소대를 따라가지 못한 낙오병들이 그 뒤를 따랐다. 그들은 땀과 먼지를 뒤집어쓰고 있었으며 피곤해 보였다. 몹시 아파 보이는 사람도 몇 명 있었다. 병사 하나가 낙오병 무리의 제일 뒤에서 한참 떨어져 걸어갔다. 그는 다리를 절룩거리며 걷고 있었다. 그러더니 걸음을 멈추고는 아예 길가에 주저앉았다. 나는 차에서 내려 그에게 다가갔다.

"왜 그래?"

그는 나를 올려다보고 다시 일어섰다.

"계속 가겠습니다."

"어디가 문제야?"

"……전쟁이 문제죠."

"다리는 왜 그래?"

"다리가 아닙니다. 탈장(脫腸)입니다."

"수송차를 타고 가지 그랬나? 왜 병원에 가지 않았어?" 내가 물었다.

"보내 줘야 가죠. 중위님은 제가 일부러 탈장대(脫腸帶)를 떼어 버렸다고 합니다."

"어디 좀 봐."

"밖으로 좀 삐져나와 있어요."

---

* 이탈리아 남부 지역으로 서쪽으로는 캄파니아, 북쪽과 동쪽으로는 풀리아, 남쪽으로는 칼라브리아와 인접해 있다.

"어느 쪽이야?"

"이쪽입니다."

나는 그것을 만져 보았다.

"기침을 해 봐." 내가 말했다.

"기침을 하면 더 커질 것 같아요. 오늘 아침보다도 곱절은 커졌어요."

"그대로 앉아 있어. 부상자 서류를 작성하면 곧 태워서 자네 군의관에게 인계해 줄 테니." 내가 말했다.

"군의관님은 제가 고의로 그랬다고 할 겁니다."

"군의관들도 어쩔 수 없을 거야. 부상이 아니니까. 전에도 그런 적 있겠지?" 내가 말했다.

"하지만 탈장대를 잃어버렸어요."

"병원으로 보내 줄지도 몰라."

"이곳에 남아 있으면 안 될까요, 중위님?"

"그건 안 돼. 여긴 자네 서류가 없잖아."

운전병이 차 안에 있는 부상병들의 서류를 가지고 문밖으로 나왔다.

"105호에 네 명, 132호에 두 명입니다." 운전병이 말했다. 강 건너에 있는 병원들을 가리키는 번호였다.

"자네가 운전해." 내가 말했다. 나는 탈장에 걸린 병사를 부축해서 좌석에 앉혔다.

"영어를 할 줄 아세요?" 그가 물었다.

"할 줄 알지."

"이 빌어먹을 전쟁에 대해 어떻게 생각하시나요?"

"지긋지긋하지, 뭐."

"정말 지긋지긋해요. 빌어먹을, 지긋지긋하다고요."

"자넨 미국에 살아 본 적이 있나?"

"네, 피츠버그에 살았어요. 전 중위님이 미국인이라는 걸 알아봤어요."

"내 이탈리아어가 그렇게 서툰가?"

"장교님이 틀림없이 미국인이라는 걸 금방 알아차렸죠."

"미국인 한 명 추가네요." 운전병은 탈장에 걸린 병사를 바라보며 이탈리아어로 말했다.

"보십시오, 중위님. 저를 꼭 저 연대로 데려가셔야만 합니까?"

"물론이지."

"군의관은 제 탈장에 대해 압니다. 제가 그 빌어먹을 탈장대를 내버렸거든요. 상처를 악화시켜 전선에 돌아가지 않으려고요."

"알겠어."

"다른 데로 데려다 주실 순 없을까요?"

"전선에서 가까운 곳이라면 응급 구호소에라도 데려다 줄 수 있지. 하지만 이런 후방에선 서류가 있어야 해."

"부대로 돌아가면 수술받은 뒤에 다시 전선에 투입될 거예요."

나는 이 문제를 이리저리도 생각해 보았다.

"중위님도 언제까지나 전선에 있고 싶진 않으시겠죠?"

"물론 아니지."

"젠장, 빌어먹을 놈의 전쟁 아닙니까?"

"이봐. 차에서 내려 길가 아무 데라도 넘어져 머리에 혹을 만들어 봐. 그러면 돌아오는 길에 태워서 병원에 데려다 줄 테니. 여기다 차를 세워, 알도." 내가 말했다. 우리는 길가에 차를 세웠다. 나는 그를 부축하여 차에서 내려 주었다.

"꼼짝 않고 이곳에 있겠습니다, 중위님." 그가 말했다.

"자, 그럼 나중에 또 만나자고." 내가 말했다. 우리는 계속 차를 몰았고, 1.5킬로미터쯤 앞에서 아까 그 연대를 지나친 뒤 강을 건넜다. 눈이 녹은 물로 지저분해진 강물이 다리 기둥 사이로 빠르게 흐르고 있었다. 강을 건너 들판을 지나 두 병원에 부상병을 인계했다. 돌아올 때는 내가 차를 운전했고, 피츠버그 출신의 병사를 찾으려고 속도를 내어 빈 차를 몰았다. 우선 아까 그 연대를 지나쳤지만 날씨가 아까보다 더 무더워 병사들은 전보다 걸음걸이가 느렸다. 다음은 낙오병들을 지나쳤다. 뒤이어 우리는 말이 끄는 앰뷸런스 하나가 길가에 서 있는 것을 보았다. 사병 두 명이 탈장에 걸린 사병을 들어 마차에 태우고 있었다. 그들은 탈장에 걸린 사병을 데리러 돌아왔던 것이다. 그의 철모는 벗겨 있었고 머리털이 난 자리 아래 이마에서는 피가 흐르고 있었다. 콧등도 까진 데다 피가 난 곳과 머리카락도 온통 먼지투성이였다.

"이 혹 좀 보세요, 중위님! 소용이 없잖아요. 이 친구들이 저를 데리러 왔다고요." 그가 큰 소리로 외쳤다.

숙소로 돌아오니 벌써 5시였다. 나는 세차장에 가서 샤워를 했다. 그런 뒤 내 방의 열린 창문 앞에 앉아서 바지와 셔츠 바람으로 보고서를 작성했다. 이제 이틀 뒤면 공격이 시작될 것이고, 그렇게 되면 나는 앰뷸런스를 인솔해 플라바로 갈 것이다. 꽤 오랫동안 미국으로 편지를 보내지 않았다. 편지를 써야 한다는 것은 알았지만, 너무도 오랫동안 쓰지 않아 새삼 편지를 쓰기가 어려웠다. 사실 쓸 말도 별로 없었다. 잘 지내고 있다는 안부 인사 부분을 제외하고는 모든 것을 지워 버리고 육군 야전 엽서 두세 장을 부쳤다. 일단은 그것으로도 충분할 것 같았다. 이런 군사 엽서들은 이상하고도 신비로워 보이기 때문에 미국에서는 퍽 귀한 대접을 받을 것이다. 이상하고 신비롭기는 이 전선도 마찬가지였다. 하지만 다른 전선에 비하면 꿋꿋이 잘 견뎌 내고 있다는 생각이 들었다. 오스트리아군은 나폴레옹식의 승리를 하도록 만들어진 군대였다. 어느 나폴레옹이건 말이다.* 우리 아군에도 나폴레옹 같은 명장이 하나 있으면 좋으련만. 겨우 있다는 것이 뚱뚱보에다 지나치게 원기 왕성한 일 카도르나** 장군, 그리고 목이 가늘고 긴 데다 염소수염에 키가 작은 비토리오 에마누엘레 왕뿐이었다. 우익 전선에는 아오스타 공작***이 있었다. 위대한 장군이 되기에는 지나치게 잘생겼지만 남자다운 풍채를 갖춘 인물이었

---

* 나폴레옹 보나파르트(나폴레옹 1세)를 가리킬 수도, 그의 조카인 루이 나폴레옹(나폴레옹 3세)을 가리킬 수도 있다는 뜻.
** 루이시 카노트나(1850~1928). 이날리아의 육군 원수로 세1차 세계내전 중 이탈리아 군대의 최고 사령관을 지냈다.
*** 사보이 - 아오스타의 에마누엘레 필리베르토(1869~1931). 비토리오 에마누엘레 3세의 사촌이다.

다. 많은 사람들이 아오스타 공작을 왕으로 삼고 싶었을 것이다. 실제로 그는 왕에 버금가는 풍모를 갖추고 있었으며 황태자의 숙부로 제3군을 지휘하고 있었다. 우리는 제2군에 소속되어 있었다. 제3군에는 영국군의 포병대가 몇 개 배속되어 있었다. 나는 밀라노에서 그 포병대 소속의 대원 두 사람을 만난 적이 있다. 재미있는 친구들이어서 즐겁게 하룻밤을 같이 보냈다. 몸집이 크고 수줍음을 많이 타며 어색해하면서도 모든 일에 무척 감사하는 친구들이었다. 차라리 영국군에 들어갈 걸 그랬다는 생각도 들었다. 그랬더라면 사정이 지금보다 훨씬 단순했을 것이다. 하지만 그랬더라면 나는 전사했을지도 모른다. 이런 앰뷸런스 근무로는 전사하지 않는다. 아니, 앰뷸런스 근무를 하면서도 죽을 수는 있다. 영국군 앰뷸런스 운전병들도 이따금씩 전사했다. 어쨌든 나는 내가 전사하지 않으리라는 것을 알았다. 적어도 이 전쟁에서는 말이다. 이 전쟁은 나와 아무런 상관이 없다. 나에게 이 전쟁은 영화 속의 전쟁만큼이나 위험해 보이지 않았다. 그래도 나는 이 전쟁이 어서 끝나기를 하느님께 간절히 기도했다. 어쩌면 이번 여름에는 끝날지도 모른다. 오스트리아 군대가 항복할지도 모른다. 다른 전쟁에서도 언제나 항복했으니 말이다. 그러나 이 전쟁은 정말 어떻게 될까? 누구나 다 프랑스 군대는 벌써 끝났다고들 한다. 리날디는 프랑스군이 반란을 일으켜 파리로 진군해 들어갔다고 했다. 내가 리날디에게 그곳에서 무슨 일이 일어났는지 묻자 "아, 그건 진압되었어." 하고는 끝이었다. 나는 전쟁이 없는 오스트리아에 가 보고 싶다. 블랙포리스트*에도 가 보고 싶다. 하르츠 산맥**에도 가 보고 싶다. 하르츠 산맥은 어디에 있을까? 카르파티아 산맥***에서도 전투가 벌어지고 있었다. 왠지 그곳은 절대 가고 싶지 않다. 그러나 경치가 좋은 곳일지도 모른다. 전쟁만 없으면 스페인에도 갈 수 있었다. 해가 기울면서 날이 서늘해지기 시작했다. 저녁 식사를 마치면 캐서린 바클리를 만나러 가야지. 그녀가 지금 여기 있다면 얼마나 좋을까. 그녀와 함께 밀라노에 있으면 좋으련만. 코바에서 함께 식사를 하고 무더운 저녁 비아 만초니 거리****를 산책하고 다리를 건너 운하를 따라 걷다가 길을 꺾어 캐서린 바클리와 함께 호텔로 가고 싶다. 어쩌면 그녀는 응할지도 모른다. 나를 전사한 애인이라고 생각할 수도 있는 일 아닌가. 우리는 현관문으로 들어가고 호텔 포터는 모자를 벗는다. 나는 프런트에 서서 열쇠를 달라고 하고, 그녀가 엘리베이터 옆에 서 있고, 우리는 엘리베이터를 타고, 엘리베이터는 층마다 덜커덕거리며 아주 느리게 올라간다. 마침내 우리가 내릴 층까지 오면 보이가 엘리베이터 문을 열고 서 있고, 그녀가 엘리베이터에서 내리고, 나도 그 뒤를 따른다. 둘이서 복도 아래쪽으로 걸어가고, 나는 방문을 열쇠로 열고 안으로

---

* 독일 남서부의 삼림 지대. 독일어로 슈바르츠발트.
** 폴란드와 체코 국경을 이루는 산맥.
*** 이 집 중동부에 위치한 초승달 모양의 산맥. 슬로바키아, 폴란드, 헝가리, 루마니아, 우크라이나 등에 걸쳐 있다.
**** 밀라노에 있는 가장 번화하고 화려한 거리. 피아차 델라 스칼라에서 시작해서 북서쪽으로 피아차 카부르까지 뻗어 있다.

들어가 전화기를 들고 카프리 비안코* 한 병을 얼음이 잔뜩 든 양동이에 넣어서 갖다 달라고 주문한다. 그러면 벌써 얼음이 양동이에 부딪히는 소리가 복도 아래쪽에서부터 들리고, 보이가 문을 두드리면 나는 문밖에 놓고 가라고 말한다. 날씨가 너무 더워 우리는 아무것도 걸치지 않은 채 알몸으로 창문을 모두 열어 놓고 있기 때문이다. 제비들이 집들의 지붕 위를 날쌔게 날아다니고, 곧 어두워진 창가로 다가가 보면 아주 조그마한 박쥐들이 지붕 위를 날아다니다가 어느새 또 나무 위로 낮게 스쳐 간다. 우리는 카프리를 마시고, 문을 잠그고, 홑이불 한 장만 감고 무더운 밀라노의 밤이 새도록 사랑을 나눌 것이다. 우리는 마땅히 그렇게 할 것이다. 어서 빨리 식사를 마치고 캐서린 바클리를 만나러 가야지.

식당에서는 모두 지나치게 말이 많았다. 오늘 밤에는 술을 조금 마셔야 그들과 형제처럼 어울릴 수 있을 것 같아 나도 포도주를 마셨다. 나는 군종신부와 함께 고결한 인격자로 보이는 아일랜드 대주교**에 대해 이야기를 나눴다. 또 그분이 받고 있는 부당한 취급에 대해 아는 척했다. 나도 미국인으로서 관계가 있는 셈이었지만 나는 사실 그에 대해 전혀 들어 본 적이 없었다. 결국 오해인 듯한 그 원인에 대해 그렇게 훌륭한 설명을 들으면서 아무것도 아는 게 없다는 사실이 실례인 것 같아서였다. 나는 그 대주교의 이름이 멋지다고 생각했다. 미네

---

* 이탈리아 카프리 섬에서 생산되는 백포도주.
** 존 아일랜드(1838~1918)는 미국 미네소타 주 세인트폴의 첫 번째 주교였다.

소타 주 출신이기 때문에 그런 이름을 갖게 되었을 것이다. 미네소타 주의 아일랜드, 위스콘신 주의 아일랜드, 미시건 주의 아일랜드. 그 이름이 멋지게 들리는 것은 섬을 뜻하는 '아일랜드'와 발음이 같기 때문이다. 아니, 그렇지 않아요. 그보다는 다른 이유가 있어요. 그렇습니다, 신부님. 그게 맞아요, 신부님. 아마 그럴 겁니다, 신부님. 아뇨, 신부님. 그렇죠, 어쩌면 그럴지도 모르죠, 신부님. 그 문제라면 저보다 신부님이 더 잘 아시겠죠, 신부님. 신부는 선량한 사람이지만 따분했다. 장교들은 선량하지 않으면서도 따분했다. 국왕은 선량했지만 따분했다. 포도주는 좋지 않았지만 따분하지 않았다. 포도주를 마시면 치아의 법랑질이 벗겨져서 입천장에 들러붙는다.

"그래서 그 신부님은 유치장 신세를 졌어요. 신부님의 몸에서 3퍼센트 이자 공채를 찾아냈기 때문이죠. 물론 그건 프랑스에서 있었던 일이지만요. 이곳이라면 그분을 체포하지 않았을 겁니다. 그분은 5퍼센트 이자 공채에 대해서는 전혀 아는 바가 없다고 부인했죠. 이 사건은 베지에*에서 일어났거든요. 저는 마침 그때 그곳에 있어서 신문에 난 기사를 읽고 감옥까지 가서 신부님 면회를 신청했습니다. 그분이 공채를 훔친 건 분명한 일이었죠."

"난 이 이야기 한마디도 믿지 않아." 리날디가 말했다.

"믿든 말든 그건 자네 마음이야. 난 다만 여기 계신 우리의 신부님을 위해 이야기를 하는 거라고. 나산 참고가 되는 세 아

---

*프랑스 남서부 랑그도크에 위치한 소도시.

니거든. 신부님이니 이 이야기를 고맙게 받아들일 테고."로카
가 대꾸했다.

그러자 신부가 미소를 지었다. "계속 얘기해 보세요. 열심
히 듣고 있으니까요." 그가 말했다.

"물론 일부 지방 공채에 관해서는 설명이 되지 않았지만,
신부님은 3퍼센트 이자 공채와 지방 공채도 몇 장 갖고 계셨
어. 그게 어느 지방 공채였는지는 잊어버렸지만. 그래서 난 감
옥으로 찾아갔단 말이지. 자, 이게 내 이야기의 요점이지. 나
는 감방 밖에 서서 고해성사라도 하듯 이렇게 말했지. '신부
님, 저를 축복해 주십시오. 신부님은 죄를 지으셨으니까요.'
하고 말이야."

그러자 모두 껄껄대고 웃었다.

"그래 신부님이 뭐라고 하시던가요?" 신부가 물었다. 로
카는 이 질문을 무시한 채 나에게 계속 그 농담을 들려주었
다. "어때, 이 이야기의 요점을 알겠지?" 의미를 제대로 안다
면 꽤 재미난 농담일 것 같았다. 그들은 내 술잔에 또 술을 따
라 주었고, 나는 샤워 세례를 받아야 했던 영국군 사병 이야기
를 했다. 그러자 소령은 열한 명의 체코슬로바키아 병사와 헝
가리 하사관 이야기를 했다. 또다시 얼마쯤 술이 들어간 뒤 나
는 경마 기수가 1페니짜리 동전을 발견한 이야기를 했다. 그
러자 소령은 이탈리아에도 비슷한 이야기가 있다며 밤에 잠
을 못 이루는 공작부인에 대해 들려주었다. 그즈음 신부는 자
리를 떴고, 나는 찬 서북풍이 불어 대는 어느 아침 5시에 마르
세유에 도착한 행상인에 관해 이야기했다. 소령은 내가 술을

잘 마신다는 소문을 들었다고 말했다. 나는 사실이 아니라며 부인했다. 그러자 소령은 소문이 맞다고 우기면서 바쿠스 신의 시체를 두고 진위를 가리자고 제안했다. 바쿠스는 곤란하다고 내가 말했다. 바쿠스는 안 된다고요. 아냐, 바쿠스가 좋아. 소령이 우겼다. 나는 바시 필리포 빈센차를 상대로 컵이면 컵, 유리잔이면 유리잔으로 술을 마셔야만 했다. 바시는 자기가 벌써 나보다 두 배나 더 마셨기 때문에 시합을 할 수 없다고 거절했다. 나는 그건 새빨간 거짓말로 바쿠스건 바쿠스가 아니건 간에 필리포 빈센차 바시, 아니, 바시 필리포 빈센차는 (도대체 그 녀석 이름이 뭐였더라?) 저녁 내내 술을 한 방울도 입에 대지 않았다고 반박했다. 그랬더니 그 녀석은 내 이름이 페데리코 엔리코인지, 엔리코 페데리코인지* 어느 쪽이 맞느냐고 따졌다. 바쿠스는 집어치우고 가장 술이 센 사람이 이긴 걸로 하자고 내가 말하자 소령이 머그잔에 붉은 포도주를 따라주며 시작하라고 했다. 절반쯤 들이켜니 더 이상 마시고 싶지 않았다. 가야 할 곳이 기억났기 때문이다.

"바시가 이겼습니다. 이 사람이 나보다 세네요. 전 갈 데가 있어서요." 내가 말했다.

"저 친구 정말 갈 데가 있답니다. 누구랑 만나기로 했거든요. 제가 잘 알아요." 리날디가 한마디 거들었다.

"이제 그만 가야겠습니다."

---

* 주인공이며 화자인 '프레더릭 헨리'를 이탈리아식으로 표기한 이름. 그의 이름이 '프레더릭 헨리'인지, '헨리 프레더릭'인지 헷갈린다는 뜻이다.

"그럼 다른 날 밤에 붙어 보자고. 자네가 자신 있다고 생각되는 날 밤에 말이야." 바시가 말하고는 내 어깨를 찰싹 쳤다. 식탁에는 촛불이 켜져 있었다. 장교들은 모두 기분이 좋았다. "자, 그럼 여러분, 또 만나죠."

리날디가 나와 함께 밖으로 나왔다. 문밖 잔디밭에 서자 그가 먼저 입을 열었다. "취한 상태로는 가지 않는 게 좋아."

"난 취하지 않았어, 리닌.* 정말이야."

"커피콩이라도 좀 씹지그래."

"쓸데없는 소리."

"조금 갖다 줄게. 근처를 좀 왔다 갔다 해 봐." 그는 볶은 커피콩을 한 줌 가지고 돌아왔다. "자, 이걸 좀 씹어 봐. 자네에게 신의 가호가 있기를."

"바쿠스 신 말이지." 내가 말했다.

"내가 따라가 줄게."

"아무렇지도 않다니까."

우리는 어깨를 나란히 하고 마을을 가로질렀고, 나는 걸으면서 커피콩을 씹었다. 영국인 병원에 이르는 사유 차도의 문앞에서 리날디는 작별 인사를 했다.

"안녕. 자네도 같이 들어가지그래?" 내가 물었다.

그는 머리를 저었다. "아냐. 난 그보다 단순한 쾌락이 좋아." 그가 대답했다.

"커피콩 고마워."

---

* '리날디'의 애칭.

"천만에, 우리 꼬맹이. 별것도 아닌걸."

나는 차도를 따라 걸어 내려갔다. 차도 양쪽에 서 있는 사이 프러스 나무들의 윤곽이 선명하게 드러나 보였다. 뒤돌아보니 리날디가 서서 나를 쳐다보고 있었다. 나는 그에게 손을 흔들어 보였다.

나는 별장의 응접실에 앉아서 캐서린 바클리가 내려오기를 기다렸다. 누군가가 복도를 따라 걸어왔다. 나는 자리에서 일어섰지만 캐서린이 아니었다. 퍼거슨이었다.

"안녕하세요? 캐서린이 미안하지만 오늘 밤은 만날 수 없다고 전해 달라는군요." 그녀가 인사를 했다.

"그것 참 섭섭한데요. 몸이 불편한 건 아니겠죠."

"그리 좋은 편도 아녜요."

"제가 몹시 걱정하더라고 전해 주십시오."

"네, 그러죠."

"내일 만나러 와도 괜찮을까요?"

"네, 괜찮을 거예요."

"고맙습니다. 그럼 안녕히 계십시오." 내가 말했다.

문밖으로 나오니 갑자기 외롭고 공허한 기분이 들었다. 지금껏 나는 캐서린을 만나는 것을 너무도 가볍게 생각해 왔다. 술에 조금 취했다고 그녀를 만나러 오는 것조차 잊을 뻔하지 않았던가. 그러나 막상 그녀를 만나지 못하니 기분이 여간 쓸쓸하고 공허한 게 아니었다.

8

이튿날 오후, 마침내 그날 밤에 강 상류 쪽에서 공격이 개시될 것이라는 소식이 들려와 우리는 앰뷸런스 네 대를 그곳으로 몰고 갔다. 모두 자신 있게 큰소리를 치며 전략상의 지식을 동원해 댔지만 막상 이 공격에 대해 아는 사람은 아무도 없었다. 나는 선두 차량에 타고 있었는데 영국군 병원의 입구 앞을 지날 때 운전병에게 잠시 차를 멈추라고 명령했다. 다른 차량들도 갑자기 멈춰 섰다. 나는 차에서 내려 다른 운전병에게 계속 앞으로 가라고 이르고, 만약 코르몬스*에 이르는 도로의 교차점에서 우리가 따라잡지 못하면 그곳에서 기다리라고 했다. 나는 사유 차도로 급히 올라가 응접실에서 바클리를 만나고 싶다고 부탁했다.

---

* 고리치아에서 서쪽으로 11킬로미터 떨어진 소도시.

"지금은 근무 중입니다."

"잠깐이라도 만날 수 없을까요?"

그들은 알아보도록 당번병 하나를 보냈고, 그녀가 그와 함께 나왔다.

"몸이 좀 나아졌는지 알고 싶어 잠깐 들렀어요. 근무 중이라기에 잠깐만 만나게 해 달라고 부탁했지요."

"이젠 다 나았어요. 어젠 더위에 그만 녹초가 됐나 봐요." 그녀가 말했다.

"그럼 이만 가 봐야겠어요."

"잠깐 문밖까지 배웅해 드릴게요."

"정말 괜찮은 건가요?" 밖으로 나오자 내가 물었다.

"괜찮아요, 자기. 오늘 밤 와 주시는 거죠?"

"올 수 없어요. 플라바 위쪽에서 한판 쇼가 벌어질 예정이어서 지금 출동하는 중이거든요."

"쇼라니요?"

"뭐 대단한 건 아니고요."

"그렇지만 돌아오시는 거죠?"

"내일 돌아올 겁니다."

"정말 괜찮은 거예요?"

캐서린이 목에서 뭔가를 풀어 내 손에 쥐여 주었다. "성(聖) 안토니오*예요. 내일 밤에는 돌아오세요." 그녀가 말했다.

---

* 파도바의 성 안토니오(1195~1231). 로마 가톨릭의 기적의 수호성인이자 이탈리아의 수호성인이다. 여기에서는 성 안토니오 상을 새긴 목걸이를 가리킨다.

"가톨릭 신자가 아니잖아요?"

"네, 하지만 사람들 말로는 성 안토니오가 퍽 도움이 된다더라고요."

"당신을 위해 소중히 간직할게요. 그럼 안녕히."

"싫어요. 안녕이란 말은 싫어요." 그녀가 말했다.

"알겠어요."

"얌전하게 계시고 또 조심하셔야 돼요. 아이, 안 돼요. 이런 데서 키스해선 안 돼요. 안 된다니까요."

"알겠어요."

돌아보니 그녀는 아직도 계단 위에 그대로 서 있었다. 그녀는 나를 향해 손을 흔들었다. 나는 내 손에 입을 맞춘 뒤 그녀를 향해 쳐들었다. 그러자 그녀가 다시 한 번 손을 흔들었다. 그러고 난 뒤 나는 차도를 벗어나 앰뷸런스에 올라타 출발했다. 성 안토니오는 조그마한 흰색 금속 상자 안에 들어 있었다. 나는 뚜껑을 열어 그것을 내 손바닥 위에 꺼내 놓았다.

"성 안토니오인가요?" 운전병이 물었다.

"그래."

"저도 하나 갖고 있죠." 그는 핸들에서 오른손을 떼고 상의 단추를 하나 풀더니 셔츠 아래쪽에서 그것을 끄집어냈다.

"보이시죠?"

나는 성 안토니오를 상자 안에 다시 넣고 가느다란 금줄과 함께 그것을 가슴주머니에 넣었다.

"목에 안 거세요?"

"응."

"거시는 게 좋을 텐데요. 목에 걸라고 만든 거잖아요."

"그러지." 내가 말했다. 나는 금줄의 고리를 풀어 목에 맨 뒤 고리를 채웠다. 성 안토니오 목걸이가 내 군복 상의 밖에 대롱대롱 매달렸다. 나는 상의 목 부분을 풀어헤치고 셔츠 깃의 단추를 끌러 목걸이를 셔츠 속으로 집어넣었다. 차가 달리는 동안 금속 상자에 든 성상이 가슴에 닿는 것이 느껴졌다. 그런 뒤 나는 곧 그것에 대해 잊어버리고 말았다. 뒷날 부상을 입은 후로 나는 그것을 끝내 찾을 수 없었다. 어쩌면 응급 치료소에서 누군가 주웠으리라.

우리는 다리를 건너면서 속도를 냈고, 곧 앞쪽에서 먼지를 일으키며 달리는 다른 차들을 보았다. 모퉁이를 도니 점처럼 보이는 차량 세 대가 바퀴에서 먼지를 뽀얗게 피워 올리고는 나무 사이로 사라졌다. 우리는 그 차들을 따라잡고 추월한 뒤 이번에는 언덕으로 올라가는 도로로 꺾어 들었다. 차량 호송대를 이끌고 차를 모는 것은 선두 차량의 경우 과히 기분 나쁘지 않은 일이다. 나는 자리에 푹 기대 앉아 주위에 펼쳐지는 경치를 바라보았다. 우리는 강 가까운 산기슭을 달리고 있었는데, 길이 가팔라지면서 북쪽으로 아직도 봉우리에 눈이 녹지 않은 높은 산들이 보였다. 뒤를 돌아보니 군용차 세 대가 자욱하게 피어오르는 먼지 사이로 기어올라 오고 있었다. 우리는 짐을 실은 노새들의 긴 대열과 붉은 터키모를 쓰고 그 옆은 건는 병사들을 지나쳤다. 저격병들이었다.

노새의 대열을 지나자 도로가 텅 비어 있었다. 언덕 몇 개를 오르고 난 뒤 긴 산등성이를 타고 내려가 강 계곡으로 빠져

나왔다. 도로 양쪽에는 나무들이 나란히 서 있었고, 오른쪽 나무들 사이로 강이 보였다. 물은 맑고 물살이 빨랐으며 수심이 얕았다. 강이 얕고, 수로를 따라 모래와 자갈이 깔려 있었는데 때로는 물이 자갈 바닥 위로 광택 천처럼 펼쳐져 있었다. 강기슭 가까이에 있는 몇몇 깊은 웅덩이의 물은 마치 하늘처럼 푸른 빛을 띠고 있었다. 강 위에는 아치형 돌다리가 있었고 그곳부터 큰길이 좁은 길들로 갈라졌다. 우리는 돌로 지은 농가들 앞을 지나갔다. 농가에는 남쪽 벽과 들판의 나지막한 돌담을 배경으로 배나무들이 촛대처럼 가지를 뻗고 서 있었다. 우리는 한참 계곡을 끼고 올라가다가 구부러지며 또다시 언덕으로 올라갔다. 도로는 비탈길이 되어 밤나무 숲 사이를 앞뒤로 구불구불 가파르게 올라가다가 마침내 산마루를 따라 평평해졌다. 숲 사이로 보이는 아래쪽으로 아군과 적군을 갈라놓은 강줄기가 햇빛을 받아 반짝였다. 우리는 산마루를 따라 뻗어 있는 울퉁불퉁한 새 군용 도로를 달렸다. 북쪽으로 산맥 둘이 보였는데, 봉우리에 눈이 남은 데까지는 검푸르게 보이다가 햇빛을 받는 곳에서는 희고 아름답게 보였다. 그러고 나서 산마루를 타고 계속 길을 오르니 그 너머로 세 번째 산맥이 보였다. 이전 산보다 더 높고 눈이 많이 덮인 산맥으로 마치 백묵처럼 희고 주름이 져 있고 희한하게도 평지를 이루고 있었다. 이런 산들 훨씬 저 멀리 다른 산들이 보였지만 정말로 보이는지 어떤지는 말하기 어려웠다. 모두 오스트리아 산들로 이탈리아 쪽에는 그런 산이 하나도 없었다. 도로 앞쪽을 내다보니 오른쪽으로 샛길 하나가 둥글게 구부러졌고, 아래쪽을 내려다보니 나무 사이로 가파른 비탈길을 이루고 있었다. 병사들과 군용 트럭과 산악포(山岳砲)를 실은 노새들이 그 도로를 지나고 있었다. 옆쪽에 붙어 비탈길을 따라 내려가면서 보니 저 멀리 아래쪽으로 강이며, 강을 따라 달리는 한 줄기 침목과 철도며, 강 건너 쪽으로 연결된 옛 다리며, 강 건너편 언덕 아래 점령하기로 되어 있는 조그마한 마을의 무너진 집들이 보였다.

우리가 아래쪽으로 내려와서 강 옆으로 나란히 뻗은 간선 도로로 접어들었을 때는 날이 어둑해지고 있었다.

9

도로는 몹시 붐볐다. 길 양쪽에 옥수숫대와 밀짚 거적으로 차폐물이 설치되어 있었으며 그 위까지도 거적을 쳐 놓아서 마치 서커스장이나 원주민 부락의 입구처럼 보였다. 우리는 거적을 덮은 이 터널을 천천히 통과해 전에 정거장이 있던 확 트인 공지로 나왔다. 이곳은 도로가 강둑보다 낮았는데, 낮게 가라앉은 그 도로를 따라 강둑에 굴을 파고 보병들이 들어가 있었다. 해는 뉘엿뉘엿 서신을 넘어가고 있었다. 강둑을 따라 차를 몰며 올려다보니 맞은편 산 위에 오스트리아군의 관측기구(觀測氣球)*가 석양을 등지고 언덕 위에 거무스름하게 떠 있었다. 우리는 벽돌 공장을 지나서 차를 세웠다. 벽돌 굽

---

* 제1차 세계대전 중에는 기구를 타고 공중에 올라가 적군의 동태를 파악했다.

는 아궁이와 깊은 구멍 몇 개가 벌써 응급 구호소로 마련되어
있었다. 내가 아는 군의관도 세 사람 있었다. 나는 소령과 이
야기를 나누면서, 전투가 벌어져 앰뷸런스에 부상병들을 싣
게 되면 차폐물로 가려 놓은 도로로 다시 차를 몰아 주둔지가
있는 산마루를 따라 간선도로까지 올라가야 한다는 것을 알
게 되었다. 그곳에 주둔지가 있어 다른 앰뷸런스에 부상병을
넘겨 주게 되어 있었다. 소령은 이 길이 붐비지 않았으면 좋겠
다고 말했다. 수송 작전이 외길 위에서 행해지기 때문이다. 도
로를 가린 것은 강 건너 오스트리아군 쪽에서 환히 보이기 때
문이었다. 이곳 벽돌 공장에서는 강둑 덕분에 소총과 기관총
사격을 피할 수 있었다. 강 위에는 파괴된 다리가 하나 놓여
있었다. 공격이 시작되면 또 다른 다리를 가설할 예정이며, 강
의 상류 쪽 구부러진 곳에 있는 얕은 여울에서 아군 병사 일부
가 강을 건너게 되어 있었다. 끝이 위로 올라간 카이저수염을
기른 소령은 몸집이 작았다. 리비아 전쟁*에도 참전해 상이(傷
痍) 휘장을 두 개나 달고 있었다. 소령은 내게 만약 이번 일만
잘되면 훈장을 타게 주선해 주겠다고 했다. 나는 일이 잘되기
를 바라지만 그렇게까지 애쓰실 필요는 없다고 대답했다. 자
동차 운전병들이 들어가 있을 만한 큰 참호가 없는지 묻자 소
령은 안내해 줄 병사 하나를 불러왔다. 그 병사와 가서 참호를
보니 아주 훌륭했다. 운전병들도 모두 만족했기 때문에 나는

---

* 1912년 이탈리아는 오스만 제국과의 전쟁에서 리비아를 차지해 1951년
까지 영토로 삼았다.

그들을 그곳에 남겨 두고 밖으로 나왔다. 소령은 다른 장교 두 명과 함께 술이나 한잔하자고 권했다. 우리는 아주 유쾌한 기분으로 럼주를 마셨다. 밖은 점점 어두워지고 있었다. 공격이 몇 시에 있을 예정이냐고 묻자 그들은 어두워지면 바로 시작할 거라고 대답했다. 나는 운전병들이 있는 참호로 돌아갔다. 그들은 참호 안에 앉아서 이야기를 나누다가 내가 들어가자 뚝 그쳤다. 나는 그들에게 담배 한 갑씩을 나눠 주었다. 마케도니아*산(産) 담배로 너무 헐렁하게 말려 있어서 피우기 전에는 반드시 양쪽 끝을 비틀어 말아야 했다. 마네라가 자기 라이터에 불을 붙여 한 바퀴 돌렸다. 피아트 자동차의 라디에이터처럼 생긴 라이터였다. 나는 장교들한테서 들은 이야기를 전해 주었다.

"내려올 때 왜 그 주둔지를 보지 못했을까요?" 파시니가 물었다.

"길이 갈라지는 곳 바로 건너편에 있었으니 그렇지."

"도로가 이제 굉장히 혼잡해질 것 같은데요." 마네라가 말했다.

"놈들이 우리한테 마구 포탄을……."

"아마 그럴 테지."

"식사는 어떻게 되나요, 중위님? 공격이 개시되면 밥 먹을 시간도 없을 텐데요."

---

* 구 유고슬라비아의 여섯 개 공화국 중 하나였던 마케도니아는 19세기부터 담배 산업으로 유명했다.

"지금 가서 알아보지." 내가 대답했다.

"저희는 이곳에 그냥 있어야 할까요, 아니면 나가서 좀 살펴봐도 괜찮을까요?"

"그냥 있는 게 좋겠어."

나는 다시 소령의 참호로 돌아갔다. 소령은 이제 야전 취사차가 올 테니 그때 운전병들의 스튜를 받아 가라고 했다. 휴대용 주석 반합이 없으면 빌려 주겠다고 했다. 나는 그들이 반합을 가지고 있을 것이라고 대답했다. 나는 다시 운전병들이 있는 곳으로 돌아가서 식사가 도착하면 바로 타다 주겠다고 했다. 마네라는 포격이 시작되기 전에 식사가 도착했으면 좋겠다고 했다. 그들은 내가 나갈 때까지 아무 말도 하지 않았다. 모두 정비공으로 전쟁을 끔찍이도 싫어했다.

나는 밖으로 나와 앰뷸런스를 다시 점검하고 주위를 살핀 뒤 참호로 돌아가 운전병 네 명과 함께 앉았다. 모두 땅바닥에 주저앉아 벽에 기댄 채 담배를 피우고 있었다. 바깥은 이제 제법 컴컴했다. 참호 바닥은 따뜻하면서도 건조했다. 나는 두 어깨를 벽에 기대고 등허리가 땅에 닿도록 앉아 편히 휴식을 취했다.

"누가 공격을 개시할까요?" 가부치가 물었다.

"저격병들이겠지."

"저격병 전원이요?

"아마 그럴걸."

"본격적인 공격을 하려면 이곳 병사만으로는 충분치 않을 텐데요."

"아마 본격적인 공격을 할 지점으로부터 적군의 주의를 돌리려는 거겠지."

"공격할 병사들도 아나요?"

"아마 모를걸."

"물론 알 턱이 없지. 알고서야 어떤 놈이 공격을 하겠어." 마네라가 말했다.

"아냐, 그래도 할 거야. 저격병들은 멍청하거든." 파시니가 대꾸했다.

"용감하고 군기가 잘 잡힌 병사들이야." 내가 말했다.

"가슴팍이 널찍하고 신체도 튼튼하죠. 하지만 멍청한 건 사실이에요."

"척탄병들은 키다리들이지." 마네라가 말했다. 물론 농담이었고 모두 와하고 웃었다.

"장교님, 병사들이 공격에 나서지 않아 열 번째 병사마다 골라 총살할 때 장교님도 현장에 계셨습니까?"

"아니, 없었어."

"그건 사실이에요. 나중엔 한 줄로 쭉 세워 놓고 열 번째마다 한 사람씩 골라내어 쏘아 죽였죠. 헌병들이 총살했어요."

"헌병 놈들!" 파시니가 이렇게 말하면서 땅바닥에 침을 탁 뱉었다. "하지만 척탄병들은 모두 1미터 80센티미터가 넘어. 공격하는 건 싫어했지."

"모두가 공격하기 싫어하면 전쟁은 끝날 텐데." 마네라가 말했다.

"척탄병들은 달랐어. 겁을 먹었던 거야. 척탄병 장교들은 하나같이 명문가 출신이거든."

"하지만 장교 몇 명은 혼자서 공격에 나서기도 했어."

"하사관 하나가 앞으로 진격하려 들지 않는 장교를 두 명이나 사살했어."

"돌격에 나선 부대도 있었지."

"열 번째 사람마다 총살할 때 진격에 나선 병사들은 대열에 세우지 않았어."

"헌병한테 총살당한 병사 중에는 우리 마을에 살던 사람도 있었지. 척탄병에 어울릴 만큼 체격도 좋고 키도 크고 멋있는 녀석이었어. 늘 로마에 가 있었고, 또 아가씨들이 늘 주위에 맴돌았지. 헌병들과도 언제나 함께 있었고." 파시니가 말했다. 그러고 나서 그는 웃었다. "그런데 지금은 총검을 든 위병이 그 녀석네 집 밖을 지키고 있어. 아무도 그의 부모나 누이동생들을 만나지 못하도록. 아버지는 시민권마저 박탈당하고 투표조차 하지 못한다더군. 그들을 보호해 주는 법이 모두 없어진 셈이지. 그러니까 마음만 먹으면 아무나 그들의 재산을 빼앗을 수도 있는 거야."

"가족들이 그런 꼴을 당하지 않는 이상 어떤 놈이 공격에 나서겠어."

"아냐, 알프스 산악병이라면 나설 거야. 근위병들도 공격할 거고. 또 저격병들 중에도 그럴 녀석들이 있을 거야."

"저격병들도 줄행랑쳤어. 이제는 그런 걸 잊어버리려고 하지만."

"중위님, 이런 소리를 지껄이게 그냥 내버려 둬선 안 되겠는데요. 에비바 레세르치토*!" 파시니가 빈정대는 말투로 말했다.

"자네들이 무슨 얘기를 하는지 잘 알아. 하지만 운전을 잘하고 행동을⋯⋯."

"⋯⋯ 또 다른 장교들의 귀에 들리지 않게 지껄이는 한은 말이죠." 마네라가 내가 할 말을 가로채어 마무리했다.

"나도 전쟁이 끝나야 한다고 생각해. 한쪽이 전투를 그만둔다고 해서 끝나진 않아. 우리가 싸우는 걸 그만둔다면 사정은 더욱 나빠질 뿐이지." 내가 말했다.

"이보다 어떻게 더 나빠지겠어요. 전쟁보다 나쁜 게 또 있으려고요." 파시니가 공손한 말투로 대꾸했다.

"패배가 더 나빠."

"전 그렇게 생각하지 않습니다. 패전이란 게 뭡니까? 고향으로 돌아가는 거라고요." 파시니가 여전히 공손한 말투로 말했다.

"그러면 적들이 자네 뒤를 쫓아오겠지. 자네 집을 빼앗고. 또 자네 누이동생들을 겁탈하고."

"전 그렇게 생각하지 않아요. 적이라고 모든 사람한테 그런 짓을 하진 않아요. 물론 각자 자기 집은 자기가 지켜야죠. 누이동생들은 집 밖에 얼씬거리지 못하게 하고요." 파시니가 대꾸했다.

"그렇게 되면 자넨 교수형을 받게 돼. 놈들이 와서 자네를

---

* Evviva L'esercito. '군대 만세!'라는 뜻의 이탈리아어.

또다시 군인으로 끌어낼 거야. 이번에는 앰뷸런스 운전병이 아니라 보병으로 말이지."

"모든 사람을 모조리 교수형에 처할 순 없죠."

"남의 나라 사람이 우리를 자기네 군인으로는 쓰지는 않겠죠. 첫 전투에서 모두 내뺄 테니까요." 마네라가 말했다.

"체코 사람들처럼 말이지."

"자네들은 정복당한다는 게 어떤 건지 전혀 모르는 것 같군. 그러니 패배해도 별로 나쁘지 않다고 생각하는 거야."

"중위님, 중위님이니까 우리가 이런 이야기를 할 수 있도록 허락해 주신다는 걸 잘 압니다. 하지만 제 말씀 좀 들어 보세요. 이 세상에 전쟁만큼 나쁜 건 없습니다. 앰뷸런스 부대에나 근무하는 우리는 전쟁이 얼마나 나쁜지 전혀 모르죠. 사람들이 얼마나 나쁜지 알게 되더라도 멈추도록 수를 쓸 수도 없고요. 그렇게 되면 모두 미쳐 버리고 말 테니까요. 그중에는 아무것도 모르는 병사들도 있어요. 장교들을 무서워하는 사람들도 있고요. 전쟁이 일어나는 건 그런 작자들 때문이죠." 파시니가 말했다.

"전쟁이 나쁘단 건 나도 알아. 하지만 어쨌든 끝나야 해."

"끝날 수가 없죠. 전쟁이란 끝이 없는 거니까요."

"아냐, 있어."

그러자 파시니가 고개를 저었다.

"전쟁에서 승리한다고 해서 반드시 이기는 건 아닙니다. 아군이 산가브리엘레를 점령한다고 한들 그게 무슨 소용입니까? 카르소랑, 몬팔코네*랑, 트리에스테**를 빼앗은들 무슨 대수냐고요? 그런들 우리한테 뭐가 달라지는 겁니까? 오늘 저쪽 멀리 있는 산들을 모두 보셨죠? 그 산들을 전부 점령할 수 있다고 생각하세요? 오스트리아군이 전투를 그만두지 않는 한 불가능하죠. 어느 한쪽이라도 전투를 그만둬야 합니다. 우리라도 전투를 그만둬야 하는 것 아닙니까? 적군이 이탈리아로 내려온다고 하더라도 놈들은 그동안 지쳐서 돌아가 버릴 거예요. 놈들에게도 자기 나라가 있으니까요. 하지만 사정은 그렇지 않지요. 자기 나라로 돌아가는 대신 지금처럼 전쟁만 하고 있잖아요."

"자네 말 한번 잘하는군."

"우리도 생각할 줄 압니다. 책도 읽고요. 우리는 시골 농부가 아닙니다. 기술공이죠. 하지만 시골 농부들도 전쟁을 믿을 만큼 무지하진 않아요. 누구나 전쟁은 끔찍이 싫어한다고요."

"아무것도 깨닫지 못하고 또 깨달을 능력도 없는 우둔한 계급이 있어요. 그자들이 지금 한 나라를 지배하는 거죠. 그런 부류 때문에 지금 이런 전쟁이 벌어지고 있는 겁니다."

"더구나 전쟁으로 돈도 벌지."

"대부분은 그렇지도 못해. 아주 멍청이들이거든. 아무런 이유도 없이 전쟁만 하는 거야. 멍청해서 그러는 거지." 파시니가 말을 이었다.

"그만들 해 두세. 아무리 중위님 앞이라도 말이 너무 많잖

---

* 고리치아 남쪽에 위치한 해군 기지.
** 이탈리아 동북부 프리울리베네치아줄리아 주의 주도이며 슬로베니아 국경 근처에 있는 항구도시.

아."마네라가 말했다.

"중위님도 아마 좋아하실걸. 중위님을 전향시켜 드려야지."파시니가 말했다.

"하지만 이제 그만하자고."마네라가 다시 한 번 말했다.

"식사는 아직 멀었나요, 중위님?"가부치가 물었다.

"가 보고 오지."내가 말했다. 고르디니가 일어나서 나를 따라 밖으로 나왔다.

"제가 도와 드릴 일이 없겠습니까, 중위님? 뭐든지요."그는 병사 넷 중에서 제일 말이 없었다. "도와주고 싶으면 나하고 같이 가 보세."

참호 바깥은 컴컴했다. 탐조등의 긴 광선이 산 위에서 움직이고 있었다. 이 전선에서는 대형 탐조등이 군용 트럭에 실려 있었는데, 이따금 밤중에 최전선 바로 뒤쪽 도로에서 그 트럭들을 지나쳤다. 장교 하나가 조명을 지휘하고 있었고, 소속 병사들은 그 옆에서 두려움에 떨고 있었다. 우리는 벽돌 공장을 가로질러 응급 구호소 본부 앞에서 걸음을 멈췄다. 바깥 출입구 위쪽은 푸른 나뭇가지로 조금 가려져 있었고, 햇볕에 바싹 마른 나뭇잎들이 어둠 속에서 밤바람에 바스락거렸다. 구호소 안에는 등불 하나가 켜져 있었다. 소령은 상자 위에 걸터앉아 전화를 걸고 있었다. 군의관 대위 하나가 공격이 한 시간 연기되었다고 일러 주었다. 그는 코냑을 한 잔 따라 내게 권했다. 나는 긴 전 데이블이며, 불빛에 반짝이는 의료 기구들이며, 세숫대야와 마개를 막은 병들을 둘러보았다. 고르디니는 내 뒤에 서 있었다. 소령이 전화를 마치고 일어섰다.

"이제 곧 공격이 개시될 거야. 다시 예정대로 변경되었어." 그가 말했다.

밖을 내다보니 어두컴컴했고, 오스트리아군의 탐조등이 우리 뒤쪽에 있는 산 위를 비추고 있었다. 잠깐 동안 쥐죽은 듯 조용하더니 등 뒤에 있는 대포가 일제히 불을 토해 내기 시작했다.

"사보이아!*" 소령이 말했다.

"수프 말인데요, 소령님." 내가 말했다. 그러나 그는 내 말을 듣지 못했다. 나는 다시 한 번 물었다.

"아직 안 왔는데요."

대형 포탄 하나가 날아와 벽돌 공장 밖에서 터졌다. 또 한 발이 터지자 폭음과 더불어 벽돌과 흙덩이가 소낙비처럼 우수수 쏟아져 떨어지는 소리가 폭음보다 나지막하게 들렸다.

"뭐 먹을 것 좀 없겠습니까?"

"파스타 아시우타**가 좀 있는데."

"그거라도 조금 주시면 갖고 가겠습니다."

소령이 당번병에게 말하자 당번병이 뒤쪽으로 사라지더니 곧바로 식은 마카로니 요리를 철제 그릇에 담아 가지고 나왔다. 나는 그것을 고르디니에게 주었다.

"치즈는 없나요?"

소령이 마지못해 당번병에게 명령하자 그는 다시 뒤쪽 구

---

* Savoia. '좋아.' 또는 '이제 됐어.'라는 뜻의 이탈리아어.
** 물기가 거의 없는 마카로니 요리.

멍으로 들어가 흰 치즈 덩어리 사분의 일 정도를 들고 나왔다.

"대단히 고맙습니다." 내가 말했다.

"밖으로 나가지 않는 게 좋을 거야."

바깥 입구 옆에 뭔가를 내리는 소리가 들렸다. 그것을 날라 온 두 명의 병사 중 하나가 안쪽을 기웃거렸다.

"어서 안으로 데려와. 자네들 뭐하는 사람들이야? 우리가 나가서 부상자를 들고 오란 말인가?" 소령이 말했다.

들것을 들고 있는 위생병 두 명이 부상자의 겨드랑이와 다리를 부축해 안으로 들어왔다.

"윗도리를 찢어." 소령이 명령했다.

그는 끝에 거즈가 붙어 있는 핀셋을 집어 들었다. 그러자 군의관 두 명이 자신들의 윗도리를 벗었다. "나가 있어." 소령이 두 위생병에게 명령했다.

"자, 가자." 내가 고르디니에게 말했다.

"포격이 끝날 때까지 기다리는 게 좋을 텐데." 소령이 어깨 너머로 돌아보며 말했다.

"부하들이 배고파 할 것 같아서요." 내가 대답했다.

"그럼 좋을 대로 하시오."

밖으로 나온 우리는 달음질쳐 벽돌 공장 마당을 가로질렀다. 포탄 하나가 강둑 근처에서 터졌다. 그리고 나서 또 한 발이 날아왔지만 갑자기 폭발할 때까지 우리는 그 소리를 듣지 못했다. 우리는 얼른 땅바닥에 납작 엎드렸고, 섬광과 폭풍과 화약 냄새가 진동하면서 동시에 포탄 파편이 날아가는 소리와 벽돌 조각이 시끄럽게 핑핑 떨어지는 소리가 들렸다. 고르디니가 일어나서 참호를 향해 달렸다. 나도 번들번들한 표면에 벽돌 먼지가 뒤범벅된 치즈를 안고 그의 뒤를 따라 뛰어갔다. 참호 안에서는 운전병 세 명이 벽에 등을 기댄 채 담배를 피우고 있었다.

"어이, 애국자들!" 내가 말했다.

"앰뷸런스는 어떻습니까?" 마네라가 물었다.

"괜찮아."

"놀라셨죠, 중위님?"

"그럼, 놀랐지." 내가 대답했다.

나는 나이프를 꺼내 날을 닦은 뒤 먼지 묻은 치즈 표면을 도려냈다. 가부치가 마카로니 그릇을 내 쪽으로 내밀었다.

"먼저 드시죠, 중위님."

"아냐. 바닥에 내려놔. 다 같이 먹자." 내가 말했다.

"포크가 하나도 없는데요."

"젠장!" 내가 영어로 내뱉었다.

나는 치즈를 잘게 썰어서 마카로니 위에 얹었다.

"자, 둘러앉지." 내가 말했다. 그들은 둘러앉아 기다렸다. 나는 엄지손가락과 다른 손가락을 마카로니 속에 넣었다가 집어 올렸다. 그랬더니 한 덩어리가 흐트러졌다.

"높이 쳐드세요, 중위님."

내가 팔을 있는 힘껏 들어 올리자 마카로니 가닥이 접시에서 떨어졌다. 나는 그것을 입안에 흘려 넣어 끝을 쭉 빨아들이며 잘라서 씹었다. 그러고 나서 치즈를 한입 베어 먹고 포도주를 한잔 마셨다. 녹슨 쇠붙이 맛이 났다. 나는 물병을 파시니에게 넘겨주었다.

"맛이 갔는데요. 너무 오랫동안 물병에 있었어요. 차 안에 놔뒀거든요." 파시니가 말했다.

그들은 모두 그릇 바로 위까지 턱을 내밀고 고개를 뒤로 젖히고 마카로니 가닥 끝을 쭉쭉 빨아들여 먹었다. 나는 마카로니와 치즈를 한입 더 입에 넣고는 포도주로 입안을 헹궜다. 그때 밖에 뭔가가 떨어져 대지를 뒤흔들었다.

"420밀리 포나 박격포일 거야." 가부치가 말했다.

"저 산에는 420밀리 포가 없어." 내가 말했다.

"적군은 큼직한 스코다 포*를 갖고 있어요. 그놈이 땅에 떨어진 뒤 생긴 구멍을 본 적이 있죠."

"305밀리 포겠지."

우리는 모두 계속해서 먹었다. 기관차 발동을 걸 때처럼 쿨럭거리는 소음이 들리더니 또다시 대지를 뒤흔드는 폭발이 일어났다.

"이 참호는 그렇게 깊지가 않은데." 파시니가 말했다.

"지금 떨어진 건 대형 박격포였어."

"네, 맞아요."

나는 남은 치즈를 마저 먹고 포도주를 한 모금 마셨다. 다른 소음과 함께 쿨럭거리는 소리가 들리고 나서 슛, 슛, 슛, 슛, 슛 소리가 들렸다. 그러다 용광로의 문을 활짝 연 것처럼 강렬한 섬광이 번쩍이더니, 처음에는 흰빛으로 보이던 것이 붉은

---

* 체코슬로바키아에서 제조한 산악용 대포.

빛으로 바뀌면서 휘몰아치는 바람과 함께 맹렬한 폭음이 들렸다. 숨을 쉬려고 했지만 쉬어지지 않았고, 내 몸뚱이가 송두리째 밖으로, 밖으로, 밖으로 자꾸 떨어져 나가는 것 같았다. 내 몸은 쉴 새 없이 바람에 날렸다. 온몸이 빠르게 저절로 밖으로 날리는 순간 이제 죽었구나 하는 생각이 들었지만, 곧 죽었다고만 생각하는 것이 잘못이었다는 것을 깨달았다. 몸뚱이가 공중으로 붕 떴다가 계속 날아가는 것이 아니라 미끄러지듯 내려오는 것 같은 느낌이 들었다. 숨을 돌리고 보니 제자리에 되돌아와 있었다. 땅바닥이 갈라졌으며 내 머리 앞쪽에는 박살 난 들보 조각이 널려 있었다. 머리가 심하게 흔들리는 가운데 울음소리가 들렸다. 누군가가 비명을 지르고 있다는 생각이 들었다. 나는 움직이려고 했지만 꿈쩍도 할 수 없었다. 그때 강 건너편에서 강을 따라 기관총과 소총을 퍼붓는 소리가 들려왔다. 불꽃 튀는 소리가 크게 들리더니 조명탄이 하늘에서 작렬해 흰빛으로 떠 있었다. 신호탄이 높이 올라가는가 하면, 그와 동시에 폭탄이 터지는 소리가 들렸다. 모두가 한순간에 벌어진 일이었다. 그때 바로 내 옆 가까이에서 누군가가 "어머니! 아, 어머니!" 하고 울부짖는 소리가 들렸다. 나는 몸을 끌고 비틀고 한 끝에 겨우 다리를 빼고는 몸을 돌려 그를 만져 보았다. 파시니였다. 손으로 만지자 그는 비명을 질렀다. 그의 두 다리가 내 쪽으로 뻗어 있었는데, 명멸하는 포화 사이로 두 다리가 모두 무릎 위까지 박살 난 것이 보였다. 한쪽 다리는 이미 사라졌고 다른 쪽 다리는 힘줄과 바짓가랑이 일부에 간신히 붙어 있었다. 잘리고 난 나머지 부분이 마치 끊어진 듯 꿈틀거렸다. 그는 자기 팔을 물어뜯으며 신음했다. "아, 어머니! 아, 어머니! 살려 주세요, 성모 마리아님, 살려 주세요. 성모 마리아님, 제발 살려 주세요. 아, 예수님, 절 쏴 죽여 주세요. 아, 예수님, 제발 쏴 죽여 주세요. 어머니, 어머니, 아, 순결하고 아름다운 성모님, 제발 절 쏴 죽여 주세요. 멈춰 줘요. 멈춰 줘요. 제발 멈춰 달라고요. 아, 예수님, 아름다운 성모님, 제발 멈춰 주십시오. 오, 오, 오, 오!" 그러고 나서 숨이 막히는지 "어머니, 어머니." 하고 흐느꼈다. 그러더니 곧 조용해졌다. 그는 여전히 팔을 깨물고 있었고, 끊어진 다리는 꿈틀거리고 있었다.

"위생병! 어서 부상자를 운반해!" 나는 두 손을 나팔처럼 모아 입에 대고 소리를 질렀다. 그러고는 파시니의 곁으로 좀 더 다가가 다리에 지혈대를 감아 주려고 했지만 꼼짝도 할 수 없었다. 다시 한 번 시도해 보니 다리가 조금 움직였다. 다리와 팔꿈치로 겨우 몸을 뒤쪽으로 끌 수 있었다. 파시니는 이제 잠잠했다. 그의 옆에 앉아 내 윗도리를 벗고 셔츠 자락을 찢으려고 했다. 그러나 아무리 해도 찢어지지 않아 천 가장자리를 이로 물어뜯으려 애썼다. 그때 그의 각반이 생각났다. 나는 털양말을 신고 있었지만 파시니는 각반을 차고 있었던 것이다. 운전병은 모두 각반을 차고 있었지만 파시니는 한쪽 다리밖에 없었다. 나는 그 각반을 풀기 시작했는데, 푸는 동안 그가 이미 죽어 지혈대를 만들 필요가 없다는 것을 깨달았다. 나는 그가 정말 죽었는지 확인했다. 이제 다른 병사 세 명의 행방을 찾아야 했다. 몸을 일으키고 꼿꼿이 앉는 동안 머릿속에서 무

언가 인형 눈알을 굴리는 추 같은 것이 움직여 내 눈알 안쪽에
와 부딪쳤다. 두 다리가 따뜻하면서 축축했고 구두 속도 끈적
끈적하면서 따뜻했다. 뭔가에 맞았구나 하는 생각이 들어 몸
을 구부리고는 한쪽 무릎을 만져 보았다. 그러나 무릎이 그 자
리에 없었다. 손을 뻗어 보니 무릎이 정강이 아래에 있었다.
나는 셔츠에 손을 닦았다. 공중에 떠 있는 광선이 아주 느릿느
릿 내려왔고, 나는 내 다리를 보고 무서운 공포에 사로잡혔다.
아, 하느님, 제발 이곳에서 저를 구해 주옵소서. 내가 말했다.
그러나 나는 병사 셋이 아직 남아 있다는 것을 알았다. 운전병
은 모두 네 명이었다. 파시니가 죽었으니 이제 세 사람이 남은
셈이다. 누군가가 겨드랑이 밑으로 나를 부축하고 또 다른 누
군가가 내 두 다리를 들었다.

"아직 세 사람이 남아 있어. 한 사람은 이미 죽었고." 내가
말했다.

"저 마네라입니다. 들것을 가지러 갔는데 하나도 없더라고
요. 좀 어떠세요, 중위님?"

"고르디니랑 가부치는 지금 어디에 있나?"

"고르디니는 주둔지에서 붕대를 감고 있습니다. 가부치는
지금 중위님 다리를 들고 있고요. 제 목에 매달리십시오, 중위
님. 부상이 심합니까?"

"다리에 부상을 입었어. 고르디니는 어때?"

"그 녀석은 괜찮습니다. 대형 박격포 포탄이 떨어졌어요."

"파시니는 죽었어."

"네, 죽었어요."

포탄 하나가 가까운 곳에 또 떨어져 두 사람이 땅바닥에 엎드리는 바람에 나를 떨어뜨리고 말았다. "죄송합니다, 중위님. 제 목에 꼭 매달리십시오." 마네라가 말했다.

"한 번만 더 떨어뜨려 봐."

"너무 놀라서 그랬어요."

"자네들은 부상을 안 입었나?"

"둘 다 가벼운 부상입니다."

"고르디니는 운전할 수 있겠나?"

"아마 못 할걸요."

주둔지에 도착하기 전 그들은 또 한 번 나를 떨어뜨렸다.

"이 망할 녀석들!" 내가 욕을 했다.

"정말 죄송합니다, 중위님. 이젠 절대로 떨어뜨리지 않겠습니다." 마네라가 사과했다.

주둔지 밖에는 우리 같은 병사가 수없이 많이 어둠 속 땅바닥에 누워 있었다. 위생병들이 잇달아 부상자들을 안으로 날라 들이거나 밖으로 날라 내왔다. 커튼을 열어젖히자 야전 구호소에서 불빛이 새어 나오는 것이 보였다. 그들은 어떤 부상자는 안으로 받아들이고 또 어떤 부상자는 밖으로 내보냈다. 사망한 사람은 한쪽 편으로 치워졌다. 군의관들은 어깨까지 소매를 걷어 올리고 푸줏간 주인처럼 피투성이가 된 채 치료를 하고 있었다. 부상병을 실어 나를 들것이 모자랐다. 부상자 중에는 시끄럽게 소리를 지르는 사람도 있었지만 대부분은 조용했다. 바람이 불어 구호소 문 위에 있는 나무 그늘의 나뭇잎이 바스락거리며 흔들렸고 밤은 점점 한기를 더했다. 위생병들이 쉴 새 없이 들것을 들고 안으로 들어와 부상자들을 내려놓은 뒤 밖으로 나갔다. 내가 구호소에 도착하자마자 마네라는 위생 하사관 한 명을 데리고 왔고, 위생 하사관은 내 다리에 붕대를 감아 주었다. 그의 말로는 상처에 흙이 잔뜩 들어가 출혈이 심하지 않다고 했다. 그들은 되도록 빨리 나를 치료해 주겠다고 했다. 그러고 나서는 다시 안으로 들어가 버렸다. 고르디니는 운전을 할 수 없을 것 같다고 마네라가 말했다. 어깨뼈가 상한 데다 머리에도 부상을 입었기 때문이다. 처음에는 괜찮았지만 이제는 어깨까지 뻣뻣해졌다고 한다. 그는 벽돌담 한쪽에 허리를 펴고 기대어 앉아 있었다. 마네라와 가부치는 제각기 부상병들을 싣고 떠났다. 그들은 운전을 할 수 있었다. 영국군이 앰뷸런스 세 대를 몰고 왔는데 한 대에 운전병이 두 명씩 타고 있었다. 영국군 운전병 중 하나가 얼굴이 아주 창백하고 몹시 아픈 것처럼 보이는 고르디니를 따라 내가 있는 곳에 다가왔다. 그가 허리를 숙여 나를 내려다보았다.

"상처가 심하십니까?" 그가 물었다. 키가 큰 사내로 쇠테 안경을 쓰고 있었다.

"다리를 다쳤소."

"중상이 아니어야 할 텐데요. 담배 한 대 피우시겠어요?"

"고맙소."

"운전병 두 명을 잃으셨다고요?"

"그래요. 한 명은 사망했고 다른 한 명은 당신을 데리고 온 그 병사고."

"지독하게 운이 나빴군요. 우리가 대신 앰뷸런스를 운전해 드릴까요?"

"그걸 부탁하려던 참이었소."

"차는 조심해서 다뤄 숙소로 돌려 보내드리겠습니다. 206호 였죠?"

"그래요."

"아름다운 곳이더군요. 그 근처에서 장교님을 뵌 적이 있어 요. 장교님은 미국인이시라죠."

"그래요."

"전 영국인입니다."

"믿을 수가 없군!"

"네, 영국인 맞습니다. 제가 이탈리아인인 줄 아셨습니까? 저희 부대에도 이탈리아 군인이 몇 명 있습니다."

"차를 봐 주겠다니 잘됐어." 내가 말했다.

"아주 조심해서 다루겠습니다. 이 사람이 장교님을 꼭 만나 달라고 간청하더군요." 그가 몸을 일으키며 고르디니의 어깨 를 가볍게 톡톡 쳤다. 고르디니는 움찔하더니 미소를 띠었다. 영국인 운전병은 제법 유창하고 완벽한 이탈리아어로 말하기 시작했다. "자, 이제 만사가 순조롭게 됐어. 자네 중위님도 만 나 뵈었고. 차 두 대는 우리가 맡기로 하지. 이젠 걱정할 것 없 어." 그러다가 그가 갑자기 말을 중단했다. "장교님을 이곳에 서 나가시도록 해 드려야겠군요. 제가 군의관님들을 만나 보 죠. 우리가 후송해 드리겠습니다."

그는 부상병 사이로 조심조심 발을 디디면서 구호소 쪽을 가로질러 갔다. 커튼으로 친 담요가 젖혀지자 그 바람에 불빛이 새어 나왔고 그가 안으로 들어가는 것이 보였다.

"저 친구가 중위님을 보살펴 드릴 겁니다." 고르디니가 말했다.

"프랑코, 자네는 좀 어때?"

"괜찮습니다." 그는 내 옆에 앉아 있었다. 곧이어 구호소 입구에 친 담요가 젖히며 위생병 두 명이 나타났고 그 키 큰 영국군이 그들의 뒤를 따라 나왔다. 영국군은 위생병들을 내가 있는 곳으로 데리고 왔다.

"이분이 미국인 중위이셔." 그가 이탈리아어로 말했다.

"난 여기서 좀 기다리겠어. 나보다 부상이 훨씬 심한 사람들이 있으니. 난 괜찮아요."

"자, 어서요. 쓸데없는 영웅심은 버리시고요." 그가 말했다. 그러더니 다시 이탈리아어로 이렇게 덧붙였다. "조심들 해서 다리를 들어. 다리 통증이 심하시니까. 윌슨* 대통령의 적자(嫡子)시거든." 그들은 나를 들어 올려 구호실로 옮겼다. 구호실 안에서는 수술대마다 수술이 한창이었다. 몸집이 조그마한 소령이 화가 난 듯한 얼굴로 우리를 쳐다보았다. 그는 나를 알아보고는 핀셋을 흔들어 보였다.

"괜찮은가?"

"괜찮습니다."

"제가 모시고 왔습니다." 키 큰 영국군이 이탈리아어로 말

---

* 미국의 제28대 대통령 우드로 윌슨(1856~1924). 조지 워싱턴의 고립주의를 버리고, 유럽 문제에 본격적으로 관여하기 시작한 첫 번째 미국 대통령으로 제1차 세계대전에 참전했다.

했다. "미국 대사의 외아드님이십니다. 수술을 받을 때까지 여기 있도록 해 주십시오. 끝나는 대로 제가 자동차로 맨 먼저 후송하겠습니다." 그는 허리를 구부려 나를 내려다보았다. "부관님을 찾아 서류를 미리 만들어 놓겠습니다. 그러면 모든 일을 훨씬 빨리 처리할 수 있을 테니까요." 그는 허리를 굽혀 나지막한 문 아래로 나갔다. 소령은 핀셋들을 고리에서 끌러 대야 속에 떨어뜨리고 있었다. 나는 눈으로 그의 손동작을 좇았다. 이제 그는 붕대를 감고 있었다. 그러자 들것을 든 위생병들이 그 환자를 수술대에서 내렸다.

"제가 미국인 중위를 맡겠습니다." 군의관 대위 중 하나가 말했다. 그들은 나를 수술대 위에 올렸다. 수술대는 딱딱하고 미끄러웠다. 퀴퀴한 약 냄새며 달짝지근한 피 냄새 등 온갖 독한 냄새가 코를 찔렀다. 그들은 내 바지를 벗겼고, 대위가 치료를 하면서 조수인 하사관에게 부르는 것을 받아쓰게 했다. "좌우 대퇴부, 좌우 무릎 관절 및 우측 다리 다수 외상. 우측 무릎 관절 및 우족부에 심부 부상. 두피 파열상에(그는 탐침으로 상처를 검사해 보더니 아프냐고 물었다. 젠장, 두말하면 잔소리지!) 두개골 골절 의심. 근무 중 부상. 이렇게 해 둬야 고의적인 자해로 군법회의에 회부당할 염려가 없는 거야. 브랜디 한 잔하겠나? 어쩌다 이렇게 부상을 입었어? 뭘 하다가 그랬나? 설마 자살이라도 하려고 한 건 아니겠지? 파상풍 예방주사를 부딕하네. 그리고 양쪽 다리에 십사 표시를 해 두세. 고마워. 이 부위는 좀 깨끗이 닦아 내고 씻은 뒤 붕대를 감도록 하지. 하지만 자네 피는 깨끗하게 응고되고 있어."

조수가 서류에서 눈을 들어 올리며 물었다. "부상 사유를 뭐라고 적을까요?"

그러자 군의관 대위가 물었다. "도대체 뭐에 맞았소?"

나는 두 눈을 감고 대답했다. "박격포 포탄입니다."

대위는 지독히 아프게 근육 조직을 잘라 내면서 또 물었다. "확실한 거요?"

조용히 누워 있으려고 애쓰던 나는 근육이 잘리는 순간 배 속까지 떨리는 것을 느끼며 대답했다. "아마 그럴 겁니다."

군의관 대위는 지금 자신이 찾아낸 뭔가에 흥미를 느끼고 있었다. "적의 박격포 포탄 파편이군. 원한다면 몇 개 더 찾아 볼 수도 있지만 그럴 필요는 없소. 여기에다 소독약을 바르기로 하지……. 한데 여기가 쑤시지 않소? 됐소. 이런 것쯤은 나중에 느끼게 될 고통에 비하면 아무것도 아니오. 통증은 아직 시작되지도 않았으니까. 중위에게 브랜디를 한 잔 갖다 줘. 충격이 심해 아직 통증이 덜 느껴질걸. 하지만 괜찮아. 곪지만 않으면 전혀 걱정할 필요 없소. 근래에는 그런 일이 별로 없으니까. 한데 머리는 어떻소?"

"죽을 맛이죠!" 내가 말했다.

"그럼 브랜디는 많이 마시지 않는 게 좋아. 골절이 있을 경우 염증을 일으켜선 안 되니까. 여긴 어때요?

온몸에 땀이 줄줄 흘러내렸다.

"지독하게 아파요!" 내가 말했다.

"그렇다면 골절인 것 같군. 붕대로 싸매 줄 테니 머리를 함부로 흔들면 안 돼요." 그는 두 손을 재빨리 움직이며 붕대를 감았다. 붕대는 단단하게 매어졌다. "이젠 됐어. 행운을 빌겠소. 프랑스 만세."

"이 사람은 미국인이야." 다른 대위 하나가 말했다.

"프랑스인이라고 한 것 같은데. 프랑스어도 하던걸." 그 대위가 말했다. "전부터 얼굴은 알고 있었어. 여태까지 프랑스인인 줄 알았지 뭐야." 그는 코냑을 반잔이나 마셨다. "중상자부터 들여와. 파상풍 예방약도 좀 더 가져오고." 대위는 나를 향해 손을 흔들었다. 위생병들은 나를 들어 올렸고, 문밖으로 나올 때 담요 자락이 내 얼굴을 스쳤다. 밖으로 나오자 부관 하사관이 누워 있는 내 옆에 무릎을 꿇고 나지막한 목소리로 "성이 어떻게 되십니까? 이름은요? 계급은요? 출생지는요? 병과는요? 소속 부대는요?" 등등을 물었다. "중위님, 머리에 부상을 입으셔서 안되셨습니다. 쾌유를 빕니다. 그럼 이제 중위님을 영국군 야전 앰뷸런스로 후송해 드리겠습니다."

"난 괜찮아. 여러 가지로 고맙네." 내가 말했다. 소령이 말했던 통증이 벌써 시작되고 있었다. 나는 지금 주위에서 일어나고 있는 일에 흥미나 관심이 전혀 없었다. 잠시 뒤 영국군 앰뷸런스가 와서 나를 들것에 얹어 차 높이까지 들어 올려 안으로 밀어 넣었다. 내 들것 옆에는 들것이 하나 더 있었고 사내 하나가 누워 있었다. 붕대를 감지 않은 코가 보였는데 밀랍처럼 핏기가 없었다. 그는 몹시 고통스럽게 숨을 몰아쉬고 있있다. 위쪽에는 들이 슬러시 피사슬에 매딜아 놓은 들깃들도 있었다. 키 큰 영국군 운전병이 다가와 안을 들여다보았다. "아주 가만가만히 몰겠습니다. 편안하셨으면 합니다." 시동이 걸리고 그가 운전석으로 올라와 브레이크를 풀고 클러치를 거는 것이 느껴졌다. 그러고 난 뒤 우리는 출발했다. 나는 가만히 누운 채 고통과 함께 달리고 있었다.

도로를 따라 올라가자 길이 혼잡해지면서 속도가 줄고 이따금씩 멈추기도 하고 또 커브 길에서 뒤로 후진하기도 했지만, 마침내 앰뷸런스는 꽤 빠른 속도로 달려 올라갔다. 그런데 위에서 뭔가 뚝뚝 떨어지는 소리가 들렸다. 처음에는 천천히 규칙적으로 한 방울씩 떨어지더니 곧 후드득 떨어져 시냇물을 이루었다. 나는 운전병에게 소리를 질렀다. 그러자 그가 차를 멈추고 뒷좌석 뒤에 있는 구멍으로 들여다보았다.

"왜 그러십니까?"

"내 위쪽 들것에 있는 부상병이 출혈을 하고 있어."

"꼭대기까지는 이제 얼마 남지 않았습니다. 저 혼자 힘으로는 도저히 그 들것을 빼낼 수가 없습니다." 그는 다시 차를 몰았다. 피는 여전히 흘러내렸다. 어두워서 머리 위 들것의 어디쯤에서 떨어지는지 알 수가 없었다. 내 몸 위로 떨어지지 않도록 나는 몸을 옆으로 움직이려고 했다. 피가 흘러 떨어진 셔츠 속은 따뜻하고 끈적끈적했다. 몸이 추운 데다 다리까지 너무 쑤셔 토할 것만 같았다. 얼마 뒤 머리 위 들것에서 떨어지는 피가 줄어들더니 또다시 처음처럼 한 방울씩 뚝뚝 떨어지기 시작했다. 위쪽 들것에 누워 있는 환자가 좀 더 편안한 자세를 취하면서 캔버스 포장이 움직이는 소리와 감촉이 느껴졌다.

"그 환자는 어떻습니까? 이제 거의 다 왔거든요." 영국병이 뒤를 돌아보고 소리를 질렀다.

"어째 죽은 것 같은데." 내가 대답했다.

핏방울은 겨울철 해가 진 뒤 고드름에서 떨어지는 물방울처럼 아주 천천히 한 방울씩 떨어졌다. 차가 언덕길을 올라가는 동안 차 안은 밤이라 추웠다. 언덕 꼭대기 주둔지에서 위생병들이 그 들것을 밖으로 끌어내고 대신 다른 들것을 실은 다음 우리는 계속해서 달렸다.

10

나는 야전병원 병동에서 오후에 문병객이 찾아온다는 말을
들었다. 무더운 날씨에 병실에는 파리가 많았다. 내 당번병은
종이를 가늘게 잘라 막대기 끝에 묶어 파리채를 만들었다. 나
는 파리들이 날아가 천장에 앉는 것을 지켜보았다. 파리를 쫓
던 그가 잠이 들자 파리들이 다시 천장에서 날아 내려왔다. 입
으로 바람을 불어 파리를 쫓다가 나도 그만 두 손으로 얼굴을
가리고 잠이 들었다. 날이 몹시 무더웠고, 잠이 깨자 다리가
가려웠다. 당번병을 깨웠더니 그는 붕대 위에 탄산수를 끼얹
어 주었다. 침대가 축축하게 젖어들며 시원한 느낌이 들었다.
잠이 깬 우리는 병상 너머로 이야기를 나누었다. 오후 시간은
아주 조용했다. 오전 중에는 남자 간호사 세 명과 군의관 한
명이 차례로 병상을 돌면서 환자를 침대에서 내려 치료실로
데리고 갔다. 상처를 치료하는 동안 그들은 침대를 정돈했다.

치료실로 옮겨지는 것은 그다지 유쾌한 일이 아니었고, 환자를 침대에 그대로 눕혀 둔 채로도 자리를 정돈할 수 있다는 것을 나는 나중에야 겨우 알게 되었다. 내 당번병이 탄산수를 모두 끼얹어 침대가 시원하고 상쾌해지자 나는 당번병에게 발바닥의 가려운 데를 긁어 달라고 부탁했다. 그때 군의관 한 사람이 리날디를 데리고 들어왔다. 그는 아주 빠른 걸음으로 들어오더니 침대 위로 몸을 구부려 내게 키스를 했다. 그는 장갑을 끼고 있었다.

"안녕, 우리 꼬맹이. 기분이 어때? 이걸 갖고 왔는데……." 코냑 병이었다. 당번병이 의자를 가져오자 그가 그 위에 앉았다. "그리고 좋은 소식도 가져왔지. 자네는 훈장을 받게 될 거야. 은성(銀星) 훈장을 받게 해 주고 싶지만 동성(銅星) 훈장에 그칠지도 몰라."

"내가 뭘 했다고?"

"중상을 입었잖아. 영웅적인 일을 했다는 것만 증명할 수 있으면 은성 훈장을 받을 수도 있어. 그렇지 않으면 동성 훈장을 받게 될 거고. 당시 상황을 정확하게 말해 봐. 어떤 영웅적인 행동이라도 했어?"

"아니. 우린 치즈를 먹다가 포격을 당했을 뿐이야." 내가 대답했다.

"농담이 아니라니까. 부상을 입기 전이나 입은 뒤에 뭔가 영웅적인 행위를 했을 거 아냐. 잘 기억해 봐."

"아무 일도 하지 않았는데."

"누군가를 등에 업어 나르진 않았고? 고르디니 말로는 자네가 부상병 대여섯 명을 업어 날랐다고 하던데. 첫 번째 주둔지 소령은 불가능하다고 했지만. 그 소령이 전공(戰功) 보고서에 서명해야 하거든.”

“아무도 업어 나르지 않았어. 꼼짝도 할 수 없었는걸.”

그는 장갑을 벗었다.

“자네에게 은성 훈장을 타게 해 줄 수 있을 것 같아. 다른 부상병보다 먼저 치료받는 걸 거부하진 않았어?”

“그렇게 딱 부러지게 거절한 것도 아니었어.”

“그런 건 문제가 안 돼. 지금 자네는 부상을 입었잖아. 늘 최전방에 나가려고 지원하던 용감한 행위를 보라고. 게다가 작전도 성공했잖아.”

“아군이 강을 무사히 건너갔어?”

“대성공이야. 천 명 정도를 포로로 잡았지. 군사 소식지에 나와 있어. 아직 못 봤어?”

“못 봤어.”

“다음에 올 때 가져다줄게. 성공적인 기습이었어.”

“상황이 어떻게 돌아가고 있는 거야?”

“아주 잘 돌아가고 있지. 모두 사기가 하늘을 찔러. 하나같이 자네를 자랑스럽게 생각하고 있어. 부상을 입었을 때의 상황을 정확히 말해 봐. 틀림없이 은성 훈장을 받을 수 있을 거야. 자, 어서 얘기해 보라고. 모조리 자세히 말해 봐.” 그는 잠깐 말을 끊고 생각에 잠겼다. “어쩌면 영국 훈장도 탈 수 있을지 몰라. 그곳엔 영국군도 한 명 있었으니까. 그 친구를 만나서 자네를 추천해 줄 수 있는지 물어봐야겠군. 그 친구라면 뭐

가 해 줄지도 몰라. 많이 아파? 한잔해. 당번병, 병따개 좀 가
져와. 아, 자네, 작은창자를 3미터나 잘라 내는 내 수술 솜씨를
봐야 하는 건데. 이젠 전보다 훨씬 의술이 늘었어. 이건 《랜시
트》*에 실릴 만한 의술이야. 자네가 번역해 준다면 《랜시트》
에 기고할 생각이야. 날이 갈수록 의술이 늘고 있어. 가엾은
우리 꼬맹이, 그래, 기분은 어때? 빌어먹을 병따개는 도대체
어디 있는 거야? 너무 용감하게 참고 있으니 자네가 고통 받
고 있다는 걸 그만 깜박했지 뭐야." 그는 장갑으로 침대 가장
자리를 찰싹 때렸다.

"병따개를 가져왔습니다, 중위님." 당번병이 말했다.

"그 병을 따 줘. 잔도 가져오고. 자, 한잔해, 꼬맹이. 부상당
한 머리는 어때? 자네 서류를 봤지. 골절은 전혀 없어. 첫 번째
주둔지 소령은 돼지 잡는 백정 같아. 내가 자네를 맡았더라면
하나도 아프지 않게 해 주었을 텐데. 난 어떤 환자라도 아프게
하지 않거든. 수술하는 요령을 알고 있단 말씀이지. 하루가 다
르게 솜씨 좋게 수술하는 요령을 배우고 있어. 혼자 너무 지껄
여 대서 미안해. 자네가 중상을 입고 있는 걸 보니 너무 흥분
해서 그만. 자, 마셔. 좋은 술이야. 15리라나 준 거라고. 그러니
맛이 얼마나 좋겠어. 별 다섯 개짜리야.** 돌아가는 길에 그 영
국군을 만나 봐야지. 자네가 영국 훈장을 받도록 해 줄 거야."

"영국인들은 그런 일 따위로 훈장을 주지 않아."

* 영국 왕립의학회에서 발행하는 의학 잡지. '랜시트'는 외과용 세모날.
** 별의 수에 따라 술의 등급이 달라진다. 별이 다섯 개짜리면 고급술에
속한다.

"왜 이리 겸손하실까. 연락 장교를 그리로 보내도록 할게. 그 사람이라면 영국군들을 다룰 줄 아니까."

"미스 바클리는 만난 적 있어?"

"이리로 데려오지. 지금 당장 가서 데려올게."

"그만둬. 고리치아 소식을 들려줘. 아가씨들은 잘 있지?" 내가 말했다.

"아가씨다운 아가씨가 없어. 벌써 이 주째 아가씨들을 교체해 주지 않았어. 이제는 그곳에 안 가. 망신스러워서. 아가씨들이 아니라 오래된 전우들이지 뭐야."

"전혀 안 간다고?"

"새로 온 아가씨가 있나 하고 가긴 하지. 잠깐 들러 보는 정도야. 아가씨들은 모두 자네 안부만 묻더군. 아가씨들이 하도 오랫동안 머물러 있어서 이제는 우리와 친구가 돼 버렸으니 민망스러울 노릇이야."

"아가씨들이 더는 전선으로 오고 싶어 하지 않나 보지."

"오고 싶어 하는 아가씨야 많지. 흔한 게 아가씨들인데. 다만 관리 방법이 엉망일 뿐이야. 후방 참호 안에 들어앉아 있는 녀석들의 위안거리로나 잡아 두고 있는 거란 말이야."

"가엾은 리날디. 새 아가씨들도 없이 전선에서 혼자서 쓸쓸히 지내다니." 내가 말했다.

리날디는 코냑을 또 한 잔 따라 마셨다.

"한 잔 정도는 몸에 별로 나쁘지 않아, 우리 꼬맹이. 그러니 한잔하시지."

코냑을 마시자 뜨거운 것이 아래로 후끈 내려가는 게 느껴졌다. 리날디는 또 한 잔 따랐다. 아까보다는 말이 없었다. 그는 잔을 높이 쳐들었다. "자네의 용감한 부상을 위해. 자네의 은성 훈장을 위해! 어디 말해 봐, 우리 꼬맹이. 이렇게 무더운 날씨에 밤낮으로 누워만 있으니 흥분되지 않아?"

"때로는 그래."

"나라면 죽어도 이렇게 누워 있지 못할 것 같아. 아마 미쳐 버리고 말 거야."

"지금은 미치지 않은 줄 아는 모양이군."

"자네가 어서 숙소로 돌아왔으면 좋겠어. 밤중에 연애질하다 돌아오는 녀석도 없고 놀려 줄 상대도 없으니 말이야. 또 돈을 꿔 주는 친구도 없고. 피를 나눈 형제에다 룸메이트가 없지 뭐야. 도대체 왜 부상을 당한 거야?"

"군종신부를 놀려 댈 수 있잖나?"

"그 신부 말이지. 신부를 놀리는 게 어디 난가. 대위지. 난 그 신부가 좋아. 필요하다면 그를 불러. 그러잖아도 자네를 만나러 올 거야. 단단히 준비하고 있더군."

"나도 그가 좋아."

"아, 나도 그건 알지. 이따금 자네랑 신부가 그런 사이가 아닐까 하고 생각하기도 했는걸. 내 말 무슨 뜻인지 알겠지."

"아냐, 설마 진짜로 그렇게 생각하는 건 아닐 테지."

"정말이야, 그렇게 생각할 때가 있었다고. 안코나 여단(旅團)*의 세1연내 너석들저럼 조금 그렇고 그린 사이가 아닌가 하고." "아, 이 망할 인간."

그는 자리에서 일어나서 장갑을 꼈다.

"아, 난 자네를 놀려 대는 게 재미나 죽겠어. 자네에겐 신부도 있고 영국 여자도 있어. 하지만 자네의 마음속은 나와 꼭 같잖아."

"아냐, 난 달라."

"다르긴 뭐가 달라, 우린 똑같다고. 자네는 진짜 이탈리아인이야. 온통 불과 연기뿐, 속은 텅 비었어. 자네는 미국인인 척하고 있을 뿐이야. 우리는 형제야. 서로 사랑하고 있단 말씀이지."

"내가 없는 동안 얌전히 지내라고." 내가 말했다.

"미스 바클리를 보내 주지. 나보다 그녀와 함께 있는 게 훨씬 좋겠지. 자넨 나보다 순결하고 착하니까."

"아, 입 닥쳐!"

"그녀를 보내 줄게. 자네의 아름답고 냉정한 여신을. 영국의 여신을 말이야. 그런 여자는 숭배하는 것 말고 도대체 쓸데가 없지. 영국 여자를 또 어디다 쓰겠어?"

"자네는 무식하고 입이 험한 데이고**야."

"뭐라고?"

"무식한 워프***라고."

---

* 헤밍웨이는 이 작품에서 군종신부를 창조할 때 안코나 여단의 69연대와 70연대 소속 군종신부였던 돈 주세페 비앙치를 모델로 삼았다. 안코나는 아드리아 해 연안의 항구도시.
** 이탈리아 사람을 비롯해 스페인 사람이나 포르투갈 사람을 경멸 조로 부르는 표현.
*** '데이고'와 마찬가지로 이탈리아 사람을 경멸 조로 부르는 표현.

"워프라니. 그렇다면 자넨 워프인 데다 얼굴이 냉혈 동물처럼……."

"자넨 무식해. 또 멍청이고." 이 말을 듣고 그가 움찔하는 것을 눈치채고 나는 계속 말을 이었다. "무식한 데다 경험도 없고, 또 경험이 없으니 어리석고."

"진심이야? 그럼 나도 자네의 착한 여인에 대해서 한마디 하지. 자네가 숭배하는 여신들에 대해서 말이야. 얌전한 처녀와 관계하는 거랑 길거리의 여자와 관계하는 거랑 다른 점은 딱 하나지. 처녀를 상대할 때는 고통스럽다는 것이야. 내가 아는 바로는 그래." 그는 장갑으로 침대를 찰싹 때렸다. "게다가 처녀가 정말 그걸 좋아하는지 아닌지도 전혀 알 수 없고."

"화내지 마."

"화가 난 게 아니야. 자네를 위해 말해 주는 것뿐이지, 이 친구야. 귀찮은 일을 덜어 주려고 그러는 거라고."

"차이점이 그것뿐이야?"

"그래. 하지만 자네 같은 수많은 바보들은 그걸 모르지."

"그런 걸 얘기해 주다니 기특하군."

"입씨름은 그만두자고. 난 자네를 너무 좋아하니까. 하지만 바보짓은 하지 마."

"알았어. 나도 자네처럼 현명해지겠어."

"화내지 마, 이 친구야. 자, 웃어 봐. 한 잔 더 마셔. 이젠 정말 가야겠어."

"자넨 좋은 친구야."

"이제야 겨우 알았군. 한 꺼풀 벗기고 보면 나나 자네나 다

같다니까. 우린 전우 아닌가. 작별 인사로 키스해 줘."

"이런 지저분한 녀석."

"아니지. 자네보다 애정이 넘칠 뿐이야."

그의 숨결이 나에게 가까이 다가오는 것이 느껴졌다. "잘 있어, 또 곧 찾아올게." 그의 숨결이 멀어졌다. "자네가 싫다면 키스는 그만두겠어. 자네의 영국 아가씨를 보내 주지. 그럼 잘 있어, 친구. 코냑은 침대 밑에 놓아뒀어. 어서 빨리 완쾌하라고."

그러고 나서 그는 가 버렸다.

11

군종신부가 찾아온 것은 땅거미가 질 무렵이었다. 수프가 나왔고 후에 그릇을 내가자 나는 누워서 나란히 늘어선 침대를 바라보다가 창문 너머로 저녁 미풍에 가볍게 나부끼는 나무 끝을 바라보았다. 창을 통해 미풍이 들어오고 저녁이 가까워지면서 날이 점점 서늘해졌다. 파리들은 이제 천장과 철사에 매달린 전구에 달라붙어 있었다. 전등은 밤에 환자가 병실로 운반되거나 어떤 일을 할 때만 켜졌다. 황혼이 지나 어둠이 깔렸고, 그 어둠 속에 가만히 누워 있노라니 아주 어린 시절로 돌아간 듯한 느낌이 들었다. 일찌감치 저녁을 먹고 잠자리에 들어간 느낌이라고나 할까. 그때 위생병이 침대 사이로 걸어와 멈춰 섰다. 그와 함께 누군가가 있었다. 군종신부였다. 조그마한 몸집에 갈색 얼굴을 한 그는 어색한 표정으로 그곳에 서 있었다.

"그래, 어떻습니까?" 그가 물었다. 그러더니 꾸러미에 싼 물건을 침대 옆 마룻바닥에 내려놓았다.

"괜찮습니다, 신부님."

그는 아까 리날디를 위해 갖다 놓은 의자에 앉아 어색하게 창밖을 내다보았다. 얼굴이 몹시 피곤해 보였다.

"잠깐만 있다 가야 합니다. 너무 늦어서요." 그가 말했다.

"늦긴요. 식당 사람들은 어떤가요?"

그러자 그가 미소를 지었다. "여전히 날 신나게 놀리고 있지요. 다행히 모두 잘 지내고 있습니다." 목소리까지도 피곤하게 들렸다.

"괜찮으시다니 다행입니다. 고통스럽지 않았으면 좋겠습니다만." 그가 다시 말을 이었다. 전에 없이 매우 피곤한 기색이었다.

"이제 아프지 않아요."

"장교님이 안 계셔서 사람들이 서운해합니다."

"저도 그곳이 많이 그리워요. 우리 얘기는 언제나 재미있었거든요."

"작은 신물을 가져왔습니다." 그는 꾸러미를 집어 들었다. "이건 모기장이고요. 이건 베르무트*입니다. 베르무트 좋아하시죠? 또 이건 영국 신문들이고요."

"좀 풀어 주시죠."

* 향기로운 약초로 향을 낸 백포도주. 주로 칵테일을 만들거나 식사 전 식욕을 돋우는 데 사용한다.

그는 즐거워하며 그것을 풀었다. 나는 모기장을 두 손에 집어 들었다. 그는 베르무트 병을 들어 나에게 보여 준 뒤 침대 옆 마룻바닥에 내려놓았다. 나는 영국 신문 뭉치 중 하나를 집어 들었다. 창으로 새어 들어오는 희미한 햇빛이 비치도록 신문을 돌리니 머리기사를 읽을 수 있었다. 《뉴스 오브 더 월드》*라는 신문이었다.

"다른 신문들은 삽화가 있는 것들이죠."

"이런 걸 읽을 수 있다니 참 기분이 좋네요. 어디서 구하셨나요?"

"메스트레**에 주문해 구했어요. 좀 더 주문하려고요."

"이렇게 문병을 와 주셔서 정말 고맙습니다, 신부님. 베르무트 한잔하시겠어요?"

"고맙습니다만 가지고 계시다가 혼자 드세요. 중위님을 위해서 사 온 거니까요."

"아닙니다. 한잔 드세요."

"그러죠. 다음에 또 가져오면 되니까요."

당번병이 잔을 가지고 와서 병을 땄다. 그가 코르크를 부서뜨리는 바람에 마개 끝을 병 속에 밀어 넣어야 했다. 신부는 실망하는 표정이었지만 이렇게 말했다. "괜찮아요. 상관없어요."

"신부님의 건강을 위해, 건배!"

---

* 영국에서 타블로이드판으로 발행한 대중적인 일요 신문.
** 이탈리아의 베네치아 북서쪽에 위치한 소도시.

"중위님의 회복을 빌며, 건배!"

포도주를 마신 뒤에도 그는 빈 잔을 그대로 손에 쥐고 있었다. 우리는 서로 얼굴을 쳐다보았다. 우리는 이야기도 잘 나누고 좋은 친구로 지냈지만 오늘 밤은 왠지 그렇게 되지 않았다.

"무슨 일 있으세요, 신부님? 많이 피곤해 보이네요."

"피곤하긴 한데, 그럴 이유가 없거든요."

"더위 탓이겠죠."

"아뇨, 아직 봄이잖아요. 어쩐지 아주 기운이 없어요."

"전쟁 혐오증이군요."

"아닙니다. 전쟁을 끔찍이 싫어하긴 하지만요."

"저도 좋아하지 않습니다." 내가 말했다. 그러자 그는 고개를 흔들고는 창밖을 쳐다보았다.

"아닌 것 같은데요. 중위님은 전쟁을 잘 모를 겁니다. 이런 말을 하는 저를 용서하십시오. 부상을 당한 분한테."

"그저 사고죠."

"부상을 당했다곤 해도 중위님은 아직 전쟁을 모릅니다. 정말이에요. 나 자신도 잘은 알지 못하지만 조금은 느낄 수가 있지요."

"제가 부상을 당할 때 우리는 전쟁 얘기를 하고 있었어요. 파시니가 얘기를 하고 있었지요."

신부는 술잔을 내려놓았다. 그는 다른 생각을 하고 있었다.

"병사들을 이해합니다. 나도 다를 게 하나도 없거든요." 그가 말했다.

"그래도 신부님은 그들과 다르죠."

"하지만 사실은 그들과 다를 게 없어요."

"장교들은 아무것도 모릅니다."

"어떤 장교들은 알죠. 그중 일부는 감정이 퍽 섬세해서 어느 누구보다도 비참한 기분을 느끼고요."

"대부분은 그렇지 않죠."

"교육이나 돈 때문이 아니에요. 그것 말고도 다른 무언가가 있어요. 교육을 받거나 돈이 있다고 해도 파시니 같은 사람은 장교가 되려고 하지 않았을 겁니다. 나도 장교는 되고 싶지 않았으니까요."

"하지만 신부님 계급은 장교죠. 저도 장교고요."

"나야 진짜 장교가 아니죠. 중위님도 이탈리아인이 아니고요. 외국인이잖아요. 하지만 중위님은 사병보다는 장교에 가깝죠."

"어떻게 다른가요?"

"한마디로 말할 수는 없어요. 전쟁을 일으키고 싶어 하는 사람들이 있는 겁니다. 이 나라에는 그런 사람들이 많지요. 전쟁을 싫어하는 사람도 있고요."

"전쟁을 원하는 사람들이 다른 사람들에게 전쟁을 시키는 거군요."

"맞습니다."

"그런데 전 그런 사람들을 돕고 있어요."

"중위님은 외국인이죠. 애국지입니다."

"그러면 전쟁을 하고 싶어 하지 않는 사람들은요? 그들이 전쟁을 그만두게 할 수 있을까요?"

"그건 저도 모르겠어요."

그는 다시 창밖을 보았다. 나는 그의 얼굴을 바라보았다.

"그들이 이제까지 전쟁을 중지시킨 적이 있던가요?"

"그들은 사태를 중지하도록 조직되어 있지 않아요. 그리고 그렇게 조직되면 그들의 지도자들이 그들을 배반할 겁니다."

"그렇다면 희망이 없는 건가요?"

"아주 없는 건 아니죠. 하지만 가끔 희망을 품을 수 없을 때가 있지요. 늘 희망을 가지려고 노력하고 있습니다. 그게 잘 안 될 때가 많지만요."

"전쟁이 끝날지도 모르잖습니까."

"그렇게 되기를 바랍니다."

"전쟁이 끝나면 신부님은 뭘 하실 건가요?"

"가능하다면 아브루치로 돌아가고 싶어요."

그의 갈색 얼굴에 갑자기 행복한 표정이 감돌았다.

"아브루치를 사랑하시는군요."

"그럼요, 무척 사랑하지요."

"그렇다면 가셔야죠."

"그럴 수 있다면 더할 나위 없이 행복할 겁니다. 그곳에 살면서 하느님을 사랑하고 그분께 봉사할 수만 있다면요."

"그리고 사람들한테서 존경을 받고요." 내가 덧붙였다.

"그렇습니다. 사람들한테 존경도 받고요. 그래도 되겠죠?"

"물론이죠. 마땅히 존경받으셔야죠."

"그건 아무래도 상관없습니다. 하지만 우리 고향에서는 사람은 누구나 하느님을 사랑해야 한다고 생각하지요. 이건 지저분한 농담이 아닙니다."

"알겠어요."

그는 내 얼굴을 쳐다보며 미소를 지었다.

"중위님은 알면서도 하느님을 사랑하지 않으시죠."

"네, 그래요."

"그분을 전혀 사랑하지 않나요?" 그가 물었다.

"밤이면 가끔 그분이 두려울 때가 있어요."

"하느님을 사랑해야 합니다."

"저는 누구든 별로 사랑하지 않거든요."

"아니에요. 중위님은 사랑하십니다. 밤에 가끔 내게 얘기하셨잖아요. 그건 사랑이 아닙니다. 한낱 정열과 육욕에 지나지 않아요. 사랑을 하면 그 대상을 위해 뭔가 하고 싶어지는 법이죠. 희생하고 싶어집니다. 또 봉사하고 싶어지고요." 그가 말했다.

"저는 사랑을 하지 않습니다."

"중위님은 사랑을 하게 될 거예요. 제가 잘 압니다. 그렇게 되면 중위님도 행복해질 겁니다."

"저는 지금도 행복합니다. 지금까지도 늘 행복했고요."

"그것과는 다른 행복이지요. 직접 느껴 보지 않고서는 알 수 없는 행복입니다."

"글쎄요. 만약 제가 그런 사랑을 하게 되면 신부님께도 알려 드리죠." 내가 대답했다.

"너무 오래 머물러 이야기가 길어졌네요." 그는 진심으로 미안해했다.

"아닙니다. 더 있다가 가세요. 여자를 사랑하는 건 어떨까요? 만일 제가 진심으로 한 여자를 사랑하게 된다면 그런 행복을 느끼게 될까요?"

"그건 잘 모르겠습니다. 여자는 한 번도 사랑해 본 적이 없어서요."

"어머니도 사랑하지 않으셨나요?"

"물론 사랑했죠. 틀림없이 사랑했어요."

"신부님은 늘 하느님을 사랑하셨습니까?"

"아주 어렸을 때부터 줄곧 그랬지요."

"글쎄요."내가 말했다. 이렇게 말해 놓고 보니 뭐라고 덧붙여야 할지 생각이 나지 않았다. "신부님은 훌륭한 청년입니다."

"청년이죠. 그런데도 중위님은 나를 신부님이라고 부르고요."그가 대답했다.

"예의니까요."

그러자 그가 미소를 지었다.

"이제는 정말 가 봐야겠네요. 혹시 부탁하고 싶은 거라도 있습니까?"그가 말했다.

"아뇨, 없습니다. 그저 얘기를 나누고 싶을 뿐이에요."

"식당 친구들한테 안부 전해 드릴게요."

"좋은 선물을 많이 갖다 주셔서 고맙습니다."

"별말씀을요."

"그럼 또 찾아와 주세요."

"물론이죠. 자, 그럼 안녕히 계십시오."그는 가볍게 내 손을 두드렸다.

"그럼 안녕히 가십시오." 나는 이탈리아 사투리로 말했다.

"그럼 또." 그도 내 말을 반복하며 작별 인사를 했다.

이제 병실 안은 컴컴했다. 침대 발치에 앉아 있던 당번병이 일어서서 신부와 함께 나갔다. 나는 신부를 무척 좋아했으며, 그래서 그가 언젠가는 아브루치로 돌아갈 수 있기를 바랐다. 식당에서 비참하게 놀림을 받으면서도 그는 잘 견디고 있었다. 나는 그가 고향에 돌아가면 어떻게 살아갈지 생각해 보았다. 그가 들려준 대로라면, 카프라코타에는 마을 아래쪽으로 흐르고 그곳엔 송어가 산다. 그곳에서는 밤에 피리를 부는 것이 금지되어 있다고 한다. 젊은 남자가 애인의 창 밑에서 세레나데를 부를 때도 피리를 부는 것만은 금지되어 있다는 것이다. 도대체 이유가 뭐냐고 물었더니 젊은 처녀들이 밤에 피리 소리를 듣는 것이 좋지 않아서라고 했다. 그곳 농부들은 길에서 낯선 손님을 만나면 '나리'라고 부르며 모자를 벗어 인사를 한다. 그의 부친은 날마다 사냥을 나가서는 농부의 집에서 식사를 한다. 그들은 그것을 영광으로 생각한다. 외국인이 사냥을 하려면 이제까지 한 번도 체포된 적이 없다는 증명서를 제출해야 한다. 그란사소디탈리아에는 곰이 여러 마리 살지만 그곳까지는 너무 멀다. 아퀼라는 아름다운 마을이다. 여름밤은 시원하고 아브루치의 봄은 이탈리아에서도 가장 아름답다. 그러나 무엇보다 멋진 계절은 밤나무 숲으로 사냥을 갈 수 있는 가을이다. 새들은 포도를 따 먹고 살기 때문에 하나같이 고기가 맛있다. 도시락 같은 것은 전혀 가지고 갈 필요가 없는데, 농부들은 손님이 자기 집에서 식사하는 것을 언제나 영광으로 생각하기 때문이다. 잠시 뒤 나는 잠이 들었다.

12

길쭉한 병실에는 오른쪽으로 창문들이 있고 가장 안쪽에는
치료실로 통하는 문이 있었다. 내 침대가 놓여 있는 줄은 창을
마주 보고 있었고, 창 아래쪽에 있는 다른 줄은 벽을 향하고
있었다. 그래서 왼쪽을 돌아보고 누우면 치료실의 문이 보였
다. 가장 안쪽에도 문이 또 하나 있어 가끔 그 문으로 사람들
이 들어왔다. 환자 중 누군가가 숨을 거두면 보이지 않게 침대
주위에 휘장이 쳐졌다. 환자들이 보고 들을 수 있는 것은 휘장
아래 있는 군의관들과 위생병들의 구두와 각반, 그리고 그들
이 중얼거리는 소리뿐이었다. 그러고 나서 군종신부가 휘장
뒤에서 나오고 그 뒤에 남자 간호병들이 휘장 뒤로 돌아가 담
요를 덮은 시체를 들고 나와 침대 사이의 통로로 운반해 갔다.
그런 다음 누군가가 휘장을 걷어서 가지고 나갔다.

그날 아침 병동을 책임지고 있는 소령이 나에게 다음 날 여

행을 할 수 있겠느냐고 물었다. 나는 할 수 있다고 대답했다. 그러자 그는 다음 날 아침 일찍 나를 후송하겠다고 했다. 날씨가 너무 더워지기 전에 떠나는 게 좋을 것이라면서.

침대에서 들어 올려져 치료실로 옮겨질 때 보니 창밖 마당에 새로 만들어진 무덤이 보였다. 병사 하나가 마당 쪽 문밖에 앉아서 십자가를 만들어 마당에 묻히는 병사들의 이름과 계급, 소속 연대를 페인트로 적고 있었다. 그는 병동의 심부름도 하는 병사로 한가한 틈을 이용해 내게 오스트리아군의 소총 탄피로 라이터를 만들어 준 일도 있었다. 군의관들은 아주 친절했고 퍽 유능해 보였다. 그들은 보다 나은 엑스레이 시설이 있고 또 수술 후 물리치료도 받을 수 있는 밀라노로 나를 보내고 싶어 했다. 나도 밀라노에 가고 싶었다. 병원에서는 될 수 있으면 우리 모두를 후방으로 보내고 싶어 했다. 공격이 시작되면 침대가 필요해질 것이기 때문이다.

야전병원을 떠나기 전날 밤, 리날디가 식당 친구인 소령을 데리고 문병을 왔다. 두 사람은 내가 밀라노에 신설된 미군 병원으로 후송될 것이라고 이야기했다. 미국의 앰뷸런스 부대가 파견되기로 되어 있는데, 이 병원이 그 부대와 이탈리아에서 복무하고 있는 다른 미국인들을 보살필 예정이었다. 적십자사에서는 미국인이 많이 활약하고 있었다. 미국은 독일에 대해서는 선전포고를 했지만 오스트리아에 대해서는 아직 선전포고를 하지 않은 상태였다.

이탈리아인들은 미국이 오스트리아에 대해서도 선전포고를 할 것이라고 확신했고, 그래서 비록 적십자 요원들이지만 미국인들이 그곳에 오는 것에 무척 고무되어 있었다. 그들은 나에게 윌슨 대통령이 오스트리아에 대해서도 선전포고를 하리라고 생각하느냐고 물었고, 나는 그것은 시간문제라고 대답했다. 우리 미국인이 오스트리아에 대해서 무슨 감정을 갖고 있는지는 모르지만, 독일에 선전포고를 했다면 오스트리아에도 선전포고를 하는 것이 논리적으로 맞을 것 같았다. 또 그들은 터키에 대해서도 선전포고를 할 것 같으냐고 물었다.* 그것은 확실하지 않다고 대답했다. 터키는 미국 국민이 좋아하는 새**이기 때문이라고 했더니, 이 농담을 제대로 해석하지 못해 매우 어리둥절하고 의아해하는 표정을 지었다. 나는 다시 터키에 대해서도 선전포고를 할 것 같다고 말해 주었다. 그러면 불가리아에 대해서는? 이미 브랜디를 대여섯 잔 마신 뒤라 나는 단연코 미국은 불가리아***에 대해서도, 또 일본에 대해서도 선전포고를 할 것이라고 말했다. 그랬더니 그들은 일본이 영국의 동맹국이라고 했다. 그놈의 영국을 누가 믿을 수 있겠어. 일본인들은 하와이를 탐내지. 내가 말했다. 하와이가 도대체 어디 있는 거야? 태평양 한복판이잖아. 그런데 왜 일본인들이 그 섬을 탐내지? 그들이 정말로 하와이를 탐내는 건 아냐. 내가 말했다. 그저 그렇다는 소문일 뿐이지. 일본인

---

* 1914년 제1차 세계대전이 일어난 직후 터키는 동맹국(독일과 오스트리아-헝가리)과 연합했다.
** 영어 '터키'는 국가 이름(Turkey)이면서 동시에 미국인들이 추수감사절 같은 명절 때 즐겨 먹는 칠면조(turkey)를 가리킨다.
*** 불가리아도 제1차 세계대전 직후 동맹국이 되었다.

들은 춤과 약한 술을 좋아하는 데다 키가 작고 속을 알 수 없는 사람들이지. 프랑스인들과 비슷하군. 소령이 말했다. 우린 프랑스에게서 니스와 사부아를 빼앗을 거야. 또 코르시카와 아드리아 해의 전 연안을 점령할 거야.* 리날디가 말했다. 이탈리아가 이제 다시 로마의 영광을 되찾는 거지. 소령이 말했다. 나는 로마가 싫어. 내가 반박했다. 날씨가 더운 데다 온통 벼룩 천지거든. 로마를 좋아하지 않는다고? 말도 안 돼, 난 로마가 좋아. 로마야말로 모든 국가의 어머니지. 나는 테베레 강물을 먹고 자란 로물루스**를 결코 잊을 수 없어. 뭐라고? 아무것도 아냐. 그럼 우리 모두 로마로 가자. 오늘 밤에 로마로 가서 다시는 돌아오지 말자고. 로마는 참으로 아름다운 도시지. 소령이 말했다. 모든 국가의 어머니요 아버지죠. 내가 거들었다. 로마는 여성형이야. 리날디가 반박했다. 그러니까 아버지는 될 수 없다고. 그러면 아버지는 누구지, 성령인가? 신을 모독하지 마. 신을 모독하는 게 아냐. 알고 싶은 것뿐이지. 취했군, 우리 꼬맹이. 나를 취하게 한 게 누구야? 내가 취하게 했지. 소령이 나섰다. 내가 취하게 했다고. 난 자네가 좋으니까, 더구나 미국이 참전해 주었으니까 취하세 해 주었지. 코가 비뚤어지도록 실컷 마셔 볼 테야. 내가 큰소리쳤다. 이 사람,

---

* 소령은 한때 이탈리아의 영토였지만 지금은 남의 나라 소유가 된 도시 국가들을 언급하고 있다.
** 전설에 따르면 로물루스는 로마의 건립자이며 초대 왕이다. 바구니에 담겨 테베레 강에 떠 있던 그는 늑대 어미의 젖을 먹고 자라 뒷날 카피톨 언덕에 고대 로마를 건설했다고 전해진다.

내일 아침이면 떠나지, 이 사람. 리날디가 말했다. 로마로 떠나지. 내가 대꾸했다. 그게 아니지, 밀라노로 떠나지. 그래, 밀라노로 떠나는 거야. 소령이 말했다. 수정궁(水亭宮)으로, 코바로, 캄파리로, 비피로, 갈레리아로.* 이 운 좋은 친구야. 그란이탈리아에도 가 봐야죠. 내가 말했다. 그곳에서 조지한테 돈을 꿀 거야. 스칼라 극장**에도 가야지. 리날디가 말했다. 스칼라에는 꼭 가야 한다고. 매일 밤 가도록 하지. 내가 대답했다. 매일 밤 가기에는 호주머니 사정이 여의치 않을걸. 소령이 거들었다.

입장권이 엄청나게 비싸거든. 할아버지 이름으로 일람불(一覽拂) 약속어음을 발행하죠. 내가 말했다. 뭐라고? 일람불 약속어음 말이에요. 할아버지가 갚아 줘야죠. 안 그러면 전 감옥에 가죠. 은행에 근무하는 커닝햄 씨가 어떻게 처리해 주겠지. 나는 일람불 약속어음으로 살아가거든. 이탈리아를 살리려다가 이제 죽음에 처한 이 애국자 손자를 할아버지가 설마 감옥에야 보내시겠어? 미국의 가리발디*** 만세! 리날디가 외쳤다. 일람불 약속어음 만세! 내가 외쳤다. 조용히 해야 해. 소령이 주의를 주었다. 조용히 해 달라고 벌써 몇 번이나 주의를 받았잖아. 자넨 정말 내일 떠날 작정인가, 페데리코? 미군 병원으로 간다니까요. 리날디가 대답했다. 어여쁜 간호사들이

---

* 이탈리아 빌라노 부근에 있는 냉소나 관광지. 실레리아는 천상이 유리로 덮인 아케이드 상점가인 비토리오 에마누엘레 갤러리를 말한다.
** 세계적으로 유명한 이탈리아 밀라노의 오페라 극장.
*** 주세페 가리발디(1807~1882). 이탈리아의 혁명가, 군인, 정치가.

있는 곳으로 말이에요. 턱수염을 기른 야전병원의 간호병들과는 다르죠. 그래, 알았어. 소령이 말했다. 미국 병원으로 간댔어. 난 턱수염 같은 건 신경 쓰지 않아. 내가 대꾸했다. 누구든지 턱수염을 기르고 싶으면 길러야지. 한데 소령님은 왜 턱수염을 기르지 않나요? 방독면이 잘 들어가지 않기 때문이지. 아뇨, 다 들어갑니다. 방독면 속엔 뭐든지 다 들어가요. 난 방독면 속에다 토한 적도 있는걸요. 제발 소리 좀 낮춰, 이 친구야. 리날디가 핀잔을 주었다. 자네가 전선에 있었다는 걸 모르는 사람은 없으니까. 아, 우리 꼬맹이가 가 버리면 난 어쩌지? 이제 그만 가 봐야겠네. 소령이 말했다. 이곳에 있으면 감상적이 된단 말씀이야. 어이, 내 말 좀 들어 봐, 자넬 깜짝 놀라게 할 소식이 하나 있어. 그 영국 아가씨 말인데. 무슨 얘긴지 알지? 자네가 매일 밤 병원으로 만나러 가던 그 영국 아가씨 말이야. 그 아가씨도 밀라노로 간대. 다른 아가씨와 함께 미군 병원으로 간다더군. 밀라노에는 미국에서 간호사들이 아직 도착하지 않았거든. 오늘 그들 부서의 책임자를 만나 얘기를 나눴지. 전선에 여자들이 너무 많다나. 그래서 일부는 후방으로 돌려보낸대. 그래, 어때? 잘됐지. 그렇지? 자네는 이제 큰 도시로 나가고, 더구나 그곳에서 그 영국 아가씨가 자네를 껴안아 줄 테고. 도대체 왜 난 부상도 당하지 않는 거야? 자네도 부상을 입을지 누가 알아. 내가 대꾸했다. 이젠 그만 가 봐야 하네. 소령이 말했다. 술을 마시고 떠들어 대고 페데리코에게 너무 폐가 많았군. 가지 마십시오. 안 돼, 이젠 정말 가야해. 잘 있게. 행운을 비네. 재미 많이 보게나. 차우. 차우. 차우.

빨리 돌아와, 친구. 리날디가 나에게 키스를 했다. 자네한테서 소독약 냄새가 나. 안녕, 꼬맹이. 안녕. 재미 많이 봐. 소령은 내 어깨를 가볍게 두드렸다. 그들은 발끝으로 조용히 걸어 나갔다. 나는 꽤 취해 있었지만 곧 곯아떨어졌다.

　이튿날 아침 우리는 밀라노로 출발해 마흔여덟 시간이 지나서야 도착했다. 힘든 여행이었다. 열차가 메스트레에 이르기 직전 열차 대피선에서 오랫동안 기다려야 했다. 아이들이 몰려와 열차 안을 기웃거렸다. 나는 작은 사내아이에게 코냑을 한 병 사다 달라고 했지만 그 아이는 돌아와 그라파밖에 구할 수 없다고 했다. 그라파라도 사 오라고 다시 보냈고, 아이가 술을 가지고 오자 거스름돈을 심부름값으로 줬다. 빈첸차*를 지날 때까지 나는 술에 취해 잠을 잤다. 그곳에서 눈을 뜬 나는 마룻바닥에 구토를 했다. 그러나 별로 문제가 되지는 않았던 것이, 옆의 친구는 전에도 몇 번이나 마룻바닥에 토했기 때문이다. 그 뒤 어찌나 목이 타는지 베로나 교외의 정거장에서 열차 옆을 왔다 갔다 하는 병사를 불러 물을 부탁했더니 물을 갖다 주었다. 술에 취한 옆 친구 제오르제티를 깨워 물을 권했다. 그는 물을 어깨에 부어 달라고 하고는 다시 잠이 들었다. 물을 가져다준 그 병사는 내가 주는 잔돈을 받으려 하지 않았고 되레 과육이 많은 오렌지 하나를 가져다주었다. 나는 오렌

---

*이탈리아 북부에 있는 도시. 베네치아에서 서쪽으로 60킬로미터, 밀라노에서 동쪽으로 200킬로미터 떨어져 있다.

지를 깨물어 속껍질을 뱉으면서 바깥쪽 화물차 옆을 왔다 갔
다 하는 그 병사를 바라보았다. 잠시 뒤 열차는 덜컹 하고 크
게 한 번 움직이더니 출발했다.

2부

13

열차는 이른 아침에 밀라노에 도착하여 우리를 화물차 조차장에 내려놓았다. 앰뷸런스 한 대가 나를 미군 병원으로 이송했다. 들것에 실린 채 앰뷸런스를 타고 있었기 때문에 어느 거리를 달리고 있는지는 알 수 없었지만, 차에서 들것을 내리자 장터가 보였고 문을 연 포도주 가게 밖에서 아가씨가 청소하는 모습이 보였다. 사람들이 거리에 물을 뿌리고 있어 거리에서는 이른 아침 냄새가 풍겼다. 그들은 들것을 내려놓고 건물 안으로 들어갔다. 문지기가 그들과 함께 밖으로 나왔다. 희끗희끗한 콧수염을 기른 그는 현관 안내인이 쓰는 모자를 쓰고 셔츠 소매를 걷어 올린 차림이었다. 들것이 아무리 해도 엘리베이터 안에 들어가지 않자 그들은 나를 들것에서 내려 엘리베이터에 태워 올라가는 것이 좋을지, 아니면 들것에 태운 채 계단으로 올라가는 것이 좋을지 상의했다. 나는 그들의 이야기 소리에 귀를 기울였다. 그들은 엘리베이터 쪽으로 결정하고는 나를 들것에서 들어 올렸다. "조심해서 다뤄 줘. 살살 다뤄 달라고." 내가 부탁했다.

엘리베이터 안은 우리만으로도 꽉 찼다. 다리를 굽혀야 했기 때문에 나는 몹시 고통스러웠다. "다리를 좀 펴 줘." 내가 말했다.

"그럴 수 없습니다, 중위님. 자리가 없거든요." 나를 안은 병사가 대답했다. 나는 그의 목에 팔을 감고 매달려 있었다. 그의 입김이 내 얼굴을 스치자 마늘과 붉은 포도주가 뒤섞인 금속성 냄새가 났다.

"가만히 계십시오." 다른 사내가 말했다.

"젠장, 더 이상 어떻게 가만히 있어!"

"가만히 계시란 말이죠." 내 다리를 붙잡은 병사가 다시 말했다.

엘리베이터 문이 닫히고 쇠창살이 내려지자 문지기가 4층 단추를 눌렀다. 문지기는 걱정스러운 표정을 짓고 있었다. 엘리베이터는 천천히 올라갔다.

"무겁나?" 나는 마늘 냄새가 나는 병사에게 물었다.

"괜찮습니다." 그가 대답했다. 그는 얼굴에 땀을 뻘뻘 흘리며 끙끙거리고 있었다. 엘리베이터는 천천히 올라가 멈췄다. 다리를 붙잡은 병사가 엘리베이터 문을 열고 밖으로 나갔다. 우리는 발코니에 있었다. 놋쇠 손잡이가 달린 문이 여러 개 있었다. 다리를 붙잡은 병사가 초인종을 눌렀다. 문 안쪽에서 벨 소리가 들렸다. 그러나 아무도 나오는 사람이 없었다. 그러자 문지기가 계단으로 올라왔다.

"병원 사람들은 어디에 있나요?" 들것을 든 위생병들이 물었다.

"모르겠는데요. 그들은 늘 아래층에서 잠을 자거든요." 그가 대답했다.

"누구 좀 불러 주시죠."

문지기는 초인종을 누르고 문을 두드리고 하다가 마침내 문을 열고 안으로 들어갔다. 그가 안경을 쓴 나이 지긋한 부인 하나를 데리고 나왔다. 머리가 풀어져 반쯤 흘러내린 부인은 간호사 제복을 입고 있었다.

"난 아무 말도 못 알아들어요. 이탈리아어를 모른다고요." 그녀가 말했다.

"내가 영어를 할 줄 압니다. 이 사람들은 나를 어딘가에 내려놓고 싶은 겁니다." 내가 말했다.

"아직 준비된 병실이 하나도 없는데요. 환자가 오리라고는 예상치 못했거든요." 그녀는 머리카락을 추어올리며 근시인 사람들이 흔히 그러듯 나를 빤히 쳐다보았다.

"아무 데라도 좋으니 이 사람들이 나를 눕힐 수 있도록 방을 안내해 주십시오."

"나는 몰라요. 환자가 오리라고는 생각지도 못했다고요. 당신을 아무 병실에나 들일 순 없어요." 그녀가 말했다.

"아무 방이라도 괜찮습니다." 내가 말했다. 그리고 나서 문지기를 향해 이탈리아어로 말했다. "빈 병실을 찾아봐 줘요."

"병실은 모두 비어 있습니다. 중위님이 첫 번째 환자거든요." 문지기가 대답했다. 그는 모자를 손에 쥔 채 나이 지긋한 간호사를 쳐다보았다.

"제발 부탁이니 아무 데라도 나를 눕혀 주세요." 다리를 굽히고 있으려니 통증이 더욱 심해져서 아픔이 뼛속까지 스며드는 것 같았다. 문지기가 문 안으로 들어가자 머리카락이 희끗희끗한 그 간호사가 그의 뒤를 따라 들어갔다. 문지기가 서둘러 되돌아 나왔다. "저를 따라오십시오." 그가 말했다. 그들은 나를 업고 긴 복도를 지나 블라인드를 내린 방으로 들어갔다. 새로 들여놓은 가구 냄새가 났다. 침대 하나, 거울이 달린 커다란 옷장 하나가 놓여 있었다. 그들은 나를 침대 위에 내려놓았다.

"시트는 깔아 드릴 수 없어요. 모두 옷장에 넣고 잠가 버렸거든요." 간호사가 말했다.

나는 그녀에게 아무 대꾸도 하지 않았다. "내 주머니에 돈이 있어요. 단추가 채워져 있는 주머니 속에요." 내가 문지기에게 말했다. 문지기는 돈을 꺼냈다. 들것을 들고 온 두 위생병은 모자를 손에 쥐고 침대 옆에 서 있었다. "이 사람들에게 5리라씩 주세요. 당신도 5리라 갖고요. 내 서류가 다른 쪽 주머니에 있으니 그걸 간호사에게 건네주십시오."

위생병들은 거수경례를 하며 고맙다고 인사했다. "잘 가게. 여러모로 정말 고마웠어." 내가 말했다. 그러자 그들은 다시 한 번 경례를 하고는 밖으로 나갔다.

"그 서류에는 내 증상과 지금까지 받은 치료 경과가 기록되어 있습니다." 나는 간호사에게 말했다.

간호사는 서류를 들고 안경 너머로 들여다보았다. 서류는 세 통으로 모두 접혀 있었다. "어떻게 해야 좋을지 모르겠네요. 이탈리아어를 읽을 줄 모르거든요. 게다가 의사 선생님의 지시 없이는 아무것도 할 수 없어요." 그녀는 훌쩍거리며 앞주머니에 서류를 쑤셔 넣었다. "미국 분이신가요?" 그녀가 울먹이며 물었다.

"그렇습니다. 서류는 침대 옆 테이블 위에 놓고 가십시오."

병실 안은 어두컴컴하고 서늘했다. 침대에 누우니 방 반대쪽 벽에 걸려 있는 큼직한 거울이 보였지만, 거울에 무엇이 비치는지는 알 수 없었다. 문지기는 여전히 침대 옆에 서 있었다. 착해 보이는 얼굴에 친절한 사람이었다.

"이제 가 보셔도 좋아요." 내가 그에게 말했다. "간호사님도 그만 가 보시고요." 나는 간호사에게도 말했다. "한데 간호사님은 성함이 어떻게 되나요?"

"워커 부인이에요."

"가셔도 좋습니다, 워커 부인. 잠을 좀 자야겠어요."

나는 혼자 병실에 남았다. 서늘한 데다 병원 냄새 같은 것도 나지 않았다. 매트리스도 단단해서 편안했다. 나는 거의 숨을 쉬지 않고 가만히 누워서 진통이 가라앉는 것을 느끼며 행복감에 젖어들었다. 얼마 뒤 물이 마시고 싶어진 나는 침대 옆쪽 줄에 매달려 있는 초인종을 발견하고 눌렀지만 아무도 오지 않았다. 나는 잠을 청했다.

잠에서 깨어나자 사방을 둘러보았다. 덧문 사이로 햇빛이 들어왔다. 큼직한 옷장이며 아무것도 걸지 않은 텅 빈 벽이며 의자 두 개가 보였다. 더러운 붕대가 감긴 내 다리는 침대 밖으로 삐죽 나와 있었다. 다리를 움직이지 않으려고 조심했다. 목이 말라서 손을 뻗어 초인종 단추를 눌렀다. 문 열리는 소리가 들리더니 간호사 하나가 나타났다. 젊고 귀여운 아가씨였다.

"안녕하세요?" 내가 인사를 했다.

"안녕하세요?" 그녀가 인사를 하고 침대 곁으로 다가왔다. "아직 의사 선생님을 모셔 올 수 없어요. 코모 호수*에 가 계시거든요. 이렇게 환자가 올 줄은 아무도 몰랐어요. 한데 어디가 아프세요?"

"부상을 당했습니다. 다리하고 발에요. 그리고 머리도 아프고요."

"이름이 어떻게 되세요?"

"헨리. 프레더릭 헨리라고 합니다."

"몸을 닦아 드리죠. 하지만 의사 선생님이 오실 때까지는 어떤 치료도 해 드릴 수 없어요."

"미스 바클리라는 여자가 이 병원에 있습니까?"

"아뇨. 그런 이름을 가진 여자는 없어요."

"내가 병원에 처음 들어왔을 때 울던 여자 분은 누굽니까?"

그러자 간호사가 웃었다. "워커 부인이에요. 엊저녁에 야근을 해서 지금은 자고 있어요. 그분은 누가 오리라곤 생각도 못 했거든요."

---

* 이탈리아 북부 롬바르디아에 있는 호수.

이야기를 나누면서 그녀는 내 옷을 벗겨 주고 붕대가 감긴 곳을 제외한 온몸을 아주 부드럽고 가볍게 닦아 주었다. 이렇게라도 닦고 나니 기분이 무척 상쾌했다. 머리에도 붕대를 감고 있었지만 그녀는 그 가장자리를 돌아가며 깨끗이 닦아 주었다.

"어디서 다치셨어요?"

"플라바 북쪽 이손초 강변에서요."

"그곳이 어디죠?"

"고리치아의 북쪽입니다."

그녀에게는 아무런 의미도 없는 지명이라는 것을 알 수 있었다.

"많이 아프세요?"

"아뇨. 이젠 그렇게 아프지 않습니다."

그녀는 내 입에 체온계를 넣었다.

"이탈리아인들은 체온계를 겨드랑이 밑에 넣던데요." 내가 말했다.

"말하지 말고 가만히 계세요."

그녀는 체온계를 꺼내 들여다본 뒤 흔들었다.

"몇 도나 되나요?"

"환자에게는 알려 주지 않게 되어 있어요."

"그래도 몇 도나 되는지 가르쳐 주십시오."

"거의 정상이에요."

"신열이 난 적은 없어요. 두 다리에는 온통 고철이 박혀 있고요."

"그게 무슨 말씀이세요?"

"박격포 포탄의 파편이며 낡은 나사못이며 침대 스프링 같은 것들이 박혀 있단 말이지요."

그녀는 머리를 내저으며 생긋 웃었다.

"선생님 다리에 이물질이 들어 있다면 염증을 일으켜서 열이 났을 거예요."

"좋아요. 어떤지는 어디 두고 봅시다." 내가 말했다.

그녀는 병실에서 나가더니 이른 아침에 만났던 간호사를 데리고 돌아왔다. 두 사람이 함께 나를 그대로 침대에 누인 채 침대를 정돈해 주었다. 나로서는 처음 보는 훌륭한 솜씨였다.

"여기 책임자는 어느 분입니까?"

"미스 밴캠픈이에요."

"간호사는 몇 분이나 되나요?"

"우리 둘뿐이에요."

"좀 더 오지 않나요?"

"몇 명 더 올 예정이에요."

"언제 오나요?"

"모르죠. 환자가 뭘 그렇게 많이 물어보세요."

"환자가 아니죠. 부상병이거든요." 내가 말했다.

그들이 침대 정돈을 모두 마치자 나는 촉감이 좋고 깨끗한 시트를, 한 장은 밑에 깔고 다른 한 장은 위에 덮고 누웠다. 워커 부인이 밖으로 나가더니 파자마를 가지고 들어왔다. 그들이 그것을 나에게 입혀 주었다. 아주 깨끗한 옷을 입은 기분이 들었다.

"두 분 모두 정말로 친절하시네요." 내가 말했다. 이 말을 듣고 미스 게이지라는 간호사가 킬킬대며 웃었다. "물 한 컵 가져다주시겠어요?" 내가 부탁했다.

"물론이죠. 그 뒤에 아침 식사도 가져다드릴게요."

"아침 식사는 별로 생각이 없는데요. 덧문 좀 열어 주시겠어요?"

병실 안은 어두컴컴했지만 덧문을 열자 밝은 햇살이 들어왔다. 나는 밖의 발코니를 쳐다보았고, 그 너머로 집들의 기와지붕과 굴뚝들도 보았다. 기와지붕 너머로는 흰 구름이 둥둥 떠 있었고 하늘이 무척 푸르렀다.

"다른 간호사들은 언제 오는지 모르세요?"

"왜 그러시죠? 우리 간호가 마음에 안 드시나요?"

"두 분 모두 정말 친절해요."

"변기 사용하고 싶으세요?"

"어디 한번 해 보죠."

그들은 나를 부축하여 일으켜 주었지만 사용할 필요가 없었다. 또다시 누운 채 열린 문으로 발코니 쪽을 바라다보았다.

"의사 선생님은 언제 오시나요?"

"오셔야 오시는 거죠. 빨리 돌아오시도록 코모 호수에 전화를 걸려고 했어요."

"다른 의사들은 안 계십니까?"

"그분이 이 병원의 의사 선생님이에요."

게이지가 주전자와 유리컵 하나를 가지고 왔다. 나는 물을 세 잔이나 마셨다. 그들은 병실을 나갔고, 나는 얼마 동안 창밖을 바라보다가 다시 잠이 들었다. 점심을 조금 먹은 뒤 오후에 수간호사인 밴캠폰이 나를 보러 왔다. 그녀는 나를 좋아하지 않았는데 나도 그녀가 마음에 들지 않았다. 몸집이 조그마하고 무척 의심이 많으며 그만한 지위에는 어울리지 않는 여자였다. 그녀는 이것저것 질문을 많이 했고, 내가 이탈리아 군대에 있는 것을 조금 수치스럽게 생각하는 것 같았다.

"식사 때 포도주를 마셔도 괜찮습니까?" 내가 물었다.

"의사 선생님의 지시가 없으면 안 돼요."

"그럼 의사 선생님이 올 때까진 안 된다는 거군요?"

"절대로 안 됩니다."

"의사 선생님이 오시도록 주선하고 있는 거겠죠?"

"코모 호수로 그분께 전화를 드렸어요."

그녀가 나가고 게이지가 들어왔다.

"왜 미스 밴캠폰에게 무례하게 대하셨어요?" 나를 아주 솜씨 있게 돌봐 준 뒤 그녀가 물었다.

"그럴 생각은 없었어요. 하지만 좀 건방지더라고요."

"미스 밴캠폰은 선생님이 아주 거만하고 무례하다던데요."

"난 그러지 않았습니다. 하지만 의사도 없는 병원이라니 말이 됩니까?"

"곧 오신다니까요. 빨리 오시도록 코모 호수로 전화했어요."

"그곳에서 뭘 하시나요? 수영이라도 하나요?"

"아뇨. 그곳에도 진료소가 있어요."

"왜 의사를 따로 두지 않죠?"

"쉿! 쉿! 잠자코 계세요. 얌전하게 계시면 선생님이 곧 오실 거예요.”

나는 문지기를 불러 달라고 했다. 그가 오자 이탈리아어로 술집에 가서 친차노* 한 병과 키안티** 한 병, 그리고 석간신문을 사다 달라고 부탁했다. 그는 밖으로 나갔다가 잠시 뒤 술병을 신문에 싸 가지고 돌아와서 풀었다. 나는 그에게 포도주와 베르무트의 마개를 따서 침대 밑에다 놓아 달라고 부탁했다. 두 사람이 나가고 혼자 남자 나는 침대에 누워 잠시 신문을 뒤적거렸다. 전선 소식이며 전사한 장교들의 명단이며 그들에게 수여된 훈장의 종류에 대해 읽었다. 그다음 침대 밑으로 손을 뻗어 친차노 병을 집어 배 위에 똑바로 올려놓고 시원한 유리컵도 역시 배 위에 올려놓고는 조금씩 마셨다. 술을 마시는 동안에도 병을 그대로 두었기 때문에 배 위에는 둥그런 자국이 생겼다. 나는 병실 바깥으로 시내 집들의 지붕 위에 어둠이 내려앉는 것을 바라보았다. 제비들이 원을 그리면서 빙빙 돌고 있었다. 그 제비들과 지붕 위를 날고 있는 쪽독새들을 바라보면서 친차노를 마셨다. 게이지가 유리잔에 에그노그***를 담아 가지고 들어왔다. 그녀가 방에 들어올 때 나는 술병을 침대 반대쪽에 내려놓았다.

“미스 밴캠픈이 이 속에 셰리****를 타서 줬어요. 그분에게 무

---

* 이탈리아에서 생산하는 베르무트 상표 중 하나.
** 이탈리아 토스카나 지방에서 생산하는 단맛이 나지 않는 붉은 포도주.
*** 달걀, 우유, 설탕, 육두구 등에 위스키나 럼, 포도주를 탄 음료.
**** 발효가 끝난 일반 와인에 브랜디를 첨가해 알코올 도수를 높인 스페인 와인. 비교적 단맛이 나지 않아 식사 전에 식욕을 돋운다.

례하게 대하시면 안 돼요. 나이도 젊지도 않은 데다 이 병원에서 큰 책임을 맡고 계시거든요. 워커 부인은 나이가 너무 많아 그분에게 별로 도움이 안 돼요."

"좋은 분이군요. 고맙다고 전해 줘요." 내가 말했다.

"곧 저녁 식사를 갖고 올게요."

"괜찮은데요. 아직 배가 고프지 않아요." 내가 말했다.

그녀가 저녁 식사 쟁반을 들고 들어와 침대 옆 탁자에 놓았다. 나는 고맙다는 인사를 하고 조금 먹었다. 그 뒤 밖이 어두워지자 하늘에서 탐조등 불빛이 움직이는 것이 보였다. 잠깐 그것을 바라보다가 잠이 들었다. 딱 한 번 식은땀을 흘리며 놀라서 깬 것 외에는 곤하게 잠을 잤다. 그런 후에는 꿈을 꾸지 않으려고 애를 쓰면서 다시 잠을 청했다. 나는 날이 새기 전에 오랫동안 잠에서 깨어 닭 우는 소리를 들으면서 날이 밝을 때까지 눈을 뜬 채 누워 있었다. 피곤했던 탓에 완전히 날이 밝자 다시 잠이 들었다.

14

눈을 뜨니 병실 안은 눈이 부실 정도로 햇빛이 가득했다. 전선으로 다시 돌아온 것 같은 착각이 들어 나는 침대에서 쭉 기지개를 켰다. 통증이 느껴져 아직 더러운 붕대가 감긴 두 다리를 내려다보았고, 그것을 보고서야 비로소 내가 지금 있는 곳을 알 수 있었다. 손을 뻗어 초인종의 줄을 잡아당겨 단추를 눌렀다. 복도에서 벨이 찌르릉거리는 소리가 나더니 누군가가 고무창을 댄 신발을 끌고 복도 아래쪽으로 걸어오는 소리가 들렸다. 게이지였다. 밝은 햇살에서 보니 그녀는 조금 더 나이가 들어 보였고, 그다지 예쁘지도 않았다.

"안녕하세요. 잘 주무셨나요?" 그녀가 인사를 했다.

"네. 고맙습니다. 이발사를 부를 수 있을까요?" 내가 말했다.

"어떻게 계신가 보러 왔더니 이걸 안고 주무시던데요."

그녀는 옷장 문을 열고 베르무트 병을 들어 보였다. 거의 빈

병이었다. "침대 밑에 있던 다른 병도 옷장 안에 넣어 뒀어요 잔을 갖다 달라고 하지 그러셨어요."

"술을 못 마시게 할까 봐 그랬죠."

"조금은 같이 마셔 드릴 수도 있는데요."

"참 좋은 분이군요."

"혼자서 술을 마시는 건 좋지 않아요. 그러시면 절대로 안 돼요." 그녀가 말했다.

"네, 알았습니다."

"중위님의 친구인 미스 바클리가 도착했어요." 그녀가 말했다.

"정말요?"

"정말이고말고요. 전 마음에 들지 않지만요."

"곧 마음에 들 겁니다. 여간 착한 사람이 아니거든요."

그녀는 머리를 저었다. "예쁜 건 확실해요. 조금 이쪽으로 옮겨 누울 수 있으세요? 이제 됐어요. 아침 식사를 위해 몸을 깨끗이 닦아 드릴게요." 그녀는 수건과 비누, 따뜻한 물로 내 몸을 닦아 주었다. "어깨를 들어 주세요. 이제 됐어요."

"아침 식사 전에 이발사를 불러 줄 수 없을까요?"

"문지기더러 불러오라고 할게요." 그녀는 방 밖으로 나갔다가 곧 돌아왔다. "부르러 갔어요." 그녀는 이렇게 말하면서 손에 들고 있던 수건을 대야 물에 담갔다.

이발사가 문지기와 함께 들어왔다. 쉰 살쯤 되어 보이는 사내로 수염을 끝이 위로 향하게 기르고 있었다. 게이지가 하던 일을 마치고 방에서 나가자 이발사는 내 얼굴에 비누 거품을 바르고는 면도를 하기 시작했다. 그는 무척이나 근엄했고 좀 처럼 입을 열지 않았다.

"무슨 일 있나요? 들은 소식 없어요?" 내가 물었다.

"무슨 소식 말입니까?"

"아무 소식이라도요. 시내에서는 지금 무슨 일이 일어나고 있나요?"

"지금은 전시입니다. 적들이 사방에서 엿듣고 있어요." 그가 말했다.

나는 그를 올려다보았다. "얼굴을 움직이지 마십시오. 난 아무것도 말하지 않을 겁니다." 그는 이렇게 말하고는 계속해서 면도를 했다.

"도대체 왜 그래요?" 내가 물었다.

"난 이탈리아인이오. 적하고는 내통하지 않습니다."

나는 그 정도에서 그만두었다. 만일 정신이 이상한 친구라면 1초라도 빨리 면도날 아래에서 빠져나오는 것이 상책이었다. 한번은 그의 얼굴을 똑바로 쳐다보려고 했다. "조심하세요. 면도날이 날카롭습니다." 그가 말했다.

면도가 끝나자 나는 그에게 돈을 지불하고 팁으로 반리라를 주었다. 그랬더니 그는 잔돈을 도로 돌려주었다.

"받지 않겠소. 비록 전선에 나가 있지 않지만 난 이탈리아인이오."

"이 방에서 빨리 꺼져 주시오."

"그럼, 이만 실례하겠습니다." 그는 이렇게 말하고는 신문지에다 면도기를 쌌다. 그리고 동전 다섯 닢을 침대 옆 탁자

위에 놓아 둔 채 나가 버렸다. 나는 초인종을 눌렀다. 그러자 게이지가 들어왔다. "문지기 좀 불러 줄래요?"

"그러죠."

문지기가 들어왔다. 그는 웃음이 나오는 것을 간신히 참고 있었다.

"그 이발사 머리가 어떻게 된 거 아닌가요?"

"아뇨, 중위님. 그 사람이 착각을 하고 있었어요. 제 말을 잘못 알아들었던 거죠. 제가 중위님을 오스트리아 장교라고 말한 줄 안 겁니다."

"아, 그랬군요." 내가 말했다.

"하, 하, 하! 재미있는 친구죠. 중위님이 조금이라도 움직였더라면 그 친구는 아마……." 문지기가 웃었다. 그는 집게손가락으로 목을 자르는 시늉을 했다.

"하, 하, 하!" 그는 터져 나오는 웃음을 억지로 참으려고 애썼다. "중위님이 오스트리아 사람이 아니라고 했더니만……. 하, 하, 하!"

"하, 하, 하라니! 그 작자가 내 목을 잘랐더라면 퍽도 재미있었겠군. 하, 하, 하라니!" 내가 따끔하게 말했다.

"그게 아니죠, 중위님. 절대 그게 아니라고요. 그 사람 오스트리아 사람을 지독히도 무서워했거든요. 하, 하, 하!"

"하, 하, 하! 이제 그만 나가 봐요." 내가 말했다.

그가 나간 뒤에도 복도에서는 그의 웃음소리가 들렸다. 그때 누군가가 복도 아래쪽으로 걸어오는 소리가 났다. 나는 문쪽을 바라보았다. 다름 아닌 캐서린 바클리였다.

그녀는 병실 안으로 들어와 침대 쪽으로 다가왔다.

"오랜만이에요, 자기." 그녀가 말했다. 싱그럽고 젊고 무척이나 아름다웠다. 이렇게 아름다운 여자는 처음 보는 기분이었다.

"오래간만이야." 내가 대답했다. 그녀를 보는 순간 그녀에 대한 사랑이 불타올랐다. 몸속에 있는 모든 것이 뒤집히는 것같았다. 그녀는 문 쪽을 쳐다보고 나서 아무도 없는 것을 확인하고는 침대 가장자리에 걸터앉아 몸을 기울여 내게 키스했다. 그녀를 끌어안으며 키스를 하니 콩콩 뛰는 그녀의 심장이 느껴졌다.

"아, 내 사랑. 당신이 이곳에 오다니 정말 꿈만 같지 않아?" 내가 말했다.

"오는 건 그리 어렵지 않았어요. 하지만 머물기는 어려울지도 몰라요."

"당신은 이곳에 있어야 해. 아, 당신은 정말 아름다워." 나는 그녀에게 빠져들었다. 그녀가 정말로 이곳에 있다는 것이 도저히 믿기지 않았고, 그래서 나는 그녀를 힘껏 껴안았다.

"이러면 안 돼요. 아직 몸도 완쾌되지 않았는데." 그녀가 말했다.

"아냐, 다 나았어. 자, 이리 와."

"안 된다니까요. 당신은 아직 기력이 없어요."

"아냐, 괜찮대도. 정말이야. 어서."

"나를 사랑해요?"

"진심으로 사랑하지. 당신이 좋아서 미칠 지경이야. 자, 어서 이리 와."

"우리의 심장이 뛰는 걸 느껴 봐요."

"심장 같은 건 아무래도 상관없어. 난 당신을 원해. 당신을 갖고 싶어 미칠 지경이야."

"나를 정말로 사랑하나요?"

"그런 소리 자꾸 되풀이하지 마. 자, 빨리. 제발, 어서 제발, 캐서린."

"좋아요. 하지만 잠깐 동안이에요."

"좋아. 문을 닫아." 내가 말했다.

"안 돼요. 이러면 안 돼요."

"자, 빨리. 아무 말도 하지 말고. 자, 제발, 어서."

캐서린은 침대 옆 의자에 앉았다. 문이 복도를 향해 열려 있었다. 격정이 사라지자 기분이 전에 없이 상쾌했다.

그녀가 물었다. "이젠 내가 당신을 사랑한다는 걸 믿겠죠?"

"아, 당신은 너무 사랑스러워. 이곳에 머물러야 해. 당신을 다른 데로 보낼 순 없어. 난 미치도록 당신을 사랑해." 내가 대답했다.

"정말 조심해야 해요. 아까 일은 한낱 격정적 광기에 불과했어요. 이런 짓을 해서는 안 돼요."

"밤이라면 가능하겠지."

"어쨌든 정말 조심해야 돼요. 당신도 다른 사람들 앞에선 조심해야 해요."

"조심할게."

"정말로 그래야 해요. 당신은 좋은 사람이에요. 나를 정말 사랑하는 거죠?"

"그런 말 자꾸 하지 않으면 좋겠어. 그 말이 얼마나 섭섭하게 들리는지 당신은 모를 거야."

"그럼 조심할게요. 당신에게 해 주고 싶은 게 더 이상 없어요. 이제는 정말 가 봐야 해요, 자기."

"곧 돌아와 줘."

"올 수 있으면 올게요."

"그럼 또 만나."

"잘 있어요, 자기."

그녀는 병실에서 나갔다. 내가 그녀와 사랑에 빠지리라고는 정말 꿈에도 생각하지 못했다. 나는 어느 누구와도 사랑에 빠지고 싶은 생각이 없었다. 그런데 하느님께 맹세코 분명히 나는 사랑에 빠졌고, 이렇게 밀라노 병원의 어느 병실에 누워 있는 게 아닌가. 온갖 일이 주마등처럼 머리에 스쳐 갔지만 기분은 하늘을 나는 것처럼 신바람이 났다. 이윽고 게이지가 들어왔다.

"의사 선생님이 오신답니다. 선생님이 코모 호수에서 전화를 하셨어요." 그녀가 말했다.

"그래, 언제쯤 오시나요?"

"오늘 오후에 도착하실 거예요."

15

오후까지는 아무 일도 없었다. 의사는 야위고 몸집이 작았으며 별로 말이 없는 데다 전쟁 때문에 불안을 느끼는 듯했다. 그는 불쾌감을 세련되고 품위 있게 감추면서 내 넓적다리에서 작은 강철 파편을 여러 개 끄집어냈다. 그는 '스노'인지 뭔지 하는 이름의 국부 마취약을 사용했다. 근육 조직을 얼려 탐침이나 메스나 핀셋을 언 부위 밑에 집어넣을 때까지 통증을 느끼지 않게 하는 마취제였다. 환자도 마취된 국부를 똑똑히 알아볼 수 있었다. 얼마 뒤 섬세한 감각을 모두 소진한 의사는 엑스레이를 찍어 보는 것이 좋겠다고 말했다. 탐침으로는 아무래도 만족스럽게 알 수 없다는 것이다.

엑스레이는 오스페달레 미그래*에서 찍었다. 엑스데이를

---

*밀라노에 있는 이탈리아 최고의 육군 병원.

찍은 의사는 다혈질에 유능하며 쾌활한 사람이었다. 양쪽 어깨를 일으켜 세우면 환자도 기계를 통해 큼직한 이물질 몇 개를 직접 볼 수 있었다. 사진 원판들은 나중에 보내 주기로 되어 있었다. 의사는 자기 수첩에 내 이름과 소속 연대, 소감 등을 적어 달라고 부탁했다. 그는 이물질이 보기 흉하고 더럽고 끔찍한 것이라고 단언했다. 오스트리아 사람은 모두 개자식들이라고도 했다. 오스트리아 군인을 몇 명이나 죽였나? 나는 한 명도 죽이지 않았지만 상대방을 즐겁게 해 주고 싶었다. 그래서 꽤 많이 죽였다고 대답했다. 게이지가 나를 데리고 왔고, 의사는 그녀를 안으며 클레오파트라보다도 더 예쁘다고 했다. 그녀가 무슨 말인지 알아들었을까? 옛날 이집트의 여왕 클레오파트라 말이다. 그렇다. 그녀는 정말 미인이었다. 우리는 앰뷸런스를 타고 작은 병원으로 다시 돌아왔고, 잠시 뒤 나는 위층으로 업혀 올라와 다시 침대에 누웠다. 사진 원판은 그날 오후에 도착했다. 무슨 일이 있더라도 오후까지는 완성하겠다고 하더니 의사가 약속을 지킨 것이다. 캐서린 바클리가 내게 그 사진들을 보여 주었다. 그녀가 빨간 봉투에 들어 있는 원판을 봉투에서 꺼내 불빛을 향해 들어 올렸고 우리는 함께 사진을 들여다보았다.

"저게 당신 오른쪽 다리예요." 그녀가 이렇게 말하더니 원판을 봉투에 다시 집어넣었다. "이게 왼쪽이고요."

"모두 치워 둬. 그리고 어서 침대로 와." 내가 말했다.

"안 돼요. 이걸 보여 주려고 잠깐 온 거예요." 그녀가 대답했다.

그녀는 방에서 나가 버렸고 나는 자리에 누웠다. 무더운 오후여서 침대에 누워 있는 것이 지겨웠다. 문지기를 보내 살 수 있는 신문을 모두 사 오라고 시켰다.

그가 돌아오기 전에 군의관 세 사람이 병실로 들어왔다. 의술 경험이 부족한 의사가 다른 동료에게 상담을 부탁하는 경향이 있다는 것은 전부터 아는 사실이었다. 맹장 수술을 제대로 할 줄 모르는 의사는 편도선 수술을 제대로 할 줄 모르는 의사를 추천하는 법이다. 이 세 사람도 그런 의사들이었다.

"이 사람이 바로 그 청년입니다." 손이 가냘픈 이 병원의 담당 의사가 말했다.

"안녕하십니까?" 턱수염을 기른 키가 크고 몸이 마른 의사가 물었다. 엑스레이 사진이 들어 있는 붉은 봉투를 든 세 번째 의사는 아무 말도 하지 않았다.

"붕대를 풀어 볼까요?" 턱수염을 기른 의사가 물었다.

"그러지요. 붕대를 풀어 보세요, 간호사." 이 병원의 담당 의사가 게이지에게 말했다. 게이지가 붕대를 풀었다. 나는 두 다리를 내려다보았다. 야전병원에서는 구운 지 오래되어 신선하지 않은 햄버그스테이크처럼 보였다. 그러나 지금은 딱지가 굳고 무릎이 부어오르고 변색이 되어 있었다. 장딴지는 살이 움푹 들어가 있었지만 곪지는 않았다.

"아주 깨끗한데요. 아주 깨끗하고 상태가 좋습니다." 이 병원의 의사가 말했다.

"음." 턱수염 의사가 말했다. 세 번째 의사는 이 병원 의사의 어깨 너머로 바라보았다.

"무릎을 움직여 보세요." 턱수염 의사가 말했다.

"움직일 수가 없어요."

"그럼 관절을 테스트해 볼까요?" 턱수염 의사가 물었다. 그는 군복 소매에 별 셋, 옆으로 줄 하나를 붙이고 있었다. 선임 대위라는 표시였다.

"그러지요." 이 병원의 담당 의사가 말했다. 두 의사는 내 오른쪽 다리를 잡고 조심스럽게 구부렸다.

"아파요." 내가 말했다.

"자, 자. 조금만 더 구부려 보시죠, 군의관."

"이제 됐어요. 더 이상은 구부릴 수가 없습니다." 내가 말했다.

"부분적으로 관절이 상했군." 선임 대위가 말했다. 그러더니 몸을 일으켰다. "사진을 한 번 더 볼 수 있을까요, 군의관?" 세 번째 의사가 원판 중 하나를 그에게 넘겨주었다. "이거 말고. 왼쪽 다리 걸로."

"그게 왼쪽 것입니다, 군의관님."

"그렇군. 내가 거꾸로 보고 있었어." 그는 원판을 돌려주었다. 그러더니 다른 원판 한 장을 얼마 동안 들여다보았다. "자, 이것 좀 보시오, 군의관." 그는 불빛에 대고 뚜렷하게 보이는 둥근 이물질 하나를 손가락으로 가리켰다. 세 사람은 얼마 동안 원판을 살펴보았다.

"이것 하나만은 말할 수 있겠군. 시간이 문제요. 세 달, 아니, 어쩌면 여섯 달은 기다려야 할 거요." 턱수염을 기른 선임 대위가 말했다.

"확실히 관절 윤활액이 다시 생성되어야 할 테니까요."

"바로 그거요. 때가 되어야 해요. 이런 무릎은 탄알이 포낭(包囊)을 형성할 때까지는 양심상 절개할 수가 없어요."

"저도 같은 생각입니다, 군의관님."

"어째서 여섯 달씩이나 기다려야 한다는 겁니까?" 내가 물었다.

"무릎을 안전하게 수술할 수 있도록 탄알이 포낭을 형성하려면 여섯 달이 걸려요."

"그럴 리가 없습니다." 내가 말했다.

"무릎을 잃고 싶은가, 젊은이?"

"네." 내가 대답했다.

"뭐라고?"

"잘라 버리고 싶다고요. 그 자리에 갈고리를 달면 되겠네요." 내가 말했다.

"그게 무슨 소리인가? 갈고리라니?"

"이 사람 지금 농담하고 있는 거예요." 병원의 담당 의사가 말했다. 그는 내 어깨를 가볍게 두드렸다. "무릎을 갖고 싶겠지요. 매우 용감한 젊은이랍니다. 은성 무공훈장을 타기로 되어 있지요."

"축하하네." 선임 대위가 말했다. 그는 내 손을 잡고 악수를 했다. "내가 말할 수 있는 건, 안전하게 무릎을 수술하려면 적어도 여섯 달은 기다려야 한다는 거요. 물론 얼마든지 나쁜 소견을 따라도 좋아요."

"대단히 감사합니다. 전 군의관님의 의견을 존중합니다."

내가 말했다.

선임 대위가 손목시계를 쳐다보았다.

"이제 그만 가 봐야 할 것 같군. 그럼 행운을 빌겠소." 그가 말했다.

"안녕히 가십시오. 여러모로 고마웠습니다." 내가 인사를 했다. 나는 세 번째 의사와 악수를 했다. "바리니 대위입니다……. 엔리* 중위." 그러고 나서 세 사람은 병실에서 나갔다.

"미스 게이지." 내가 부르자 그녀가 들어왔다. "우리 병원 의사 좀 잠깐만 와 달라고 해 주시죠."

그가 손에 모자를 든 채 병실로 들어와 침대 곁에 섰다. "나를 보자고 했습니까?"

"네. 수술을 여섯 달 동안이나 기다릴 수는 없습니다. 군의관님, 침대에서 여섯 달 동안 누워 지내 본 적 있나요?"

"줄곧 침대에만 누워 있는 건 아니지요. 우선 상처에 햇볕을 쐬야 합니다. 그러고 나면 목발을 짚고 다닐 수 있어요."

"여섯 달을 기다린 뒤에야 수술을 받을 수 있다는 거 아닙니까?"

"그래야 안전해요. 이물질이 포낭을 형성해야 하니까요. 그래야 관절 윤활액도 재생될 거고요. 그러고 나서 무릎 절개 수술을 하는 게 안전합니다."

"군의관님도 정말 그렇게 오래 기다려야 한다고 생각하시

---

* '헨리'를 이탈리아식으로 발음한 것. '헨리'에 해당하는 정식 이탈리아 이름은 '엔리코'이다.

나요?"

"그게 안전한 방법이지요."

"그 선임 대위는 어떤 분입니까?"

"밀라노에서 아주 훌륭한 외과 의사죠."

"선임 대위, 맞죠?"

"그래요, 하지만 뛰어난 외과 의사입니다."

"전 선임 대위한테 내 다리를 맡기고 싶지 않습니다. 정말 훌륭한 의사라면 소령으로 진급했겠죠. 선임 대위란 게 어떤 건지 잘 알거든요, 군의관님."

"그분은 뛰어난 외과 의사입니다. 내가 아는 다른 어떤 의사보다도 그분의 진단에 따르고 싶어요."

"다른 의사에게 봐 달라고 할 순 없을까요?"

"원한다면 가능하죠. 하지만 나 같으면 바렐라 군의관의 의견에 따르겠습니다."

"다른 외과 의사를 불러 진찰하도록 해 주시겠습니까?"

"발렌티니에게 부탁해 보죠."

"어떤 분입니까?"

"오스페달레 마조레의 외과 의사입니다."

"좋습니다. 대단히 감사합니다. 군의관님도 이해하시겠지만 여섯 달 동안 침대에 누워 있을 순 없어요."

"침대에 누워 있는 게 아니라니까요. 우선 일광 치료부터 받을 겁니다. 그리고 나서 가벼운 운동도 할 수 있을 거고요. 그 뒤 포낭이 형성되면 수술하는 거라고요."

"그래도 여섯 달은 기다릴 수 없어요."

의사는 모자 위를 쥐고 있던 가냘픈 손가락을 펴면서 빙그레 미소를 지었다. "그렇게 빨리 전선에 돌아가고 싶소?"

"그렇습니다."

"참 장하군요. 훌륭한 젊은이요." 그가 말했다. 그는 허리를 굽혀 내 이마에 가볍게 키스를 했다. "발렌티니를 불러오겠어요. 걱정하거나 흥분하지 마세요. 얌전하게 있어요."

"한잔하시겠습니까?" 내가 물었다.

"아뇨, 어쨌든 고맙습니다. 난 술을 전혀 마시지 않거든요."

"딱 한 잔만요." 나는 문지기에게 잔을 가져오게 하려고 초인종을 눌렀다.

"아니, 정말로 안 합니다. 어쨌든 고마워요. 모두 나를 기다리고 있거든요."

"그럼 안녕히 가십시오." 내가 말했다.

"안녕히 계십시오."

두 시간 뒤에 발렌티니 의사가 병실로 들어왔다. 그는 몹시 서둘렀고, 콧수염 끝이 위쪽으로 올라가 있었다. 소령이었고 햇볕에 그을린 얼굴은 언제나 싱글싱글 웃고 있었다.

"어쩌다 이렇게 됐소? 이 끔찍한 다리 말이야." 그가 물었다. "어디 사진 원판 좀 봅시다. 그러면 그렇지. 바로 이거군요. 황소만큼이나 건강해 보이는군. 이 예쁜 아가씨는 누구지? 자네 애인인가? 그럴 줄 알았어. 끔찍한 전쟁이지? 그곳 상처는 어떤가? 멋진 젊은이로군. 내 새 다리 이상으로 아주 깨끗하게 고쳐 주지. 여기 아픈가? 물론 아프겠지. 난 환자들을 아프게 하는 걸 좋아하지. 이 군의관들 말이야, 그런 의사들한테서 지금껏 무슨 치료를 받았나? 저 아가씬 이탈리아어 모르나? 그럼 배워야지. 정말 예쁜걸. 내가 가르쳐 줄 수도 있는데. 나도 환자가 되어서 이 병원에나 들어올까. 그게 아니지, 자네들 출산은 모두 공짜로 봐 주지. 이 아가씨 무슨 소린지 알아듣고 있는 거야? 이 아가씨가 자네에게 귀여운 사내아이를 낳아 줄 걸세. 아가씨를 닮은 귀여운 금발 사내아이를 말이야. 그만하면 됐어. 그만하면 됐다고. 참 아름다운 아가씨 군. 나하고 같이 저녁 식사나 하겠느냐고 한번 물어봐 주게. 천만에, 자네 애인을 빼앗진 않을 거야. 고맙소. 아가씨, 무척 고맙소. 자, 이제 다 됐어."

"이제 알고 싶은 건 다 알았소. 붕대를 풀어 놓은 채 놔두게." 그는 가볍게 내 어깨를 두드렸다.

"한 잔 어떠세요, 발렌티니 군의관님?"

"한 잔? 그거 좋지. 열 잔은 못 하겠나. 술은 어디 있나?"

"옷장에 있습니다. 미스 바클리가 꺼내 줄 겁니다."

"건배를 듭시다. 자, 아가씨를 위해 건배.* 정말 미인이야. 다음에 올 땐 이보다 고급 코냑을 가져다주지." 그러면서 그는 콧수염을 훔쳤다.

"수술은 언제쯤 할 수 있을까요?"

"내일 아침에 하지. 그 전엔 안 돼. 자네 배 속을 비워야 하

---

* 발렌티니 군의관은 영국 출신인 캐서린을 염두에 두고 'cheerio'라는 영국식 표현을 쓰는데, "cheery oh"로 잘못 쓰고 있다.

니까. 배 속을 깨끗하게 씻어 놔야지. 아래층에 있는 늙은 간호사에게 지시해 두지. 그럼 잘 있게. 내일 만나세. 이 술보다 좋은 코냑을 갖다 줌세. 자네 이곳이 아주 편한 모양이야. 잘 있게. 그럼 내일 만나자고. 잠을 푹 자 두게. 내일 아침에 일찍 올 테니." 그는 문간에서 손을 흔들었다. 콧수염이 위로 뻗은 갈색 얼굴은 미소를 짓고 있었다. 소령이기 때문에 그의 소매에는 상자에 든 별이 하나 달려 있었다.

16

그날 밤 발코니로 통하는 문이 열려 박쥐 한 마리가 병실 안에 날아들었다. 우리는 그 문으로 시가지의 지붕을 덮고 있는 밤을 지켜보았다. 거리 위의 밤하늘이 희미하게 비치는 것만 빼고 병실 안은 컴컴했고, 박쥐는 놀라지도 않고 마치 바깥에 있는 듯 방 안을 이리저리 날아다녔다. 우리는 누운 채 박쥐를 바라보았다. 너무 조용히 있어서인지 박쥐는 우리를 보지 못한 것 같았다. 박쥐가 밖으로 사라지자 탐조등이 켜지더니 하늘을 가로질러 움직이다가 사라졌다. 사방은 다시 캄캄해졌다. 미풍이 부는 밤으로 이웃집 옥상의 고사포 사수들이 이야기를 나누는 소리가 들려왔다. 서늘한 밤이라 그들은 망토를 걸치고 있다. 한밤중에 누군가가 올라오시 않을까 석정했지만 캐서린은 모두 자고 있다고 했다. 우리는 함께 잠이 들었는데, 한번은 밤중에 눈을 떠 보니 그녀가 침대에 없었다.

그러나 복도를 따라 걸어오는 발소리가 들리더니 문이 열리고 그녀가 다시 침대로 돌아왔다. 아래층에 내려가 보았는데 모두 잠을 자고 있어 걱정하지 않아도 되겠다고 했다. 밴캠폰의 방 앞까지 가 보았지만 자면서 내쉬는 숨소리만 들리더라는 것이다. 그녀가 크래커를 가지고 왔기 때문에 우리는 그것을 먹으며 베르무트를 마셨다. 무척 배가 고팠지만 그녀는 지금 먹은 것도 아침이 되면 모두 토해 내야 한다고 말했다. 날이 밝을 무렵이 되어 나는 다시 잠이 들었고, 잠에서 깼을 때 그녀는 또 보이지 않았다. 얼마 뒤 그녀가 상큼하고 아름다운 얼굴로 들어와서 침대에 걸터앉았다. 입에 체온계를 물고 있는 동안 해가 떠올랐다. 지붕 위에 내린 이슬 냄새가 났고, 이어 이웃집 옥상의 고사포 사수들이 끓이는 커피 냄새가 풍겨 왔다.

"함께 산책을 나갈 수 있으면 얼마나 좋을까요. 휠체어가 있으면 내가 밀어 줄 텐데요." 캐서린이 말했다.

"휠체어에는 어떻게 앉고?"

"우리가 앉혀 주면 돼요."

"그러면 공원에 나가 야외에서 아침 식사를 할 수 있을 텐데." 나는 열려 있는 문밖을 내다보았다.

"하지만 우리가 지금 정말 해야 할 일은요, 당신 친구 발렌티니 의사가 오기 전에 수술 준비를 하는 거예요." 그녀가 말했다.

"그 사람 훌륭한 의사 같던데."

"나는 당신만큼 그분을 좋게 생각하지 않아요. 좋은 분 같긴 하지만요.”

“침대로 돌아와, 캐서린. 어서.” 내가 말했다.

“안 돼요. 즐거운 밤을 보내지 않았던가요?”

“오늘 밤도 야근할 수 있을까?”

“아마 할 수 있을 거예요. 하지만 당신은 나를 원하지 않을 거예요.”

“당연히 원하지.”

“아녜요. 당신은 지금껏 한 번도 수술을 받은 적이 없어서 수술 후 어떤 상태가 되는지 몰라요.”

“괜찮을 거야.”

“토할 것처럼 메스꺼울 거예요. 그러면 나 같은 건 신경도 쓰지 않을 거고요.”

“그러니까 지금 와 보라고.”

“안 된다니까요. 자기, 체온 차트를 만들어야 하고, 당신 수술 준비도 해야 돼요.” 그녀가 대답했다.

“당신은 진심으로 나를 사랑하지 않는군. 사랑한다면 나한테 다시 오겠지.”

“정말 바보 같다니까. 차트는 이상 없어요. 당신의 체온은 늘 정상이니까요. 체온이 참으로 좋아요.” 그녀가 나에게 키스했다.

“당신은 뭐든지 다 좋다고 하지.”

“아니니, 아녜요. 정말로 당신 체온은 좋아요. 여긴 자랑스럽지 않아요.”

“우리 애들도 체온이 정상일 테지.”

"우리 애들은 아마 체온이 형편없을 거예요."

"발렌티니한테 수술을 받으려면 어떤 준비를 해야 하지?"

"대단한 건 아녜요. 하지만 아주 불쾌한 일이에요."

"그런 일을 당신한테 시키기는 싫은데."

"아녜요. 난 다른 사람이 당신 몸에 손대는 거 싫어요. 바보 같죠. 다른 사람이 당신에게 손을 대면 화가 나요."

"퍼거슨도?"

"특히 퍼거슨이랑, 게이지랑, 또 다른 간호사, 그분 이름이 뭐더라?"

"워커?"

"맞아요. 이 병원엔 지금 간호사들이 너무 많아요. 환자가 더 들어와야지 그렇지 않으면 우리를 다른 데로 보내 버릴지도 몰라요. 간호사가 넷이나 되잖아요."

"이제 환자가 더 오겠지. 간호사도 그만큼은 필요하고. 꽤 큰 병원이잖아."

"좀 더 환자가 왔으면 좋겠어요. 나를 다른 곳으로 보내면 어떻게 하죠? 환자가 더 들어오지 않으면 그럴 거예요."

"그럼 나도 같이 가는 거지."

"바보 같은 소리 마세요. 아직 갈 수도 없으면서. 자기, 어서 빨리 낫기나 해요. 그럼 어디로라도 같이 갈 수 있잖아요."

"그다음엔 어쩌고?"

"아마 전쟁도 끝나겠죠. 영원히 계속되진 않을 거 아녜요."

"나도 이제 곧 나을 거야. 발렌티니가 고쳐 줄 테니까."

"그분은 콧수염 값을 해야죠. 그런데 자기, 에테르 마취를 할 때 다른 생각을 해야 해요……. 우리 생각 말고요. 마취 상태가 되면 아무 말이나 마구 지껄이거든요."

"그럼 무슨 생각을 한다?"

"아무거나요. 우리 말고 다른 걸 생각하세요. 집안 식구들을 생각하세요. 아니면 다른 아가씨나요."

"그건 싫어."

"그럼 기도하세요. 그러면 굉장히 좋은 인상을 줄 거예요."

"어쩌면 아무 말도 지껄이지 않을지 모르잖아."

"그럴지도 모르죠. 아무 말도 지껄이지 않는 사람도 종종 있어요."

"난 지껄이지 않을 거야."

"장담하진 마세요, 자기. 큰소리치지 말라고요. 당신처럼 좋은 사람은 허풍하고 안 어울려요."

"한마디도 하지 않겠어."

"지금도 큰소리치고 있잖아요, 자기. 그럴 필요 없어요. 심호흡을 하라고 하면 기도를 드리거나 시를 외면 돼요. 그러면 좋은 사람이 될 거예요. 나도 당신을 무척 자랑스러워할 거고요. 당신은 체온도 아주 훌륭하고, 어린애처럼 베개를 껴안고 나라고 생각하며 잠을 자면 돼요. 내가 아니라 다른 여자라도 좋아요. 예쁜 이탈리아 아가씨는 어때요?"

"당신을 생각할 거야."

"물론 그렇겠죠. 아, 난 당신을 정말 사랑해요. 발렌티니 선생님이 이제 곧 당신 다리를 훌륭하게 고쳐 주실 거예요. 내가 그걸 지켜보지 않아도 된다니 기뻐요."

"그럼 당신은 오늘 밤 근무를 하겠군."

"그래요. 하지만 당신은 관심이 없을걸요."

"어디 두고 보라니까."

"자, 자기. 이제 몸이 안팎으로 모두 깨끗해졌어요. 말해 줘요. 이제까지 여자를 몇 명이나 사랑했어요?"

"한 명도 없어."

"나까지도요?"

"아니, 당신은 말고."

"정말로 아가씨를 몇 명이나 사랑했어요?"

"한 명도 없어."

"이제까지 아가씨 몇 명하고…… 그걸 뭐라고 표현하죠? ……같이 자 봤어요?"

"한 명도 없다니까."

"거짓말하는 거예요."

"정말이라니까."

"좋아요. 계속 거짓말을 하세요. 나도 그랬으면 해요. 그 아가씨들은 예뻤나요?"

"누구하고도 잔 적이 없다니간."

"괜찮아요. 아주 매력적이었나요?"

"난 그런 것에 대해 아무것도 몰라."

"당신은 틀림없이 내 거예요. 정말이에요. 당신은 이제껏 한 번도 다른 여자의 것이 되어 본 적이 없어요. 하지만 설령 그런 일이 있었다 해도 상관하지 않아요. 그들이 겁나지 않는다고요. 하지만 그 아가씨들 얘기는 내게 하지 마세요. 남자가 여자하고 잘 때 여자는 화대 이야기를 언제 꺼내나요?”

“그걸 내가 어떻게 알아.”

“물론 모르겠죠. 여자가 남자한테 사랑한다고 말하나요? 그것도 얘기해 줘요. 알고 싶어요.”

“사랑한다고 말하지. 만약 남자가 원한다면.”

“남자도 그 여자를 사랑한다고 그러나요? 그걸 얘기해 줘요. 중요한 얘기예요.”

“그렇게 말하고 싶으면 그러겠지.”

“하지만 당신은 한 번도 그런 적 없는 거죠? 그렇죠?”

“그럼.”

“설마. 바른대로 말해 봐요.”

“안 했다니까.” 나는 거짓말을 했다.

“당신은 하지 않았을 거예요. 그럴 줄 알았어요. 아, 사랑해요, 자기.”

밖에는 해가 벌써 지붕 위로 떠올라 성당*의 뾰족탑이 아침 햇빛에 반짝이고 있었다. 나는 몸 안팎을 깨끗하게 씻어 내고 군의관을 기다렸다.

“그럼, 이렇겠네요? 여자는 남자에게 어떻게 주길 원하는지 묻겠네요?” 캐서린이 물었다.

“늘 그렇다고만은 할 수 없지.”

“하지만 나는 그럴 거예요. 난 당신이 원하는 것만 말할 거

---

*고딕 건축양식으로 지은 밀라노 대성당. 로마의 성(聖) 베드로 바실리카 성당에 이어 이탈리아에서 두 번째로 크다.

예요. 당신이 원하는 걸 해 줄 거예요. 그러면 당신은 절대로 다른 여자들을 원하지 않겠죠? 당신이 원하는 대로 해 주고, 또 당신이 원하는 것만 얘기하겠어요. 그러면 당신 마음에 쏙 들겠죠?" 그녀는 자못 행복한 듯 나를 쳐다보았다.

"그럼."

"이제 수술 준비가 모두 끝났는데 내가 당신에게 어떻게 해 주면 될까요?"

"한 번 더 침대로 와 줘."

"좋아요. 그럴게요."

"아, 귀여운 당신, 정말 사랑스러운 당신." 내가 말했다.

"그것 봐요. 당신이 원하는 건 뭐든지 해 주잖아요." 그녀가 말했다.

"당신은 정말로 사랑스러워."

"난 아직 그 일에 그리 익숙하지 않을지도 몰라요."

"당신은 정말 아름다워."

"당신이 원하는 게 바로 내가 원하는 거예요. 나라는 존재 는 더 이상 없어요. 당신이 원하는 것만 있을 뿐이죠."

"당신은 정말 사랑스러워."

"그리고 착하죠. 안 그런가요? 이제 당신은 다른 여자들을 원하지 않겠죠?"

"그럼."

"봤죠? 나는 착한 여자예요. 당신이 원하는 대로 다 해 주잖 아요."

17

수술이 끝나고 깨어나 보니 저세상이 아니었다. 죽은 것이 아니라 질식해 있었을 뿐이다. 화학 약품에 마취되어 감각을 못 느끼긴 했지만 분명 죽은 것은 아니었다. 그 후에는 술에 취한 것과 별로 다르지 않았다. 다만 구토를 하려 해도 담즙만 나오고, 구토 후에도 기분이 나아지지 않을 뿐이었다. 침대 끝에 모래 부대가 놓여 있는 것이 보였다. 그것은 깁스에서 나온 파이프 위에 있었다. 잠시 뒤 게이지의 모습이 보였다. "지금 기분이 어떠세요?" 그녀가 물었다.

"아까보단 괜찮아졌어요." 내가 대답했다.

"의사 선생님이 훌륭하게 무릎을 수술을 해내셨어요."

"얼마나 걸렸습니까?"

"두 시간 반요."

"쓸데없는 소리를 지껄이진 않았나요?"

"한마디도 하지 않으셨어요. 말씀하시면 안 돼요. 가만히 누워 계세요."

캐서린 말대로 속이 메스꺼웠다. 누가 밤 근무를 하든 그런 것은 아무래도 좋았다.

이제 병원에는 나 말고 환자가 세 사람 더 들어왔다. 조지아 주 출신으로 적십자사에 근무하다 말라리아에 걸린 깡마른 청년, 뉴욕 출신으로 말라리아와 황달에 걸린, 역시 마르고 멋진 청년, 그리고 유산탄과 고성능 폭탄을 합친 포탄의 뇌관(雷管) 뚜껑을 뜯어 기념품을 만들려다가 부상을 입은 또 한 명의 멋진 청년이었다. 그가 만진 포탄은 산악 지대의 오스트리아 군이 사용하는 유산탄으로, 그 끝에 달린 뇌관 뚜껑은 폭발한 뒤에도 터지고 무언가에 닿기만 해도 터지는 것이었다.

캐서린 바클리가 언제나 야간 근무를 도맡아 하려 했기 때문에 다른 간호사들은 그녀를 몹시 좋아했다. 그녀는 말라리아 환자들을 돌보는 일로 꽤 분주했지만, 뇌관 뚜껑을 뜯으려던 군인은 우리 편이어서 부득이한 경우가 아니면 좀처럼 밤에 초인종을 누르는 법이 없었다. 우리는 그녀의 근무 시간 사이사이에도 함께했다. 나는 그녀를 무척이나 사랑했고 그녀 또한 나를 사랑했다. 나는 주로 낮에 잠을 잤다. 잠을 자지 않을 때는 쪽지 편지를 써서 퍼거슨을 통해 주고받았다. 퍼거슨은 착한 여자였다. 제52사단에 남자 형제가 하나, 메소포타미아에 또 다른 남자 형제가 하나 있다는 사실 말고는 그녀에 관해 아는 것이 아무것도 없었지만, 그녀는 캐서린 바클리에게 아주 친절했다.

"우리 결혼식에 꼭 와 줄 거죠, 퍼기*?" 언젠가 내가 그녀에게 이렇게 물어본 적이 있다.

"결혼은 절대 안 할걸요."

"우린 결혼할 거예요."

"아니, 안 할 거예요."

"왜 안 한다는 거죠?"

"결혼하기 전에 싸울 테니까요."

"절대 싸우지 않아요."

"좀 더 두고 봐야겠죠."

"절대로 싸우지 않는다고요."

"아니면 죽거나요. 싸우거나 죽거나. 인간이란 게 다 그렇잖아요. 그러니 결혼할 수 없는 거죠."

나는 손을 뻗어 그녀의 손을 잡으려고 했다. "잡지 마세요. 전 지금 울고 있는 게 아녜요. 당신들 두 사람은 잘될 수도 있어요. 하지만 그 애를 곤란하게 만들지 마세요. 그랬다간 내가 당신을 죽여 버릴 거예요."

"힘들게 하지 않을게요."

"그런 일이 생기지 않도록 조심하셔야 해요. 전 두 사람이 잘되기를 빌 뿐이에요. 즐겁게 지내고 있잖아요."

"즐겁게 지내고 있죠."

"그러니 싸우지 말고 그 애를 난처하게 만들지도 마세요."

---

* '퍼거슨'의 애칭. 한편 '캐서린'의 애칭은 '캐시' 또는 '캣'이다.

"절대 그러지 않을 겁니다."

"정말 조심하셔야 해요. 전 캐서린까지 그 흔한 전쟁고아를 갖는 건 원치 않으니까요."

"당신은 참 좋은 사람이에요, 퍼기."

"그렇지 않아요. 비행기 태우지 마세요. 그런데 다리는 좀 어떠세요?"

"괜찮아요."

"머리는요?" 그녀는 손가락으로 내 정수리를 만져 보았다. 신경이 마비된 발을 만지는 것과 같은 감각이었다. "전혀 아무렇지도 않아요."

"그렇게 크게 다치면 정신착란이 오는 경우도 있어요. 정말로 아무렇지 않으세요?"

"네."

"그럼 운이 좋은 거예요. 쪽지 편지는 다 쓰셨어요? 지금 아래층으로 내려가려고요."

"여기 있습니다." 내가 말했다.

"당분간 저 애에게 밤 근무를 하지 말라고 하셔야 해요. 여간 지쳐 있는 게 아니거든요."

"알았습니다. 그렇게 하죠."

"제가 대신 말해 주고 싶어도 도무지 듣지를 않아요. 다른 간호사들이야 그 애가 그렇게 해 주니 좋아하죠. 중위님이라면 좀 쉽게 할 수 있을 거예요."

"알았습니다."

"미스 밴캠픈은 중위님이 늘 오전 내내 잠만 잔다고 불평이에요.”

“아마 그럴 겁니다.”

“중위님이 잠시 동안이라도 캐서린이 밤 근무를 하지 않게 하세요.”

“나도 그랬으면 좋겠어요.”

“중위님은 그러지 않잖아요. 하지만 중위님이 그 애를 좀 쉽게 해 준다면 전 그것만으로도 중위님을 존경할 거예요.”

“그렇게 하겠습니다.”

“곧이들리지가 않네요.” 그녀는 쪽지 편지를 들고 병실에서 나갔다. 내가 초인종을 누르자 조금 있다가 게이지가 들어왔다.

“왜 그러세요?”

“잠깐 얘기할 게 있어서요. 미스 바클리가 당분간 야간 근무를 그만해야 한다고 생각하지 않나요? 몹시 피곤해 보여서요. 왜 혼자서만 그렇게 오랫동안 밤 근무를 하는 거죠?”

게이지가 나를 쳐다보았다.

“전 두 분의 친구예요. 저한테 그런 식으로 말씀하시면 안 되죠.” 그녀가 말했다.

“그게 무슨 의미죠?”

“다 아시면서. 하고 싶은 말씀은 그게 단가요?”

“베르무트 한잔할래요?”

“좋아요. 하지만 곧 가 봐야 해요.” 그녀는 옷장에서 병을 꺼내 잔을 하나만 가지고 왔다.

“간호사님은 잔에 마셔요. 난 병으로 마실 테니.” 내가 말했다.

"중위님의 건강을 위해서, 건배!" 게이지가 말했다.

"제가 아침 늦게까지 자는 걸 두고 미스 밴캠푼이 뭐라고 하나요?"

"그냥 투덜거리는 거죠. 중위님이 우리 병원에서 특별 대우를 받는다고요."

"빌어먹을 여편네!"

"못된 사람은 아니에요. 나이가 많고 까다로울 뿐이죠. 처음부터 중위님을 좋아하지는 않았잖아요." 게이지가 말했다.

"그랬지요."

"하지만 전 아니에요. 더구나 중위님 친구고요. 그 점을 잊지 마세요."

"당신은 정말 좋은 분이에요."

"그런 말씀 마세요. 중위님이 좋게 생각하는 사람이 누군지 다 아는걸요. 하지만 저도 중위님 편이에요. 다리는 좀 어떠세요?"

"괜찮아요."

"시원한 탄산수를 가져다가 그 위에 뿌려 드릴게요. 깁스를 한 아래쪽이 무척 가려울 거예요. 바깥쪽이 더우니까요."

"정말 친절하군요."

"많이 가렵지 않으세요?"

"아뇨. 괜찮아요."

"모래주머니를 잘 놔드리죠. 전 중위님 편이에요." 그녀는 허리를 구부렸다.

"압니다."

"아니, 잘 모르실 거예요. 하지만 언젠가는 아시겠죠."

캐서린 바클리는 사흘 동안 밤 근무를 하지 않다가 다시 야근을 시작했다. 우리는 마치 각자 먼 여행을 떠났다가 다시 돌아와 만난 것 같은 기분이었다.

18

그해 여름 우리는 즐거운 시간을 보냈다. 내가 외출을 할 수 있게 되면서 우리는 마차를 타고 공원을 돌아다녔다. 마차며, 느릿느릿 걸어가는 말이며, 반들거리는 실크해트를 쓰고 앞자리에 높이 앉아 있는 마부의 등이며, 내 옆에 앉아 있던 캐서린 바클리 등등, 그 모든 것이 지금도 기억 난다. 손이 닿기만 해도, 아니, 내 손끝이 그녀의 손끝에 닿기만 해도 우리는 가슴이 두근거렸다. 그 뒤 목발을 짚고 다니게 되면서부터는 '비피'나 '그란이탈리아' 같은 식당에 저녁 식사를 하러 가서 바깥 갤러리아*에 있는 테이블에 자리를 잡았다. 웨이터들이 드나들고 많은 사람이 오갔으며 테이블보 위에는 갓을 씌운 촛불이 놓여 있었다. 그란이탈리아가 제일 괜찮다고 결정한

---

*지붕에 유리를 깐 넓은 통로나 안뜰 또는 상점가.

뒤부터는 수석 웨이터인 조지가 언제나 테이블을 잡아 두었다가 안내해 주었다. 그는 훌륭한 웨이터였다. 우리는 그에게 주문을 맡겨 놓고 사람들과 황혼녘의 커다란 갤러리아를 바라보거나 서로의 얼굴을 마주 보곤 했다. 우리는 양동이에 얼음을 채워 차게 한, 단맛이 나지 않는 흰 카프리를 마셨다. 물론 프레사*, 바르베라**, 단맛이 도는 백포도주 등 다른 포도주도 많이 마셔 보았다. 전쟁 중이라 포도주 전문 웨이터가 없었기 때문에 내가 프레사 같은 포도주에 대해 물으면 조지는 부끄러운 듯 미소를 짓곤 했다.

"포도주에서 딸기 맛이 난다고 해서 그런 포도주를 만드는 나라가 있다고 상상하시는 건 아니겠죠." 그가 말했다.

"왜요, 그러면 안 되나요? 멋진 말처럼 들리는데요." 캐서린이 물었다.

"그럼 부인께서 한번 시음해 보시죠. 물론 원하신다면요. 하지만 중위님께는 마고*** 포도주 작은 병 하나를 갖다 드리겠습니다." 그가 말했다.

"나도 한번 마셔 보지, 조지."

"중위님한테는 권해 드릴 수 없는데요. 딸기 맛조차 나지 않습니다."

"딸기 맛이 날지도 몰라요. 딸기 맛이 나면 훌륭할 텐데." 캐서린이 말했다.

---

* 이탈리아산 포도 프레사로 만든 포도주.
** 이탈리아 피에몬테 지방에서 생산되는 독한 포도주.
*** 프랑스 포도주 샤토 마고.

"그럼 한번 갖고 와 보죠. 그랬다가 부인이 마실 만큼 드시면 가져가겠습니다." 조지가 말했다.

그것은 별로 술이라고 할 수도 없는 것이었다. 조지의 말대로 딸기 맛조차 나지 않았다. 우리는 다시 카프리로 바꿨다. 어느 날 저녁 우리는 가진 돈이 부족해서 조지에게 100리라를 꾸었다. "괜찮습니다, 중위님, 다 이해합니다. 남자라도 돈이 부족할 때가 있다는 것쯤은 저도 알죠. 중위님이든 부인이든 돈이 필요하시면 언제든 말씀하십시오." 그가 말했다.

식사를 마친 우리는 갤러리아를 나와 다른 레스토랑들과 셔터를 내린 가게들을 지나 거닐다가 샌드위치를 파는 작은 가게 앞에서 발걸음을 멈췄다. 햄과 상추를 넣은 샌드위치와 갈색 윤이 나고 손가락 길이밖에 되지 않는 작은 롤빵으로 만든 앤초비 샌드위치를 파는 가게였다. 한밤중에 배가 고프면 먹을 음식이었다. 우리는 성당 앞 갤러리아 밖에서 지붕이 없는 마차를 타고 병원으로 돌아왔다. 병원 문 앞으로 문지기가 나와서 목발을 짚은 나를 부축해 마차에서 내려 주었다. 마부에게 마차 삯을 치른 뒤 우리는 엘리베이터를 타고 위층으로 올라갔다. 캐서린은 간호사들이 거처하는 아래층에서 내리고 나는 더 올라가서 목발을 짚고 복도를 따라 내려가 병실로 들어갔다. 어떤 때는 곧바로 옷을 벗고 자리에 들었고, 또 어떤 때는 발코니로 나가 한쪽 다리를 다른 의자 위에 올려놓고 의자에 앉아 지붕 위를 날아다니는 제비들을 바라보면서 캐서린이 올라오기를 기다렸다. 그녀가 올라오면 마치 오랜 여행이라도 다녀온 듯 반가웠다. 나는 목발을 짚고 그녀를 따라 복도를 걸어 다니며 대야를 날라 주기도 하고, 병실 문밖에서 기다리기도 하고, 또 방 안까지 따라 들어가기도 했다. 내가 안으로 들어가고 들어가지 않고는 그 병실의 환자들이 우리 편이냐 아니냐에 달려 있었다. 그녀가 일을 모두 마치면 우리는 내 병실 바깥 발코니에 앉아 있었다. 내가 잠이 들고 환자들도 잠이 들어 더 이상 자기를 찾을 염려가 없다는 확신이 서면 그녀도 자리에 들었다. 나는 그녀의 머리카락을 풀어 주는 것이 좋았다. 머리카락을 풀어 주는 동안 그녀는 침대에 앉아 조금도 움직이지 않았다. 갑자기 허리를 굽혀 내게 키스할 때를 제외하고는 말이다. 내가 핀을 뽑아 시트 위에 놓으면 그녀의 머리카락이 풀어졌고, 나는 꼼짝 않고 앉아 있는 그녀를 바라보았다. 그다음 마지막 핀 두 개를 마저 뽑으면 그녀의 머리카락이 모두 흘러내렸다. 그녀가 고개를 숙여 우리 둘 다 머리카락 속에 파묻히면 마치 텐트 안이나 폭포 뒤편에 들어온 것 같은 느낌이 들었다.

그녀의 머리카락은 더할 나위 없이 아름다웠다. 나는 이따금 자리에 누운 채 열린 문으로 새어 드는 빛으로 그녀가 머리를 틀어 올리는 모습을 쳐다보곤 했다. 날이 밝기 직전 호수가 가끔 빛날 때처럼 그녀의 머리카락은 한밤중에도 빛이 났다. 그녀는 얼굴도 몸도 아름다웠으며 살결도 곱고 매끄러웠다. 함께 자리에 누워 나는 손끝으로 그녀의 뺨이며 이마며 눈 아래며 턱과 목을 매만지면서 "피아노 건반처럼 매끄럽군." 하고 말하곤 했다. 그러면 그녀는 손가락으로 내 턱을 어루만지면서 "사포(砂布)처럼 매끄러워서 피아노 건반이 배겨 내기 힘들어요." 하고 대꾸하곤 했다.

"그렇게 거칠어?"

"아녜요, 자기. 그냥 놀려 본 거예요."

밤은 언제나 유쾌했고 서로의 몸이 닿기만 해도 우리는 행복했다. 황홀한 즐거움 말고도 온갖 사소한 방법으로 사랑의 유희를 즐겼다. 우리는 각기 다른 방에 있을 때도 서로의 생각을 상대방에게 알리려고 애를 썼다. 이따금씩 잘 통할 때도 있었는데, 아마 그것은 두 사람이 같은 생각을 하고 있었기 때문이리라.

우리는 그녀가 이 병원에 온 첫날에 결혼했다고 서로에게 말하면서 그날로부터 몇 달이 지났는지 헤아려 보곤 했다. 나는 정식으로 결혼하고 싶었지만, 캐서린은 그랬다간 자신이 병원에서 쫓겨날 것이며, 또 정식으로 결혼 수속을 밟기 시작만 해도 병원이 감시를 하고 우리를 갈라놓을 것이라고 말했다. 또 우리는 이탈리아의 법에 따라 결혼해야 하는데, 정식 절차가 여간 까다롭지 않았다. 나는 아이가 생길 것을 염려해서 정식으로 결혼하고 싶었다. 하지만 어쨌든 우리는 이미 결혼한 사람들처럼 지냈고 크게 걱정하지도 않았다. 사실 나는 결혼하지 않고 지내는 것이 오히려 즐거웠는지도 모른다. 어느 날 밤 우리가 결혼에 관해 얘기를 나누던 일이 기억난다. 캐서린이 이렇게 말했다. "하지만 자기, 우리가 결혼하면 병원에서 나를 내보낼 거예요."

"꼭 그러리란 법은 없잖아."

"그럴 거예요. 나를 본국으로 송환할 거라고요. 그러면 우린 전쟁이 끝날 때까지 헤어져 있어야 해요."

"내가 휴가를 받아서 찾아갈게."

"휴가를 받아서는 스코틀랜드까지 왔다가 돌아갈 수 없어요. 게다가 난 당신 곁을 떠나기 싫어요. 이제 와 새삼 결혼이 뭐 그리 중요한가요? 우린 진짜로 결혼했잖아요. 이 이상 무슨 필요가 있어요."

"당신을 위해서 그러고 싶은 거야."

"이미 '나'라는 존재는 없어요. 내가 바로 '당신'이에요. 나를 당신과 떼어 놓고 생각하지 마세요."

"여자들은 언제나 결혼을 하고 싶어 하는 줄 알았는데."

"맞아요. 하지만 자기, 난 이미 결혼했어요. 당신과 결혼했다고요. 아내 노릇 잘하고 있지 않나요?"

"사랑스러운 아내지."

"자기, 나도 한 번 결혼을 기다렸던 적이 있어요."

"그 얘긴 듣고 싶지 않아."

"내가 사랑하는 사람은 당신뿐이라는 거 잘 알잖아요. 예전에 누가 나를 사랑했든 신경 쓰지 마세요."

"어쨌든 기분 나쁜걸."

"모든 걸 가진 사람이 죽은 사람을 질투해서는 안 되죠."

"질투하는 게 아냐. 하지만 그런 얘긴 듣기 싫어."

"답답해라. 난 당신이 온갖 여자를 다 상대했다는 걸 알면서도 조금도 신경 쓰지 않는데."

"비밀리에 결혼하는 방법은 없을까? 내게 무슨 일이 생기거나, 당신한테 아기가 생기는 경우를 대비해서 말이야."

"교회나 국가의 법을 따르지 않고는 결혼할 방법이 없어요. 우린 이미 비밀 결혼을 했어요. 자기, 만약 내게 종교가 있다면 아주 중요한 문제겠지요. 하지만 난 종교가 없어요."

"내게 성 안토니오를 줬잖아."

"그건 행운이 있으라고 준 거죠. 누군가가 내게 선물한 거예요."

"그럼 당신은 하나도 걱정되지 않아?"

"당신 곁을 떠나는 것 말고는 아무것도 걱정하지 않아요. 당신이 내 종교예요. 당신은 내가 가진 전부라고요."

"알았어. 하지만 당신이 결혼하자고 하면 바로 그날 결혼하겠어."

"자기, 나를 정식 아내로 맞아들여야 할 것처럼 말하지 마세요. 난 이미 정식 아내라고요. 당신이 행복하고 그것을 자랑스럽게 생각한다면 아무것도 부끄러워할 필요 없어요. 지금 행복하지 않아요?"

"당신 설마 나를 버리고 다른 남자한테 가진 않겠지?"

"물론이죠, 자기. 절대 당신을 버리고 다른 남자에게 가지 않아요. 앞으로 우리에겐 온갖 끔찍한 시련이 닥칠지 몰라요. 하지만 당신은 걱정할 필요 없어요."

"걱정하지 않아. 다만 난 당신을 이렇게 사랑하고 있는데, 당신은 전에 다른 남자를 사랑한 적이 있잖아."

"하지만 그 사람이 지금 어떻게 됐죠?"

"죽었지."

"그래요. 만일 그 사람이 죽지 않았다면 난 당신을 만나지 못했을 거예요. 자기, 난 부정한 여자가 아녜요. 결점이야 많지만 정숙한 여자라고요. 너무 정숙해서 당신도 곧 싫증이 날 거예요."

"얼마 안 있어 나는 전선으로 돌아가게 될 거야."

"떠날 때까지 그 생각은 하지 않기로 해요. 난 지금 행복해요, 자기. 우리 아주 즐겁게 지내잖아요. 난 오랫동안 행복이라는 걸 모르고 살았어요. 그러다가 당신을 처음 만났고 그때 난 정신이 이상했는지도 몰라요. 미쳐 있었을 거예요. 하지만 지금 우린 행복하고 서로 사랑하고 있어요. 그러니 행복한 기분을 마음껏 즐겨요. 당신도 행복하죠? 내가 해 준 것 중에서 마음에 들지 않는 게 있었나요? 어떻게 하면 당신을 즐겁게 해 줄 수 있을까요? 내 머리카락을 풀어 내려 볼까요? 나랑 장난치고 싶어요?"

"그래. 침대로 들어와."

"그러죠. 그 전에 환자들부터 보고 올게요."

19

그해 여름은 그렇게 지나갔다. 날씨가 무더웠다는 것과 신문에 많은 전과(戰果)가 보도되었다는 것 말고는 하루하루가 어떻게 지났는지 특별히 기억나지 않는다. 나는 몸이 꽤 회복되었고 다리도 아주 빨리 회복되어 목발을 짚고 다닌 지 얼마 지나지 않아 지팡이를 짚고 다닐 수 있었다. 그러면서부터 오스페달레 마조레에서 반사경이 달린 상자 속에 들어가 자외선을 쬐는 치료며 마사지며 목욕이며 무릎을 굽히는 물리치료를 받기 시작했다. 병원에는 오후에 갔고 돌아오는 길에 카페에 들러 술을 한잔하면서 신문을 읽었다. 시내를 쏘다니는 대신 카페에서 곧장 병원으로 돌아가고 싶었다. 오직 캐서린을 만나고 싶을 뿐이었다. 나머지 시간은 어떻게 보내도 좋았다. 오전에는 대부분 잠을 잤고 오후가 되면 이따금 경마 구경을 갔다가 늦게야 물리치료를 받으러 갔다. 또 가끔 앵글로-

아메리칸클럽*에 들러서 창 바로 앞에 놓여 있는 쿠션 좋은 가죽 의자에 몸을 묻고 잡지를 읽었다. 목발 없이 걷게 되면서부터 병원에서는 우리의 동반 외출을 허락하지 않았다. 시중을 들 필요가 없는 듯한 환자와 간호사가 보호자도 없이 다니는 것이 모양새가 좋지 않았기 때문이다. 그래서 오후에는 같이 있을 기회가 많지 않았다. 퍼거슨이 함께 가 줄 때는 간혹 같이 저녁을 먹으러 외출할 수 있었다. 밴캠픈은 캐서린이 일을 많이 덜어 주었기 때문에 우리 사이를 인정해 주었다. 그녀는 캐서린이 아주 훌륭한 집안 출신이라고 생각해서 편애라고 할 만큼 그녀에게 잘해 주었다. 훌륭한 집안 출신인 밴캠픈은 가문을 매우 소중하게 여겼다. 병원 일이 매우 바빠지면서 그녀는 늘 일에 빠져 지냈다. 그해 여름은 무척 무더웠다. 밀라노에는 아는 사람이 많았지만 나는 하루 해가 저물면 언제나 서둘러 병원으로 돌아가고 싶었다. 전선에서는 아군이 카르소까지 진격해서 벌써 플라바 건너 쪽 쿡을 점령했고, 이제는 바인시차 고원을 향해 진격하고 있었다. 그러나 서부 전선은 아군에게 유리한 것 같지 않았다. 아무래도 장기전으로 접어든 것 같았다. 미국이 전쟁에 참가하고 있었지만 많은 병사를 파견해 전투 훈련을 시키려면 일 년은 걸릴 듯했다. 내년에는 전세가 더 악화될 것 같았지만, 어쩌면 유리하게 전개될지도 모른다. 이탈리아군은 막대한 병력을 소모하고 있었고, 그래서 앞으로 전쟁을 지속할 수 있을지조차 가늠할 수 없었다.

---

* 밀라노에 살고 있는 영국인과 미국인들을 위한 사교 클럽.

바인시차와 몬테산가브리엘레*를 모두 점령한다고 해도 오스트리아군에 이르기까지는 산들이 첩첩이 가로막혀 있었다. 나도 직접 그것을 보았는데 험한 준령은 모두 저쪽 편에 있었다. 카르소에서는 아군이 전진하고 있지만 해안 지대에는 늪과 습지가 많았다. 나폴레옹이라면 산악 지대에서 싸우는 대신 평지에서 오스트리아군을 격파했을 것이다. 아마 평지로 유인하여 베로나 근방에서 격파하지 않았을까? 서부 전선에서는 아군도 적군도 상대방을 격파하지 못하고 있었다. 전쟁은 일방의 승리로 끝날 것 같지 않았다. 영원히 계속될 것만 같았다. 제2의 '백 년 전쟁'**이 될지도 모르는 일이었다. 나는 신문걸이에 신문을 다시 걸어 놓고 클럽을 나왔다. 조심스럽게 계단을 내려와 만초니 거리를 올라갔다. 그란 호텔 밖에서 막 마차에서 내리는 마이어스 노부부를 만났다. 그들은 경마장에서 돌아오는 길이었다. 부인은 가슴이 딱 벌어진 여자로 검은 공단 옷을 차려입고 있었다. 키가 작고 흰 콧수염을 기른 마이어스 씨는 등나무 지팡이를 짚고 평발 같은 걸음걸이로 걸었다.

"그동안 잘 지냈나요? 그동안 잘 있었어요?" 마이어스 부인이 나와 악수했다. "잘 지냈나?" 마이어스 씨도 인사를 건넸다.

"경마는 어떠셨나요?"

---

*산가브리엘레 근교에 위치한 산.
** 1337년부터 1453년까지 116년 동안 영국과 프랑스가 휴전을 거듭하며 지속한 전쟁. 프랑스 왕위 계승 문제가 명분이었다.

“훌륭했다오. 아주 재미있었어요. 내가 세 번이나 이겼지.”

“어르신은 어떠셨습니까?” 내가 마이어스 씨에게 물었다.

“좋았어. 난 한 번 이겼다네.”

“나는 저 양반이 하는 방법을 통 알 수가 없어요. 한 번도 내게 말해 주는 법이 없다니까.” 마이어스 부인이 말했다.

“난 나름대로 잘하고 있소.” 마이어스 씨가 말했다. 그의 표정은 진지했다. “자네도 좀 나와 보지그래.” 마이어스 씨와 이야기를 나누고 있으면 그가 상대방을 보고 있지 않거나, 상대방을 다른 사람으로 착각하고 있는 것이 아닌가 하는 생각이 들었다.

“네, 그러겠습니다.” 내가 대답했다.

“병원으로 여러분 문병을 갈 참이었다오. 내 아들들한테 가져다줄 물건들이 있거든. 자네들은 모두가 다 내 아들이나 마찬가지지. 정말로 귀여운 자식들이야.” 이번에는 마이어스 부인이 말했다.

“어르신을 만나면 다들 반가워할 거예요.”

“다들 귀여운 아들이니까. 자네도 그렇고. 자네도 내 아들이라고.”

“그럼 이제 그만 가 봐야겠습니다.” 내가 말했다.

“귀여운 아들들에게 안부 전해 주구려. 갖다 줄 것이 퍽 많다오. 좋은 마르살라*도 있고 케이크도 있고.”

“그럼 살펴 가십시오. 방문해 주시면 모두 몹시 좋아알 섭

---

* 시칠리아 섬 마르살라 지방에서 생산하는 백포도주.

니다." 내가 말했다.

"그럼 잘 가게. 갤러리아에도 좀 나와. 내 테이블이 있는 곳을 알잖나. 오후엔 날마다 그곳에 있네." 마이어스 씨가 말했다. 나는 거리로 나갔다. 코바에 들러 캐서린에게 가져다줄 물건을 사고 싶었다. 코바로 들어가서 초콜릿 한 상자를 샀다. 여직원이 그것을 포장하는 동안 바 앞으로 걸어갔다. 그곳에는 영국인 두서너 명과 항공병 몇 명이 있었다. 나는 혼자서 마티니*를 한 잔 마시고 술값을 치른 뒤 바깥 매점에서 초콜릿 상자를 받아 병원으로 천천히 걸어갔다. 스칼라 극장에서 뻗어나온 거리 위쪽 작은 바 바깥에서 아는 사람을 몇 명 만났다. 부영사와 성악을 공부하는 두 사람, 그리고 샌프란시스코에서 온 이탈리아인으로 이탈리아군에 입대한 에토레 모레티였다. 나는 그들과 술을 마셨다. 성악가 중 한 사람은 랠프 시먼스로 '엔리코 델크레도'라는 예명으로 노래를 부르고 있었다. 나는 그가 어느 정도 수준의 가수인지 몰랐지만 그는 항상 대단한 일을 앞둔 사람처럼 보였다. 뚱뚱보에다 코와 입 언저리가 마치 건초열에 걸린 것처럼 지저분했다. 그는 피아첸차**에서 노래를 부르고 돌아왔다고 했다. 토스카***를 불렀는데 대단한 성공을 거두었다는 것이다.

"물론 자넨 아직 한 번도 내 노래를 듣지 못했지." 그가 말했다.

---

* 진과 베르무트를 혼합한 칵테일.
** 이탈리아 포 강변에 위치한 소도시.
*** 이탈리아의 작곡가 자코모 푸치니(1858~1924)가 작곡한 오페라.

"이곳에선 언제 부를 거야?"

"이번 가을에 스칼라 극장 무대에 설 거야."

"그러면 청중들이 틀림없이 의자를 던지겠지. 모데나*에서 청중들이 이 친구에게 의자를 던졌다는 얘기 들었어?" 에토레가 물었다.

"새빨간 거짓말이야."

"청중들이 의자를 던졌다고. 나도 그곳에 있었어. 나 역시 의자를 여섯 개나 던졌는걸." 에토레가 말했다.

"자넨 프리스코**에서 온 워프야."

"이 작자는 이탈리아어를 발음할 줄도 몰라. 가는 곳마다 의자 세례를 받지." 에토레가 말했다.

"피아첸차 극장은 북부 이탈리아에서 제일 노래 부르기 힘든 곳이야. 거짓말이 아냐. 정말 거기는 노래 부르기 고약한 곳이라고." 다른 테너 가수가 말을 받았다. 그의 이름은 에드거 손더스로 '에두아르도 조반니'라는 예명으로 노래를 불렀다.

"나도 그 극장에서 자네가 의자 세례를 당하는 꼴을 좀 보고 싶군. 자넨 이탈리아어로 노래 부를 줄 모르잖아." 에토레가 말했다.

"바보 같은 녀석. 저 친군 의자 세례라는 말밖에 몰라." 이번에는 에드거 손더스가 반격했다.

"자네 둘이 노래하면 손님들도 그럴 수밖에 없을걸. 그런데

* 이탈리아 북부 에밀리아로마냐 주에 있는 도시. 중세 문화의 중심지로, 11세기에 지어진 대성당은 유네스코 지정 세계문화유산으로 등록되었다.
** '샌프란시스코'를 줄여서 발음한 말로 이 도시의 속칭.

도 미국에 가서는 스칼라 극장에서 대성공을 거뒀다고 큰소리치겠지. 아마 스칼라 극장에선 첫 음절만 듣고도 집어치우라고 야단들일 거야." 에토레가 덧붙였다.

"난 스칼라 극장에서 노래할 거야. 10월에 토스카를 부를 거라고." 시먼스도 지지 않았다.

"그땐 우리도 가 보지 않겠어, 맥? 이 작자들은 보호해 줄 사람이 필요할 테니까." 에토레가 이번에는 부영사에게 말을 건넸다.

"미군이 출동해서 보호해 줄지도 모르지. 어때, 또 한잔하겠어, 시먼스? 자넨 어때, 손더스?" 부영사도 맞장구를 쳤다.

"좋지." 손더스가 대답했다.

"소문을 들으니 자네 은성 훈장을 받는다면서? 어떤 종류의 표창장을 받게 되는 거야?" 이번에는 에토레가 나에게 말을 건넸다.

"나도 몰라. 훈장을 받게 된다는 것도 몰랐는걸."

"받게 될 거야. 아, 훈장을 타면 코바에 있는 아가씨들이 자네를 굉장한 인물로 여기겠지. 모두 자네가 오스트리아 병사를 200명쯤 죽였다거나 혼자서 적의 참호를 통째로 빼앗았다고 생각할 거야. 정말이지, 나도 훈장을 타려고 노력했어야 하는데."

"그래, 자네는 몇 개나 탔어, 에토레?" 부영사가 물었다.

"훈장이란 훈장은 다 탔지. 모두 저 친구 때문에 전쟁을 하는 셈인데." 시먼스가 한마디 했다.

"청동 훈장 두 개, 은성 훈장 세 개. 하지만 표창장 하나만 도착했지 뭐야."

"나머지 표창장은 어떻게 됐는데?" 시먼스가 물었다.

"작전이 성공을 거두지 못한 거지. 작전이 성공하지 못하면 훈장은 모두 보류되거든." 에토레가 대답했다.

"부상은 몇 번이나 입었지, 에토레?"

"세 번 입었어. 그래서 상이 휘장을 세 개나 받았지. 보여?" 그는 소매를 끌어서 돌렸다. 휘장은 검은 바탕에 은줄을 나란히 새긴 것으로 어깨에서 20센티미터 정도 아래 소매 헝겊에 꿰매어져 있었다.

"자네도 하나 받았잖아. 정말이지, 그거 받을 만하던데. 나 같으면 훈장보다 그걸 받겠어. 휘장 세 개를 받는다는 건 정말 대단한 거라고. 병원에 세 달 입원할 정도로 부상 입을 때마다 하나씩 받거든." 에토레가 내게 말했다.

"어디에 부상을 입었는데, 에토레?" 부영사가 물었다.

그러자 에토레는 소매를 걷어 올렸다. 그는 깊게 파인 매끄럽고 붉은 상처를 보여 주었다. "여기야. 다리에도 있어. 지금은 각반을 차고 있어서 보여 줄 수가 없지. 또 발에도 하나 있고. 발에는 썩은 뼈가 있어서 지금도 악취가 코를 찌르지. 아침마다 조그마한 뼛조각을 새로 떼어 내는데 정말 냄새가 지독해."

"뭣에 맞았는데?" 시먼스가 물었다.

"수류탄. 그 감자 으깨는 깃치럼 생긴 수류던 있잖아. 그게 내 다리 한쪽을 통째로 날려 버릴 뻔했다고. 자네도 감자 으깨는 것처럼 생긴 수류탄 알지?" 그가 내게 몸을 돌렸다.

"그럼 알지."

"개자식이 그걸 던지는 걸 봤는데. 그걸 맞고 나가떨어졌지 뭐야. 꼼짝없이 죽는 줄 알았는데 그 빌어먹을 수류탄 성능이 시원찮았던 거야. 난 그 개자식을 소총으로 갈겨 버렸지. 늘 소총을 들고 다니기 때문에 놈들은 내가 장교라는 걸 모르거든." 에토레가 말했다.

"녀석이 어떤 표정을 짓고 있었어?" 시먼스가 물었다.

"놈이 가진 건 그 수류탄 하나뿐이었어. 왜 그걸 던졌는지 모르겠지만. 아마 늘 던지고 싶었겠지. 진짜 전투를 한 번도 구경하지 못했는지도 모르고. 어쨌든 난 그 개자식을 보기 좋게 갈겨 버렸어." 에토레가 말했다.

"자네가 총을 쏠 때 어떤 표정을 지었느냐니까?" 시먼스가 다시 물었다.

"빌어먹을, 내가 그걸 어떻게 알아? 배때기에다 갈겼는데. 머리를 쏘다간 자칫하면 빗나갈 것 같더라고." 에토레가 대답했다.

"장교가 된 지는 얼마나 됐지, 에토레?" 내가 물었다.

"이 년 됐어. 이제 곧 대위로 진급할 거야. 자넨 중위가 된 지 얼마나 됐지?"

"삼 년 돼 가."

"자넨 이탈리아어를 잘 모르니 대위가 되긴 틀렸어. 말은 할 줄 알지만 읽고 쓰는 건 서툴잖아. 대위가 되려면 교육을 받아야 해. 왜 미군에 들어가지 않았어?" 에토레가 말했다.

"어쩌면 들어가게 될지도 몰라."

"나도 미군에 들어가고 싶은데. 아, 대위는 월급을 얼마나 받지, 맥?"

"정확히는 몰라. 250달러쯤 받을걸."

"맙소사, 250달러면 엄청난 일을 할 수 있을 텐데. 하루라도 빨리 미 육군에 입대하는 게 좋겠어, 프레드.* 자네가 나를 입대시킬 수 있는지 한 번 알아봐 줘."

"알겠어."

"난 이탈리아어로 중대를 지휘할 수 있거든. 영어로도 얼마든지 할 수 있을 거야."

"자넨 장군이 될 거야." 시먼스가 말했다.

"아냐. 장군이 될 만큼은 아는 게 없어. 장군이 되려면 엄청나게 많은 걸 알아야 한다고. 자네들은 전쟁이 아무것도 아니라고 생각하는 모양인데 그런 머리로는 상병도 될 수 없어."

"그러니 천만다행이지." 시먼스가 대꾸했다.

"자네들 같은 병역 기피자들을 긁어 모아 입대시킨다면 자네가 상병이 될지도 모르지. 아, 자네 둘을 내 소대에 넣고 싶군. 맥, 자네도 말이야. 자네를 내 당번병으로 삼아 주지, 맥."

"멋진 친구군, 에토레. 하지만 자넨 군국주의자야." 맥이 말했다.

"전쟁이 끝나기 전에 대령이 될 거야." 에토레가 말했다.

"적에게 죽지 않는다면 말이지."

"널 죽일 수는 없을걸." 그는 엄지손가락과 집게손가락으

---

* '프레더릭'의 애칭.

로 옷깃에 있는 별을 만졌다. "내가 이러는 거 보이지? 누군가가 죽는 얘기를 할 때면 우린 언제나 이렇게 별을 만지지."

"이제 그만 가자, 심." 손더스가 자리에서 일어나며 말했다.

"그러지."

"그럼 잘 가. 나도 이제 가 봐야겠어." 내가 말했다. 바 안에 있는 벽시계를 보니 벌써 5시 45분이었다. "차우, 에토레."

"차우, 프레드. 은성 훈장을 받게 되다니 정말 다행이야." 에토레가 말했다.

"정말 받을지 어떨지는 몰라."

"꼭 받게 될 거야, 프레드. 자네가 그걸 받을 거라는 소문을 들었어."

"그럼 또 만나. 사고 치지 마, 에토레." 내가 말했다.

"내 걱정은 하지 마. 난 술도 마시지 않고, 여기저기 쏘다니지도 않아. 술고래도 아니고, 창녀들이나 쫓아다니는 색골도 아니라고. 내게 이로운 행동이 뭔지 잘 알거든."

"잘 가. 자네가 대위로 진급한다니 반가워." 내가 말했다.

"진급을 기다리진 마. 전공(戰功)을 세우면 진급은 저절로 될 테니까. 자네도 잘 알잖아. 별 세 개에다 교차해 놓은 칼, 그리고 그 위에 왕관. 그게 바로 나라고."

"행운을 빌어."

"자네도. 한데 언제 전선에 복귀해?"

"이제 곧 복귀해."

"자, 그럼 또 만나자고."

"잘 가."

"잘 가. 조심하라고."

나는 병원으로 가는 지름길인 뒷골목을 따라 걸어 내려갔다. 에토레는 스물세 살이었다. 샌프란시스코에 사는 삼촌 집에서 자라다가 토리노*에 사는 부모를 방문했을 때 전쟁이 터졌던 것이다. 그에게는 누이동생이 하나 있는데 그녀 역시 미국에 건너가 삼촌 집에서 지냈다. 그녀는 올해 사범학교를 졸업할 예정이었다. 에토레는 진짜 영웅이었지만 만나는 사람을 지루하게 만들었다. 캐서린은 그를 견디기 힘들어했다.

"영웅들이야 많죠. 하지만 자기, 그들 대부분은 그 사람보다 훨씬 조용해요." 그녀가 말했다.

"난 별로 신경 쓰이지 않던데."

"나도 신경 쓰지 않을 거예요. 그렇게 우쭐대거나 사람을 지루하게 만들지만 않는다면 말이에요."

"지루한 건 사실이야."

"자기, 그렇게 말해 줘서 고마워요. 하지만 그러지 않아도 돼요. 당신은 전선에 있는 그 사람을 상상하고 유능하다고 생각하겠죠. 하지만 제가 좋아하는 타입은 아니에요."

"나도 알아."

"당신은 알면 알수록 참으로 좋은 사람이에요. 그래서 나도 그 사람을 좋아하려고 애쓰고 있어요. 하지만 정말 지루한 사람이에요."

"오늘 오후에 만났는데 대위로 긴급할 거라고 하더군."

---

* 이탈리아 서북부의 도시.

"반가운 일이네요. 그 사람 무척 좋아했겠어요." 캐서린이 말했다.

"내가 진급하는 건 안 좋은가 봐?"

"그래요, 자기. 좋은 레스토랑에 들어갈 수 있을 만큼의 계급이면 충분해요."

"그거야 지금 계급으로도 충분하지."

"당신 계급이면 충분해요. 사실은 더 이상 진급하지 않았으면 해요. 그렇게 되면 우쭐해할 테니까요. 아, 자기, 난 당신이 잘난 체하지 않는 게 너무 좋아요. 설령 당신이 잘난 체한데도 결혼하겠지만요. 하지만 남편이 잘난 체하지 않는 게 얼마나 마음이 편한지 몰라요."

우리는 발코니에서 나직하게 이야기를 나누었다. 달이 뜨는 밤이었지만 시내에는 안개만 자욱했다. 결국 달은 뜨지 않고 조금 뒤에 이슬비가 내리기 시작했다. 그래서 우리는 병실 안으로 들어왔다. 안개가 비로 바뀌면서 조금 뒤 밖에서는 비가 세차게 쏟아졌다. 빗방울이 지붕 위를 세차게 때리는 소리가 들렸다. 나는 자리에서 일어나 문가로 가서 비가 병실 안으로 들이치지 않는지 살펴봤는데 비는 들어오지 않았다. 문은 그대로 열어 두기로 했다.

"그 사람 말고 오늘은 또 어떤 사람들을 만났나요?" 캐서린이 물었다.

"마이어스 씨 부부를 만났어."

"그분들도 좀 이상하죠."

"마이어스 씨는 본국에서라면 감옥에 갇혀 있어야 할 사람이지. 그런데 나가서 그냥 죽도록 내버려 두는 거야."

"그런데 밀라노에선 줄곧 행복하게 지내네요."

"얼마나 행복한지는 모르지."

"감옥에서 풀려난 뒤라 마냥 행복하겠죠."

"마이어스 부인이 선물을 갖고 온다고 했어."

"언제나 좋은 선물을 갖고 오죠. 당신도 그 부인의 귀여운 아들인가요?"

"나도 그중 하나지."

"당신들은 하나같이 그분의 귀여운 자녀들이에요. 그 부인은 남자들을 더 좋아해요. 빗소리 좀 들어 봐요." 캐서린이 말했다.

"세차게 퍼붓네."

"그래도 언제나 날 사랑할 거죠"

"물론이지."

"비가 쏟아져도 상관없죠?"

"물론이지."

"그럼 됐어요. 전 비가 무서워요."

"왜 비를 무서워해?" 졸음이 왔다. 밖에서는 비가 줄기차게 내리고 있었다.

"이유는 모르겠어요, 자기. 언제나 비가 두려웠어요."

"나는 비가 좋은데."

"빗속을 걷는 기야 좋죠. 하기만 사랑에는 몹시 가혹해요."

"난 언제까지나 당신을 사랑할 거야."

"나도 당신을 사랑할 거예요. 비가 내리든 눈이 오든 우박

이 쏟아지든…… 또 뭐가 있죠?"

"모르겠어. 잠이 쏟아지는데."

"자기, 그럼 어서 자요. 날씨가 어떻든 난 당신을 사랑할 거예요."

"설마 진짜로 비를 두려워하는 건 아니겠지?"

"당신과 함께 있을 때는 두렵지 않아요."

"왜 비를 두려워하는 거지?"

"모르겠어요."

"말해 봐."

"강요하지 마요."

"말해 보라니까."

"싫어요."

"말해 보래도."

"좋아요. 내가 비를 두려워하는 건, 가끔씩 빗속에서 내가 죽어 있는 모습을 보기 때문이에요."

"그럴 리가."

"그리고 때론 당신이 죽어 있는 모습도 보여요."

"그건 좀 그럴싸하군."

"아녜요, 그렇지 않아요, 자기. 자기는 내가 안전하게 지켜 줄 테니까요. 틀림없이 그럴 수 있을 거예요. 하지만 누구도 자신은 어쩔 수 없잖아요."

"이제 제발 그만둬. 오늘 밤 당신의 그 스코틀랜드 기질이 발동해서 정신이 나갈까 봐 걱정이야. 함께 있을 시간도 많지 않은데."

"맞아요. 난 지금 스코틀랜드 사람이고 제정신도 아녜요. 하지만 그만둘래요. 모두 말도 안 되는 소리니까요."

"그래, 말도 안 되는 소리야."

"말도 안 되는 소리죠. 말도 안 되는 소리고말고요. 난 비가 두렵지 않아요. 두렵지 않다고요. 오, 오, 하느님, 왜 나를 세상에 태어나게 하셨나요." 그녀는 울부짖고 있었다. 내가 달래자 그녀는 울음을 그쳤다. 그러나 밖에는 여전히 비가 계속 쏟아져 내리고 있었다.

20

어느 날 오후 우리는 경마장에 갔다. 퍼거슨과 폭탄의 뇌관 뚜껑이 폭발하여 두 눈에 상처를 입은 크로웰 로저스도 함께 갔다. 여자들이 점심을 먹고 옷을 갈아입는 사이 크로웰과 나는 그의 병실 침대에 걸터앉아 경마 신문에서 말들의 과거 실적과 예상 기사를 읽었다. 크로웰은 머리에 붕대를 감고 있었다. 그는 경마에 별로 흥미를 느끼지 않았지만 심심풀이로 경마 신문을 열심히 읽으며 모든 말의 과거 기록을 추적했다. 그는 말들이 형편없으며 그런 말뿐이라고 했다. 마이어스 노부부는 그를 좋아해 그에게 정보를 주었다. 마이어스 씨는 거의 모든 경기마다 이겼지만 배당금이 적어진다는 이유로 정보를 주기 싫어했다. 경마는 아주 부정이 많은 경기였다. 다른 경마장에서 쫓겨난 기수들이 이탈리아에서 경마를 하고 있었다. 마이어스 씨의 정보는 믿을 만했지만 나는 그에게 묻기가 정말 싫었다. 어떤 때는 아예 대답도 하지 않는 데다 정보를 줄 때도 기분이 상한 것처럼 보였기 때문이다. 그러나 그는 어떤 이유에서인지 우리한테 정보를 줄 의무가 있다고 생각했고 크로웰한테 정보를 주는 것은 크게 싫어하지 않았다. 크로웰은 양쪽 눈에 모두 상처를 입었는데 특히 한쪽 눈의 상처가 심했다. 자기도 눈에 문제가 있기 때문인지 마이어스 씨는 크로웰을 좋아했다. 마이어스 씨는 자기가 어느 말에 돈을 걸고 있는지 부인한테도 말한 적이 없었다. 마이어스 부인은 돈을 따기도 하고 잃기도 했지만 대부분 잃는 편이었고 쉴 새 없이 지껄여 댔다.

우리 네 사람은 지붕 없는 마차를 타고 산시로*를 향해 달렸다. 날씨가 무척 좋은 날이었다. 공원을 지나 전차 길을 따라 달린 뒤 시내 밖으로 빠져나가자 길에 먼지가 일었다. 철책을 두른 빌라들이 있었고 초목이 우거진 넓은 정원이 딸린 별장, 물이 흐르는 도랑, 그리고 채소 잎에 먼지가 뒤덮인 채마밭들이 있었다. 저 멀리 들판 너머의 농가들과, 도랑을 파서 관개한 초록색 비옥한 농장과 북쪽의 산들이 보였다. 많은 마차가 경마장으로 들어가고 있었다. 우리가 군복을 입고 있었기 때문에 정문 안내인들은 입장권도 조사하지 않고 우리를 들여보냈다. 우리는 마차에서 내려 경마 프로그램을 구입한 뒤 트랙 내부를 가로질러 잔디가 두껍게 자란 코스를 지나 말이 대기하고 있는 대기소로 걸어갔다. 특별 관람석은 시설이

---

*밀라노 교외에 위치한 경마장.

낡은 목조 건물이었고, 마권 판매장은 관람석 아래쪽으로 경주마 사육 훈련장 근처에 한 줄로 늘어서 있었다. 트랙 내부에는 울타리를 따라 군인들이 많이 모여 있었다. 말 대기소에도 꽤 많은 사람이 모여 있었다. 그들은 특별 관람석 뒤쪽 나무 밑에서 둥글게 원을 그리며 말을 걷게 하고 있었다. 우리가 아는 사람들의 모습도 보였다. 우리는 퍼거슨과 캐서린에게 의자를 가져다주고는 말들을 지켜보았다.

말들은 마부에 이끌린 채 고개를 떨어뜨리고는 차례차례 한 바퀴씩 돌고 있었다. 자줏빛이 도는 검은색 말을 보고 크로웰은 맹세코 자주색으로 물들인 말이라고 단언했다. 자세히 살펴보니 정말 그런 것 같았다. 그 말은 안장을 채우라는 벨이 울리기 직전에 겨우 나왔다. 마주의 팔뚝에 붙인 숫자를 보고 프로그램에서 그 말을 찾아보았더니 자팔라크라는 거세한 흑마(黑馬)라고 적혀 있었다. 그 경마는 1000리라 또는 그 이상에 해당하는 경기에서 한 번도 이겨 본 적이 없는 말들끼리 벌이는 경주였다. 캐서린은 염색한 게 틀림없다고 확신했고 퍼거슨은 잘 모르겠다고 말했다. 나는 조금 의심스럽다고만 생각했다. 우리는 모두 그 말에 100리라를 걸기로 의견을 모았다. 배당표에는 서른다섯 배의 배당금을 지불한다고 나와 있었다. 크로웰이 마권을 사러 간 동안 우리는 말과 기수들의 모습을 지켜보았다. 기수들은 다시 한 번 말을 타고 경기장을 한 바퀴 돈 뒤 나무 아래를 지나 트랙으로 나가 출발 지점인 모퉁이까지 천천히 갤럽으로 말을 달렸다.

우리는 특별 관람석으로 올라가 경마를 관람했다. 그 무렵

산시로 경마장에는 자동 발주 장치가 없었기 때문에 출발신호 담당자는 모든 말을 한 줄로 세웠다. 저쪽 경주로에서는 말들이 아주 작게 보였다. 마침내 출발신호 담당자가 긴 채찍으로 찰싹 소리를 내어 신호를 보냈다. 검은색 말이 선두를 달리며 우리 앞을 지나갔고 반환점에서는 다른 말들과 거리를 더욱 벌렸다. 말들이 반대쪽을 달릴 때는 쌍안경으로 지켜보았다. 기수가 말을 제어하려고 안간힘을 썼지만 불가능했다. 말들이 반환점을 돌아 직선 코스에 이르렀을 때는 검은색 말이 다른 말보다 무려 15마신(馬身)이나 앞지르고 있었다. 말은 결승점을 지나서도 계속 위쪽으로 달리더니 반환점을 돌았다.

"대단하지 않아요? 우린 3000리라도 넘게 벌었다고요. 아주 훌륭한 말이에요." 캐서린이 말했다.

"그놈의 염색이 벗겨지지나 않았으면 좋겠는데. 돈을 받기 전까지는 말이야." 크로웰이 말했다.

"정말 멋진 녀석이에요. 마이어스 씨도 그 말에 돈을 걸었는지 궁금하네요." 캐서린이 말했다.

"저 승마(勝馬)에 돈을 거셨나요?" 내가 마이어스 씨에게 큰 소리로 물었다. 그러자 그는 고개를 끄덕였다.

"난 아니라오. 자네들은 어느 말에 걸었나?" 마이어스 부인이 물었다.

"자팔라크입니다."

"정말? 그 말은 배당률이 서른다섯 배라고!"

"그놈의 색깔이 마음이 들었죠."

"나는 그 점이 싫었다오. 왠지 지저분해 보였거든. 그 말에는 돈을 걸지 말라고 하더군."

"배당이 많진 않을 거야." 마이어스 씨가 말했다.

"배당표에는 서른다섯 배라고 나와 있는데요." 내가 말했다.

"돈을 많이 받지는 못할 걸세. 막판에 사람들이 엄청나게 돈을 걸었거든." 마이어스 씨가 말했다.

"누가요?"

"켐튼과 그 일당이지. 어디 두고 보라고. 모르긴 몰라도 두 배 받기도 어려울걸."

"그렇다면 3000리라는 못 받겠네요. 이런 사기 경마가 어디 있어요!" 캐서린이 말했다.

"200리라는 받을 거야."

"그건 너무 적죠. 아무것도 아니잖아요. 3000리라를 받을 줄 알았는데."

"엉터리 사기에다 역겨워요." 퍼거슨이 맞장구쳤다.

"정말이야. 하지만 엉터리 사기가 아니었다면 우리도 그 말에 돈을 안 걸었겠지. 3000리라를 받고 싶었는데." 캐서린이 말했다.

"아래쪽으로 내려가 뭐 좀 마시면서 얼마나 배당을 주는지 알아보죠." 크로웰이 말했다. 그래서 우리는 숫자를 게시해 놓고 종을 울려 배당금을 지불해 주는 곳으로 내려갔다. 그들은 '자팔라크 승리'라는 글자 뒤에 '18.50'이라는 숫자를 걸어 놓았다. 이 숫자는 10리라 베팅에 배당금이 두 배에도 미치지 못한다는 뜻이었다.

우리는 특별 관람석 아래쪽에 있는 바에 내려가 위스키에 소다를 탄 음료수를 한 잔씩 마셨다. 그곳에서 우리는 안면이 있는 이탈리아인 두서너 명과 부영사 맥애덤스를 우연히 만났다. 우리가 여자들이 있는 곳으로 오자 그들도 우리를 따라왔다. 이탈리아 사람들은 무척 매너가 좋았다. 우리가 다시 마권을 사러 내려가 있는 동안 맥애덤스가 캐서린에게 말을 걸었다. 마이어스 씨는 배당금 표시기 근처에 서 있었다.

"가서 어느 말에 걸었는지 한번 여쭤 봐." 내가 크로웰에게 말했다.

"어느 말에 거셨습니까, 마이어스 씨?" 크로웰이 그에게 물었다. 그러자 마이어스 씨는 프로그램을 꺼내더니 연필로 숫자 5번을 가리켰다.

"저도 그 말에 걸어도 괜찮겠습니까?" 크로웰이 물었다.

"그래. 그렇게 하게. 하지만 집사람한테는 말하지 마."

"한잔하시겠습니까?" 내가 물었다.

"아니, 어쨌든 고맙네. 난 술을 전혀 안 하거든."

우리는 5번 말이 단승(單勝)하는 데 100리라를, 연승(連勝)하는 데 또 100리라를 걸고 나서 위스키에 소다를 탄 음료수를 한 잔씩 마셨다. 나는 기분이 무척 좋았다. 이탈리아인을 서너 명 더 만났고 함께 술을 마셨다. 그러고 나서 우리는 여자들이 있는 곳으로 돌아갔다. 이 이탈리아인들 역시 무척 매너가 좋았다. 매너로 말하자면 앞에 만난 이탈리아인들에 선줄 만했다. 잠시 뒤 사람들이 앉아 있지 못했다. 나는 캐서린에게 마권을 건네주었다.

"어느 말에 건 거예요?"

"나도 몰라. 마이어스 씨가 고른 거야."

"이름도 모르세요?"

"몰라. 프로그램에 이름이 나올 거야. 아마 5번 말일걸."

"그분을 굉장히 믿나 봐요." 그녀가 말했다. 5번 말이 승리했지만 배당은 한 푼도 없었다. 그래서 마이어스 씨는 화가 났다.

"20리라 벌기 위해 200리라를 걸다니. 12리라를 걸면 10리라를 벌고. 무슨 경마가 이래. 집사람은 20리라를 잃었다네." 그가 투덜거렸다.

"저도 당신과 함께 내려갈래요." 캐서린이 내게 말했다. 이탈리아인들도 모두 자리에서 일어났다. 우리는 아래층으로 내려가 말 대기소로 나갔다.

"경마가 좋아요?" 캐서린이 물었다.

"응. 좋은 것 같은데."

"괜찮긴 해요. 하지만 자기, 이렇게 많은 사람을 만나는 건 힘들어요." 그녀가 말했다.

"그렇게 많은 사람을 만난 건 아닌데."

"물론 아니죠. 하지만 마이어스 부부에다 부인하고 딸들을 데리고 온 은행원이랑……."

"그 사람은 내 일람불 수표를 현금으로 바꿔 주는 사람이야." 내가 말했다.

"그래요. 하지만 그 사람이 아니어도 다른 사람이 바꿔 줄 거 아니에요. 맨 나중에 온 젊은이 넷은 정말 끔찍했어요."

"그럼 이곳 울타리 밖에서 경마를 구경하자."

"그게 좋겠어요. 자기, 우리 한 번도 들어 본 적 없는 말에 돈을 걸어 봐요. 마이어스 씨가 걸지 않는 말에요."

"그래."

우리는 '라이트 포 미'라는 말에 걸었는데 그 말은 다섯 마리가 달리는 경기에서 네 번째로 들어왔다. 우리는 울타리에 기대어 서서 말들이 말굽을 쿵쿵거리며 달리는 모습을 지켜보았다. 저 멀리 산들이 보이고 나무와 경마장 너머로 밀라노가 보였다.

"기분이 훨씬 상쾌해졌어요." 캐서린이 말했다. 말들은 땀에 흠뻑 젖어 문을 지나 다시 돌아왔고, 기수들은 말들을 어루만지며 위쪽으로 몰아 나무 아래에서 내렸다.

"뭐 좀 마시고 싶지 않아요? 여기서도 한잔하면서 말들을 볼 수가 있거든요."

"내가 사 올게." 내가 말했다.

"심부름하는 아이가 가져올 거예요." 캐서린이 말했다. 그녀가 한 손을 쳐들자 아이 하나가 훈련장 옆에 있는 파고다 양식의 술집에서 나왔다.

"우리 둘이 있는 게 더 낫지 않아요?"

"그렇군." 내가 대답했다.

"다 같이 저쪽에 있을 땐 무척 쓸쓸했어요."

"여기가 정말 좋네." 내가 말했다.

"그래요. 정말 멋진 코스예요."

"아주 멋져."

"흥을 깨지는 않을게요, 자기. 돌아가고 싶으면 언제라도 가요."

"아직은 가고 싶지 않아. 여기서 한잔하자. 그런 다음 아래쪽으로 내려가서 물웅덩이 옆에 서서 장애물 경마를 구경하자고."

"당신은 나한테 너무 친절해요." 그녀가 말했다.

얼마 동안 둘이서만 있다가 다시 다른 사람들과 어울리자 기분이 좋았다. 우리는 즐거운 시간을 보냈다.

21

9월이 되자 먼저 밤이 쌀쌀해지더니 뒤이어 낮도 서늘해지면서 공원의 나뭇잎에 단풍이 들기 시작했다. 이제 여름이 다 간 것을 알 수 있었다. 전선의 상황은 매우 나빠졌고 산가브리엘레는 끝내 아군의 손에 들어오지 않았다. 바인시차 고원의 전투도 끝났고, 9월 중순경에는 산가브리엘레 전투도 거의 끝나 갔다. 이탈리아군은 그곳을 빼앗지 못하고 있었다. 에토레는 전선으로 복귀했다. 경마장의 말들도 로마로 보내져 이제는 경마도 벌어지지 않았다. 크로웰 역시 미국으로 후송되기 위해 로마로 갔다. 시내에서는 반전 시위가 두 차례나 벌어졌다. 토리노에서 일어난 시위는 심각했다. 클럽에서 만난 영국 소령은 나에게 이탈리아군이 바인시차와 산가브리엘레 전투에서만 무려 15만 명의 병력을 잃었다고 전해 주었다. 카르소에서도 4만 명의 희생자가 났다고 했다. 우리가 술을 마시는 동안 소령은 혼자서 지껄여 댔다. 그의 말로는 이곳 아래쪽에서는 금년 전투가 끝났으며 이탈리아군이 분수도 모르고 욕심만 앞세웠다는 것이다. 플랑드르* 공격도 불리하게 돌아가고 있다고 했다. 이번 가을처럼 병력을 잃다가는 연합군은 내년에도 궁지에 몰릴 거야. 우리 모두 궁지에 몰려 있지만 그 사실을 깨닫지 못하는 한 걱정은 없네. 우린 모두 궁지에 몰려 있다고. 한데 문제는 그 사실을 인정하려 하지 않는다는 거지. 자신들이 궁지에 몰려 있다는 사실을 끝까지 인정하지 않는 나라가 결국은 승리를 거두게 돼 있어. 우리는 한 잔을 더 마셨다. 내가 누구의 참모였느냐고? 아니. 하지만 그는 참모였다. 야구로 말하자면 스트라이크는 치지 못하고 볼만 치는 격이었지만. 클럽에는 우리 두 사람밖에 없었고 우리는 큼직한 가죽 소파에 엉덩이를 파묻고 앉아 있었다. 광택이 나지 않는 그의 가죽 군화는 반들반들하게 닦여 있었다. 멋진 군화였다. 모든 게 볼만 치는 격이야. 그들은 사단이니 병력이니 하는 것만 두고 말싸움을 벌였지. 사단에 대해서만 입씨름을 벌인다 이 말이야. 독일군이 여러 곳에서 승리를 거뒀어. 뭐니 뭐니 해도 놈들은 철저한 군인들이야. 그 옛날 훈족이야말로 진짜 군인이었거든. 하지만 놈들도 궁지에 몰려 있기는 마찬가지야. 우린 모두 궁지에 몰려 있으니까. 나는 러시아에 대해 물어보았다. 그러자 소령은 러시아군은 궁지에 몰린 지 이미 오래되었다고 대답했다. 나도 곧 그들이 궁지에 몰려 있다는 걸

---

* 벨기에 서부를 중심으로 프랑스와 네덜란드 일부를 포함하는 지방.

알게 될 테지. 그리고 오스트리아군도 궁지에 몰려 있어. 만약 오스트리아군에 독일군 몇 개 사단이 가담한다면 한 번 해볼 만하겠지. 이번 가을에 그들이 공격할 것 같으세요? 당연히 공격하지. 이탈리아군도 궁지에 몰려 있어. 그들이 궁지에 몰려 있다는 건 세상이 다 아는 사실이지. 독일 놈들이 트렌티노*를 돌파해 내려와 비첸차 철도를 차단하는 날이면, 이탈리아군이 설 땅이 남아 있겠나? 놈들은 1916년에도 그런 작전을 펼쳤죠. 독일군과 함께는 아니었지. 아녜요, 독일군과 함께였어요. 하지만 아마도 놈들은 그런 작전은 하지 않을걸. 그건 누워서 떡 먹기니까. 그놈들은 뭔가 복잡한 작전을 전개해서 우아하게 궁지에 몰릴 거야. 이제 그만 가 봐야겠습니다. 병원으로 돌아가야 해서요. "그럼 잘 가게." 그가 작별 인사를 했다. 그러고 나서 쾌활한 목소리로 "행운이 있기를 비네!" 하고 말했다. 그의 비관적인 세계관과 쾌활한 성격은 사뭇 대조적이었다.

나는 이발소에 들러 면도를 하고 병원으로 돌아갔다. 이제 다리는 오랫동안 걸어도 괜찮을 만큼 튼튼했다. 검사는 사흘 전에 받았다. 오스페달레 마조레에서 전반적인 치료가 모두 끝날 때까지는 아직도 몇 가지 치료를 더 받아야 했다. 나는 절룩거리지 않고 걷는 연습을 하면서 골목길을 걸었다. 노인 하나가 회랑 아래에서 실루엣을 오려 내고 있었다. 나는 걸음을 멈추고 그가 하는 일을 바라보았다. 아가씨 둘이 포즈

---

*이탈리아 북부 지방으로 그 이전에는 오스트리아 영토였다.

를 취하고 있었고, 노인은 한쪽으로 고개를 기울인 채 아가씨들을 쳐다보면서 매우 빠른 솜씨로 실루엣을 오려 나갔다. 아가씨들은 킬킬거리고 있었다. 노인은 그것을 흰 종이 위에 풀로 붙여서 나에게 먼저 보여 주고는 아가씨들에게 넘겨주었다.

"멋지죠? 어때요, 중위님도 한 장 해 보겠소?" 그가 말했다.

아가씨들은 자신의 실루엣을 보고 웃으면서 자리를 떠났다. 멋지게 생긴 아가씨들이었다. 그중 한 명은 병원 맞은편 포도주 가게에서 일하는 사람이었다.

"좋습니다." 내가 말했다.

"그럼 모자를 벗어요."

"아닙니다. 그냥 쓴 채로 해 주세요."

"그러면 별로 멋지게 나오지 않을 텐데. 하지만 그쪽이 더 군인답겠군." 노인의 얼굴이 밝아졌다.

노인은 검은색 종이를 가위질하고 나서 두꺼운 종이 두 장을 분리해서 카드 위에 내 옆모습을 풀로 붙여 건네주었다.

"얼마죠?"

"됐어요. 그냥 만들어 준 겁니다." 노인이 손을 내저었다.

"받으십시오. 재미있었습니다." 나는 동전 몇 닢을 꺼냈다.

"괜찮대도. 심심풀이로 만들어 본 거라니까. 여자 친구에게 줘요."

"고맙습니다. 그럼 또 뵙겠습니다."

나는 병원으로 돌아왔다. 개인 편지 몇 통과 공용 편지 한 장 그리고 그 밖의 편지 몇 통이 와 있었다. 삼 주 동안 요양 휴가를 보낸 뒤 전선으로 복귀하라는 명령이었다. 나는 편지를 읽고 또 읽었다. 하지만 내용은 같았다. 요양 휴가는 내 치료가 끝나는 10월 4일에 시작되었다. 삼 주라면 날짜로 스무날하고 하루다. 그러면 10월 25일이다. 나는 외출한다고 말한 뒤병원에서 조금 떨어진 길가 식당으로 저녁을 먹으러 갔다. 식탁에서 편지와《코리에레 델라 세라》신문을 읽었다. 할아버지가 보낸 편지에는 가족들 소식과 애국적인 격려의 말이 적혀 있었으며, 환어음 200달러와 신문 스크랩 기사가 몇 장 들어 있었다. 장교 식당 친구인 군종신부에게서 온 따분한 편지도 있었다. 비행사로 프랑스군에 입대한 친구의 편지도 있었다. 이 친구는 짓궂은 패거리들과 어울리고 있다며 그에 관한이야기를 적어 보냈다. 리날디는 짧은 편지에서 언제까지 밀라노에서 농땡이 치고 있을 예정인지, 도대체 상황이 어떤지물었다. 그러면서 복귀할 때 축음기 음반을 사 오라며 목록을적어 보냈다. 나는 식사를 하며 작은 키안티 한 병을 마신 뒤에코냑과 함께 커피를 마셨다. 신문을 읽은 뒤 편지를 주머니에넣고 신문과 팁을 테이블 위에 두고 식당에서 나왔다. 병원의내 병실로 돌아와서 옷을 벗고 잠옷으로 갈아입은 다음, 발코니로 통하는 문에 커튼을 치고 침대에 걸터앉아 마이어스 부인이 자기 아들들을 위해 두고 간 신문 뭉치에서 보스턴 신문을 꺼내 읽었다. 시카고 화이트삭스* 팀이 아메리칸리그**에

---

* 시카고의 프로 야구단.
** 미국 메이저리그 중 하나.

서 우승했고, 뉴욕 자이언트* 팀이 내셔널리그에서 선두를 달리고 있었다. 베이브 루스**는 이 무렵 보스턴 팀의 투수로 활약하고 있었다. 신문은 한결같이 따분했고 뉴스라고 해야 지방 소식과 케케묵은 것들뿐이었으며 전쟁 뉴스 역시 해묵은 내용이었다. 미국 뉴스는 약속이라도 한 듯 하나같이 신병 훈련소에 관해 다루고 있었다. 그 훈련소에 있지 않은 게 천만다행이라는 생각이 들었다. 읽을 만한 것은 야구 기사뿐이었지만 이제 그런 것에는 눈곱만큼도 흥미가 생기지 않았다. 야구를 취급하는 신문이 너무 많아서 흥미를 가지고 읽을 수 없었다. 해묵은 기사뿐이었지만 나는 얼마 동안 그것을 읽었다. 미국은 정말로 참전할 것인가? 메이저리그는 중지될 것인가? 설마 그럴 리는 없겠지. 밀라노에서는 아직 경마가 계속되고 있었고 전쟁은 이보다 더 악화될 것 같지 않았다. 프랑스에서는 이미 경마를 중지시켰다. 우리가 돈을 건 자팔라크도 프랑스에서 온 말이었다. 캐서린은 9시까지는 근무가 없었다. 근무 시간이 되자 곧바로 그녀가 복도를 지나는 소리가 들렸고, 복도를 따라 지나가는 모습도 한 번 보였다. 그녀는 다른 병실들을 다 둘러보고 마지막으로 내 병실에 들어왔다.

"늦었어요, 자기. 일이 어찌나 많은지. 기분이 어때요?" 그녀가 말했다.

나는 그녀에게 편지와 휴가에 대해 이야기했다.

---

* 뉴욕의 프로 야구단.
** 1895~1948. 미국의 유명한 투수이자 홈런왕.

“잘됐네요. 어디로 가고 싶어요?” 그녀가 물었다.

“아무 데도 가고 싶지 않아. 그냥 여기 있고 싶어.”

“그런 바보 같은 소리가 어디 있어요. 갈 곳을 정해요. 그러면 나도 따라갈게요.”

“당신이 어떻게 그래?”

“아직은 잘 모르겠어요. 하지만 같이 갈래요.”

“당신은 정말 대단해.”

“아니, 그렇지 않아요. 하지만 잃어버릴 게 아무것도 없는 삶이라 그다지 어렵지는 않아요.”

“그건 또 무슨 소리야?”

“별 뜻은 없어요. 한때는 그토록 커 보이던 장애물이 어쩌면 이렇게 보잘것없어졌을까 하고 생각할 뿐이에요.”

“어차피 인생이란 살아가기 어려운 건지 모르지.”

“전혀 그렇지 않아요, 자기. 필요하다면 난 미련 없이 떠날 수 있어요. 하지만 그렇게 되지는 않겠죠.”

“이곳을 떠난다면 어디로 가려고?”

“아무 데라도 상관없어요. 당신이 원하는 곳이라면 어디든 좋아요. 아는 사람이 없는 곳이라면 말이에요.”

“정말 아무 데라도 좋아?”

“네, 어디든 좋을 것 같아요.”

그녀는 어딘가 속상하고 긴장한 것처럼 보였다.

“무슨 일 있어, 캐서린?”

“아뇨. 아무 일도 없어요.”

“아냐, 그렇지가 않은데.”

"아녜요. 아무 일도 없어요. 정말 아무 일도 없다고요."

"얼굴에 쓰여 있는데. 어디 말해 봐, 자기. 내게 못할 얘기가 뭐야."

"아무것도 아니에요."

"말해 보라고."

"말하고 싶지 않아요. 당신이 나 때문에 불행해지거나 걱정할 것 같아요."

"절대, 그럴 리 없어."

"정말이에요? 나야 괜찮지만 당신이 걱정할까 봐 염려가 돼요."

"당신이 걱정하지 않는다면 나도 걱정하지 않아."

"하지만 얘기하고 싶지 않아요."

"어서 말해 봐."

"꼭 말해야만 해요?"

"물론이지."

"아기가 생겼어요, 자기. 벌써 세 달이나 됐어요. 당신 걱정하는 거 아니죠? 제발 걱정하지 마요. 그러면 안 돼요."

"걱정은 무슨 걱정."

"정말 걱정하는 거 아니죠?"

"당연하지."

"별짓을 다 해 봤어요. 약이란 약은 다 먹어 봤지만 효과가 없었어요."

"난 걱정하지 않아."

"어쩔 수 없었어요, 자기. 하지만 난 걱정하지 않아요. 당신도 걱정하거나 불쾌하게 생각해서는 안 돼요."

"난 다만 당신이 걱정이야."

"바로 그거예요. 그러면 안 된다는 거예요. 어느 시대에나 여자들은 아기를 낳았잖아요. 누구나 아기를 갖게 돼요. 자연스러운 일이죠."

"당신은 정말 멋진 여자야."

"그렇지 않아요. 하지만 정말 걱정하지 마요, 자기. 성가시게 하지 않도록 노력할게요. 이미 당신을 성가시게 했다는 거 잘 알아요. 하지만 지금까지 난 착한 여자 아니었나요? 당신은 지금껏 전혀 몰랐죠?"

"그래, 몰랐어."

"앞으로도 그럴 거예요. 그러니 절대로 걱정해선 안 돼요. 지금도 걱정하는 거 알아요. 이제는 그러지 마요. 지금 당장 그만두라고요. 한 잔 더 할래요, 자기? 한잔하면 언제나 기분이 좋아지잖아요."

"괜찮아. 지금도 기분은 좋아. 그리고 당신은 정말 훌륭해."

"아녜요, 그렇지 않아요. 하지만 당신이 갈 곳을 정하면 함께 갈 수 있도록 준비를 할게요. 10월이면 아름다울 거예요. 우린 멋진 시간을 보낼 거예요, 자기. 당신이 전선에 가 있는 동안 날마다 편지를 쓸게요."

"당신은 어디에 가 있을 거야?"

"아직 모르겠어요. 하지만 어디든 멋진 곳으로 갈 거예요. 그런 데를 찾아볼래요."

한동안 우리는 말없이 있었다. 캐서린은 침대 위에 걸터앉아 있었고, 나는 그녀를 쳐다보고 있었지만 서로의 몸에 손을 대지는 않았다. 누군가가 갑자기 안으로 들어와 어색해졌을 때처럼 우리는 거리를 두고 있었다. 마침내 그녀가 한 손을 뻗어 내 손을 잡았다.

"화나지 않았죠, 자기?"

"그럼."

"덫에 걸린 듯한 느낌이 들지는 않나요?"

"약간은 그럴지도 모르지. 하지만 당신 때문은 아냐."

"나 때문이라곤 하지 않았어요. 바보같이 굴지 마세요. 어쨌든 덫에 걸린 기분이 드느냐는 거죠."

"인간이라면 언제나 생리적으로 덫에 걸려 있다는 느낌이 들지."

몸을 움직이거나 손을 놓은 것도 아닌데 그녀가 마치 먼 곳에 있는 기분이 들었다.

"'언제나'라는 말, 그렇게 듣기 좋지는 않네요."

"미안해."

"괜찮아요, 그런 건. 하지만 난 아직 아기를 낳아 본 적도, 아직 누구를 사랑해 본 적도 없어요. 난 당신이 원하는 사람이 되려고 노력해 왔어요. 그런데 당신은 지금 '언제나'라고 말하는군요."

"내 혀를 잘라 버리고 싶은 심정이야." 내가 사과했다.

"어머나, 자기!" 지금까지 어디에 가 있었든 그녀가 먼 곳에서 다시 돌아왔다. "내 말에 신경 쓰지 마요." 우리는 또다시 한마음이 되었고 어색한 기분도 사라졌다. "우린 정말 한

몸과 같으니 일부러 오해를 만들어서는 안 돼요."

"오해하지 않을 거야."

"하지만 세상 사람들은 그러죠. 서로 사랑하면서도 일부러 오해를 만들어서 다투고, 그러고 나서 갑자기 다른 사람이 되어 버리죠."

"우리는 싸우지 않을 거야."

"정말로 그러지 마요. 우리 두 사람 외에, 나머지 세상 사람들은 모두 남이니까요. 우리 사이에 무슨 일이 생기면 세상은 우릴 잡아먹을 거예요."

"그런 일은 없을 거야. 당신은 무척 용감하니까. 용감한 사람에게는 아무 일도 일어나지 않아." 내가 말했다.

"그들도 물론 죽겠죠."

"하지만 한 번밖에는 죽지 않지."

"잘 생각이 안 나네요. 누가 한 말이죠?"

"비겁한 자는 천 번 죽지만 용감한 자는 단 한 번 죽을 뿐이다,* 라는 말?"

"네. 누가 한 말이죠?"

"모르겠어."

"그 사람은 아마 비겁한 사람이었을 거예요. 비겁한 사람에 대해선 잘 알지만 용감한 사람에 대해선 아무것도 모르는 사람이에요. 용감한 사람이 영리하다면 아마 이천 번은 죽을 거

---

* 윌리엄 셰익스피어의 역사극 『율리우스 카이사르』에 나오는 대사. "비겁한 자는 여러 번 죽지만 용감한 자는 단 한 번 죽을 뿐이다."

예요. 그걸 입 밖에 내지 않을 뿐이죠." 그녀가 말했다.

"난 모르겠어. 용감한 사람의 머릿속까지 들여다보기는 어려우니까."

"맞아요. 그래서 그들이 용감하게 행동하는 거죠."

"마치 이 문제의 권위자처럼 말하네."

"네, 잘 봤어요, 자기. 그런 말 들을 만한 자격이 있어요."

"당신은 용감해."

"천만에요. 하지만 그렇게 되고 싶어요." 그녀가 말했다.

"난 용감하지 않아. 내 주제를 잘 알거든. 오랫동안 전선에 나가 있다 보니 저절로 알게 되었어. 타율이 2할 3푼이라 그 이상은 칠 수 없다는 걸 잘 아는 타자와 같다고나 할까." 내가 말했다.

"타율이 2할 3푼인 타자라니 그게 무슨 뜻이에요? 굉장한 말처럼 들리네요."

"그런 건 아냐. 야구에서 평범한 이류 타자를 두고 하는 말이지."

"하지만 타자는 타자죠." 그녀는 나를 부추겼다.

"우리 둘 다 자만했던 것 같아. 하지만 당신은 용감해."

"아녜요. 그렇게 되길 원할 뿐이죠."

"우린 둘 다 용감해. 난 술이 한잔 들어가면 더욱 용감해지지." 내가 말했다.

"우린 정말 멋진 사람들이에요." 캐서린이 말했다. 그녀는 옷장으로 가더니 코냑과 유리잔을 하나 가지고 왔다. "한잔해요, 자기. 자기는 아주 좋은 사람이니까."

"정말 별로 마시고 싶은 생각이 없는데."

"딱 한 잔만 해요."

"알겠어." 나는 유리잔에 코냑을 삼분의 일 정도 따른 뒤 단숨에 마셨다.

"대단해요. 브랜디는 영웅들이 마시는 술이라죠. 하지만 너무 지나치면 안 돼요." 그녀가 말했다.

"전쟁이 끝나면 어디서 살까?"

"친한 사람의 집에서 살지 않을까요. 지난 삼 년 동안 어린아이처럼 전쟁이 크리스마스에 끝나기를 바랐어요. 하지만 이제는 우리 아들이 해군 소령이 되기를 기다리겠어요."

"육군 대장이 될지도 모르지."

"백 년 전쟁이라도 된다면 육군에도 해군에도 복무할 수 있겠죠."

"당신도 한잔하겠어?"

"싫어요. 당신은 술을 마시면 기분이 좋아지지만 난 어지럽기만 하다고요."

"그럼 브랜디도 마셔 본 적이 없는 거야?"

"네, 없어요, 자기. 난 아주 구식 아내라고요."

나는 마룻바닥에 있는 코냑 병을 집어 또 한 잔 따랐다.

"당신 전우들이나 돌아보고 와야겠어요. 돌아올 때까지 신문이라도 읽고 있어요." 캐서린이 말했다.

"꼭 가야 해?"

"지금 안 가면 조금 있다가라도 가야 해요."

"그럼 지금 갔다 와요."

"좀 있다 돌아올게요."

"그때까지 읽던 신문이나 마저 읽을게." 내가 말했다.

22

그날 밤 날씨가 쌀쌀해지더니 이튿날은 비가 내렸다. 오스 페달레 마조레에서 돌아오는 길에 비가 억수같이 쏟아져 병원에 도착했을 때는 비에 흠뻑 젖고 말았다. 위층 병실로 올라가니 병실 밖 발코니로 비가 세차게 쏟아져 내리면서 바람 때문에 유리문으로 비가 몰아쳤다. 옷을 갈아입고 브랜디를 조금 마셨지만 술맛이 나지 않았다. 밤에 몸이 불편하더니 이튿날 아침 식사를 마치고 나자 구역질이 났다.

"틀림없어. 환자의 흰자위를 좀 봐요, 간호사." 병원의 담당 의사가 간호사에게 말했다.

게이지는 내 흰자위를 들여다보았다. 그들은 나에게 거울을 보여 주었다. 두 눈의 흰자위가 누런색을 띠고 있었다. 황달이었다. 황달 때문에 이 주 동안 누워 있느라 우리는 병후 요양 휴가를 함께 보내지 못했다. 우리는 마조레 호수에 있는 팔란차*에 갈 계획이었다. 단풍이 곱게 물드는 가을 경치가 매우 아름다운 곳이었다. 걷기 좋은 산책로도 있고 호수에서 홀림낚시로 송어를 잡을 수도 있었다. 스트레사**보다도 사람들이 많지 않아서 더 좋았다. 스트레사는 밀라노에서 쉽게 갈 수 있어 언제나 아는 사람들이 있었다. 팔란차에는 아담하고 경치가 좋은 마을도 있고 어부들이 살고 있는 섬까지 배를 저어 갈 수도 있었으며, 또 제일 큰 섬에는 음식점도 하나 있었다. 그러나 우리는 그곳에 갈 수 없었다.

황달로 누워 있던 어느 날, 밴캠폰이 병실로 들어와서 옷장 문을 열어 보고 거기 있는 빈 술병들을 찾아냈다. 내가 문지기를 시켜 빈 병을 한 아름 아래층으로 옮기게 했는데, 그것을 보고 아직도 더 있으리라고 생각해 올라온 게 틀림없었다. 대부분은 베르무트 병이었고 마르살라 병, 카프리 병, 키안티 빈 병, 그리고 코냑 병이 몇 개 있었다. 문지기는 우선 베르무트가 들어 있던 큰 병들과 짚으로 싼 키안티 병을 가지고 나가면서 브랜디 병들은 맨 나중에 갖고 갈 생각으로 남겨 두었다. 밴캠폰이 찾아낸 것은 이 브랜디 병들과 퀴멜주***가 든 곰처럼 생긴 병 하나였다. 특히 곰처럼 생긴 술병을 보고 그녀는 화가 머리끝까지 났다. 그녀가 높이 들자 술병은 곰이 앞발을 쳐든 채 웅크리고 앉은 모양이 되었다. 유리로 된 머리에는 코르크 마개가 있었고 밑바닥에는 끈적끈적한 결정체가 조금 남아

---

* 이탈리아 피에몬테 지역의 마조레 호숫가에 있는 소도시.
** 마조레 호숫가에 있는 소도시.
*** 캐러웨이, 커민, 고수풀 씨, 시나몬 등을 넣어 증류한 독주.

있었다. 나는 웃음이 나왔다.

"퀴멜주입니다. 최고급품은 그렇게 곰 모양 병에 들어 있지요. 러시아산이고요." 내가 말했다.

"저게 전부 브랜디 병이죠?" 밴캠픈이 물었다.

"다는 보이지 않는데요. 하지만 아마 그럴 겁니다." 내가 대답했다.

"언제부터 이런 짓을 해 왔죠?"

"제가 직접 사서 갖고 온 겁니다. 이탈리아 장교들이 자주 병문안을 오기 때문에 그들을 대접하려고 사 둔 거죠." 내가 말했다.

"중위님도 직접 마시지 않았나요?" 그녀가 물었다.

"물론 저도 마셨습니다."

"브랜디를 말이죠. 브랜디 병 열한 개에 저 곰처럼 생긴 병에 든 술하고." 그녀가 말했다.

"퀴멜주입니다."

"사람을 시켜서 이걸 치우도록 하겠어요. 빈 병은 여기 있는 게 전부인가요?"

"네, 지금으로선요."

"그런 것도 모르고 난 중위님이 황달에 걸린 걸 가엾게 생각했네요. 중위님에게는 동정도 낭비인 것 같아요."

"고맙군요."

"전선으로 돌아가고 싶어 하지 않는 심정은 비난할 수 없겠지만 알코올중독으로 황달에 걸리는 것보다는 좀 더 영리한 방법을 찾을 수 있었을 텐데요."

"뭣 때문에 황달에 걸렸다고요?"

"알코올중독 말이에요. 방금 내 말을 알아들으셨죠." 나는 아무 말도 하지 않고 잠자코 있었다. "황달이 나으면 전선으로 돌아가야겠네요. 또 다른 방도를 강구하지 않는 한 말이죠. 고의로 황달에 걸린 사람은 병후 요양 휴가를 받을 자격이 없다고 생각해요."

"그래요?"

"당연하죠."

"밴캠픈 간호사님은 황달에 걸려 본 적이 있습니까?"

"없어요. 하지만 황달 환자는 지겹도록 많이 봤지요."

"그럼 황달 환자들이 이 병을 어떻게 생각하는지도 잘 알겠군요."

"전선에 나가는 것보단 낫다고 생각하겠죠."

"밴캠픈 간호사님, 자기 불알을 발로 걷어차서 불구가 되려고 하는 사내를 본 적이 있습니까?" 내가 물었다.

밴캠픈은 그 질문을 무시했다. 못 들은 척하거나 이 병실에서 나가는 수밖에 없었다. 그러나 그녀는 병실에서 나갈 생각이 전혀 없어 보였다. 오랫동안 나를 싫어해 왔고, 지금이야말로 내 허점을 이용할 수 있는 기회였기 때문이다.

"고의로 상처를 내서 전선에 가지 않으려 하는 사람들은 무수히 봤어요."

"그건 제 질문에 대한 대답이 아닌데요. 고의로 부상을 입는 사람들은 나도 봤어요. 제가 간호사님에게 물은 건, 자기 불알을 걷어차서 병신이 되려는 남자를 본 적이 있느냐는 거였어요. 그 고통이야말로 황달과 가장 가까운 고통이고, 또 여자들이 한 번도 경험해 본 적 없는 고통일 테니까요. 그래서 간호사님에게 황달에 걸려 본 적이 있었느냐고 물은 겁니다, 밴캠픈 간호사님. 그 까닭은……." 그러자 밴캠픈은 병실에서 나가 버렸다. 조금 뒤 게이지가 들어왔다.

"미스 밴캠픈에게 도대체 뭐라고 하신 거예요? 노발대발하던데요."

"감각을 비교해 보고 있었죠. 어린애 낳은 경험이 한 번도 없었다는 얘길 슬쩍 꺼내려던 참인데……."

"바보네요. 중위님을 골탕 먹이려고 벼르고 있었는데." 게이지가 말했다.

"벌써 당하고 있는걸요. 휴가를 취소시켰고, 어쩌면 군법회의에 회부하려고 할지도 몰라요. 그러고도 남을 여자니까요." 내가 말했다.

"처음부터 중위님을 좋아하지 않았잖아요. 도대체 무슨 일로 그러셨어요?" 게이지가 말했다.

"내가 전선에 가기 싫어서 고의로 술을 마시고 황달에 걸렸다지 뭡니까."

"어머나! 중위님은 한 잔도 마시지 않았다고 증언해 드리죠. 모두 그렇게 증언해 줄 거예요." 게이지가 말했다.

"미스 밴캠픈이 술병을 발견하고 말았어요."

"빈 병을 치우라고 수백 번은 일렀건만. 술병은 시금 어디 있나요?"

"옷장에 있어요."

"가방 있나요?"

"없는데요. 저 배낭에 넣어 주세요."

게이지는 빈 술병을 배낭에 넣었다. "제가 문지기에게 맡길
게요." 그녀가 말했다. 그러고 나서 문 쪽을 향해 막 나가려고
했다.

"잠깐만요. 그 병들은 내가 갖고 가야겠어요." 밴캠픈이 말
했다.

그녀는 문지기를 데리고 와 있었다. "이것 좀 옮기세요. 보
고서를 작성할 때 군의관에게 보여 드리고 싶으니까요."

그녀는 복도를 따라 내려갔다. 문지기는 배낭을 갖고 갔다.
그 속에 무엇이 들어 있는지는 그도 잘 알고 있었다.

휴가를 빼앗긴 것 말고는 아무런 일도 일어나지 않았다.

23

전선으로 돌아가던 날 밤, 나는 문지기를 시켜 토리노에서 도착하는 기차의 좌석 하나를 잡아 두게 했다. 기차는 자정에 출발할 예정이었다. 그 기차는 토리노에서 정비를 마치고 밤 10시 30분에 밀라노에 도착해 출발 시간이 될 때까지 역에 머물기로 되어 있었다. 좌석을 잡으려면 기차가 들어올 때 미리 역에 나가 있어야 했다. 문지기는 친구 한 명을 데리고 갔다. 양복점에서 일하다가 지금은 기관총 사수로 근무하는 친구였는데 휴가를 나온 참이었다. 친구와 같이 가면 좌석 하나쯤은 잡을 수 있다고 확신했던 것이다. 나는 그들에게 플랫폼 입장권 살 돈을 주고 짐을 가져가게 했다. 큼직한 배낭 하나에 조그마한 짐보따리 두 개였다.

나는 5시쯤 병원 사람들에게 작별 인사를 하고 밖으로 나왔다. 문지기는 벌써 내 짐을 자기 숙소에 옮겨 두었고 나는 그에게 자정 조금 전에 역으로 나가겠다고 말했다. 그의 아내는 나를 '나리'라고 부르면서 눈물을 흘렸다. 수건으로 눈물을 닦고 나와 악수를 하고 나서도 다시 울었다. 내가 그녀의 어깨를 가볍게 두드려 주자 그녀는 또다시 울었다. 그동안 내 옷가지를 수선해 준 그녀는 키가 몹시 작고 몸집이 뚱뚱하며 머리카락이 희고 얼굴 표정이 행복한 여자였다. 울 때는 얼굴 전체가 산산조각이 나듯 일그러졌다. 나는 거리 모퉁이에 있는 포도주 가게로 들어가 창밖을 내다보며 기다렸다. 밖은 어둡고 춥고 안개가 자욱했다. 커피와 그라파값을 지불하고는 유리창에서 새어 나오는 불빛으로 지나가는 사람들을 지켜보았다. 나는 캐서린을 보고 창을 똑똑 두드렸다. 그녀는 나를 보고 생긋 미소를 지었고 나는 밖으로 나가 그녀 옆으로 다가갔다. 캐서린은 짙은 푸른색 외투에 부드러운 펠트 모자를 쓰고 있었다. 우리는 어깨를 나란히 하고 인도를 따라 포도주 가게들을 지났고 시장 광장을 가로지른 뒤 거리를 걸어 올라가 아치 길을 지나 성당 앞 광장으로 걸어갔다. 그곳에는 전차 선로가 있었고 그 건너편에 성당이 있었다. 성당은 안개 속에서 희뿌옇게 젖어 있었다. 우리는 전차 신로를 건넜다. 왼쪽에는 상점들이 즐비하게 늘어서 있었고 창마다 불이 환하게 켜져 있었으며 갤러리아로 들어가는 입구가 있었다. 광장에는 안개가 자욱이 끼어 있었다. 앞쪽으로 가까이 다가가자 성당이 매우 크게 보였고 돌은 비에 젖어 있었다.

"안으로 들어가 볼까?"

"싫어요." 캐서린이 말했다. 우리는 계속 앞으로 걸어갔다.

우리 앞쪽 돌 버팀벽 그늘에 병사 하나가 애인과 함께 서 있었고 우리는 그들 곁을 지나갔다. 그들은 돌 벽기둥에 바짝 기대어 서 있었는데 남자가 자기 망토로 여자를 꼭 싸안고 있었다.

"저 사람들도 우리와 같군." 내가 말했다.

"우리 같은 사람은 이 세상에 아무도 없어요." 캐서린이 말했다. 행복하다는 뜻으로 한 말은 아니었다.

"저 두 사람, 어디 갈 곳이라도 있으면 좋을 텐데."

"갈 곳이 있다 해도 소용없을지 모르죠."

"그건 모르지. 하지만 누구나 갈 곳은 있어야 하잖아."

"저 사람들에겐 성당이 있잖아요?" 캐서린이 말했다. 우리는 이제 성당 앞을 지나와 있었다. 광장 맞은편 끝을 가로지른 뒤 성당을 돌아다보았다. 안개에 싸인 성당은 아름다웠다. 우리는 가죽 제품을 파는 상점 앞에 섰다. 진열장에는 승마용 구두며 배낭이며 스키용 구두 등이 놓여 있었다. 상품 하나하나가 간격을 두고 진열되어 있었다. 배낭은 한가운데에, 승마용 구두와 스키용 구두는 양쪽에 따로따로. 가죽은 길이 든 말안장처럼 검었고 기름을 먹여 매끄러워 보였다. 전등 불빛이 윤이 안 나는 기름 먹인 가죽을 밝게 비췄다.

"우리 언제 스키나 타러 가지."

"두 달만 지나면 뮈렌*에서 스키를 탈 수 있을 거예요." 캐서린이 말했다.

"그럼 그곳에 가기로 하자."

---

*스위스 알프스 산에 있는 스키 관광지.

"좋아요." 그녀가 대답했다. 우리는 다른 가게의 진열장 몇 개를 지난 뒤 골목길을 따라 내려갔다.

"이 길을 걷는 건 처음이에요."

"병원에 갈 때마다 지나던 길이야." 내가 말했다. 길은 비좁았지만 우리는 오른쪽으로 붙어 서서 계속 걸음을 옮겼다. 많은 사람들이 안개 속을 지나고 있었다. 상점들이 늘어서 있었고 진열장마다 환하게 불이 밝혀져 있었다. 한 진열장 안에 치즈가 수북이 쌓여 있는 것이 보였다. 나는 총포상 앞에서 걸음을 멈췄다.

"잠깐 들어가지. 총을 한 자루 사야 하거든."

"어떤 종류의 총을요?"

"권총." 우리는 가게 안으로 들어갔고, 나는 빈 권총집이 달린 허리띠를 풀어 그대로 카운터 위에 올려놓았다. 카운터 뒤에는 여점원 두 사람이 있었다. 여점원들은 권총을 몇 자루 꺼내 놓았다.

"이 권총집에 맞아야 합니다." 내가 권총집을 열면서 말했다. 회색 가죽 권총집으로 시내에 나갈 때 휴대하려고 구입한 중고품이었다.

"좋은 권총이 있을까요?" 캐서린이 물었다.

"모두 비슷비슷하네. 이거 한번 시험해 볼 수 있을까요?" 내가 점원에게 물었다.

"쏴 볼 장소가 없는데요. 하지만 상당히 좋은 물건이에요. 절대로 빗나가지 않을 거예요." 여점원이 대답했다.

나는 찰카닥하고 방아쇠를 뒤로 잡아당겼다. 용수철이 조금 센 편이었지만 부드럽게 움직였다. 조준을 하면서 다시 한 번 더 당겨 보았다.

"중고품이에요. 사격 솜씨가 뛰어난 장교님이 갖고 계시던 거죠." 여점원이 말했다.

"여기서 판 물건인가요?"

"네."

"어떻게 다시 이곳으로 돌아왔나요?"

"그분 당번병한테서 샀어요."

"내 것도 이곳에 있을지 모르겠군. 얼마입니까?"

"50리라입니다. 아주 값이 싸죠."

"이걸로 주세요. 예비 클립 두 개하고 실탄 한 상자도요."

그녀는 카운터 아래에서 물건들을 꺼냈다.

"대검은 필요 없으신가요? 중고품으로 아주 싼 게 몇 자루 있는데요." 그녀가 말했다.

"난 지금 전선으로 가는 길이에요." 내가 말했다.

"아, 그러세요. 그럼 대검은 필요 없으시겠네요." 그녀가 말했다.

나는 실탄과 권총 값을 지불하고 탄창에 탄알을 채워 그것을 제자리에 넣은 뒤 권총을 집에 꽂았다. 그리고 예비 클립에 탄알을 재서 그것을 권총집 위에 있는 가죽 구멍에 끼운 다음 허리띠를 버클로 채웠다. 권총을 차니 허리띠가 묵직하게 느껴졌다. 그래도 정규 권총을 구입하는 게 더 낫지 않을까 하는 생각이 들었다. 그러면 언제든 탄알을 구할 수 있기 때문이었다.

"자, 이걸로 이제 완전무장을 한 셈이군. 잊지 말고 꼭 해야 할 일이었지. 전에 갖고 있던 권총은 병원에 오는 도중에 누가 가져가 버렸거든." 내가 말했다.

"성능이 좋은 권총이면 좋겠어요." 캐서린이 말했다.

"더 필요한 물건은 없으세요?" 여점원이 물었다.

"별로 없는 것 같습니다."

"그 권총에는 끈이 달려 있어요." 여점원이 말했다.

"나도 봤습니다." 여점원은 다른 물건을 더 팔고 싶어 했다.

"호루라기는 필요 없으세요?"

"필요 없어요."

여점원은 작별 인사를 했고 우리는 보도로 나왔다. 캐서린은 진열장 안을 바라보았다. 여점원이 밖을 내다보며 우리에게 머리 숙여 인사를 했다.

"나무에 박아 놓은 저 작은 거울들은 무엇에 쓰는 거죠?"

"새들을 유인하는 데 쓰는 거야. 그걸 들판에 갖고 나가 빙빙 돌리면 종달새들이 보고 날아오지. 그러면 이탈리아인들이 총을 쏘아 잡는 거야."

"꽤 머리가 잘 돌아가는 사람들이군요. 미국에선 종달새를 잡지 않나요, 자기?" 캐서린이 물었다.

"별로 안 잡지."

우리는 거리를 건너서 반대편 길을 따라 걸어 올라가기 시작했다.

"이제 좀 기분이 나아지네요. 출발할 때는 기분이 아주 엉망이었거든요." 캐서린이 말했다.

"함께 있으면 언제나 기분이 좋잖아."

"우린 언제나 같이 있을 거예요."

"물론이지. 오늘 밤 자정에 내가 떠나는 것만 빼고는."

"그 생각은 하지 말기로 해요, 자기."

우리는 거리 위쪽으로 계속 걸었다. 안개 때문에 불빛이 노랗게 보였다.

"피곤하지 않아요?" 캐서린이 물었다.

"당신은 어때?"

"괜찮아요. 걷는 게 재미있어요."

"하지만 너무 오래 걷진 말자고."

"그래요."

우리는 불빛이 하나도 없는 골목길 아래쪽으로 돌아 내려가 거리를 걸었다. 나는 걸음을 멈추고 캐서린에게 키스를 했다. 그녀에게 키스를 하는 동안 그녀의 손이 어깨에 와 닿는 것이 느껴졌다. 그녀가 내 망토를 자기 몸 둘레에 끌어당기는 바람에 우리는 망토에 덮이고 말았다. 우리는 길가의 높은 담에 기대어 서 있었다.

"어디든 가자." 내가 말했다.

"좋아요." 캐서린이 대답했다. 우리는 그대로 거리를 걸어 운하 옆에 있는 좀 더 넓은 길로 빠져나왔다. 운하 반대쪽에는 벽돌담과 건물들이 서 있었다. 우리 앞쪽 길 아래에 전차 한 대가 다리를 건너고 있었다.

"저 다리께기 기면 미치를 갑을 수 있을 기야." 네기 밀뤘다. 우리는 안개 속에서 다리 위에 서서 마차를 기다렸다. 집으로 향하는 사람들을 가득 싣고 전차가 몇 대 지나갔다. 그러고 나서 마차 한 대가 왔지만 사람이 타고 있었다. 안개는 이제 비로 바뀌고 있었다.

"걷든지, 아니면 전차를 타든지 해야겠는걸요." 캐서린이 말했다.

"이제 곧 올 거야. 이곳이 마차가 지나가는 길목이니까." 내가 대답했다.

"저기 하나 오네요." 캐서린이 말했다.

마부는 말을 세우고 미터기에 달린 금속판 표지를 내렸다. 좌석 위에는 포장이 처져 있었고 마부의 외투에는 빗방울이 묻어 있었다. 광택제를 칠한 모자는 비에 젖어 반짝거렸다. 우리는 자리에 깊숙이 기대어 앉았다. 포장 때문에 마차 안은 어두웠다.

"어디로 가라고 했어요?"

"역으로 가 달라고 했어. 역 건너편에 갈 만한 호텔이 하나 있거든."

"이대로 그냥 가도 괜찮아요? 짐도 없이?"

"괜찮아." 내가 대답했다.

비가 내리는 골목길을 달려 역까지 가는 데는 꽤 시간이 걸렸다.

"저녁을 먹어야 하지 않나요? 배가 고파질 거예요." 캐서린이 말했다.

"호텔 방에서 먹자."

"입을 게 아무것도 없어요. 잠옷도."

"하나 사면 되지." 나는 이렇게 말하고 나서 마부에게 큰 소리로 말했다.

"만초니 거리로 나가서 그 위쪽으로 갑시다." 마부는 고개를 끄덕이고는 다음 모퉁이에서 왼쪽으로 말 머리를 돌렸다. 큰 거리로 나가자 캐서린이 상점을 찾았다.

"저기 하나 있네요." 캐서린이 말했다. 내가 마부에게 마차를 세우게 하자 캐서린은 마차에서 내려 보도를 건넌 뒤 상점 안으로 들어갔다. 나는 등을 기대고 앉아 마차 안에서 그녀를 기다렸다. 비는 계속 내리고 있었다. 비에 젖은 거리 냄새며, 빗속에서 김이 무럭무럭 나는 말의 냄새가 났다. 그녀가 꾸러미 하나를 들고 마차에 오르자 우리는 다시 달리기 시작했다.

"굉장히 비싼 거예요, 자기. 하지만 아주 예쁜 잠옷이에요." 그녀가 말했다.

나는 호텔에 도착해서 안에 들어가 지배인과 이야기하는 동안 캐서린에게 마차에서 기다리라고 말했다. 빈방은 많았다. 그러고 나서 나는 마차로 돌아와 마부에게 돈을 지불한 뒤 캐서린과 함께 호텔로 들어갔다. 단추 달린 제복을 입은 조그마한 보이가 꾸러미를 받아 들었다. 지배인이 고개를 숙이며 우리를 엘리베이터 쪽으로 안내했다. 붉은 플러시 천과 놋쇠로 화려하게 장식한 엘리베이터였다. 지배인도 우리와 함께 엘리베이터를 타고 올라갔다.

"두 분께서는 방에서 식사를 하시겠습니까?"

"네, 그래요. 메뉴를 올려 보내 주겠습니까?" 내가 말했다.

"식사 때 특별히 주문하실 음식이라도 있으신지요? 수렵으로 잡은 새 요리라든가 수플레*라든가."

엘리베이터가 덜커덕 소리를 내면서 세 층을 지나더니 또 한 번 덜커덕하고는 멈춰 섰다.

"새 요리로는 뭐가 있죠?"

"꿩이나 누른도요 요리가 있습니다."

"그럼 누른도요로 하죠." 내가 말했다. 우리는 복도 아래쪽으로 걸어갔다. 카펫은 해져 있었다. 방문이 여러 개 늘어서 있었다. 지배인이 그중 하나 앞에서 걸음을 멈추더니 열쇠를 돌려 문을 열었다.

"여깁니다. 아늑한 방이죠."

제복을 입은 작은 보이가 방 한가운데 있는 테이블 위에 꾸러미를 올려놓았다. 지배인이 커튼을 열어젖혔다.

"바깥은 안개가 자욱한데요." 그가 말했다. 방 안은 온통 붉은 플러시 천으로 장식되어 있었다. 거울이 여러 개 걸려 있었고 의자가 두 개, 새 공단 커버를 두른 큼직한 침대가 하나 놓여 있었다. 그리고 욕실로 통하는 문도 하나 있었다.

"그럼 메뉴를 올려 보내겠습니다." 지배인이 말했다. 그는 허리를 굽혀 인사를 하고는 방에서 나갔다.

나는 창가로 다가가 창밖을 내다본 뒤 줄을 당겨 두꺼운 플러시 커튼을 내렸다. 캐서린은 침대에 걸터앉아서 컷글라스로 만든 샹들리에를 쳐다보았다. 모자를 벗고 있었기 때문에 그녀의 머리카락이 불빛에 반짝거렸다. 그녀는 거울 하나에 얼굴을 비춰 보더니 손으로 머리를 매만졌다. 나는 다른 거울

---

* 거품 낸 달걀 흰자에 치즈나 감자 등을 섞어 익힌 요리.

세 개에 비친 그녀의 모습을 바라보았다. 그다지 행복한 표정은 아니었다. 그녀는 망토를 침대 위에 떨어뜨렸다.

"왜 그래, 당신?"

"이제까지 단 한 번도 창녀가 된 것 같은 느낌을 가져 본 적이 없어요." 그녀가 말했다. 나는 창가로 가서 커튼을 한쪽으로 밀고 창밖을 내다보았다. 그런 생각을 하리라고는 꿈에도 생각지 못했다.

"당신은 창녀가 아니잖아."

"그건 나도 알아요, 자기. 하지만 그런 기분이 드니 유쾌하지는 않네요." 그녀의 목소리는 메마르고 맥이 풀려 있었다.

"이곳은 우리가 올 수 있는 제일 좋은 호텔이야." 내가 말했다. 나는 창밖을 내다보았다. 광장을 가로질러 정거장의 불빛이 비쳤다. 거리에는 마차들이 지나가고 있었고 공원의 나무들도 보였다. 호텔에서 새어 나오는 불빛 때문에 비에 젖은 보도가 번쩍거렸다. 아, 빌어먹을, 지금 말다툼을 해야 한단 말인가?

"이리 좀 와 봐요." 캐서린이 말했다. 그녀의 목소리에서는 맥 풀린 기미가 완전히 사라져 있었다. "이리 와요. 이제 난 다시 당신의 착한 여자가 됐어요." 나는 침대 쪽을 바라보았다. 그녀는 미소를 짓고 있었다.

"당신은 나만의 착한 여자야."

"맞아요. 당신의 여자죠." 그녀가 말했다.

식사를 마치자 기분이 훨씬 좋아졌고, 잠시 뒤에는 아주 행복한 느낌이 들었다. 조금 시간이 지나자 이제 이 방이 집처럼 느껴졌다. 이제까지는 병원의 내 병실이 우리 집이었는데 지금은 이 호텔 방이 우리의 집인 것이다.

식사를 하는 동안 캐서린은 내 군복 윗도리를 어깨에 걸치고 있었다. 우리는 몹시 배가 고팠고 음식도 맛이 좋았다. 카프리 한 병에다 생테스테프주* 한 병을 마셨다. 나 혼자 거의 다 마셨지만 캐서린도 조금 마셨고, 그래서 그런지 그녀의 기분도 한결 좋아 보였다. 저녁 식사로는 누른도요 요리에 수플레 감자, 퓌레드마롱,** 샐러드, 그리고 디저트로 자바이오네***를 먹었다.

"멋진 방이에요. 아늑하고요. 밀라노에 있는 동안 이곳에 머무를 걸 그랬어요." 캐서린이 말했다.

"재미있는 방이지. 하지만 훌륭해."

"나쁜 짓도 재미있네요. 그런 짓을 하는 사람들도 그 방면에 대해선 나름 고상한 취향을 갖고 있나 봐요. 저 붉은 플러시 천은 정말 멋져요. 아주 딱이에요. 그리고 저 거울들도 아주 마음에 들어요."

"당신은 멋진 여자야."

"이런 방에서 아침에 잠이 깨면 기분이 어떨지 모르겠어요. 하지만 정말 근사한 방이에요." 나는 생테스테프주를 한 잔 더 따랐다.

"우리도 정말로 죄스러운 짓을 해 봤으면 싶어요. 우리가

---

*프랑스 보르도 메도크의 생테스테프 지방에서 생산되는 포도주.
**밤을 으깨 만든 요리.
***달걀 노른자 위에 술을 가미한 요리.

하는 짓은 모두 너무 순진하고 소박한 것 같아요. 나쁜 짓 같은 건 전혀 못할 것 같아요." 캐서린이 말했다.

"당신은 훌륭한 여자야."

"그저 배가 고플 뿐이에요. 몹시 배가 고플 뿐이라고요."

"당신은 착하고 단순한 여자야." 내가 말했다.

"단순한 여자죠. 지금껏 당신 말고는 아무도 그걸 이해해 준 사람이 없었어요."

"당신을 처음 만났을 때 난 어떻게 하면 당신을 카부르 호텔로 데려갈 수 있을까, 또 데리고 간 뒤에 어떤 걸 할까 생각하느라고 오후를 보낸 적이 있었지."

"정말 뻔뻔스러운 사람이었군요. 여긴 카부르 호텔 같은 곳은 아니죠?"

"물론 아니지. 그 호텔은 우리 같은 사람은 받아 주지도 않을 거야."

"언젠가는 받아 주겠죠. 하지만 바로 그런 점에서 우리는 서로 달라요, 자기. 나는 그때 그런 생각은 전혀 하지도 않았거든요."

"전혀 하지 않았단 말이야?"

"조금은 했겠죠." 그녀가 대답했다.

"아, 귀여운 사람."

나는 포도주를 한 잔 더 따랐다.

"난 아주 단순한 여자예요." 캐서린이 말했다.

"난 처음에 당신을 순진한 사람이라고 생각하지 않았어. 머리가 어떻게 된 여자라고 생각했지."

"조금은 그랬죠. 하지만 그렇게 심한 건 아니었어요. 혼란스럽지는 않았죠, 자기?"

"포도주란 참으로 훌륭해. 안 좋은 일을 모두 잊게 해 주거든." 내가 말했다.

"좋은 거죠. 하지만 술 때문에 우리 아버지는 아주 심한 통풍에 걸리셨어요." 캐서린이 말했다.

"아버지가 살아 계셔?"

"그럼요. 통풍에 걸리셨다니까요. 당신은 우리 아버지를 만날 필요 없어요. 당신도 아버지가 계시지 않나요?" 캐서린이 물었다.

"아니, 안 계셔. 의붓아버지가 계시지." 내가 대답했다.

"내가 좋아할까요?"

"당신도 만날 필요가 없을 거야."

"우린 지금 정말 즐거운 시간을 보내고 있어요. 다른 일은 흥미 없어요. 당신과 결혼해서 정말 행복해요." 캐서린이 말했다.

그때 웨이터가 들어와서 그릇들을 가지고 나갔다. 잠시 뒤 우리 두 사람은 말없이 빗소리에만 귀를 기울였다. 아래쪽 길거리에서 자동차 한 대가 경적을 울렸다.

　"하지만 등 뒤에서 나는 언제나 듣노니
　　날개 돋친 세월의 수레가 황급히 다가오는 것을"

나는 시 한 구절을 읊었다.

"저도 그 시 알아요. 마벌*의 시죠. 하지만 그건 한 남자와 같이 살려고 하지 않는 아가씨를 노래한 시예요." 캐서린이 말했다.

머리가 아주 또렷하게 맑아 왔기 때문에 나는 현실적인 문제를 말하고 싶었다.

"아기는 어디서 낳을 거야?"

"모르겠어요. 가능한 한 제일 좋은 곳에서 낳으려고요."

"준비는 어떻게 하려고?"

"최선을 다해 봐야죠. 걱정하지 마요, 자기. 전쟁이 끝나기 전까지 우린 아이를 여럿 갖게 될지도 몰라요."

"이제 슬슬 갈 시간이 됐군."

"알아요. 원하면 빨리 가도 좋아요."

"아냐."

"그럼 걱정하지 마요, 자기. 지금까지 기분이 좋았는데 이제 걱정을 하는군요."

"걱정하지 않을게. 편지는 얼마나 자주 할 거야?"

"날마다 쓸 거예요. 편지를 검열하나요?"

"그들은 내용을 손상할 만큼 영어를 잘하지 못해."

"아주 헷갈리게 쓸게요." 캐서린이 말했다.

"하지만 너무 헷갈리게는 쓰지 마."

"그럼 조금만 헷갈리게 쓸게요."

---

* 앤드루 마벌(1621~1678). 영국의 형이상학파 시인. 위 인용문은 그가 쓴 「수줍은 연인에게」라는 시의 한 구절이다.

"이젠 그만 나가 봐야 할 것 같아."

"네, 그래요, 자기."

"이렇게 즐거운 집을 떠나고 싶지가 않아."

"나도 그래요."

"그래도 이제 나가야지."

"좋아요. 한데 우린 한 번도 우리 집에서 오랫동안 머물러 본 적이 없네요."

"그럴 날이 있겠지."

"당신이 돌아올 때까지 근사한 집을 준비해 놓을게요."

"어쩌면 바로 돌아올지도 몰라."

"발에 살짝 부상을 입고요."

"그렇지 않으면 귓불에라도 말이지."

"그건 싫어요. 당신 귀는 지금 그대로 두고 싶어요."

"발은 괜찮고?"

"발은 이미 부상을 입었잖아요."

"이젠 나가 봐야겠어, 자기. 정말로."

"좋아요. 당신이 먼저 앞장서요."

24

우리는 엘리베이터를 타지 않고 계단으로 내려왔다. 계단에 깔린 카펫은 닳고 낡아 있었다. 밥값은 저녁을 가져왔을 때이미 지불했는데 식사를 나른 웨이터가 문 가까운 의자에 앉아 있었다. 그는 벌떡 일어나서 고개 숙여 인사를 했고 나는 그를 따라 옆방으로 들어가서 방값을 지불했다. 지배인은 나를 친구로 기억한다면서 방값을 미리 받지 않았지만, 호텔을 나설 때는 내가 방값을 내지 않고 나가지 않도록 문 앞에 웨이터를 앉혀 두었던 것이다. 아마 전에 방값을 떼인 일이 있었던 모양이다. 잘 아는 사람들에게라도 말이다. 전쟁 중에는 이래저래 아는 친구가 많이 생기는 법이니까.

웨이터에게 미치를 하니 짐이 달리고 부탁하니 그는 내가 들고 있던 캐서린의 짐을 받아 들고 우산을 쓰고 호텔 밖으로 나갔다. 유리창을 통해 그가 빗속에서 길을 건너는 모습이 보였다. 우리는 현관 옆방에 서서 창밖을 내다보았다.

"기분이 어때, 캣?"

"졸려요."

"나는 어째 속이 허전하고 배가 고픈 것 같아."

"뭐 먹을 거라도 있나요?"

"응, 잡낭 속에 있어."

마차가 오는 것이 보였다. 마차가 멈춰 섰고, 말은 빗속에 머리를 숙이고 있었다. 웨이터가 마차에서 내리더니 우산을 펴고 호텔 쪽으로 걸어왔다. 우리는 현관문 앞에서 그를 맞아 우산을 쓰고 보도 옆에 서 있는 마차를 향해 비에 젖은 길 아래쪽으로 걸어갔다. 하수구에는 빗물이 흐르고 있었다.

"짐은 좌석에 두었습니다." 웨이터가 말했다. 그는 우리가 마차에 탈 때까지 우산을 받쳐 주며 서 있었다. 나는 그에게 팁을 주었다.

"고맙습니다. 즐거운 여행 되십시오." 그가 말했다. 마부가 고삐를 들자 말이 움직이기 시작했다. 웨이터는 우산을 쓴 채 발길을 돌려 호텔 쪽으로 갔다. 마차는 거리를 달려 내려와서 왼쪽으로 돈 뒤 다시 오른쪽으로 돌아 역 앞에 다다랐다. 불빛 아래 헌병 두 명이 간신히 비를 피한 채 서 있었다. 불빛에 그들의 모자가 반짝거렸다. 역에서 새어 나오는 불빛 때문에 비가 맑고 투명하게 보였다. 문지기가 어깨에 비를 맞으며 대합실에서 나왔다.

"됐어요. 어쨌든 고맙습니다. 나올 필요는 없었는데." 내가 말했다.

그는 다시 아치 통로의 지붕 밑으로 돌아갔다. 나는 캐서린 쪽으로 얼굴을 돌렸다. 그녀의 얼굴은 마차의 포장 그늘에 가려져 있었다.

"이젠 작별 인사를 하는 게 좋겠어요."

"나도 계속 타고 가면 안 될까?"

"안 되죠."

"자, 그럼 잘 있어, 캣."

"마부에게 병원을 일러 주겠어요?"

"그럴게."

마부에게 행선지를 말해 주자 그는 고개를 끄덕였다.

"잘 있어. 몸조심하고. 당신하고 배 속의 캐서린을 잘 보살펴." 내가 말했다.

"잘 가요, 자기."

"안녕." 내가 말했다. 내가 빗속으로 걸음을 내딛자 마차가 움직이기 시작했다. 캐서린이 마차 밖으로 몸을 내밀자 불빛에 그녀의 얼굴이 보였다. 그녀는 미소를 지으면서 손을 흔들었다. 마차는 거리를 따라 올라갔고 캐서린은 손가락으로 아치 통로 쪽을 가리켰다. 가리키는 쪽을 쳐다보니 헌병 두 명과 아치 통로뿐이었다. 비를 피해 안으로 들어가라는 뜻인 것 같았다. 나는 안으로 들어가 우두커니 선 채 마차가 거리 모퉁이를 돌아가는 모습을 지켜보았다. 그러고 나서야 역을 통과해 기차가 있는 통로 아래쪽으로 갔다.

문지기가 플랫폼에서 나를 찾고 있었다. 나는 그를 따라 열차 안으로 들어갔다. 붐비는 승객들을 헤치고 통로를 지난 뒤

문을 통과해서 안으로 들어가 사람이 가득 찬 열차 한구석으로 갔다. 기관총 사수가 자리에 앉아 있었다. 내 배낭과 잡낭은 그의 머리 위 수하물 선반에 놓여 있었다. 통로에는 많은 사람이 서 있었는데 우리가 들어가자 찻간에 있는 승객이 모두 우리를 쳐다보았다. 열차 안은 좌석이 충분하지 못해 승객들은 하나같이 곱지 않은 눈길을 보내 왔다. 기관총 사수가 일어나 내게 자리를 내주었다. 그때 누군가가 내 어깨를 톡톡 두드렸다. 뒤를 돌아보았다. 키가 상당히 크고 깡마른 포병 대위로 턱을 따라 붉은 상처 자국이 있었다. 그는 통로 유리를 통해 안쪽을 들여다보다가 객실 안으로 들어온 것이었다.

"왜 그러십니까?" 내가 물었다. 나는 몸을 돌려 그를 마주 보았다. 나보다 키가 컸으며 모자 차양 밑으로 그늘진 그의 얼굴은 무척 수척해 보였고 상처는 그리 오래되지 않은 듯 번쩍거렸다. 객실 안의 사람들이 모두 나를 쳐다보고 있었다.

"이러면 안 되지. 사병에게 좌석을 잡아 놓게 해서는 안 된다고." 그가 말했다.

"벌써 끝난 일입니다."

그가 꿀꺽 침을 삼키자 그의 울대뼈가 올라갔다 내려왔다. 기관총 사수는 좌석 앞에 서 있었다. 다른 승객들도 유리창 너머로 이쪽을 들여다보고 있었다. 객실 안의 승객들은 아무도 입을 열지 않았다.

"자네는 이런 짓을 할 권리가 없어. 나는 귀관보다 두 시간이나 먼저 와 있었단 말이야."

"그래서 어쩌란 말입니까?"

"이 좌석을 내놓으란 말이지."

"나도 이 좌석이 필요합니다."

나는 그의 얼굴을 빤히 바라보았다. 객실 안의 모든 사람이 나에게 반감을 갖고 있는 것이 느껴졌다. 나는 그들을 원망하지 않았다. 대위의 주장도 옳았다. 그러나 나는 좌석이 필요했다. 여전히 아무도 말을 하지 않았다.

아, 제기랄.

"앉으시죠, 대위님." 내가 말했다. 기관총 사수가 자리를 비키자 키 큰 대위가 자리에 앉았다. 그는 나를 쳐다보았다. 감정이 상한 듯한 표정이었다. 그래도 어쨌든 좌석은 차지한 셈이다. "내 짐을 내려 주게." 내가 기관총 사수에게 말했다. 우리는 통로 밖으로 나왔다. 기차는 만원이어서 좌석을 잡을 가망이 전혀 없었다. 나는 문지기와 기관총 사수에게 각각 10리라씩을 주었다. 그들이 통로를 지나 플랫폼으로 나가 창문을 들여다보며 다녔지만 빈자리는 하나도 없었다.

"브레시아*에서 승객이 내릴지도 모릅니다." 문지기가 말했다.

"거기는 타는 사람이 더 많을 거야." 기관총 사수가 대꾸했다. 내가 그들에게 작별 인사를 하고 악수를 하자 그들은 자리를 떴다. 두 사람 모두 여간 미안해하지 않았다. 열차가 출발할 때 우리는 모두 통로에 서 있었다. 열차가 역을 빠져나가는 동안 나는 역과 역 구내 조차장의 불빛이 눈앞을 스쳐 가는 것

---

* 이탈리아 북부 롬바르디아 평원에 위치한 도시.

을 물끄러미 바라보았다. 아직 비가 내리고 있었고 곧바로 창문이 비에 젖어들어 밖이 보이지 않았다. 얼마 뒤 나는 통로 바닥에서 잠이 들었다. 잠이 들기 전에 돈과 서류가 들어 있는 지갑을 셔츠와 바지 속에 넣어 그것을 바짓가랑이 안쪽에 두었다. 나는 밤새도록 잠을 잤다. 브레시아와 베로나에서 더 많은 승객이 차 안으로 들어오는 바람에 잠을 깼지만 금방 다시 잠이 들었다. 나는 잡낭 하나를 베고 다른 짐이 만져지도록 팔로 다른 잡낭 하나를 끌어안고 잤다. 누구든 나를 밟지 않으려면 내 위로 넘어가야만 했다. 통로를 따라 사람들이 마룻바닥 가득 잠을 자고 있었다. 다른 승객들은 창틀을 붙잡고 있거나 문에 기대어 서 있었다. 그 열차는 언제나 만원이었다.

3부

25

이제 가을로 접어들어 나무들은 앙상했고 길은 진흙투성이였다. 나는 군용 트럭을 타고 우디네에서 고리치아로 갔다. 다른 군용 트럭들을 추월해 달리는 동안 나는 시골 들판을 바라보았다. 뽕나무는 잎이 모두 떨어져 앙상했고 들판은 갈색을 띠고 있었다. 길에는 헐벗은 가로수에서 떨어진 낙엽이 비에 젖어 뒹굴고 있었다. 병사들이 가로수 사잇길을 따라 부서진 돌을 주워다가 바퀴에 파인 곳을 메우면서 길을 보수하고 있었다. 안개에 덮여 마을은 보였지만 산들은 보이지 않았다. 강을 건널 때 보니 강물이 많이 불어 있었다. 산악 지대에서 비가 내렸던 모양이다. 공장들과 주택들과 별장들을 지나 시가지로 들어섰다. 전보다 많은 집들이 포격을 받아 파손되어 있었다. 좁은 거리에서 영국 적십자사 앰뷸런스를 한 대 지나쳤다. 운전수는 전투모를 쓰고 있었는데 야윈 얼굴이 새카맣게 그을려 있었다. 모르는 얼굴이었다. 나는 시장(市長) 사택 앞 널찍한 광장에 이르러 군용 트럭에서 내렸다. 운전병이 내 배낭을 내려 주었고 나는 그것을 걸머지고 잡낭 두 개를 어깨에 걸친 채 숙소인 별장으로 걸어갔다. 집에 돌아오는 기분은 들지 않았다.

나는 나무 사이를 지나 별장을 바라보면서 축축한 자갈이 깔린 차도를 걸었다. 창문은 모두 닫혀 있었지만 출입문은 열려 있었다. 안으로 들어가니 벽에 지도와 타이핑된 서류가 붙은 빈방에 소령이 책상 앞에 앉아 있었다.

"어이, 잘 있었나? 잘 지냈어?" 그가 소리쳤다. 전보다 더 늙고 맥이 빠져 보였다.

"잘 지냈습니다. 이곳은 어떻습니까?" 내가 물었다.

"모든 게 끝장이야. 배낭을 내려놓고 좀 앉게나." 그가 말했다. 나는 배낭과 잡낭 두 개를 마룻바닥에 내리고 모자를 벗어 짐 위에 올려놓았다. 그리고 벽에 붙어 있는 의자를 가져와 책상 옆에 놓고 앉았다.

"힘든 여름이었지. 이제 좀 건강해진 거야?" 소령이 말을 꺼냈다.

"네."

"훈장은 받았나?"

"네. 잘 받았습니다. 정말 고맙습니다."

"어디 한번 보여 주게."

나는 외투를 젖히고 약장(略章) 두 개를 보여 주었다.

"정장(正章)이 들어 있는 상자도 받았나?"

"아뇨. 표창장만 받았습니다."

"상자는 나중에 보내 줄 걸세. 그건 좀 시일이 걸리더라고."

"이제 저는 무슨 임무를 맡게 됩니까?"

"앰뷸런스들은 모두 나가 있어. 북쪽의 카포레토*에 여섯 대가 있지. 카포레토를 아나?"

"네, 압니다." 내가 대답했다. 골짜기에 종루(鐘樓)가 있는 희고 작은 마을로 기억하고 있었다. 깨끗하고 아담한 마을로 광장 한복판에는 멋진 분수가 있었다.

"차들은 그곳을 중심으로 활동하고 있네. 환자가 많아. 전투는 끝났거든."

"다른 차들은 어디에 있습니까?"

"두 대는 산악 지대에, 네 대는 아직도 바인시차에 있지. 다른 두 앰뷸런스 소대는 제3군에 소속되어 카르소에 있다네."

"그렇다면 전 뭘 하면 좋을까요?"

"바인시차로 가서 거기 있는 앰뷸런스 네 대를 맡게나. 지노가 가 있은 지 꽤 오래됐네. 아직 그쪽에 가 본 적은 없지?"

"네, 없습니다."

"전황이 아주 형편없었다네. 앰뷸런스를 세 대나 잃었어."

"저도 들었습니다."

"그렇지, 리날디가 편지를 했겠군."

"리날디는 지금 어디 있나요?"

---

* 고리치아 근처에 있는 마을. 1917년 이탈리아군이 오스트리아−독일군에 패한 제1차 세계대전의 격전지로 지금은 슬로베니아에 속해 있다.

"이곳 병원에 있네. 여름이랑 가을 내내 이곳에 있었어."

"그랬겠군요."

"참 지독했지. 자넨 아마 상상도 못할 걸세. 이따금씩 자네가 그때 부상을 입은 게 다행이었다고 생각했어." 소령이 말했다.

"저도 압니다."

"내년에는 상황이 더 나빠질 거야. 적이 이제 공세를 취할지도 모르거든. 말들은 그렇게 하는데 믿어지지가 않아. 이미 때가 너무 늦었거든. 자네, 강은 봤나?"

"네, 봤습니다. 벌써 물이 많이 불었던데요."

"이미 장마가 시작된 이상 적군이 공세를 취할 것 같지는 않아. 이제 곧 눈이 내릴 거야. 한데 자네 나라 사람들은 도대체 어떻게 된 건가? 자네 말고 미군들이 오기는 하는 건가?"

"지금 1000만의 군대를 훈련시키는 중입니다."

"그중 일부만이라도 여기로 보내 주면 좋을 텐데. 하지만 프랑스군이 모두 독차지할 테지. 우리한테는 차례도 오지 않을 거야. 좋아. 오늘 밤은 여기서 묵고 내일 소형차로 가서 지노를 돌려보내 주게. 길을 아는 병사를 딸려 보내 주지. 지노가 자네한테 자세한 설명을 모두 해 줄 걸세. 아직도 조금씩 포탄을 퍼부어 대지만 이젠 끝난 것과 다름없어. 자넨 바인시차를 보고 싶을 테지."

"네, 보고 싶습니다. 소령님 곁으로 다시 돌아오게 되어 기쁩니다, 소령님."

그러자 그가 빙그레 미소를 지었다. "그렇게 말해 주니 매우 고맙군. 이제 전쟁이라면 지긋지긋해. 어디로든 후송되었다면 다시는 돌아오지 않았을 거야."

"상황이 그렇게 나쁩니까?"

"그렇다네. 아주 나쁜 데다 계속해서 악화되고 있지. 어서 가서 씻고 자네 친구 리날디를 만나 보게."

나는 밖으로 나와 2층으로 짐을 가지고 올라갔다. 리날디는 방에 없었지만 물건은 그대로 있었다. 나는 침대에 걸터앉아 각반을 풀고 오른쪽 군화를 벗었다. 그러고 나서 침대 위에 벌렁 드러누웠다. 피곤한 데다 오른쪽 발이 아팠다. 한쪽 구두만 벗고 침대에 누워 있는 것이 어색한 것 같아 일어나서 왼쪽 발의 구두끈을 마저 풀고 구두를 마룻바닥에 벗어 던지고는 다시 담요 위에 벌렁 드러누웠다. 창문을 닫아 놓아 방 안 공기는 탁했지만 너무 피곤해서 일어나 창문을 열 기운도 없었다. 내 소지품이 모두 방 한구석에 놓여 있는 것이 눈에 띄었다. 밖은 점점 어두워지고 있었다. 나는 침대에 누워서 캐서린을 생각하면서 리날디가 들어오기를 기다렸다. 앞으로는 잠들기 전 외에는 캐서린을 생각하지 않을 작정이었다. 그러나 지금은 피곤했고 할 일도 없었기 때문에 드러누워서 캐서린을 떠올렸다. 그녀를 생각하고 있을 때 리날디가 들어왔다. 그의 모습은 전과 똑같았다. 아니, 전보다 조금 여윈 것 같기도 했다.

"야아, 우리 꼬맹이." 그가 소리를 질렀다. 나는 침대에서 일어나 앉았다. 그는 내게로 다가와 곁에 앉더니 두 팔로 끌어안았다. "착한 우리 아기." 그는 내 등을 찰싹 때렸고 나는 그의 두 팔을 붙잡았다.

"착한 우리 꼬맹이. 어디 무릎 좀 보여 줘." 그가 말했다.

"바지를 벗어야 하는데."

"벗으면 되지. 우린 친구잖아. 그 녀석들이 어떻게 만들어 놨는지 보고 싶어서 그래." 나는 일어서서 바지를 벗고 무릎 받이를 풀어 헤쳤다. 리날디는 마룻바닥에 주저앉아서 내 무릎을 가만히 앞뒤로 폈다 구부렸다 했다. 손가락으로 상처를 쓰다듬다가 양쪽 엄지손가락으로 무릎뼈 위를 눌러 보고 손가락으로 가만가만 무릎을 흔들기도 했다.

"이걸로 관절 접합이 다 끝났다는 거야?"

"그렇지."

"이런 상태로 다시 전선으로 보내다니 범죄 행위나 다름없군. 접합을 하려면 완벽하게 해야지."

"그래도 전보다는 많이 좋아졌어. 전에는 널빤지처럼 뻣뻣했거든."

리날디는 다시 한 번 내 무릎을 구부렸다. 나는 그의 두 손을 바라보았다. 그의 손은 천생 외과 의사의 손이었다. 그의 정수리를 내려다보니 머리카락이 윤기가 흐르고 부드럽게 좌우로 갈라져 있었다. 그가 무릎을 과하게 구부렸다.

"아야, 아파!" 내가 소리를 질렀다.

"물리치료를 좀 더 받았어야 해."

"전보다 좋아졌다니까."

"그야 그렇지, 친구. 하지만 이런 건 자네보다는 내가 좀 더 알잖아." 그는 몸을 일으켜 침대 위에 걸터앉았다. "무릎 자체는 잘돼 있어." 무릎 검사를 마친 그가 말했다. "이제 모조리 얘기해 봐."

"얘기할 거나 있나. 조용히 지냈지." 내가 말했다.

"행동하는 게 마치 결혼한 사람 같네. 어떻게 된 거야?"

"뭐가 어떻게 돼. 자네야말로 어떻게 된 거야?" 내가 대꾸했다.

"전쟁 때문에 죽을 지경이야. 우울해 죽겠다고." 그는 무릎 위에 두 손을 모아 쥐었다.

"오, 저런!" 내가 말했다.

"어떻게 된 거냐고? 난 인간적인 충동도 느끼지 말아야 한단 말인가?"

"그건 아니지. 자넨 그동안 꽤 유쾌하게 지낸 것 같은데. 어서 얘기 좀 해 봐."

"여름과 가을 내내 수술만 했어. 밤낮 일과의 씨름이었지. 모든 이의 일을 혼자서 도맡아 한 셈이야. 힘든 일은 모두 내게만 떠맡겨졌으니까. 이봐, 난 지금 유능한 외과 의사가 되어 가고 있어."

"그거 반가운 일이군."

"생각이란 걸 아예 안 하고 산다고. 전혀 할 수도 없어. 오로지 수술만 할 뿐이지."

"그래야지."

"하지만 친구, 모두 끝났어. 이제 수술은 하지 않지만 지옥에 있는 느낌이야. 정말 지긋지긋한 전쟁이라고. 자네는 내 말을 알아듣겠지. 자, 이제 나를 즐겁게 해 줘. 레코드판은 사 왔겠지?"

"그럼."

레코드판은 종이에 싸여 배낭 속 마분지 상자 안에 들어 있었다. 나는 그것을 꺼낼 기운마저 없을 정도로 피곤했다.

"어디 몸이 안 좋아, 우리 꼬맹이?"

"죽을 맛이지."

"이 전쟁은 정말 끔찍해. 자, 우리 술에 취해서 명랑해져 볼까. 그런 뒤 밖에 나가서 몸 좀 풀어 보자고. 그럼 기분이 한결 나아질 테니." 리날디가 말했다.

"나 황달을 앓았어. 그래서 술은 마실 수가 없어." 내가 말했다.

"아, 불쌍한 우리 아기. 그래 가지고 용케도 나한테로 돌아왔군그래. 신중한 겁쟁이가 되어서 말야. 다시 한 번 말하지만 끔찍한 전쟁이야. 어쩌다 이 지경이 된 걸까?"

"한잔하자. 취하긴 싫지만 어쨌든 한잔하자고."

리날디는 방을 가로질러 세면대로 가더니 유리컵 두 개와 코냑 병을 들고 왔다.

"오스트리아산 코냑이야. 별이 일곱 개나 붙은 거라고. 산 가브리엘레에서 빼앗은 건 이것뿐이지." 그가 말했다.

"자네도 그곳에 갔었어?"

"아니. 난 아무 데도 가지 않았어. 늘 여기 남아 수술만 했지. 이봐, 우리 꼬맹이, 이긴 지네기 쓰던 양치용 컵이야. 지네를 잊지 않으려고 그대로 나뒀지 뭐야."

"이 닦는 걸 잊지 않기 위해서였겠지."

"천만에. 난 내 것이 따로 있는걸. 이걸 그대로 둔 건 말이지, 자네가 매일 아침 욕을 하며 아스피린을 먹고 갈보 아가씨들을 저주하면서 빌라로사를 이에서 닦아 내려고 애쓰던 일을 잊지 않기 위해서였어. 이 유리컵을 볼 때면 자네가 칫솔로 양심을 깨끗이 닦으려고 애쓰던 일이 생각나." 그는 침대로 다가왔다. "내게 키스를 한 번 해 주고, 심각하지 않다고 말해 줘."

"자네하고는 절대로 키스 안 해. 이 원숭이야."

"그래, 알아. 자넨 착하고 얌전한 앵글로색슨 청년이지. 그래, 그렇고말고. 자넨 뉘우칠 줄 아는 청년이야. 기다리고 있다가 앵글로색슨 녀석이 칫솔로 오입의 때를 깨끗이 닦아 내는 모습이나 구경해야겠군."

"코냑이나 따라 줘."

우리는 컵을 부딪치고 마셨다. 리날디는 나를 비웃었다.

"자네를 취하게 만든 뒤 자네 간장(肝臟)을 떼어 내고 그 대신 질 좋은 이탈리아 간장을 집어넣어 다시 한 번 사내로 만들겠어."

나는 더 따르라고 컵을 내밀었다. 바깥은 벌써 어두웠다. 나는 코냑이 든 컵을 손에 들고 창가로 다가가 창문을 열었다. 비는 어느새 그쳐 있었다. 바깥은 방 안보다 더 싸늘했고 나무들은 안개에 잠겨 있었다.

"코냑을 창밖에 버리진 마. 마시지 않으려면 나한테 줘." 리날디가 말했다.

"자네 거나 실컷 마셔." 내가 대꾸했다. 리날디를 다시 만나게 되어 기뻤다. 그는 이 년 동안이나 나를 골려 먹었지만 나는 언제나 그것이 재미있었다. 우리는 서로를 충분히 이해하고 있었던 것이다.

"자네 결혼했어?" 그가 침대에서 물었다. 나는 벽에 기댄 채 창가에 서 있었다.

"아직은 안 했어."

"아직도 사랑해?"

"물론이지."

"그 영국 아가씨지?"

"그래."

"가엾은 녀석. 그래, 자네한테 잘해 줘?"

"물론이지."

"실제적인 일에서 잘해 주더냐 이 말이야."

"닥쳐."

"그래, 그만두자. 내가 여간 세심한 사람이 아니라는 걸 자네도 알게 될 거야. 한데 그 여자는……?"

"리닌, 제발 그만둬. 내 친구가 되고 싶다면 제발 그만두라고." 내가 그의 말을 막았다.

"자네 친구가 되고 싶은 생각은 없어, 이봐. 난 이미 자네 친구인걸."

"그럼 입 닫고 가만히 있어."

"좋아."

나는 침대로 다가가 리날디 옆에 걸터앉았다. 그는 술잔을 든 채 마룻바닥을 내려다보았다.

"이해하겠지, 리닌?"

"아, 그럼 이해하지. 난 이제껏 신성한 문제를 많이 봐 왔어. 하지만 자네하고는 그런 흉허물이 거의 없었지. 하지만 자네한테도 역시 신성한 것들이 있겠지." 그는 여전히 마룻바닥을 내려다보았다.

"그러면 자네한텐 그런 게 없단 말이야?"

"없어."

"조금도?"

"응, 조금도 없어."

"내가 자네 어머니나 누이동생을 두고 이러쿵저러쿵 농담을 해도 상관없단 말이지?"

"그건 '자네 누이'에 대해서도 마찬가지지." 리날디가 재빨리 말했다. 그래서 우리는 함께 웃었다.

"이 늙은 능구렁이 같은 인간!" 내가 내뱉었다.

"나 질투를 하고 있는 모양이야." 리날디가 말했다.

"아냐. 그렇지 않아."

"그런 뜻으로 한 말이 아냐. 다른 뜻으로 한 말이지. 자네한테는 결혼한 친구가 있어?"

"물론 있지." 내가 대답했다.

"나한테는 없어. 부부 금슬이 좋은 녀석과는 친구가 될 수 없더라고." 리날디가 말했다.

"왜 그렇지?"

"나를 좋아하지 않으니까."

"왜 좋아하지 않는데?"

"난 뱀이거든. 이성의 뱀*말이야."

"지금 혼동하고 있군. 이성은 사과야.**"

"아냐. 뱀이야." 그는 아까보다 한결 밝아졌다.

"자네는 심각하지 않을 때가 좋아." 내가 말했다.

"난 자네가 좋아, 친구. 내가 이탈리아의 위대한 사상가가 되려고 할 때마다 자넨 금방 김을 빼 버리지. 하지만 말로 설명할 수 없어도 난 많은 것을 알아. 자네보다 많은 것을 알지." 리날디가 말했다.

"그래. 그렇겠지."

"하지만 재미는 자네가 더 많이 볼 거야. 비록 후회는 할망정 재미는 더 많이 볼 거라고."

"그렇지도 않아."

"아냐, 그래. 그건 사실이야. 내가 행복하다고 느끼는 건 오직 일을 할 때뿐이야." 그는 또다시 마룻바닥을 쳐다보았다.

"그런 감정은 앞으로 극복하겠지."

"아냐. 그 밖에 내가 좋아하는 건 단 두 가지뿐이야. 한 가지는 내 일에 해롭고, 다른 한 가지는 삼십 분이나 십오 분으로 끝나고 말지. 그보다 빨리 끝날 때도 있고."

"그보다 훨씬 짧게 끝날 때도 있고."

"어쩌면 내가 발전한 건지도 몰라, 이봐. 자넨 잘 모를 거야.

---

* 구약성서 「창세기」에 등장하는 뱀으로, 최초의 여자인 하와를 유혹해 선악과를 먹게 했다.
** 하와가 먹은 선악과. 하와와 아담은 선악과를 먹은 뒤 에덴동산에서 추방당했다.

하지만 나한테는 이 두 가지와 일밖에 없어."

"앞으로 다른 재미가 또 생기겠지."

"천만에. 우리는 아무것도 얻지 못해. 지금 가진 것은 태어날 때 이미 갖고 태어난 것일 뿐, 뭐 하나 배워서 알게 되는 건 없어. 새로 무언가를 얻는 일은 절대 없다고. 우린 처음부터 완전한 상태로 출발하는 거야. 자네는 라틴계 민족으로 태어나지 않은 걸 다행으로 알라고."

"라틴계 민족이란 건 없어. 그거야말로 '라틴적인' 사고방식일 뿐이지. 자네는 지금 자네 결점을 너무 자랑하고 있는 거야." 그러자 리날디가 고개를 쳐들고 껄껄 웃었다.

"그만두자고, 친구. 이것저것 너무 생각하면 피곤해지거든." 아까 방에 들어왔을 때부터 그는 피로한 모습이었다. "식사 시간이 거의 다 됐네. 자네가 돌아와서 반가워. 자네는 나의 가장 절친한 친구이자 전우야."

"전우들은 몇 시에 식사를 해?" 내가 물었다.

"지금 곧 할 거야. 자네 간장을 위해 한 잔 더 하자."

"성(聖) 바오로처럼 말이지."

"틀렸어. 그건 포도주와 위장이었지. 그대 위를 위해 포도주를 조금 들지어다.*"

"병 속에 무엇이 들어 있건, 자네가 건배하는 게 무엇을 위해서건 좌우간 마시지." 내가 말했다.

---

* "이제부터는 물만 마시지 말고 네 위장과 잦은 병을 인하여 포도주를 조금씩 쓰라."(신약성서 「디모데전서」 5장 23절)

"자네의 여자를 위하여!" 리날디가 이렇게 말하며 들고 있던 잔을 내밀었다.

"좋아."

"그 아가씨에 대해서는 절대 추잡한 말을 하지 않을게."

"그렇게 애쓸 필요는 없어."

그는 코냑을 쭉 들이켰다. "난 순수해. 자네와 조금도 다를게 없다고, 이 친구야. 나도 영국 색시를 얻을 거야. 사실 자네 애인은 내가 먼저 알았지만 나한테는 키가 좀 컸어. 키 큰 여자는 누이로 모시렷다." 그가 누군가의 말을 인용했다.

"자네 마음은 착하고 순결해." 내가 말했다.

"그렇지? 그래서 모두 나를 보고 '순결한 리날디'라고 부르잖아."

"'난봉꾼 리날디'가 아니고?"

"자, 내 마음이 아직 순결한 동안 어서 내려가서 식사나 하자고."

나는 세수를 하고 머리를 빗은 뒤 그와 함께 계단을 내려갔다. 리날디는 조금 취해 있었다. 식사를 하는 방에는 아직 식사 준비가 되어 있지 않았다.

"가서 술병을 가져와야겠군." 리날디가 말했다. 그는 계단을 올라갔다. 내가 식탁에 앉아 기다리는 동안 그는 술병을 갖고 와서 큰 잔에 코냑을 각각 반잔씩 따랐다.

"너무 많은데." 나는 이렇게 말하면서 잔을 쳐들고 식탁 위에 있는 램프 불에 비추어 자세히 바라보았다.

"빈 위장에는 좋지 않지. 술이란 참 묘한 거야. 위장을 완전히 태워 버릴걸. 자네에겐 최악이야."

"괜찮아."

"나날이 자멸하는 거지. 위장을 망치고 손을 자꾸 떨리게 하고. 외과 의사에겐 그야말로 안성맞춤이로군." 리날디가 말했다.

"자넨 그런 걸 권하는 거야?"

"진심으로 권하는 거야. 다른 건 필요 없어. 이봐, 쭉 들이켜고 나서 앓아누울 각오나 하란 말이야."

나는 잔을 반쯤 비웠다. 그때 복도에서 당번병이 외치는 소리가 들렸다. "수프요! 수프가 준비됐습니다!"

소령이 들어와서 우리에게 고개를 끄덕이고 자리에 앉았다. 자리에 앉은 그는 매우 작아 보였다.

"여기 모인 사람이 전부인가?" 소령이 물었다. 당번병이 수프 그릇을 내려놓고 한 접시 가득 담았다.

"다 온 겁니다. 군종신부만 빼고 말이죠. 페데리코가 돌아온 줄 알면 당장 달려올 텐데요." 리날디가 대답했다.

"신부님은 어딜 갔는데?" 내가 물었다.

"307부대에 가 있지." 소령이 대답했다. 그는 열심히 수프를 먹고 있었다. 그는 입을 닦고 위로 뻗친 회색 콧수염을 조심스럽게 닦았다. "아마 이제 곧 돌아올 거야. 내가 전화를 걸어서 자네가 왔다고 그에게 전하라고 했거든."

"식당이 시끌벅적할 때가 좋았어요." 내가 말했다.

"그래. 지금은 조용해졌지." 소령이 대꾸했다.

"그럼 내가 한번 떠들어 볼까." 리날디가 말했다.

"엔리코, 포도주를 좀 마셔 보게." 소령이 내 잔에 포도주를 가득 따라 주었다. 스파게티가 나오자 우리는 먹는 데 집중했다. 스파게티를 다 먹어 갈 무렵 신부가 들어왔다. 그는 전과 다름없이 몸집이 작았고 갈색 얼굴에 빈틈이 없어 보였다. 나는 자리에서 일어나 그와 악수를 했다. 그는 내 어깨에 손을 얹었다.

"중위님이 돌아왔단 말을 듣자마자 달려왔지요."

"어서 앉으시오. 늦었군요." 소령이 말했다.

"안녕하십니까, 신부님?" 리날디가 영어로 말했다. 영어를 몇 마디 하면서 신부를 잘 놀리던 대위한테서 배웠던 것이다. "안녕하세요, 리날도 중위님?" 신부가 말했다. 당번병이 수프를 가지고 왔지만 신부는 스파게티부터 먹겠다고 했다.

"그래, 어떠십니까?" 신부가 나에게 물었다.

"잘 지냅니다. 신부님은 어떻게 지내셨습니까?" 내가 대답했다.

"포도주 좀 드세요, 신부님. 위장을 생각해서 포도주를 조금 드시라고요. 아시다시피 이건 성 바오로가 한 말이죠." 리날디가 말했다.

"네, 압니다." 신부가 상냥하게 대답했다. 리날디가 그의 잔을 채웠다.

"성 바오로 말이죠. 그는 온갖 재난의 근원이죠." 신부는 나를 쳐다보고 빙그레 미소를 지었다. 아무리 놀려도 그는 이제 꿈쩍도 하지 않았다.

"성 바오로는 말입니다." 리날디가 다시 말을 이었다. "술주정뱅이에다 여자 꽁무니나 따라다니던 사람이었죠. 그래 놓고 자기가 싫증이 나니까 그런 짓은 나쁘다고 했거든요. 자기는 할 만큼 다 해 놓고 아직 한창인 우리한테는 그런 걸 해서는 안 된다는 규칙을 만들어 버린 거죠.* 내 말이 틀렸어, 페데리코?"

그러자 소령이 웃었다. 우리는 이제 소고기 스튜를 먹고 있었다.

"나는 날이 저문 뒤에는 절대로 성인에 대해 이러쿵저러쿵 하지 않아." 내가 대답했다. 신부는 스튜 그릇에서 얼굴을 들고 나를 향해 싱긋 웃어 보였다.

"옳지, 이젠 신부 편을 드는군. 신부를 골려 먹던 옛 친구들은 다 어디로 간 거야? 카발칸티는 지금 어디 있어? 브룬디는 어디 있고? 또 체사레는? 도와주는 친구도 없이 나 혼자서 신부님을 놀려야 하는 거야?" 리날디가 말했다.

"이분은 훌륭한 신부님일세." 소령이 말했다.

"물론 훌륭한 신부님이죠. 하지만 신부는 신부거든요. 난 이 식당을 그리운 옛날처럼 만들어 보려는 거예요. 페데리코를 행복하게 해 주고 싶거든요. 신부님, 지옥으로 꺼져요!" 리날디가 말했다.

소령은 그를 쳐다보고 취했다는 것을 알아차렸다. 그의 야윈 얼굴이 창백했다. 앞쪽 머리카락이 흰 이마 때문에 유난히

---

* 신약성서 「사도행전」에 따르면 성 바오로(바울)는 원래 기독교인을 박해했지만 다마스쿠스로 가는 길에서 예수 그리스도를 만난 뒤 개종하여 신실한 신앙인이 되었다. 이름도 '사울'에서 '바울'로 바꾸었다.

걱어 보였다.

"괜찮아요, 리날도 중위님. 괜찮습니다." 신부가 말했다.

"지옥으로 꺼지란 말이오! 전쟁이고 뭐고 모조리 지옥으로 꺼지라고!" 리날디가 외쳤다. 그는 의자에 깊이 몸을 파묻고 앉았다.

"스트레스를 받고 있는 데다 많이 지친 거야." 소령이 나에게 말했다. 그는 쇠고기 요리를 먹고 빵 조각으로 고기 국물을 닦아 먹었다.

"될 대로 되라지!" 리날디는 식탁에 둘러앉아 있는 우리에게 소리를 질렀다. "전쟁이고 나발이고 다 지옥으로 꺼져 버려!" 그는 도전이라도 하듯 식탁 주위를 둘러보았다. 눈은 생기가 없고 안색은 창백했다.

"옳은 말이야. 이런 빌어먹을 짓거리는 모조리 지옥으로 꺼져 버려!" 내가 맞장구를 쳤다.

"아냐, 아냐. 자네는 할 수 없어. 자네로선 무리야. 자넨 정말 안 된다고. 무미건조한 데다 머리에 든 것도 없잖아. 정말로 아무것도 없단 말이야. 제기랄, 아무것도 없어. 일을 언제 그만둘지는 내가 알아." 리날디가 대꾸했다.

신부는 고개를 내저었다. 당번병이 스튜 접시를 치웠다.

"어째서 고기를 먹는 거죠? 오늘이 금요일이라는 걸 모르나요?*" 리날디는 신부 쪽으로 몸을 돌렸다.

"오늘은 목요일이에요." 신부가 대답했다.

---

* 전통적으로 로마 가톨릭에서는 금요일에 고기를 삼간다.

"거짓말 마요. 오늘은 금요일이에요. 당신은 주님의 살을 먹고 있는 거라고요. 그건 하느님의 살이죠. 내가 모를 줄 아나 본데 오스트리아 병사의 시체죠. 당신은 지금 그걸 먹고 있는 거라고요."

"흰 살코기는 장교한테서 떼어 낸 것이고." 나는 그 케케묵은 농담을 마무리 지어 주었다.

그러자 리날디가 껄껄 웃었다. 그는 자기 잔을 채웠다.

"나한테 신경 쓸 필요 없어. 난 지금 살짝 정신이 돌았으니까." 그가 말했다.

"중위님에겐 휴가가 필요해요." 신부가 말했다.

소령은 신부에게 머리를 흔들어 보였다. 리날디는 신부를 쳐다보았다.

"내가 휴가를 가야 한다고 생각하는 건가요?"

소령은 신부를 향해 고개를 흔들었다. 리날디는 신부를 쳐다보고 있었다.

"좋을 대로 하는 거죠. 원치 않으면 그만두고요." 신부가 대답했다.

"지옥으로 꺼져 버려! 모두 나를 치워 버리려 하는군. 매일 밤 모두 나만 치워 버리려고 한다고. 오히려 내가 쫓아 버릴 테야. 내가 그것에 걸렸다고 한들 그래서 어쨌다는 거야? 누구나 다 걸린 건데. 세상 놈들이 다 걸린 걸 가지고. 우선 처음엔……." 그는 자못 강의하는 말투로 말을 이어 나갔다. "그저 조그마한 부스럼이 생긴다. 다음은 어깻죽지 사이로 부스럼이 난다. 그리고 나선 아무 징후도 나타나지 않는다. 우리가 믿는 건 수은*뿐이지."

"아니면 살바르산**이나." 소령이 조용히 한마디 거들었다.

"수은 제품이죠." 리날디가 말했다. 이제 그는 아주 의기양양했다. "그 두 가지에 관해선 나도 꽤 아는 편이에요, 다정하신 우리 신부님. 신부님은 절대로 걸리지 않을 거고요. 이 친구는 모르겠지만. 이건 직업 때문에 생긴 사고죠. 단순히 직업적인 사고라고요."

당번병이 과자와 커피를 날라 왔다. 후식으로 나온 과자는 걸쭉한 하드 소스를 친 일종의 흑빵 푸딩이었다. 램프에서는 그을음이 일고 있었다. 등피 속에서 검은 연기가 위쪽으로 가득 피어올랐다.

"양초를 두 자루 가져오고 이 램프는 가져가." 소령이 말했다. 당번병이 불을 붙인 양초 두 자루를 각각 접시에 담아 와서는 램프를 들고 가면서 입김을 불어 껐다. 리날디는 이제 잠잠했다. 정상으로 돌아온 것 같았다. 우리는 잡담을 나누고 커피를 마신 뒤 모두 복도로 나갔다.

"자네는 신부님하고 얘기를 나누고 싶겠지. 난 시내에 나가 봐야 해." 리날디가 나에게 말했다. "신부님, 그럼 안녕히 주무십시오."

"그럼 쉬세요, 리날도 중위님!" 신부가 말했다.

"프레디, 그럼 이따 보자고." 리날디가 말했다.

---

* 매독 치료에 흔히 수은을 사용했다.
** 이 무렵 매독을 치료하는 데 쓰인 특효약.

"그러지. 일찍 돌아와." 내가 말했다. 그는 얼굴을 찌푸려 보이고는 문밖으로 나가 버렸다. 소령은 우리와 같이 서 있었다. "저 친구는 과로 때문에 몹시 지쳐 있어. 게다가 매독에 걸렸다고 생각하는 거야. 난 믿지 않지만 사실일지도 모르지. 자기가 직접 치료를 하고 있다네. 그럼 잘들 가게. 엔리코, 자넨 내일 날이 밝기 전에 떠날 거지?" 그가 물었다.

"네."

"그럼 잘 가게. 행운을 비네. 페두치가 자네를 깨워서 같이 가 줄 걸세." 그가 말했다.

"그럼 안녕히 주무십시오, 소령님."

"잘 가게. 오스트리아군이 공격을 할 거라는 소문이 있지만 난 믿지 않아. 공세가 없었으면 좋겠네만. 어쨌든 이쪽에선 없겠지. 지노가 다 얘기해 줄 걸세. 전화는 이제 잘 되네."

"정기적으로 전화드리겠습니다."

"그래 주게. 잘 가게. 리날디가 브랜디를 너무 많이 마시지 않도록 해 주게."

"네, 그렇게 하겠습니다."

"잘 가시오, 신부님."

"안녕히 주무십시오, 소령님."

소령은 자기 사무실로 들어갔다.

26

　나는 문가로 가서 밖을 내다보았다. 비는 그쳤지만 안개가 자욱하게 끼어 있었다.

　"2층으로 올라갈까요?" 내가 신부에게 물었다.

　"잠깐밖에는 머물 수 없어요."

　"올라가시죠."

　우리는 계단을 올라가 내 방으로 들어갔다. 나는 리날디의 침대에 드러누웠다. 신부는 당번병이 만들어 준 내 간이침대에 걸터앉았다. 방 안은 어두웠다.

　"음, 건강은 정말 어떠세요?" 신부가 물었다.

　"이젠 좋아졌습니다. 오늘 밤은 피곤하지만요."

　"나도 피곤하네요. 그럴 이유도 없는데 말이죠."

　"전쟁은 어떤가요?"

　"내 생각엔 곧 끝날 것 같아요. 왠지 모르게 그런 느낌이 듭니다.”

“어째서 그렇게 느끼십니까?”

“소령이 어떤지 보셨죠? 온순해 보이던가요? 이제는 많은 사람이 다 그렇답니다.”

“나 자신도 그런 기분이 드는데요.” 내가 말했다.

“끔찍한 여름이었답니다.” 신부가 말했다. 그는 내가 이곳을 떠나기 전보다 훨씬 자신감이 있어 보였다. “이곳 상황이 어땠는지 들으시면 아마 믿지 못할 겁니다. 실제 현장에서 당해 보기 전에는 말이죠. 많은 사람이 이번 여름에야 비로소 전쟁이 어떤 것인지 인식했어요. 절대로 깨닫지 못할 것 같던 장교들도 지금은 깨닫고 있습니다.”

“그럼 앞으로 어떻게 될까요?” 나는 손으로 담요를 쓰다듬었다.

“모르긴 몰라도 그리 오래 계속될 것 같진 않습니다.”

“그럼 어떻게 되나요?”

“전쟁을 그만두겠죠.”

“어느 쪽에서요?”

“쌍방 모두가요.”

“그러면 얼마나 좋겠습니까만.” 내가 말했다.

“중위님은 그렇게 믿지 않으세요?”

“쌍방 모두가 동시에 전쟁을 그만둔다는 게 믿어지지 않아서요.”

“그 점은 나도 동감입니다. 그건 지나친 기대죠. 하지만 사람들한테 나타나는 변화를 보면 그리 오래 계속될 것 같지는 않아요."

"지난여름에는 어느 쪽이 승리했나요?"

"어느 쪽도 이기지 못했죠."

"오스트리아군이 이긴 거죠. 산가브리엘레를 끝내 지켜 냈으니까요. 그들이 이긴 겁니다. 그들은 아마 전쟁을 그만두지 않을 거예요." 내가 말했다.

"그들 역시 우리와 똑같이 느낀다면 그만둘지 모르죠. 그들도 우리와 같은 경험을 했으니까요."

"승리 중에 전투를 그만둔 사람은 일찍이 없습니다."

"그 말을 들으니 힘이 빠지는군요."

"제 생각엔 그렇다는 거죠."

"그럼 중위님은 언제까지나 계속될 거라고 생각하는 겁니까? 아무 일도 일어나지 않고요?"

"잘 모르겠어요. 다만 승리를 거두고 있는 오스트리아군이 전투를 그만두지는 않을 것 같다는 말입니다. 우리가 기독교인이 되는 건 패배할 때입니다."

"오스트리아 사람들은 기독교인이죠……. 물론 보스니아 사람들은 아니지만요."

"형식적인 의미의 기독교인을 말한 게 아닙니다. '우리 주님 같은' 사람을 뜻하는 거죠."

그는 아무 말도 하지 않았다.

"우린 모두는 패배할 때 온순해집니다. 만일 베드로가 겸겸 산에서 주님을 구했더라면 주님은 어떻게 되었을까요?*"

"그래도 그분은 마찬가지로 했겠죠."

"난 그렇게 생각하지 않습니다." 내가 말했다.

"중위님 얘기를 들으니 용기가 없어지네요. 난 무슨 일이 일어날 것이라고 믿고 있고, 또 그렇게 되기를 기도하고 있어요. 그것이 아주 가까이 와 있다는 걸 느끼고 있습니다."

"무슨 일이든 일어나긴 하겠죠. 하지만 그건 우리 편에게만 일어날 겁니다. 그들도 우리가 느끼는 것처럼 느낀다면 좋은 일이겠죠. 하지만 그들은 우리를 패배시켰습니다. 그래서 그들의 생각은 우리 생각과는 다른 거죠." 내가 말했다.

"많은 병사가 늘 이렇게 느껴 왔습니다. 반드시 전쟁에 패배했다고 해서 그렇게 느끼는 건 아니지요."

"그들은 처음부터 패배한 겁니다. 농장에서 군대로 끌려 왔을 때 벌써 패배한 거죠. 농부들에게 분별력이 있는 건, 처음부터 패배했기 때문이죠. 그들에게 권력을 줘 보세요. 얼마나 분별력이 있는지 곧 알게 될 겁니다."

신부는 생각에 잠겨 아무 말도 하지 않았다.

"나도 이젠 용기가 꺾였어요. 그래서 이런 일들에 대해선 생각하지 않습니다. 절대로요. 그런데도 일단 말하기 시작하면 생각해 보지도 않고 머릿속에 떠오르는 걸 그냥 지껄여 댑니다." 내가 말했다.

"전에는 그래도 줄곧 기대하고 있었어요."

"패배를요?"

---

* 예수가 겟세마네에서 잡혔을 때 베드로는 세 번이나 그를 모른다고 말했다.(신약성서 「마태복음」 26장 36~75절)

"아뇨. 그 이상의 어떤 것 말입니다."

"그 이상의 것은 없어요. 승리 말고는요. 그게 더 나쁠지도 모르지만요."

"나는 오랫동안 승리를 바라고 있었습니다."

"저도 마찬가지죠."

"하지만 이제는 모르겠어요."

"이제는 승리든 패배든, 둘 중 어느 하나가 돼야 해요."

"이제 더 이상 승리할 거라고는 믿지 않아요."

"나 역시 마찬가지입니다. 하지만 패배도 믿지 않지요. 그게 더 나을지도 모르지만."

"그럼 중위님은 뭘 믿습니까?"

"잠자는 것을 믿지요." 내가 말했다. 그러자 그는 자리에서 일어났다.

"너무 오랫동안 머물러 미안합니다. 하지만 중위님하고 얘기하는 게 즐거워서요."

"다시 얘기할 수 있게 되어 반가웠습니다. 잠 이야기는 아무 뜻 없이 한 겁니다."

우리는 자리에서 일어나 어둠 속에서 악수를 나눴다.

"난 지금 307부대에 묵고 있어요." 그가 말했다.

"나는 내일 아침 일찍 주둔지로 떠납니다."

"돌아오거든 또 만나죠."

"같이 산책이나 하면서 얘기해요." 나는 문기까지 나가 그를 배웅했다.

"내려오지 마세요. 중위님이 돌아와서 무척 반갑습니다. 중위님에겐 별로 반가울 게 없겠지만요." 그는 내 어깨 위에 한 손을 얹었다.

"난 괜찮습니다. 그럼 편히 쉬십시오." 내가 말했다.

"그럼 안녕히 주무세요. 차우!"

"차우!" 내가 인사를 했다. 더 이상은 졸려서 견딜 수 없을 정도였다.

27

리날디가 들어왔을 때 잠에서 깼지만 그가 말을 걸지 않아 나는 다시 잠이 들었다. 이튿날 나는 날이 밝기 전에 옷을 입고 출발했다. 그때까지 리날디는 잠에서 깨지 않았다.

나는 바인시차를 한 번도 본 적이 없었다. 전에 부상을 입었던 강 지점을 넘어서 오스트리아군이 있던 언덕길을 올라가자니 어쩐지 야릇한 기분이 들었다. 가파른 새 길이 나타났고 그 길에 트럭이 여러 대 있었다. 그 너머로 길이 평탄해지며 안개에 싸인 숲과 가파른 산들이 보였다. 숲은 갑작스럽게 점령당한 탓인지 별로 파괴되어 있지 않았다. 또 그 너머 언덕에 둘러싸이지 않은 도로는 양쪽과 상부가 거적에 덮여 가려져 있었다. 도로는 어느 파괴된 마을에서 끝나 있었다. 전선은 그 너머에 있었다. 주위에는 대포들이 많이 있었다. 집들은 많이 파손되었지만 전체적으로 질서 정연했고 곳곳에 표지판이

서 있었다. 지노가 있는 곳을 찾아내어 커피를 얻어 마시고 그와 함께 여러 사람을 만난 뒤 내가 맡은 주둔지를 돌아보았다. 지노는 바인시차의 훨씬 아래쪽인 라브네에서 영국군의 앰뷸런스들이 활동하고 있다고 말했다. 그는 영국 군인들에 대해 크게 탄복하고 있었다. 아직도 포격은 조금씩 있지만 부상자는 그리 많지 않다고 그는 말했다. 장마철로 접어들었기 때문에 이제 환자가 많이 나올 거라고도 했다. 오스트리아군이 공격할지도 모른다는 소문도 있었으나 그는 그 말을 믿지 않았다. 아군 쪽에서 먼저 공세를 취할 것 같기도 했지만 새 증원 부대를 조금도 보내지 않는 것을 보면 그것 역시 단념한 모양이라고 했다. 이곳에는 식량이 부족하기 때문에 고리치아에 돌아가면 실컷 배를 채울 수 있어 기쁘다고 했다. 어제 저녁엔 식사로 뭘 드셨나요? 그가 물었다. 그에게 뭘 먹었는지 얘기해 주자 굉장한 식사라며 부러워했다. 그는 특히 돌체*에 탄복했다. 자세한 설명을 하지 않았기 때문에 그는 빵 푸딩 정도가 아니라 공들여 만든 고급 음식을 생각한 모양이었다.

그는 자기가 어디로 배치될지 아느냐고 물었다. 나는 그건 모르지만 다른 앰뷸런스 몇 대가 카포레토에 가 있다고 대답해 주었다. 그도 그곳으로 가고 싶다고 했다. 아담하고 자그마한 곳으로, 건너편에 솟아 있는 높은 산들이 마음에 든다는 것이다. 모든 사람이 착한 청년인 그를 좋아하는 것 같았다. 정말로 지옥과 같았던 것은 산가브리엘레 전투와 실패로 끝난

* 디저트로 먹는 단 음식.

롬* 전방의 공격이었다고 그는 말했다. 오스트리아군은 아군의 바로 건너편과 머리 위쪽 테르노바 능선**을 따라 숲 속에 많은 야포 진지를 구축해 놓고 밤이 되면 도로에 맹렬히 포격을 가한다고 전해 주었다. 특히 신경을 자극하는 것은 해군 부대의 포대라고 했다. 이 포들은 탄도가 수평이어서 나도 곧 알게 될 것이라고 했다. 포격이 시작되었다고 생각하는 순간 대기를 찢는 듯한 포성이 시작된다는 것이다. 적은 한 발을 발사한 뒤 곧바로 한 발을 발사하는 방식으로 언제나 두 발을 동시에 발사하기 때문에 파편이 엄청나게 많다고도 했다. 그가 보여 준 파편 하나는 길이가 30센티미터가 넘고 들쭉날쭉한 톱날 모양의 금속이었다. 배비트 합금인 것 같았다.

"그렇게 위력 있어 보이진 않습니다만 사람을 놀라게 하죠. 파편이란 파편이 모두 자기를 향해 날아오는 것 같은 소리가 나거든요. 쿵하고 땅을 뒤흔드는 소리가 난 뒤 곧바로 쉭 소리가 나면서 터져 버려요. 부상을 입지 않아도 죽을 만큼 놀라 자빠지게 되죠." 지노가 말했다.

지노의 말로는 현재 우리 진지 반대쪽에 크로아티아*** 병사들과 마자르**** 병사들이 조금 있다고 했다. 아군은 아직도 공격 태세를 취하고 있었다. 오스트리아군이 공격할 경우 아군 쪽에는 철조망도 없고 후퇴해 방어할 지점도 없다고 그는 말했

---

* 현재 불가리아와 루마니아의 경계 근처에 위치한 작은 마을.
** 현재 슬로베니아에 위치한 능선.
*** 당시 오스트리아–헝가리 제국의 일부였다.
**** 헝가리의 주류 인종.

다. 고원에서 내리뻗은 나지막한 산악 지대를 따라 좋은 방어 지점들이 있지만 방어를 위한 설비를 전혀 갖추고 있지 않다는 것이다. 이렇게 말하면서 그는 바인시차를 어떻게 생각하느냐고 물었다.

나는 고원 지대처럼 좀 더 평탄한 곳이라 생각했다고, 이렇게 기복이 심한 줄은 미처 몰랐다고 대답했다.

"고원이죠. 평원은 아닙니다." 지노가 말했다.

우리는 그가 머물고 있는 집의 지하실로 돌아왔다. 나는 나지막한 산들이 잇달아 있는 곳보다는 산꼭대기가 평평하고 약간 깊이 들어간 곳이 있는 산등성이가 훨씬 방어하기도 쉽고 실리적으로 보인다고 말했다. 산악 지대를 공격해 올라가는 것이 평지를 공격하는 것보다 더 어렵지 않다고 주장했다.

"그야 산 나름이죠. 산가브리엘레를 보십시오." 그가 말했다.

"그렇지. 하지만 놈들이 진땀을 뺀 건 산꼭대기의 평평한 지점이었어. 정상까지는 쉽게 올라갔잖아." 내가 말했다.

"그렇게 쉽지도 않았어요." 그가 말했다.

"그래. 하지만 그건 산이라기보다 요새였으니까 특수한 경우였지. 오스트리아군은 지난 몇 년을 두고 그것을 요새화했어." 내가 말했다. 기동성 있는 전쟁에서는 산악 지대도 아주 간단히 우회할 수 있기 때문에 전선으로 지탱하는 데는 별 쓸모가 없다고 전략적 의미에서 말한 것이다. 최대한 기동성을 발휘해야 하는데 산악이란 사실 그다지 기동성이 없다. 더구나 산 위에서 아래를 향해 발사하면 언제나 사정거리를 넘어서게 된다. 만일 측면으로 우회 공격을 당하면 정예 부대는 가장 높은 산 위에 남겨질 것이다. 나는 산악전을 별로 믿지 않았다. 그에 관해서는 나도 상당히 생각해 봤지. 내가 말했다. 아군이 산을 하나 빼앗으면 적군도 다른 산을 하나 빼앗고 하다가 결전의 단계에 이르면 쌍방이 모두 산악 지대를 버리고 평지로 나오게 마련이거든.

그럼 산악을 전선으로 삼고 있다면 어떻게 하겠습니까? 그가 물었다.

거기까진 아직 연구해 보지 않았는데. 내가 대답했다. 우리는 함께 껄껄 웃었다. "하지만 말이야. 옛날에 오스트리아군은 언제나 베로나 부근의 방형 지대(方形地帶)에서 큰 타격을 입었어. 평지로 내려오도록 유인해서 그곳에서 격파했거든." 내가 말했다.

"그렇죠. 하지만 그건 프랑스 군대였어요. 다른 나라에서 싸우는 경우라면 군사적인 문제는 쉽게 해결되죠." 지노가 동의했다.

"그건 그래. 자기 나라에서 싸우면 그렇게 과학적으로 군대를 이용할 수가 없지." 내가 그의 말에 맞장구를 쳤다.

"러시아군이 그랬죠. 나폴레옹을 함정에 빠뜨리기 위해서 말이죠."

"그래. 하지만 러시아는 국토가 광대했으니까. 만일 이탈리아에서 나폴레옹을 함정에 빠뜨리자고 후퇴해 봐. 아마 브린디시*까지 밀릴걸."

---

*이탈리아 남동쪽 끝 아드리아 해에 위치해 있는 군항.

"끔찍한 곳이죠. 그곳에 가 보신 적 있습니까?" 지노가 물었다.

"머문 적은 없어."

"전 애국자입니다. 하지만 아무리 해도 브린디시나 타란토*는 좋아할 수가 없네요." 지노가 말했다.

"바인시차는 좋은가?" 내가 물었다.

"그 땅은 신성하죠. 하지만 감자가 좀 더 생산됐으면 좋겠어요. 우리가 여기 왔을 땐 오스트리아군이 심어 놓은 감자밭이 있었거든요." 그가 말했다.

"식량이 많이 부족한가?"

"한 번도 배불리 먹어 본 적이 없어요. 하지만 대식가인 저도 아직 굶어 죽진 않았죠. 식사는 보통은 됩니다. 전선의 연대는 꽤 괜찮은 급식을 받는 모양이지만 증원부대는 보급을 잘 받지 못해요. 어디서 뭔가 잘못되어 있는 거죠. 군량미는 충분할 텐데요."

"어디서 돔발상어 같은 놈들이 팔아 먹고 있나 보지."

"맞아요. 전방 대대엔 될 수 있는 대로 보급을 많이 해 주지만 후방 부대는 아주 부족해요. 후방 부대에서는 오스트리아군이 심어 놓은 감자며 숲에서 딴 밤 같은 것을 모조리 먹어 치웠어요. 좀 더 급식을 잘해 줘야 해요. 다들 잘 먹잖아요. 식량은 충분한 게 확실해요. 군대에 식량이 부족하다면 그건 아주 곤란하죠. 급식이 병사들의 사기에 얼마나 중요한지 생각

---

*이탈리아 남부의 항구도시.

해 보셨습니까?”

“그럼 당연하지. 그래 가지곤 전쟁에서 이길 수 없지.” 내가
대답했다.

“진다는 얘기는 이제 그만두죠. 그 얘기라면 그렇잖아도
신물이 나니까요. 지난여름에 한 일이 헛수고로 끝나지는 않
겠죠.”

나는 아무 대답도 하지 않았다. 신성이니 영광이니 희생이
니 하는 공허한 표현을 들으면 언제나 당혹스러웠다. 이따금
우리는 고함 소리만 겨우 들릴 뿐 목소리도 잘 들리지 않는 빗
속에서 그런 말을 들었다. 또 오랫동안 다른 포고문 위에 붙
여 놓은 포고문에서도 그런 문구를 읽었다. 그러나 나는 신성
한 것을 실제로 본 적이 한 번도 없으며, 영광스럽다고 부르는
것에서도 조금도 영광스러움을 느낄 수 없었다. 희생은 고깃
덩어리를 땅속에 파묻는 것 말고는 달리 할 것이 없는 시카고
의 도살장과 같았다. 차마 참고 듣기 힘든 말들이 너무도 많은
까닭에 나중에는 지명만이 위엄을 갖게 되었다. 숫자나 날짜
같은 것들이 지명과 함께 우리가 말할 수 있고 의미를 부여할
수 있는 유일한 것들이었다. 영광이니 명예니 용기니 신성이
니 하는 추상적인 말들은 마을의 이름이나 도로의 번호, 강 이
름, 연대의 번호나 날짜와 비교해 보면 오히려 외설스럽게 느
껴졌다. 지노는 애국자다. 그래서 가끔씩 우리를 갈라놓는 말
을 했시만 역시 좋은 청년이었다. 그가 애국자라는 사실을 나
는 잘 알았다. 그는 태어날 때부터 애국자였다. 그는 페두치와
함께 자동차를 타고 고리치아로 떠났다.

그날은 하루 종일 폭풍우가 몰아쳤다. 바람이 비를 몰아쳐 가는 곳마다 웅덩이와 진흙투성이였다. 파손된 집들의 회벽은 잿빛으로 젖어 있었다. 비는 오후 늦게야 그쳤다. 제2번 주둔지에서 바라보니 언덕 꼭대기에 구름이 둥둥 뜬 헐벗고 축축한 가을의 시골 풍경, 그리고 도로 위에 가려 놓은 밀짚 차폐물이 비에 젖어 물방울을 뚝뚝 떨어뜨리는 모습이 보였다. 해는 가라앉기 전에 다시 한 번 얼굴을 내밀어 산마루 너머에 있는 헐벗은 숲을 비췄다. 그 산등성이의 숲 속에는 오스트리아군의 야포가 많이 있었지만 막상 불을 내뿜는 것은 겨우 몇 대뿐이었다. 전선 근처의 파괴된 농가 상공으로 갑자기 유산탄의 포연이 둥글게 뿜어 올랐다. 한복판에 희고 노르스름한 섬광이 있는 부드러운 연기 덩어리였다. 섬광이 번쩍하면 곧이어 포성이 들렸고, 그런 뒤에는 연기 덩어리가 바람에 날리면서 부서졌다. 파괴된 인가들의 폐허 속에도, 주둔지가 있는 파손된 농가 옆의 도로 위에도 금속 유산탄의 파편이 여기저기 뒹굴었지만, 그날 오후에는 주둔지 근처에 포격이 가해지지 않았다. 앰뷸런스 두 대에 부상병을 싣고 젖은 거적으로 가린 도로 아래쪽을 달리노라니 마지막 햇살이 차폐물 틈 사이로 새어 들어왔다. 우리가 산 뒤쪽에 있는 확 트인 도로에 나오기 전에 해는 벌써 떨어졌다. 차폐물이 없는 도로를 달려 모퉁이를 돌아 넓은 공지로 나왔다가 가려 놓은 네모난 아치형 터널로 들어가자 또다시 비가 내리기 시작했다.

밤이 되자 바람이 일더니 새벽 3시에 비가 억수같이 퍼부었다. 바로 그때 포격이 시작되었다. 크로아티아인 부대가 산간의 초원을 가로지르고 숲을 통과하여 전선 안으로 습격해 들어왔다. 그들은 비를 맞으며 칠흑 같은 어둠 속에서 전투를 벌였는데 제2선에 있던 놀란 병사들이 그들을 격퇴했다. 그 빗속에서도 그들은 포격을 퍼부었고, 수많은 로켓탄을 발사했으며, 전선을 따라 기관총과 소총을 쏘아 댔다. 적은 다시 습격해 오지 않았고, 그러자 사방이 훨씬 잠잠해졌다. 돌풍과 비 사이로 저 멀리 북쪽에서 엄청난 포격 소리가 요란스럽게 들려왔다.

부상병들이 더러는 들것에 실려, 더러는 제 발로 걸어서, 또 더러는 들판을 지나던 전우들의 등에 업혀 주둔지에 도착했다. 비에 흠뻑 젖은 그들은 모두 겁에 질려 있었다. 우리는 들것에 실린 부상자들이 주둔지의 지하실에서 올라오는 대로 앰뷸런스 두 대에 가득 실었다. 내가 두 번째 앰뷸런스의 문을 닫고 걸쇠를 걸 때 얼굴을 때리던 비가 어느덧 눈으로 바뀌었다. 눈송이는 비에 섞여 빠르게 펑펑 내렸다.

날이 밝았다. 폭풍은 여전히 계속되었지만 눈은 그쳐 있었다. 눈은 젖은 땅에 내려앉으면서 곧 녹아 버렸으며, 다시 비로 변하고 있었다. 날이 밝은 직후에 다시 한 번 공격이 있었지만 그들은 성공을 거두지 못했다. 우리는 하루 종일 공격을 기다렸으나 해가 질 때까지 적은 공격해 오지 않았다. 포격은 오스트리아군의 포병대가 집결해 있는 길쭉한 산림지대 남쪽에서 시작되었다. 우리는 포격이 있을 거라고 예상했지만 아무 일도 일어나지 않았다. 날은 점점 어두워지고 있었다. 마을 뒤쪽 들판에서 야포의 포격이 있었고, 공중을 날아가는 포탄은 기분 좋은 소리를 냈다.

우리는 남쪽에서의 공격이 성공하지 못했다는 소식을 들었다. 그날 밤 적은 공격하지 않았다. 그러나 북쪽 전선이 돌파되었다는 소식이 들려왔다. 우리 군은 밤에 후퇴 준비를 하라는 통지를 받았다. 주둔지의 대위가 내게 이 소식을 알려 주었다. 대위는 여단 사령부에서 통지를 받았다고 했다. 그러나 잠시 뒤 전화를 받고 돌아오더니 그 통지는 사실이 아니라고 했다. 여단 사령부는 무슨 일이 있어도 바인시차 전선을 확보하라는 명령을 받았다는 것이다. 아군의 전선이 돌파당한 게 사실이냐고 묻자, 대위는 오스트리아군이 카포레토 쪽 제27군단을 돌파했다는 소식을 여단에서 들었다고 했다. 북쪽에서는 하루 종일 대규모 전투가 벌어졌던 것이다.

"자식들이 돌파당했다면 우리도 끝장인데." 그가 말했다.

"지금 공격하는 건 독일군이야." 의무 장교 하나가 말했다. 독일군이라니 말만 들어도 가슴이 섬뜩했다. 우리는 독일군과는 절대 엮이고 싶지 않았다.

"그곳에는 독일군 사단이 열다섯 개나 있어. 놈들이 아군 전선을 돌파했다네. 그게 사실이라면 우린 고립되고 말 텐데." 의무 장교가 말했다.

"여단 사령부에선 이 전선을 확보해야 한다는 거야. 돌파되었다곤 해도 그다지 심하게 돌파된 게 아니라는 거지. 아군은 몬테마조레*에서 산악 지대를 가로질러 전선을 확보하겠다고."

---

* 이탈리아 북서부에 위치한 산. 이탈리아어로 '큰 산'이라는 뜻.

"그런 얘기는 어디서 들은 거랍니까?"

"사단 사령부에서."

"그렇다면 우리가 후퇴할 계획이란 말도 사단 사령부에서 나왔겠군요."

"우리는 군단 사령부 밑에서 움직이고 있습니다. 하지만 여기선 대위님 밑에서 움직이죠. 당연히 대위님이 후퇴하라고 하면 후퇴하는 겁니다. 하지만 명령은 정확히 하달받으십시오." 내가 말했다.

"명령은 여기 그대로 머물러 있으라는 거야. 자네는 부상병들을 이곳에서 임시 수용소로 운반해 주게."

"때에 따라선 임시 수용소에서 야전병원으로 수송하는 경우도 있습니다. 말씀해 주십시오. 전 아직 후퇴라는 걸 본 적이 없습니다……. 만일 후퇴하게 되면 부상자 전원을 어떻게 후송합니까?"

"전부는 아냐. 할 수 있는 데까지 최대한 후송하고 나머지는 남겨 둬야지."

"앰뷸런스에는 뭘 싣게 됩니까?"

"병원 장비지."

"알겠습니다." 내가 말했다.

이튿날 밤 후퇴가 시작되었다. 우리는 독일군과 오스트리아군이 북쪽 전선을 돌파하고 치비달레*와 우디네를 향해 계

---

* 치비달레델프리울리. 이탈리아 북동부의 우디네와 이손초 강 사이에 있는 소도시.

곡을 타고 내려오는 중이라는 말을 들었다. 비에 젖고 침울한 가운데서도 후퇴는 질서 정연하게 이루어졌다. 밤중에 혼잡한 도로를 따라 서서히 나아가면서 우리는 빗속을 행진하는 부대와 대포, 마차를 끄는 말과 노새, 트럭들을 앞질렀다. 모두가 전선에서 이동하는 것들이었다. 진군할 때와 마찬가지로 큰 혼란은 없었다.

그날 밤 우리는 고지에서 가장 피해가 적은 마을에 설치해 놓은 야전병원의 철수를 도와 부상자들을 강둑의 플라바로 운반했다. 이튿날에는 플라바의 야전병원들과 임시 수용소를 철수하기 위해 빗속에서 하루 종일 일했다. 비는 줄기차게 내렸으며, 바인시차 부대는 10월의 비를 맞으면서 그해 봄 큰 승리를 거두었던 강을 건너 고원에서 이동해 내려왔다. 우리는 이튿날 점심때쯤 되어 고리치아에 도착했다. 비는 그쳤지만 시내는 거의 텅 비어 있었다. 우리가 거리 위쪽으로 올라가니 병사들이 사병 위안소에서 아가씨들을 트럭에 태우고 있었다. 아가씨들은 일곱 명이었는데 모자와 외투 차림에 작은 여행 가방을 들고 있었다. 그중 두 아가씨는 울고 있었다. 나머지 아가씨 중 하나가 우리를 향해 미소를 지으며 혀를 내밀어 아래위로 날름거렸다. 입술이 크고 두툼한 데다 눈이 검은 아가씨였다.

나는 차를 세우고 여주인한테 말을 걸었다. 그녀는 장교 위안소의 아가씨들은 오늘 아침에 떠났다고 말했다. 이 여자들은 어디로 가는 거냐고 물었더니 코넬리아노*로 간다고 대답

---

* 우디네 서남쪽으로 베네치아 북쪽에 위치한 소도시.

했다. 트럭이 출발했다. 입술이 두툼한 아가씨가 우리에게 또다시 혀를 내밀었다. 여주인은 손을 흔들었다. 두 아가씨는 여전히 울고 있었다. 다른 아가씨들은 재미있다는 듯 시내를 바라보았다. 나는 차에 올라탔다.

"저 여자애들과 같이 가야겠는데요. 여행이 재미있어지겠어요." 보넬로가 말했다.

"우리도 재미있는 여행을 하게 될 거야." 내가 대꾸했다.

"지옥 같은 여행을 하게 되겠죠."

"내 말이 바로 그 뜻이야." 내가 말했다. 우리는 빌라 쪽으로 차를 몰았다.

"난폭한 놈들 몇이 기어올라 가 아가씨들에게 덤벼드는 꼴이나 봤으면 좋겠네요."

"그럴 것 같아?"

"두말하면 잔소리죠. 제2군에 있는 병사치고 저 여주인을 모르는 놈은 하나도 없으니까요."

우리는 벌써 별장 밖에 와 있었다.

"모두 저 여자를 수녀원장이라고 부르죠. 계집애들은 처음 보지만 저 여자는 모르는 사람이 없어요. 아마 후퇴 전에 아가씨들을 새로 데려왔나 봅니다." 보넬로가 말했다.

"그럼 혼쭐깨나 나겠는걸."

"틀림없이 혼이 날 겁니다. 저것들과 공짜로 한번 해 봤으면 좋겠네요. 저 집은 너무 비싸게 받았거든요. 징부가 우리를 사취하는 거죠."

"차를 밖에 빼고 정비병들에게 검사를 하게 해. 오일을 갈아 넣고 차동장치도 점검하고. 가솔린을 가득 채워 넣은 뒤 잠이나 좀 자 두라고." 내가 말했다.

"네, 중위님."

별장은 텅 비어 있었다. 리날디는 병원 사람들을 따라 떠나고 없었다. 소령도 간부용 자동차에 병원 요원을 싣고 가 버린 뒤였다. 창문에 내 앞으로 써 놓은 쪽지가 붙어 있었다. 복도에 쌓아 놓은 물건들을 싣고 포르데노네*로 오라는 내용이었다. 정비병들도 이미 떠나고 없었다. 나는 밖으로 나와서 차고로 돌아갔다. 내가 그곳에 있는 동안 다른 앰뷸런스 두 대가 도착해 운전병들이 차에서 내렸다. 또다시 비가 내리기 시작했다.

"어찌나 졸리던지……. 플라바에서 여기까지 오는 도중에 세 번이나 잠들었어요. 이제부터 저희들은 뭘 하는 겁니까, 중위님?" 피아니가 말했다.

"오일을 갈아 넣고 기름을 치고 가솔린을 가득 채워. 그러고 나서 현관 앞에 차를 대고 남아 있는 자질구레한 물건들을 싣는 거야."

"그러고 나서 출발합니까?"

"아니, 세 시간 동안 잠을 잔다."

"잠을 잘 수 있다니 이렇게 반가울 데가 있나! 눈이 감겨서 도무지 운전을 할 수가 있어야죠." 보넬로가 말했다.

"자네 차는 어때, 아이모?" 내가 물었다.

---

* 이탈리아 북동부 피아브와 탈리아멘토 강 사이에 위치한 작은 마을.

"이상 없습니다.

"작업복 좀 가져와. 오일 가는 걸 도와줄 테니."

"괜찮습니다, 중위님. 별로 힘든 일이 아닙니다. 중위님은 가서 짐이나 싸십시오." 아이모가 말했다.

"짐은 벌써 다 싸 놨어. 그럼 선발대가 남기고 간 물건을 갖고 나올게. 정비가 되는 대로 차들을 앞쪽으로 돌려봐." 내가 말했다.

그들은 앰뷸런스들을 별장 현관 앞에 갖다 놓았다. 우리는 복도에 쌓여 있는 병원 장비를 차에 실었다. 짐을 다 싣고 나자 앰뷸런스 세 대가 비 내리는 나무 아래 차도에 한 줄로 나란히 섰다. 우리는 집 안으로 들어갔다.

"부엌에 불을 지피고 옷을 말려." 내가 말했다.

"옷이야 마르건 말건 상관없어요. 우선 눈을 붙이고 싶습니다." 피아니가 말했다.

"난 소령님 침대에서 잘 거야. 영감이 주무시던 곳에서 말이지." 보넬로가 말했다.

"난 어디서 자든 상관없어." 피아니가 말했다.

"여기에도 침대가 두 개 있군." 나는 문을 열었다.

"전 그 방에 무엇이 있었는지 전혀 몰랐어요." 보넬로가 말했다.

"그게 물고기 대가리 영감의 방이었지." 피아니가 말했다.

"자네 둘은 거기서 자. 내가 깨워 줄 테니." 내가 말했다.

"중위님이 안 깨워 주시면 오스트리아군이 깨워 줄 겁니다." 보넬로가 말했다.

"난 늦게까지 안 자. 한데 아이모는 어디 있지?"

"부엌에 갔습니다."

"그럼 어서들 자라고." 내가 말했다.

"자야겠어요. 온종일 앉은 채로 잠을 잤어요. 정수리가 눈 위를 계속 덮어 누르더라고요." 피아니가 말했다.

"구두를 벗어. 물고기 대가리 영감의 침대란 말이야." 보넬로가 말했다.

"물고기 대가리가 지금 무슨 상관이야." 피아니는 진흙투성이 군화를 그대로 쭉 뻗은 채 팔을 베개 삼아 침대에 벌렁 드러누웠다. 나는 부엌으로 나갔다. 아이모가 난로에 불을 피우고 그 위에 주전자를 올리고 있었다.

"파스타 아시우타를 만들려고요. 잠이 깨면 배가 고플 것 같아서요." 그가 말했다.

"자넨 졸리지 않나, 바르톨롬메오?"

"별로 졸리지 않습니다. 물이 끓으면 놔두고 자죠. 불은 저절로 꺼질 테니까요."

"잠을 좀 자 두는 게 좋을 거야. 치즈하고 통조림 고기를 먹으면 되니까." 내가 말했다.

"이 요리가 더 낫죠. 저 무정부주의자 두 명에겐 뭔가 뜨끈한 게 좋을 겁니다. 어서 주무세요, 중위님." 그가 말했다.

"소령님 방에 침대가 하나 있어."

"중위님이 거기서 주무십시오."

"아냐, 난 내가 쓰던 방으로 갈 거야. 한잔할까, 바르톨롬메오?"

"떠날 때 하죠, 중위님. 지금은 마셔 봐야 소용도 없어요."

"세 시간 뒤에 잠이 깼는데도 내가 자네를 부르지 않거든 나를 깨워 줘. 알겠지?"

"시계가 없는데요, 중위님."

"소령님 방 벽에 걸려 있어."

"알겠습니다."

그러고 나서 나는 식당과 복도를 거쳐 대리석 계단을 올라가 리날디와 같이 쓰던 방으로 갔다. 밖에는 아직도 비가 내리고 있었다. 나는 창가로 가서 밖을 내다보았다. 어둠이 내리고 있었으며 나무 밑에 나란히 세워 둔 차량 세 대가 보였다. 비에 젖은 나무에서 빗방울이 뚝뚝 떨어지고 있었다. 공기는 차가웠고 나뭇가지에 물방울이 매달려 있었다. 나는 리날디의 침대로 가서 몸을 눕히고 잠을 청했다.

우리는 출발하기 전에 부엌에서 식사를 했다. 아이모가 마늘과 통조림 고기를 잘게 다져 넣은 스파게티를 만들었다. 우리는 식탁에 빙 둘러앉아 별장 지하실에 남아 있던 포도주 두 병을 마셨다. 바깥은 벌써 어두웠고 비는 계속 내리고 있었다. 피아니는 졸음을 이기지 못하는 얼굴로 식탁에 앉아 있었다.

"난 진격보다는 후퇴 쪽이 더 좋아. 후퇴할 때는 바르베라를 마실 수 있거든." 보넬로가 말했다.

"지금은 그걸 마시지만 내일은 빗물을 마시게 될지도 몰라." 아이모가 말했다.

"내일이면 우디네에 도착하겠지. 그러면 샴페인을 마시게 될걸. 그곳은 병역 기피자들이 살고 있는 곳이니까. 어서 일어나, 피아니! 내일은 우디네에서 샴페인을 마시는 거야!"

"깨어 있었어." 피아니가 대답했다. 그는 접시에다 스파게티와 고기를 수북이 담았다. "토마토소스는 못 찾았어, 바르토?"

"하나도 없던데." 아이모가 대답했다.

"우디네에 가면 샴페인을 마실 수 있을 거야." 보넬로가 말했다. 그는 자기 잔에 투명하고 붉은 바르베라 포도주를 가득 따랐다.

"지금은 술을 마실 수 있지만……. 우디네에 가기 전에는 말이야."

"많이 드셨습니까, 중위님?" 아이모가 물었다.

"많이 먹었어. 그 병 좀 이리 줘, 바르톨롬메오."

"한 사람당 한 병씩 차에 가져갈 수 있게 해 놓았습니다." 아이모가 말했다.

"자넨 잠 좀 잤어?"

"전 많이 안 자도 됩니다. 조금 눈을 붙였습니다."

"내일은 국왕 침대에서 자게 될 거야." 보넬로가 말했다. 그는 기분이 사뭇 좋아 보였다.

"내일은 어쩌면 잠을……." 피아니가 말했다.

"나는 여왕을 끼고 잘 거야." 보넬로가 다시 말을 이었다. 그는 내가 이 농담을 어떻게 받아들이는지 눈치를 살폈다.

"자네가 같이 잘 사람은 말이지……." 피아니가 졸린 듯 대꾸했다.

"그건 반역죄입니다, 중위님. 반역죄 아닌가요?" 보넬로가 물었다.

"이제 그만들 해. 포도주 몇 잔 마시고 너무들 들떴군." 내가 말했다. 바깥에는 비가 세차게 내리고 있었다. 나는 손목시계를 보았다. 9시 30분이었다.

"이제 출발할 시간이야." 내가 말하며 자리에서 일어났다.

"누구 차에 타실래요, 중위님?" 보넬로가 물었다.

"아이모하고 탈게. 그다음에는 자네 차에 타지. 그다음엔 피아니의 차에 타기로 하고. 코르몬스행 가도를 달리기로 한다."

"도중에 잠이 들까 봐 걱정인데요." 피아니가 말했다.

"좋아. 그럼 자네 차에 탈게. 다음에 보넬로 차에. 그다음에 아이모 차에 타겠어."

"그게 제일 좋겠습니다. 졸려서 견딜 수가 없으니까요." 피아니가 대답했다.

"내가 운전할 테니 그동안 자넨 좀 자."

"아닙니다. 깨워 주는 사람이 있는 걸 아는 한 운전할 수 있어요."

"내가 깨워 줄게. 불을 꺼, 바르토."

"그냥 켜 두는 게 좋지 않을까요. 이 집은 이제 쓸모가 없을 테니까요." 보넬로가 말했다.

"내 방에 자물쇠 달린 작은 트렁크가 하나 있는데. 같이 가지러 가지 않겠나, 피아니?" 내가 말했다.

"우리기 깆고 오죠. 자, 가자, 일토.*" 피아니가 내납했나.

----

*보넬로의 애칭.

그는 보넬로와 함께 복도로 나갔다. 두 사람이 2층으로 올라가는 소리가 들렸다.

"이곳은 참 좋은 곳이었죠." 바르톨롬메오 아이모가 말했다. 그는 포도주 두 병과 치즈 반 덩어리를 자기 잡낭 속에 집어넣었다. "이런 곳은 다시 없을 겁니다. 어디로 후퇴하게 되나요, 중위님?"

"탈리아멘토 강* 너머라더군. 병원과 선형(扇形) 작전 구역은 포르데노네에 설치될 모양이야."

"이곳이 포르데노네보다 좋은 곳이지요."

"나는 포르데노네는 잘 몰라. 지나가 본 적은 있지만." 내가 말했다.

"그리 대단한 곳은 아닙니다." 아이모가 대답했다.

---

*이탈리아 북동부 우디네 서쪽에 있는 강. 고리치아의 동쪽으로 아드리아 해로 들어간다.

28

빠져나가면서 보니 중심가를 지나가는 부대와 야포의 대열 외에 마을은 비에 젖고 어둠에 싸인 채 텅 비어 있었다. 수많은 트럭과 짐마차 몇 대가 다른 거리들을 지나 간선도로에 집결해 있었다. 피혁 공장 앞을 지나 간선도로로 나오자 많은 부대와 트럭과 짐마차와 야포들이 넓게 종대를 이루어 느릿느릿 움직이고 있었다. 우리는 빗속을 천천히, 그러나 쉬지 않고 나아갔다. 우리가 탄 자동차의 라디에이터 뚜껑이 높이 쌓은 짐을 비에 젖은 캔버스로 덮어 놓은 트럭의 꽁무니에 닿을락 말락 했다. 그때 트럭이 멈춰 섰다. 그러자 대열 전체가 멈췄다. 트럭이 다시 움직이기 시작하자 우리는 조금 앞으로 나아갔는데 곧 다시 멈춰 섰다. 나는 차에서 내려 트럭과 짐마차 사이를 뚫고 비에 젖은 말들의 목 밑을 지나 앞쪽으로 걸어갔다. 길은 좀 더 앞에서부터 막혀 있었다. 나는 도로를 벗어나

도랑에 놓인 발판을 건너 도랑 저편의 들판을 따라 걸어갔다. 들판을 가로질러 앞쪽으로 나가 보니 빗속에 길이 막혀 나무들 사이에 꼼짝달싹 못하고 서 있는 대열이 보였다. 나는 1.5킬로미터쯤 걸어 나갔다. 길이 막혀 그대로 서 있는 차량 저 앞에서 부대들이 조금씩 움직이는 것이 보였지만 대열은 좀처럼 움직이지 않았다. 나는 앰뷸런스가 있는 곳으로 되돌아왔다. 어쩌면 정체 구간은 우디네까지 이어져 있을지도 모른다. 피아니는 핸들 위에 엎드려 자고 있었다. 나도 그의 옆자리로 기어올라 가 잠을 잤다. 몇 시간이 지나서야 바로 앞의 트럭이 삐걱거리며 기어를 넣는 소리가 들렸다. 피아니를 깨우고 출발했지만 몇 미터 가지 못해 또다시 멈추고 움직이고를 반복했다. 비는 여전히 퍼붓고 있었다.

밤이 되자 다시 한 번 길이 막혀 대열은 꼼짝하지 못했다. 나는 차에서 내려 아이모와 보넬로를 보러 뒤쪽으로 갔다. 보넬로는 공병 하사관 두 명을 차에 태우고 있었다. 내가 가까이 다가가자 두 하사관이 긴장했다.

"이 두 사람은 교량에서 작업을 하느라 남아 있었답니다. 자기 소속 부대를 찾을 수 없기에 태워 줬습니다." 보넬로가 설명했다.

"중위님, 허락해 주십시오."

"좋아." 내가 말했다.

"중위님은 미국인이셔. 누구든 태워 주실 거라고." 보넬로가 말했다.

하사관 하나가 싱긋 미소를 지었다. 다른 하사관은 보넬로에게 내가 북아메리카나 남아메리카에서 온 이탈리아인이냐고 물었다.

"이분은 이탈리아인이 아녜요. 북아메리카 출신의 영국인이시죠."

하사관들은 공손했지만 그 말을 믿지 않았다. 나는 그들 곁을 떠나 아이모한테로 갔다. 그는 옆자리에 아가씨 둘을 앉혀 놓고는 구석에 깊숙이 기대 앉아 담배를 피우고 있었다.

"바르토, 바르토!" 내가 불렀다. 그러자 그가 웃었다.

"이 아가씨들에게 말 좀 걸어 보세요, 중위님. 무슨 말을 하는 건지 도무지 못 알아듣겠어요. 이봐!" 그는 한 아가씨의 허벅지에 손을 얹고 다정하게 꽉 눌렀다. 그러자 아가씨는 숄로 몸을 꼭 감싸며 그의 손을 뿌리쳤다. "이봐! 중위님께 네 이름과 여기서 뭘 하고 있는지를 말씀드려."

그러자 아가씨가 나를 뚫어지게 쳐다보았다. 다른 아가씨는 눈을 내리깔고 있었다. 나를 쳐다보는 아가씨는 한마디도 알아들을 수 없는 지방 사투리로 뭐라고 말을 했다. 포동포동하고 살빛이 검은 그녀는 열여섯 살쯤 되어 보였다.

"동생인가?" 내가 물으며 다른 아가씨를 손으로 가리켰다.

그녀는 머리를 끄덕이면서 미소를 지었다.

"좋아." 나는 이렇게 말하고는 그녀의 무릎을 가볍게 쓰다듬었다. 내 손이 닿자 그녀의 몸이 굳어지며 옆으로 피하는 것이 느껴졌다. 동생은 한 번도 얼굴을 들지 않았다. 한 살쯤 아래로 보였다. 아이모가 언니의 허벅지에 손을 얹자 그녀는 얼른 손을 물리쳤다. 그는 그녀를 보고 웃었다.

"좋은 분이야." 그는 자기를 가리켰다. "좋은 분이시라고." 그가 이번에는 나를 가리켰다. "그러니 걱정할 것 없어." 아가씨는 사나운 눈으로 그를 쳐다보았다. 아가씨들은 두 마리 들새 같았다.

"내가 싫으면 뭣 때문에 저하고 함께 타고 가는 걸까요? 제가 손짓을 하니까 얼른 올라타더라고요." 그는 아가씨 쪽으로 몸을 돌렸다. "걱정할 것 없어. 그럴 위험은 없으니까…… 그럴 장소도 아니고……" 그는 상스러운 표현을 사용했다. 나는 그녀가 그 말뜻을 알아들었다는 것을 알 수 있었지만 그뿐이었다. 그녀는 잔뜩 겁을 먹은 눈으로 그를 쳐다보았다. 그리고 나서 숄로 몸을 단단히 여몄다. "차가 꽉 찼잖아. 그럴 위험은 없어…… 그럴 만한 장소도 없고……" 아이모가 말을 할 때마다 아가씨의 표정이 조금씩 굳어졌다. 그러더니 굳은 표정으로 앉아서 그를 바라보며 울기 시작했다. 입술이 실룩거리는가 싶더니 눈물이 포동포동한 두 뺨을 타고 흘러내렸다. 동생은 얼굴을 들지도 않은 채 언니의 손을 잡고 그대로 함께 앉아 있었다. 성난 얼굴을 하고 있던 언니가 소리 내어 울기 시작했다.

"내가 놀라게 했나 보군. 그럴 생각은 아니었는데." 아이모가 말했다.

바르톨롬메오는 자기 잡낭을 꺼내 치즈를 두 조각 베어 냈다. "자, 이거. 울지 마." 그가 말했다.

언니는 고개를 내저으며 계속해서 울었지만 동생은 치즈를 받아서 먹기 시작했다. 얼마 뒤 동생이 두 번째로 받은 치즈

조각을 언니에게 주었고 그들은 함께 치즈를 먹었다. 언니는 아직도 조금 흐느끼고 있었다.

"조금만 있으면 괜찮아질 겁니다." 아이모가 말했다.

그때 갑자기 그가 무슨 생각을 떠올렸다. "숫처녀야?" 그가 옆에 앉아 있는 아가씨에게 물었다. 그러자 그녀는 힘차게 고개를 끄덕였다. "너도 숫처녀야?" 그는 동생을 가리켰다. 두 아가씨는 함께 고개를 끄덕였고 언니가 뭐라고 사투리로 말했다.

"괜찮아. 걱정할 것 없어." 바르톨롬메오가 말했다.

아가씨들의 기분이 나아진 모양이었다.

나는 구석에 깊숙이 앉은 아이모와 그와 함께 앉아 있는 아가씨들을 남겨 둔 채 피아니의 차로 돌아왔다. 차량의 대열은 꼼짝도 하지 않았지만 부대는 끊임없이 옆으로 지나갔다. 비는 아직도 세차게 내리고 있었다. 대열이 일부 정체되는 것은 자동차의 배선(配線)이 비에 젖었기 때문일지도 모른다는 생각이 들었다. 아니, 어쩌면 그보다도 말들과 사람들이 잠들어 버렸기 때문인지도 몰랐다. 그러나 모두가 졸지 않고 깨어 있는데도 도시 교통이 마비되는 수가 있다. 바로 마차와 자동차가 서로 뒤엉켜 있기 때문이다. 이 둘은 서로에게 조금도 도움이 되지 않는다. 농부의 짐마차도 도움이 되지 않기는 마찬가지이다. 아이모와 같이 있는 저 두 아가씨도 마찬가지이다. 후퇴 장소는 아가씨들이 있을 곳이 못 된다. 저들은 틀림없이 숫처녀일 것이다. 신앙이 매우 두터울 것이다. 전쟁만 아니라면 아마 우리는 모두 침대에 들어가 있을 것이다. 침대에 들어가

머리를 베개에 눕히겠지. 침대와 식탁.* 널빤지처럼 딱딱한 상
태로 말이다. 캐서린은 지금쯤 시트 한 장은 밑에 깔고 다른
한 장은 위에 덮고 침대에 누워 있을 것이다. 어느 쪽으로 누
워서 잘까? 어쩌면 잠을 안 자고 있을지도 모른다. 누워서 내
생각을 하고 있을지도 몰라. 불어라, 불어라, 서풍아. 그래, 바
람이 불었지만 이슬비가 아니라 장대비를 몰아다가 내려 주
었다. 밤새도록 비가 내렸다. 내려도 억수같이 내렸다. 자, 보
라. 제기랄, 사랑하는 사람이 내 팔에 안겨 있고 내가 다시 침
대에 누워 있다면 얼마나 좋을까.** 내 사랑 캐서린을 팔에 안
고 말이다. 귀여운 내 사랑 캐서린이 비가 되어 내린다면 얼
마나 좋을까. 바람아, 다시 한 번 그녀를 내게 데려다 주렴. 그
렇지, 우리는 모두 그 바람 속에 있었다. 모두 그 속에 갇혀 있
었고, 이슬비로는 바람을 잠재울 수 없을 것이다. "캐서린, 잘
자! 편히 자. 잠자리가 너무 불편하면 반대쪽으로 돌아누워,
내 사랑. 냉수를 갖다 줄까. 조금 있으면 아침이 올 거야. 아침
이 되면 좀 나아지겠지. 그 녀석***이 당신을 불편하게 할 것을
생각하니 안됐어. 잠을 좀 자도록 해 봐, 자기." 내가 큰 소리

---

* bed and board. '침식' 또는 '침식을 같이하는 부부 생활'을 뜻한다.
** 프레더릭은 서풍을 노래한 16세기 민요를 대략적으로 인용하고 있
다. 바람이 불면 비가 내리고 사랑하는 사람이 비가 되어 내리기를 간절
히 기원하는 내용이다.("O Western wind, when wilt thou blow,/ That the
small rain down can rain?/ Christ, that my love were in my arms/ And I in
my bed again!") 윌리엄 셰익스피어의 『당신 뜻대로』에도 이와 비슷한 대사
가 나온다.
*** 캐서린이 임신한 아이를 가리키는 듯하다.

로 말했다.

지금껏 쭉 잤는걸요. 그녀가 말했다. 잠꼬대를 하더군요. 괜찮으세요?

당신 정말 그곳에 있는 거야?

물론이죠. 나는 여기 있어요. 난 아무 데도 가지 않아요. 우리 사이에 달라진 건 없어요.

당신은 정말 귀엽고 사랑스러워. 밤이 되어도 도망가지 않을 거지?

물론이죠. 나는 언제나 여기 있어요. 당신이 원하면 언제든지 갈게요.

"……대열이 다시 움직이기 시작합니다." 피아니가 말했다.

"깜빡 정신을 놓고 있었군." 내가 말했다. 시계를 보니 새벽 3시였다. 좌석 뒤로 손을 뻗어 바르베라 병을 집었다.

"큰 소리로 잠꼬대를 하시던데요." 피아니가 말했다.

"영어로 꿈을 꾸었어." 내가 말했다.

비는 점점 약해지고 차들은 다시 앞을 향해 움직였다. 그러나 동이 트기 전에 또 한 번 길이 막혔다. 날이 밝았을 때 우리는 조금 높은 지대에 와 있었다. 멀리까지 이어진 퇴각로가 보였다. 자동차 대열 사이로 빠져나가는 보병을 제외하고는 모든 것이 정지 상태였다. 다시 움직임이 있었지만 낮 동안의 전진 상황으로 보아 우디네에 도착하려면 어떻게든 간선도로를 벗어나 시골 들판을 가로질러 기야만 할 것 같았다.

밤이 되자 많은 농부가 시골길 이곳저곳에서 대열에 합류하여 세간을 실은 짐마차들도 늘어났다. 짐마차에는 매트리스 사이로 거울이 삐져나와 있거나, 병아리들과 오리들이 묶여 있었다. 우리 앞쪽의 짐마차에는 재봉틀 한 대가 실려 있었다. 아마도 가장 값나가는 물건들을 싣고 나왔을 것이다. 어떤 짐마차에는 여자들이 비를 피해 웅크리고 있었고, 또 다른 피난민들은 될 수 있는 대로 짐마차에 바짝 붙어서 걷고 있었다. 굴러가는 마차 아래로 따라가는 개들도 있었다. 길은 진흙투성이였고, 길가 양쪽 도랑은 물이 가득 불어 있었으며, 길가에 늘어선 가로수 너머에 있는 들판은 물에 깊이 잠겨 가로질러 갈 수가 없었다. 나는 차에서 내려 도로를 얼마 동안 걸어 올라가 가로질러 갈 만한 샛길이 있는지 찾아보았다. 옆길이 여러 갈래 있다는 것을 알았지만 막혀 있다면 아무 소용이 없었다. 늘 간선도로를 자동차로 질주하면서 지나친 데다 길들이 모두 비슷비슷해 보였기 때문에 나는 길을 기억해 낼 수 없었다. 간선도로를 피해 가려면 어떻게 해서든지 샛길을 하나 찾아야 했다. 오스트리아군이 어디에 있는지, 전황이 어떤지는 아무도 몰랐지만, 비가 그치고 비행기들이 날아와 이 대열을 공격한다면 그야말로 모든 게 끝장이었다. 병사 몇 명이 트럭을 버리거나 말 몇 마리만 죽여도 도로는 완전히 마비되고 말 것이다.

비가 조금 약해져서 이런 상태라면 날이 갤지도 모른다는 생각이 들었다. 나는 길 가장자리를 따라 앞으로 나아가다가 양쪽에 나무 울타리가 있는 두 들판 사이로 북쪽을 향해 뻗은 조그마한 길을 발견했다. 그 길을 따라가는 것이 좋겠다고 생각해 급히 차가 있는 곳으로 돌아왔다. 나는 피아니에게 차를 돌리라고 한 뒤 보넬로와 아이모한테로 돌아갔다.

"만약 길이 막혀 있으면 돌아와서 다시 끼어들면 돼." 내가
말했다.

"그럼 이 사람들은 어쩌죠?" 보넬로가 물었다. 그가 태워
준 하사관들은 그의 옆 좌석에 앉아 있었다. 면도는 하지 않았
지만 그래도 이른 아침에 보니 아직 군인다운 데가 있었다.

"차를 밀 때 도움이 되겠군." 내가 말했다. 나는 아이모한테
로 가서 이제부터 시골 들판을 가로질러 볼 작정이라고 이야
기했다.

"저 숫처녀 아가씨들은 어떻게 하죠?" 아이모가 물었다. 두
아가씨는 자고 있었다.

"별로 필요하지 않을 것 같군. 차라리 차를 밀 수 있는 사람
을 태워야 해." 내가 말했다.

"뒤쪽에 태우면 괜찮지 않을까요. 차엔 아직 여유가 있으니
까요." 아이모가 말했다.

"그렇게 하고 싶으면 그렇게 해. 차를 밀 수 있게 등판이 널
찍한 사람을 골라 봐." 내가 말했다.

"그럼 저격병이 좋겠군요. 그 녀석들 등판이 제일 넓죠. 등
너비를 재 보고 뽑으니까요. 기분은 어떠십니까, 중위님?" 아
이모가 싱긋 웃었다.

"좋아. 자네는?"

"저도 좋습니다. 하지만 배가 고파 죽겠어요."

"저 길로 올라가면 뭐든 먹을 게 있을 거야. 거기 가서 차를
세워 놓고 먹지."

"다리는 좀 어떻습니까, 중위님?"

"괜찮아." 내가 말했다. 자동차 발판 위에 서서 앞쪽을 보니 옆길로 빠져나가 그 위쪽으로 올라간 피아니의 차가 잎사귀가 떨어진 앙상한 나무 울타리 사이로 모습을 드러냈다. 보넬로가 방향을 바꾸어 그 뒤를 따르고 이어 피아니가 애써 길을 헤치며 나오자, 우리는 울타리 사이의 좁은 길을 따라 앞선 앰뷸런스 두 대를 좇아갔다. 길은 어느 농가로 통해 있었다. 피아니와 보넬로가 농가 마당에 차를 세워 놓은 것이 보였다. 나지막하고 길쭉한 집으로 문 위쪽에 포도나무 시렁이 있었다. 피아니가 라디에이터에 물을 채우려고 마당에 있는 우물에서 물을 끌어올리고 있었다. 너무 오랫동안 저속 기어로 달렸기 때문에 라디에이터 물이 뜨거워지면서 증발해 버렸던 것이다. 농가는 버려진 채 텅 비어 있었다. 나는 길 아래쪽을 돌아보았다. 농가는 약간 고지대에 위치해 있어 시골 들판을 조망할 수 있었다. 도로며 울타리며 들판이며 후퇴 대열이 지나가는 간선도로를 따라 나란히 늘어선 가로수가 보였다. 하사관들은 집 안을 뒤지고 있었다. 아가씨들은 잠에서 깨어나 안마당이며 우물이며 농가 앞에 세워 둔 큼직한 앰뷸런스 두 대며 우물가에 모여 있는 운전병 셋을 바라보고 있었다. 하사관 한 사람이 괘종시계를 들고 나왔다.

"도로 갖다 놓고 와." 내가 말했다. 그는 나를 쳐다보고 집 안으로 들어가더니 빈손으로 나왔다.

"자네 친구는 어디 갔어?" 내가 물었다.

"변소에 갔습니다." 그는 앰뷸런스 좌석으로 기어올라 갔다. 떼어 놓고 갈까 봐 걱정이 되는 모양이었다.

"아침 식사는 어떻게 할까요, 중위님? 먹을 게 좀 있을 것 같습니다. 오래 걸리지는 않을 겁니다." 보넬로가 말했다.

"이 길을 따라 저쪽으로 내려가면 어디든 나올 것 같은가?"

"물론이죠."

"그럼 됐어. 식사하자고." 피아니와 보넬로가 집 안으로 들어갔다.

"이리 와." 아이모가 두 아가씨에게 말했다. 그러고 나서 손을 뻗어 차에서 내려 주려고 했다. 언니가 고개를 내저었다. 아가씨들은 빈집에 절대로 들어가려 하지 않았다. 그들은 우리가 들어가는 뒷모습을 지켜보기만 했다.

"그것들 참 다루기 힘드네." 아이모가 말했다. 우리는 함께 농가로 들어갔다. 넓고 어두운 것이 황폐한 느낌이 들었다. 보넬로와 피아니는 부엌에 있었다.

"먹을 게 별로 없는데요. 깨끗이 치우고 갔어요." 피아니가 말했다.

보넬로는 육중한 부엌 식탁 위에서 큼직한 치즈를 잘랐다.

"그건 어디서 났나?"

"지하실에서요. 피아니가 포도주하고 사과를 찾아냈어요."

"그만하면 훌륭한 아침 식사군."

피아니는 버들가지로 싸맨 큼직한 포도주 병에서 코르크 마개를 빼내고 있었다. 그는 병을 기울여 구리 냄비에다 가득 술을 따랐다.

"냄새가 좋은데. 유리잔 좀 찾아봐, 바르토." 그가 말했다.

그때 하사관들이 들어왔다.

"하사님들, 치즈 좀 드시죠." 보넬로가 말했다.

"가야 할 텐데." 하사관 한 사람이 이렇게 말하면서 치즈를 먹고 포도주를 마셨다.

"우리도 갈 거예요. 그러니 걱정하지 마십시오." 보넬로가 말했다.

"군인도 배가 든든해야 행군을 하지." 내가 말했다.

"그게 무슨 말입니까?" 하사관이 물었다.

"먹어 두는 게 좋단 말이야."

"그렇죠. 하지만 시간이 없습니다."

"이 자식들 벌써 뭘 먹은 게 틀림없군." 피아니가 말했다. 그러자 하사관들이 그를 쳐다보았다. 그들은 우리 일행을 싫어했다.

"길을 아십니까?" 그중 한 명이 내게 물었다.

"아니, 몰라." 내가 대답했다. 그러자 그들은 서로 얼굴을 마주 보았다.

"이제 출발하는 게 좋겠습니다." 첫 번째 하사관이 말했다.

"그러잖아도 출발할 참이었어." 내가 말했다. 나는 붉은 포도주를 한 잔 더 마셨다. 치즈와 사과를 먹은 뒤라 술맛이 아주 좋았다.

"그 치즈는 갖고 와." 나는 이렇게 말하고 밖으로 나갔다. 보넬로가 큼직한 포도주 병을 들고 나왔다.

"그건 너무 큰데." 내가 말했다. 그는 아쉬운 듯 그것을 쳐다보았다.

"그런 것 같군요." 그가 말했다. "포도주를 넣어 줄 테니 물통들을 내놔." 그는 물통에 술을 채웠고, 술의 일부가 마당의 돌바닥에 흘러내렸다. 그는 술병을 들어 바로 문 안쪽에 들여 놓았다.

"오스트리아 놈들은 문을 부수지 않고서도 이것을 찾아낼 수 있을 겁니다." 그가 말했다.

"자, 출발하자. 피아니와 내가 선두에 설게." 내가 말했다. 두 공병 하사관은 벌써 보넬로의 옆 좌석에 앉아 있었다. 아가씨들은 치즈와 사과를 먹고 있었다. 아이모는 담배를 피우고 있었다. 우리는 좁은 길을 따라 내려가기 시작했다. 뒤를 돌아보니 뒤따라오는 앰뷸런스 두 대와 농가가 보였다. 견고한 석조로 지은 그 집은 나지막하고 아담했으며 우물에 설치한 철제 장치도 아주 훌륭했다. 우리가 달리는 앞쪽 길은 좁고 질퍽거렸고 길 양쪽에 높은 울타리가 쳐 있었다. 뒤쪽에서 앰뷸런스 두 대가 뒤를 바짝 따라오고 있었다.

29

정오에 우리는 우디네에서 정확히 10킬로미터쯤 떨어졌다고 생각되는 진흙 길에 꼼짝없이 박히고 말았다. 비는 오전 중에 그쳤다. 비행기가 날아오는 소리가 세 번이나 들리고 머리 위를 지나 저 멀리 왼쪽으로 날아가는 것이 보이더니 곧이어 간선도로를 폭격하는 소리가 들렸다. 우리는 그물코처럼 얽힌 샛길을 겨우 빠져나와 몇 번이나 길로 들어섰지만 번번이 길이 막혀 되돌아 나오기를 반복하며 우디네로 나아갔다. 그런데 아이모의 차가 막힌 길에서 되돌아 나오다가 그만 길가의 진창 속에 빠지고 말았다. 바퀴가 헛돌면서 점점 밑으로 파고들더니 마침내 차동장치까지 땅에 닿았다. 이렇게 되고 보니 바퀴 앞쪽의 흙을 파내고 쇠사슬이 걸리도록 나뭇가지를 집어넣어 차가 길 위로 올라올 때까지 뒤에서 미는 수밖에는 없었다. 우리는 모두 내려서 차 주위에 모였다. 하사관들은 차를 쳐다보고 바퀴를 살폈다. 그러더니 한마디 말도 없이 길 아래쪽으로 내려가기 시작했다. 나는 그들의 뒤를 쫓아갔다.

"이봐, 나뭇가지 좀 꺾어 와." 내가 소리쳤다.

"우리는 가야겠습니다." 하사관 하나가 대답했다.

"어서 서둘러. 나뭇가지를 꺾어 오란 말이야." 내가 다시 한 번 외쳤다.

"우린 지금 가야 한다고요." 하사관 하나가 다시 말했다. 다른 하사관은 아무 말도 하지 않았다. 그들은 서둘러 떠나려고 했다. 나를 쳐다보려고도 하지 않았다.

"명령이다. 차로 돌아와서 나뭇가지를 꺾어 와." 내가 명령했다. 그러자 하사관 하나가 뒤를 돌아보았다. "우린 가야 됩니다. 조금 있으면 길이 차단되고 맙니다. 중위님은 우리에게 명령할 권한이 없습니다. 우리 직속상관이 아니잖아요."

"명령이다. 나뭇가지를 꺾어 와." 나는 거듭 소리쳤다. 그러나 그들은 들을 척도 않고 몸을 돌려 길 아래쪽으로 내려갔다.

"정지!" 내가 소리쳤다. 그들은 여전히 양쪽에 울타리가 있는 진흙 길을 따라 계속 걸어 내려갔다. "명령이다, 정지해라!" 내가 외쳤다. 그들의 걸음이 빨라졌다. 나는 권총집을 열고 권총을 꺼내 말수가 많던 하사관을 겨눈 뒤 발사했다. 총알이 빗나갔고 두 사람이 같이 뛰기 시작했다. 나는 연이어 세 발을 발사해 한 사람을 쓰러뜨렸다. 다른 한 사람은 울타리를 뚫고 들어가 보이지 않았다. 그가 들판을 가로질러 뛰어 달아나는 것을 보고 울타리 사이로 그를 향해 권총을 쏘았다. 총알이 떨어져 찰칵 소리가 나자 다른 탄창으로 바꿔 끼웠다. 그러나 권총을 쏘기에는 거리가 너무 멀었다. 그는 고개를 숙인 채 벌써 저 멀리 들판을 가로질러 뛰어가고 있었다. 나는 빈 탄창에 다시 탄알을 재기 시작했다. 그때 보넬로가 내게 다가왔다.

"제가 저놈을 처치하고 오죠." 그가 말했다. 권총을 건네자 보넬로는 공병 하사관이 얼굴을 땅바닥에 대고 쓰러져 있는 곳으로 걸어갔다. 그리고 몸을 숙여 하사관의 머리에 권총을 겨누고 방아쇠를 당겼다. 권총은 불발되었다.

"공이치기를 당겨야 해." 내가 말했다. 그는 공이치기를 당기고 두 번 쏘았다. 그러고 나서 하사관의 두 다리를 붙잡고 길가로 끌어내 울타리 곁에 놓았다. 그는 돌아와 내게 권총을 돌려주었다.

"개자식." 그가 말했다. 그는 하사관 쪽을 바라보았다. "제가 총 쏘는 걸 보셨습니까, 중위님?"

"빨리 나뭇가지를 주워 와야 해. 내가 다른 놈도 맞혔나?" 내가 말했다.

"맞지 않은 것 같은데요. 거리가 너무 멀었어요." 아이모가 대답했다.

"쓰레기 같은 놈." 피아니가 내뱉었다. 우리는 모두 크고 작은 나뭇가지를 잘랐다. 차 안에 있는 물건을 모두 내렸다. 보넬로가 바퀴 앞쪽을 팠다. 준비가 끝나자 아이모가 차의 시동을 걸고 기어를 넣었다. 그러나 바퀴들은 빙빙 헛돌며 나뭇가지와 진창을 튕겨 낼 뿐이었다. 보넬로와 내가 관절에서 우두둑 소리가 나도록 힘껏 밀었지만 차는 꿈쩍도 하지 않았다.

"차를 앞뒤로 흔들어 봐, 바르토." 내가 말했다.

그는 엔진을 후진시켰다가 다시 전진 상태로 놓았다. 그래도 바퀴는 점점 깊이 박힐 뿐이었다. 그러더니 다시 차동장치까지 빠지고 파 놓은 구멍 속에서 바퀴가 멋대로 헛돌았다. 나는 허리를 펴고 일어섰다.

"밧줄로 당겨 보자." 내가 말했다.

"그래도 소용없을 것 같은데요, 중위님. 정면으로 끌 수가 없잖아요."

"어쨌든 시도는 해 봐야지. 다른 방법으론 빠져나오지를 않잖아." 내가 말했다.

피아니와 보넬로의 차는 좁은 길 아래 앞쪽으로 똑바로 움직일 수 있었다. 우리는 두 차에 밧줄을 연결하여 끌어 보았다. 그러나 바퀴들은 바퀴 자국 속에서 옆으로 끌어당겨질 뿐이었다.

"소용없군. 그만두자." 내가 소리쳤다.

피아니와 보넬로가 차에서 내려 돌아왔다. 아이모도 내려왔다. 아가씨들은 40미터쯤 떨어진 길로 걸어가 돌담 위에 앉았다.

"어떻게 하죠, 중위님?" 보넬로가 물었다.

"흙을 파고 다시 한 번 나뭇가지로 해 보자." 내가 말했다. 나는 길 아래쪽을 내려다보았다. 내 실수였다. 내가 그들을 여기까지 데리고 온 것이다. 해는 구름 사이로 모습을 거의 드러내고 있었고 하사관의 시체가 울타리 옆에 뒹굴고 있었다.

"저놈의 상의와 외투를 그 밑에 깔아 보자." 내가 말했다. 그러자 보넬로가 옷을 벗기러 갔다. 나는 나뭇가지를 꺾고 아이모와 피아니는 바퀴 앞쪽과 바퀴와 바퀴 사이를 팠다. 나는 외투를 두 쪽으로 찢어 바퀴 밑 진흙에 깔고 바퀴가 걸리도록 그 위에 가지들을 쌓아 올렸다. 준비가 끝나자 아이모가 운전대로 올라가서 시동을 걸었다. 그래도 바퀴는 여전히 헛돌았고 우리는 있는 힘을 다해 밀고 또 밀었다. 그러나 아무 소용이 없었다.

"빌어먹…… 바르토, 차 안에 뭐 필요한 거 있나?" 내가 물었다.

아이모가 보넬로와 함께 차에 올라가 치즈와 포도주 두 병과 자기 외투를 가지고 내려왔다. 보넬로는 핸들 앞쪽에 앉아서 죽은 하사관의 옷을 뒤졌다.

"외투는 버리는 게 좋아. 바르토의 숫처녀들은 어떻게 하지?" 내가 말했다.

"뒷자리에 태우고 가죠. 그렇게 멀리 갈 것 같진 않으니까요." 피아니가 말했다.

나는 앰뷸런스 뒷문을 열었다.

"자, 이리 와. 어서 올라타." 내가 말했다. 아가씨들은 차에 올라와 구석에 가 앉았다. 그들은 조금 전 있었던 사살을 눈치채지 못한 것 같았다. 나는 뒤를 돌아 길 위를 바라보았다. 하사관은 때 묻은 긴 소매 내의 바람으로 누워 있었다. 나는 피아니와 한차를 타고 출발했다. 우리는 들판을 가로질러 가려고 했다. 하지만 들판으로 접어들자 나는 차에서 내려 앞에서 걸어갔다. 들판을 가로지르면 반대쪽에 길이 있었다. 그러나 가로지를 수가 없었다. 땅이 너무 무르고 진창이라 차가 지나기에는 무리였다. 바퀴통까지 파묻혀 마침내 차가 오도 가도 못하게 되자 우리는 들판에 차를 버려두고 우디네를 향해 걷기 시작했다.

간선도로로 통하는 도로까지 나왔을 때 나는 아가씨들에게 그쪽을 가리켰다.

"저쪽으로 가 봐. 그러면 사람들을 만날 수 있어." 그들은 나를 쳐다보았다. 나는 지갑을 꺼내어 10리라짜리 지폐를 한 장씩 주었다. 그리고 다시 큰길 쪽을 가리키며 말했다. "저쪽으로 가 봐. 저리 가면 친구가 있어! 가족도 있고!"

그들은 무슨 말인지 알아듣지도 못한 채 돈을 꼭 쥐고 길 아래쪽으로 걸어갔다. 내가 돈을 도로 뺏지나 않을까 겁이 나는 듯 뒤를 돌아보면서. 나는 그들이 숄을 꼭 두른 채 걱정스러운 눈초리로 몸을 돌려 우리를 돌아보며 길을 따라 내려가는 것을 지켜보았다. 세 명의 운전병이 껄껄 웃었다.

"제가 저쪽으로 가면 얼마 주시겠습니까, 중위님?" 보넬로가 물었다.

"따라갈 수만 있다면 아가씨들 둘만 있는 것보다 여러 사람 속에 있는 게 더 나아." 내가 말했다.

"200리라만 주시면 저는 곧장 오스트리아군이 있는 데로 가겠습니다." 보넬로가 말했다.

"그러면 놈들한테 돈을 뺏기고 말걸." 피아니가 말했다.

"어쩌면 그 사이에 선생이 끝날지도 모르지." 아이모가 대꾸했다. 우리는 될 수 있는 대로 빠른 걸음으로 그 길을 따라 걸어 올라갔다. 해가 구름 사이로 막 나오려 하고 있었다. 길가에는 뽕나무들이 서 있었다. 그 뽕나무 사이로 우리가 버리고 온 대형 수송차 두 대가 들판 가운데 처박혀 있는 모습이 보였다. 피아니도 뒤를 돌아보았다.

"저걸 빼내려면 도로를 새로 만들 수밖에 없겠군." 그가 말했다.

"자전거라도 있으면 좋을 텐데." 보넬로가 말했다.

"미국에서도 자전거를 타나요?" 아이모가 물었다.

"전에는 많이들 탔지."

"여기선 대단한 거예요. 자전거는 굉장한 물건이거든요." 아이모가 말했다.

"자전거가 있으면 좋을 텐데. 난 걷는 건 딱 질색이거든." 보넬로가 말했다.

"저거 포격 소리 아니야?" 내가 물었다. 멀리서 포성이 들려오는 것 같았다.

"잘 모르겠는데요." 아이모가 말했다. 그러고는 귀를 기울였다.

"암만해도 그런 것 같군." 내가 말했다.

"우리가 제일 먼저 만나는 건 아마 기병일 겁니다." 피아니가 말했다.

"적군한테는 기병이 없을걸."

"그러면 얼마나 좋겠어. 빌어먹…… 기병의 창에 찔려 죽고 싶진 않거든." 보넬로가 말했다.

"그 하사관은 확실히 쏘신 거죠, 중위님?" 피아니가 물었다. 우리는 빠른 걸음으로 걷고 있었다.

"내가 죽였지. 난 지금껏 이 전쟁에서 한 놈도 죽인 적이 없었어. 평생 하사관 한 놈쯤 죽여 보는 게 소원이었다고." 보넬로가 말했다.

"꼼짝도 못 하는 놈을 잘도 쏘더군. 도망도 못 치는 놈을." 피아니가 말했다.

"아무렴 어때. 어쨌든 영원히 잊을 수 없을 거야. 내가 죽인 거야, 그 하사관 개……."

"고해성사 때는 뭐라고 말할 작정이지?" 아이모가 물었다.

"이렇게 말해야지. '축복해 주십시오, 신부님. 저는 하사관을 한 사람 죽였습니다.'" 그러자 모두 웃었다.

"저 친구는 무정부주의자랍니다. 성당 같은 데는 얼씬도 하지 않죠." 피아니가 말했다.

"자네들 정말로 무정부주의자들이야?" 내가 물었다.

"아닙니다, 중위님. 우린 사회주의자들이에요. 이몰라* 출신이거든요."

"이몰라에 와 보신 적 있습니까?"

"없어."

"아, 참 좋은 곳이죠, 중위님. 전쟁이 끝나면 꼭 한번 와 보십시오. 우리가 좋은 걸 보여 드릴 테니까요."

"자네들은 모두 사회주의자들이야?"

"물론이죠."

"아름다운 곳인가?"

---

* 이탈리아 북부의 에밀리아로마냐에 위치한 소도시.

"끝내주는 곳이죠. 아마도 그런 마을은 보신 적이 없을 겁니다."

"어쩌다 사회주의자가 됐지?"

"우리는 모두 사회주의자들이에요. 한 사람도 빠짐없이요. 전부터 늘 사회주의자들이었죠."

"이몰라에 오십시오, 중위님. 중위님도 사회주의자로 만들어 드리겠습니다."

조금 앞쪽에서 길이 왼쪽으로 구부러지더니 조그마한 언덕이 나왔고 돌담 너머로 사과 과수원이 하나 나타났다. 오르막에 이르자 그들은 이야기를 그쳤다. 우리는 모두 시간을 다투며 빠른 걸음으로 함께 걸었다.

30

얼마 뒤 우리는 강으로 통하는 도로로 나왔다. 다리로 이어진 도로에는 버리고 간 트럭과 짐마차들이 장사진을 치고 있었다. 사람은 그림자 하나 보이지 않았다. 강물은 불어 있었고 다리는 한복판이 폭파되어 있었다. 아치형 다리 윗돌이 강 속에 떨어져 그 위로 누런 흙탕물이 흐르고 있었다. 우리는 건널 지점을 찾으며 강둑을 따라 올라갔다. 나는 상류 쪽에 철교가 있으니 그쪽으로 건너면 될 거라고 생각했다. 좁은 길은 비에 젖어 질퍽거렸다. 군부대는 하나도 보이지 않았다. 강둑이 이어지는 길에는 젖은 덤불과 진흙땅뿐이었다. 강둑 위쪽으로 계속 올라가자 마침내 철교가 보였다.

"정말 아름다운 철교로군." 아이모가 말했다. 이무 장식도 없는 기다란 철교로 보통 때는 강바닥이 늘 바싹 말라 있었다.

"다리를 폭파하기 전에 서둘러 건너는 게 좋겠어." 내가 말했다.

"폭파할 놈이나 있을라고요. 모두 달아나 버렸을 텐데." 피아니가 말했다.

"지뢰를 묻어 놓았는지도 몰라요. 먼저 건너세요, 중위님." 보넬로가 말했다.

"저 무정부주의자 하는 소리 좀 보게. 저 녀석 먼저 건너게 하십시오." 아이모가 말했다.

"내가 앞장서지. 사람 하나 건넌다고 폭파되는 장치는 없을 거야." 내가 말했다.

"알겠지. 저게 두뇌라는 거야. 자넨 어찌 그리 머리가 나쁜 거야? 이 무정부주의자야." 피아니가 말했다.

"머리가 나쁘지 않으면 이런 데 오지도 않았지." 보넬로가 대꾸했다.

"저 녀석 제법인데요, 중위님." 아이모가 말했다.

"정말 제법이군." 내가 맞장구를 쳤다. 우리는 이제 다리 가까이에 와 있었다. 구름이 덮여 있던 하늘이 다시 비를 뿌리기 시작했다. 다리는 길고 튼튼해 보였다. 우리는 둑 위로 기어 올라갔다.

"한 번에 한 사람씩 건너와." 나는 이렇게 말하고 먼저 다리를 건너기 시작했다. 철사 장치나 폭파 장치의 흔적이라도 없을까 해서 침목과 레일을 조심조심 살폈지만 눈에 띄는 것은 아무것도 없었다. 침목 틈으로 보이는 아래쪽에는 흙탕물이 세차게 흐르고 있었다. 비에 젖은 들판 건너 쪽으로 비에 잠긴 우디네가 보였다. 나는 다리를 건넌 뒤 뒤를 돌아보았다. 강

바로 상류 쪽에 다리가 또 하나 있었다. 내가 다리를 쳐다보고 있을 때 누런 진흙 색깔의 자동차 한 대가 그 다리를 건넜다. 다리 난간이 높아 일단 다리에 들어서자 차체는 보이지 않았다. 그러나 나는 운전병과 그 옆의 한 사람 그리고 뒷자리에 앉아 있는 두 사람의 머리를 볼 수 있었다. 모두 독일군 철모를 쓰고 있었다. 이윽고 차는 철교를 건너 가로수와 버려진 차량들 뒤로 사라졌다. 나는 다리를 건너고 있는 아이모와 다른 두 병사에게 빨리 건너오라고 손짓했다. 그리고 다리에서 기어 내려가 철로 둑 옆에 엎드렸다. 아이모가 내가 있는 곳으로 내려왔다.

"그 차 봤어?" 내가 물었다.

"아뇨, 못 봤는데요. 중위님만 지켜보고 있었죠."

"독일군 참모의 차가 저 위 다리로 건너갔어."

"참모의 차가요?"

"그래."

"하느님 맙소사!"

다른 두 사람도 건너왔기 때문에 우리는 모두 철둑 뒤 진창 속에 웅크리고 앉아 다리의 철로며 죽 늘어선 가로수며 도랑과 도로를 살펴보았다.

"퇴로가 차단된 거 아닙니까, 중위님?"

"그건 모르지. 내가 아는 건 독일군 참모의 차가 저 길로 지나갔다는 것뿐이야."

"묘한 기분이 들지 않습니까, 중위님? 머릿속에 이상한 생각이 떠오르지 않습니까?"

"농담하지 마, 보넬로."

"한잔하시는 게 어떻겠습니까? 길이 차단되었다고 해도 역시 한잔하는 게 좋겠는데요." 피아니가 말했다. 그러면서 그는 물통 마개를 뽑았다.

"저기 봐! 저기를 보라고!" 아이모가 길 쪽을 가리켰다. 돌다리 난간 위를 따라 독일군 철모들이 움직였다. 그들은 몸을 앞으로 구부리고 유령처럼 미끄러지듯 달리고 있었다. 다리를 빠져나가자 그들의 몸 전체가 보였다. 자전거 부대였다. 나는 맨 앞쪽 두 사람의 얼굴을 볼 수 있었다. 혈색이 좋고 건강해 보였다. 모두 이마와 옆얼굴을 가릴 만큼 철모를 깊이 눌러쓰고 있었다. 카빈총은 자전거 차체에 꽉 고정하고 수류탄은 손잡이를 아래로 해 허리띠에 매단 채였다. 철모도 회색 군복도 비에 젖어 있었고, 그들은 앞쪽과 양 옆을 살피면서 가볍게 자전거를 몰고 있었다. 처음에는 둘, 다음에는 나란히 넷, 그다음에는 둘, 그다음에는 열두서너 명, 또 열두서너 명, 그 뒤에 또 한 명이 있었다. 아무도 말을 하지 않았다. 설령 말을 했다 해도 물소리 때문에 들리지 않았을 것이다. 그들은 도로 위쪽으로 사라져 버렸다.

"맙소사!" 아이모가 소리쳤다.

"독일군이야. 오스트리아군은 아냐." 피아니가 말했다.

"어째서 아무도 저놈들을 저지하지 않았을까? 왜 이 다리를 폭파하지 않았을까? 어째서 이 제방을 따라 기관총을 배치해 놓지 않았을까?" 내가 말했다.

"저희에게 명령만 내리십시오, 중위님." 보넬로가 말했다.

나는 몹시 화가 났다.

"모든 게 미친 짓이야. 하류에선 작은 다리까지 다 폭파해 놓고 간선도로에 있는 다리는 그대로 두다니. 다들 어디로 가 버린 거야? 도대체 적을 저지할 생각도 없는 건가?"

"저희에게 명령만 내리십시오, 중위님." 보넬로가 말했다. 나는 입을 다물었다. 그것은 내 소관이 아니었다. 내 임무는 앰뷸런스 세 대를 몰고 포르데노네로 가는 것이었다. 그런데 나는 임무에 실패했다. 지금 내가 해야 할 일은 포르데노네에 가는 것뿐이었다. 그러나 어쩌면 우디네에도 도착하지 못할 지 모른다. 제기랄, 그곳에 가는 것마저 가능할 것 같지 않다. 이제 정신을 가다듬고 총에 맞아 죽거나 포로가 되지 않도록 하는 수밖에는 도리가 없었다.

"물통 마개를 뺐나?" 내가 피아니에게 물었다. 그러자 그가 내게 물통을 건네주었다. 나는 한 모금 쭉 들이켰다. "이제 그만 출발하는 게 좋겠어. 하지만 서두를 필요는 없어. 뭘 좀 먹겠나?"

"여긴 머물 장소가 못 됩니다." 보넬로가 말했다.

"좋아. 그럼 출발하자."

"보이지 않게…… 이쪽으로 붙어서 걸어야 할까요?"

"위쪽으로 올라가 걷는 게 나을 거야. 이 다리로 올지도 모르니까. 우리가 보기도 전에 놈들이 우리 머리 위쪽에 나타나면 안 되잖아."

우리는 철로를 따라서 걸었다. 양쪽으로 들판이 펼쳐져 있었다. 들판 너머 앞쪽이 우디네의 언덕이었다. 그 언덕 위 성에는 지붕이 떨어져 나가고 없었다. 종루와 시계탑이 보였다. 들판에는 뽕나무가 많이 자라고 있었다. 앞쪽으로 철로가 파괴된 곳이 있었다. 침목은 파헤쳐져 둑 아래로 내던져져 있었다.

"내려와! 내려오라고!" 아이모가 외쳤다. 우리는 철둑 옆으로 뛰어내렸다. 또 다른 자전거 부대가 도로를 지나고 있었다. 나는 둑 가장자리 너머에서 그들이 지나가는 모습을 지켜보았다.

"우리를 보고도 그냥 가네." 아이모가 말했다.

"그렇게 위쪽으로 가다간 총에 맞아 죽을 겁니다, 중위님." 보넬로가 말했다.

"놈들은 우리를 노리는 게 아냐. 뭔가 다른 걸 노리고 있어. 갑자기 우리 위로 덮치면 그게 더 위험해." 내가 말했다.

"저는 차라리 보이지 않게 이곳으로 걸어가고 싶은데요." 보넬로가 말했다.

"마음대로 해. 우린 철길을 따라 걸을 테니까."

"빠져나갈 수 있을까요?" 아이모가 물었다.

"물론이지. 아직 적의 수는 그렇게 많지 않아. 어둠을 틈타 빠져나갈 수 있을 거야."

"그 참모의 차는 뭘 하고 있었을까요?"

"제기랄, 그걸 어떻게 알아." 내가 대답했다. 우리는 철로를 따라 계속 걸었다. 보넬로는 강둑의 진흙 길을 걷다가 지치자 우리가 있는 곳으로 올라왔다. 이제 철로는 간선도로를 벗어나 남쪽으로 뻗어 있었기 때문에 도로를 따라 무엇이 지나가고 있는지 볼 수 없었다. 운하에 걸려 있는 짧은 다리는 폭파되어 있었지만 우리는 남아 있는 교각 위로 기어 올라가 건넜다. 바로 그때 우리 앞쪽에서 총성이 들려왔다.

우리는 운하 건너편의 철도로 올라섰다. 철도는 나지막한 들판을 가로질러 곧장 우디네 쪽으로 이어졌다. 앞쪽에 또 다른 철로가 보였다. 북쪽에는 아까 자전거 부대가 지나간 간선 도로가 있었다. 남쪽으로는 양쪽으로 울창하게 나무가 우거진 들판을 가로질러 조그마한 지선 도로들이 있었다. 나는 남쪽으로 가로질러 그 길을 따라 우디네를 우회한 뒤 캄포포르미오* 쪽으로 들판을 횡단하여 다시 탈리아멘토로 통하는 간선 도로로 나아가는 것이 좋겠다고 판단했다. 우디네를 지난 뒤에 샛길을 통해서 가면 퇴각하는 간선도로는 피할 수 있을 것이다. 내가 알기로 이 들판을 가로질러 가면 옆길이 많았다. 나는 철둑 아래로 내려가기 시작했다.

"자, 따라와." 내가 말했다. 샛길을 따라 우디네 남쪽으로 빠질 작정이었다. 우리는 모두 철둑 아래쪽으로 내려가기 시작했다. 바로 그때 옆길에서 우리를 향해 총알 한 방이 날아왔다. 총알은 철둑 진흙 속에 박혔다.

"어서 뒤로 물러나!" 내가 소리쳤다. 나는 진흙에 미끄러지면서 철둑으로 뛰어 올라갔다. 운전병들은 내 앞쪽에 있었다. 나는 될 수 있는 대로 빨리 철둑으로 기어 올라갔다. 우거진 숲에서 총성이 두 번 더 울렸고 철로를 횡단하던 아이모가 갑

---

* 이탈리아 북동부 우디네 남쪽에 위치한 소도시.

자기 몸을 구부리고 비틀거리더니 얼굴을 땅바닥에 대고 고꾸라졌다. 우리는 그를 철로 반대편으로 끌고 내려와서 반듯하게 눕혔다. "머리가 둑 위쪽을 향하게 해서 눕혀야 돼." 내가 말했다. 피아니가 그를 돌려 눕혔다. 아이모는 두 다리를 아래쪽으로 뻗고 철둑 비탈의 진흙에 누워 불규칙하게 피를 토했다. 우리 세 사람은 빗속에서 그를 둘러싼 채 웅크리고 앉아 있었다. 총알은 그의 목덜미 아래에서 위쪽으로 관통해 오른쪽 눈 아래를 뚫고 나갔다. 내가 두 군데 총구멍에 지혈을 하는 동안 그는 숨을 거두었다. 피아니는 그의 머리를 내려 눕히고 응급용 붕대로 얼굴을 닦아 준 뒤 그대로 두었다.

"개새……!" 피아니가 외쳤다.

"놈들은 독일군이 아냐. 이런 곳에 독일군이 있을 리 없어." 내가 말했다.

"그럼 이탈리아군이겠네요!" 피아니는 모멸의 의미로 '이탈리아니!'라는 표현을 썼다. 보넬로는 아무 말도 하지 않았다. 그는 아이모 옆에 앉아 있었지만 그를 쳐다보고 있지 않았다. 피아니는 철둑 아래 굴러 다니던 아이모의 군모를 주워다가 그의 얼굴을 덮어 주었다. 그는 물통을 꺼냈다.

"한 모금 마시겠어?" 피아니가 보넬로에게 물통을 건네주었다.

"아니." 보넬로가 이렇게 대답하고 나서 내 쪽으로 몸을 돌렸다. "철로를 걷다가는 우리도 언제 이런 일을 당할지 모릅니다."

"아냐. 우리가 들판을 가로질러 가려고 했기 때문에 일어난 일이야." 내가 말했다.

그러자 보넬로는 고개를 저었다. "이제 아이모는 죽었습니다. 다음은 누구 차례죠, 중위님? 이제 우리는 어디로 가는 겁니까?" 그가 물었다.

"총을 쏜 건 이탈리아군이었어. 독일군이 아니야." 내가 대답했다.

"만약 독일군이었다면 우리 모두를 죽였을 거예요." 보넬로가 말했다.

"우리한테는 독일군보다 이탈리아군이 더 위험해. 지금 후방 부대는 모든 것에 겁을 먹고 있어. 독일군은 자신들이 무엇을 쫓고 있는지 잘 알지." 내가 말했다.

"이론적으로는 그렇죠, 중위님." 보넬로가 말했다.

"그럼 이제 어디로 가죠?" 피아니가 물었다.

"어두워질 때까지 좀 숨어 있는 게 좋겠어. 남쪽으로 가면 문제없을 거야."

"놈들은 첫 번째 사격이 정당했다는 걸 증명하기 위해 우리 모두를 사살할 겁니다. 전 놈들을 시험하고 싶지 않습니다." 보넬로가 말했다.

"가능한 한 우디네 가까운 곳에 숨을 곳을 찾아낸 뒤 어두워지면 빠져나가자고."

"그럼 지금 떠나죠." 보넬로가 말했다. 우리는 철둑 북쪽을 향해 내려갔다. 나는 뒤를 돌아보았다. 아이모가 철둑 모퉁이의 진흙 속에 누워 있었다. 두 팔을 양쪽 옆구리에 붙이고 각반을 감은 다리와 진흙이 묻은 군홧발을 나란히 뻗고 얼굴에는 전투모를 덮고 누워 있는 모습이 아주 조그맣게 보였다. 정말로 죽은 사람처럼 보였다. 비가 내리고 있었다. 나는 이제까지 알아 온 누구 못지않게 아이모를 좋아했다. 나는 호주머니에 그의 서류를 갖고 있었고 그의 가족에게 편지를 쓰기로 마음먹었다. 들판을 가로질러 앞쪽에 농가 한 채가 있었다. 집 주위에는 나무들이 있고 헛간들이 살림집에 기대어 있었다. 2층을 따라서는 기둥이 세워진 발코니가 있었다.

"간격을 두고 좀 떨어져 걷는 게 좋겠어. 내가 앞장설게." 내가 말했다. 나는 농가를 향해 걸음을 옮겼다. 들판을 가로지르는 샛길이 하나 나왔다.

들판을 가로질러 가는 중에도 누군가가 농가 근처의 숲이나 농가에서 우리를 향해 총격을 가해 올지도 모른다는 생각이 들었다. 나는 목적지를 똑바로 쳐다보면서 그곳을 향해 걸어갔다. 2층의 발코니는 헛간으로 이어져 있었고, 기둥 사이로 건초가 삐죽 나와 있었다. 안마당에는 돌이 깔려 있었고 나무에서는 빗방울이 뚝뚝 떨어지고 있었다. 바퀴가 두 개 달린 큼직한 짐마차가 끌채를 허공으로 높이 쳐들고 빗속에 서 있었다. 나는 안마당으로 가서 그곳을 가로질러 발코니 처마 밑에서 걸음을 멈췄다. 농가의 문이 열려 있었고 나는 안으로 들어갔다. 보넬로와 피아니가 내 뒤를 따라 들어왔다. 집 안은 컴컴했다. 나는 부엌으로 들어갔다. 큰 평로(平爐)에는 불을 피웠던 재가 남아 있었다. 재 위에 냄비가 걸려 있었지만 속은 텅 비어 있었다. 주위를 둘러보아도 먹을 것은 하나도 눈에 띄지 않았다.

"헛간에 숨어야겠는데. 뭐든 먹을 걸 찾을 수 있을까, 피아니? 찾아서 헛간으로 좀 가져오겠어?" 내가 말했다.

"한번 찾아보죠." 피아니가 대답했다.

"저도 찾아보겠습니다." 보넬로가 말했다.

"그래. 나는 헛간에 올라가서 살펴볼게." 내가 말했다. 나는 아래쪽 마구간에서 헛간으로 올라가는 돌계단 하나를 찾아냈다. 비가 오는데도 마구간에서는 건조하고 기분 좋은 냄새가 났다. 집주인이 피난을 떠나며 모두 쫓아 버렸는지 가축은 한 마리도 없었다. 헛간에는 건초가 절반쯤 차 있었다. 지붕에 들창이 두 개 있었는데 하나는 판자에 못질이 되어 있었고, 다른 하나는 북쪽으로 난 좁다란 채광창이었다. 건초를 가축 있는 데로 떨어뜨리기 위한 운반 장치가 설치되어 있었다. 통로에서 중앙 바닥에 이르기까지 들보가 여러 개 엇갈려 있어 중앙 바닥으로 건초를 실은 짐마차를 끌고 들어와서 건초를 헛간까지 끌어 올리도록 되어 있었다. 지붕을 두드리는 빗소리가 들리고 건초 냄새가 구수하게 풍겨 왔다. 아래로 내려오자 마구간에서는 깨끗한 마른 말똥 냄새가 났다. 널빤지를 한 장 뜯어 내기만 하면 남쪽 창을 통해 안마당을 내려다볼 수 있었다. 다른 창문으로는 북쪽 들판이 내다보였다. 계단을 이용할 수 없는 상황이 오면 어느 창을 통해서든 지붕으로 나가 뛰어내릴 수도 있고 건초 운반 장치를 타고 내려갈 수도 있었다. 헛간이 커서 누가 나오는 소리가 들리면 건초 속에 숨을 수도 있었다. 숨을 장소로는 그야말로 안성맞춤이었다. 놈들한테서 사격만 받지 않았다면 틀림없이 벌써 남쪽으로 빠져나갈 수 있었을 것이다. 그곳에는 독일군이 있을 리 없었다. 독일군은 북쪽에서 침입해서 치비달레 쪽 도로 아래로 남하하고 있었다. 당연히 남쪽에서 뚫고 올라왔을 리가 없었다. 그들보다 위험한 것은 이탈리아군이었다. 그들은 지금 잔뜩 겁을 먹고 있어 눈에 띄는 대로 아무나 쏘아 댔다. 엊저녁 후퇴하면서 우리는 이탈리아 군복을 입은 독일군이 북쪽에서 내려오는 퇴각 군대에 많이 섞여 있다는 소문을 들었다. 그러나 나는 그 소문을 믿지 않았다. 전쟁에서 흔히 들을 수 있는 소문 중 하나였기 때문이다. 적군은 언제나 그런 소문을 퍼뜨리는 법이다. 적군을 교란시키기 위해 독일군 제복을 입고 침투해 들어간 사람이 있다는 말은 들어 본 적이 없다. 실제로 있었다 해도 그리 쉬운 일은 아니었으리라. 나는 독일군이 그런 짓을 하리라곤 생각하지 않았다. 그럴 필요도 없을 것 같았다. 일부러 아군의 후퇴를 교란시킬 필요는 없지 않은가. 군대의 규모가 크고 도로가 부족한 것만으로도 혼란은 충분했다. 독일군뿐 아니라 명령을 내리는 사람도 없었다. 그런데도 그들은 우리를 독일군으로 오인하고 사격할 것이다. 그들은 아이모를 쏴 죽였다. 건초 냄새가 구수했다. 헛간의 건초 더미에 누워 있자니 지나온 세월이 모두 사라지는 것 같았다. 어렸을 적 우리는 건초 위에 누워서 이야기를 나누고 헛간 벽 높은 곳에 뚫린 삼각 창에 앉아 있는 참새를 공기총으로 쏘곤 했다. 그러나 이제 그 헛간은 없어졌고, 어느 해에 솔송나무 숲도 벌채되어 숲이 있던 곳에 남은 것은 그루터기와 말라빠진 나무 꼭대기, 불탄 자리에 자라는 잡초뿐이다. 이제 옛날로 돌아갈 수는 없었다.

앞으로 나아가지 못하면 어떤 일이 일어날까? 다시는 밀라노에 돌아갈 수 없으리라. 설령 밀라노에 돌아간다 해도 어떤 일이 일어날까? 나는 북쪽 우디네 방향에서 들려오는 총성에 귀를 기울였다. 기관총 소리가 들렸다. 폭격 소리는 들리지 않았다. 참으로 다행스러운 일이었다. 아군이 도로를 따라 약간의 부대를 배치하고 있는 것이 틀림없었다. 헛간의 희미한 광선으로 아래쪽을 내려다보니 피아니가 건초를 끌어올리는 바닥에 서 있었다. 그는 길쭉한 소시지 하나와 무언가 들어 있는 항아리와 포도주 두 병을 겨드랑이에 끼고 있었다.

"올라와. 저기 사다리가 있어." 내가 말했다. 그러고 나서 나는 그가 안고 있는 물건들을 함께 올려야겠다고 생각하고 아래로 내려갔다. 건초 더미에 누워 있었던 탓에 머리가 몽롱했다. 깜빡 졸았던 모양이다.

"보넬로는 어디 있지?" 내가 물었다.

"말씀드리죠." 피아니가 말했다. 우리는 사다리를 타고 올라왔다. 건초 위에 가져온 물건들을 내려놓았다. 피아니는 마개 따개가 달린 칼을 꺼내 포도주 병의 코르크 마개를 뽑았다.

"봉랍으로 봉했는데요. 틀림없이 고급품일 겁니다." 그는 생긋 미소를 지었다.

"보넬로는 어디 있지?" 내가 다시 물었다.

피아니는 내 얼굴을 빤히 쳐다보았다.

"녀석은 달아나 버렸어요, 숭위님. 차라리 포로가 되겠다고요." 그가 말했다.

나는 아무 말도 하지 않았다.

"우리도 죽게 될까 봐 겁이 났던 모양이에요."

나는 포도주 병을 손에 든 채 아무 말도 하지 않았다.

"어쨌든 우리가 이 전쟁에 대해 특별히 소신을 가진 건 아니지 않습니까, 중위님."

"자넨 왜 도망치지 않았지?" 내가 물었다.

"중위님을 버리고 갈 수가 없었습니다."

"그래, 녀석은 어디로 간 거야?"

"모르겠어요, 중위님. 그냥 달아나 버렸어요."

"됐어. 소시지를 자를 건가?" 내가 말했다.

피아니는 희미한 빛 속에서 나를 쳐다보았다.

"얘기하는 동안 벌써 잘라 놓았어요." 그가 대답했다. 우리는 건초 위에 앉아서 소시지를 먹고 포도주를 마셨다. 결혼식에 쓰려고 아껴 둔 포도주임에 틀림없었다. 너무 오래되어서 색깔이 다 변해 있었다.

"자넨 이 창으로 바깥을 살펴, 루이지.* 나는 다른 창으로 살필 테니." 내가 말했다.

각자 술병을 하나씩 들고 마셨기 때문에 나는 마시던 술병을 들고 건초 위에 주저앉아 좁은 창문으로 비에 젖은 들판을 내다보았다. 무엇을 볼 작정이었는지는 나도 모르겠지만, 눈에 보이는 건 들판과 잎사귀가 떨어져 앙상한 뽕나무들과 하염없이 내리는 비뿐이었다. 포도주를 마셨지만 기분이 좋지 않았다. 너무 오랫동안 저장해 둔 탓에 술이 삭아서 술맛도 빛

---

* 피아니의 애칭.

깔도 변했기 때문이다. 나는 점점 어두워지는 바깥을 계속 지켜보았다. 어둠은 빨리 찾아왔다. 비가 오니 더욱 캄캄한 밤이 될 것 같았다. 어두워져서 더 이상 망을 볼 필요가 없어졌을 즈음 나는 피아니에게 다가갔다. 그는 누워서 잠들어 있었다. 나는 깨우지 않고 한참 동안 그의 곁에 앉아 있었다. 몸집이 크니 잠도 깊이 잤다. 얼마 뒤 나는 그를 깨워서 출발했다.

참으로 묘한 밤이었다. 내가 무엇을 기대하고 있었는지는 모르겠다. 어쩌면 죽음이나 어둠 속의 총격이나 탈주를 기대했는지도 모르겠지만 아무 일도 일어나지 않았다. 우리는 독일군 한 개 대대가 지나가는 동안 간선도로 옆 도랑 너머에 납작하게 엎드려 기다리다가 그들이 모두 지나가고 난 뒤에야 도로를 가로질러 북쪽으로 나아갔다. 빗속에서 두 번이나 독일군에게 가까이 접근했는데도 그들은 우리를 보지 못했다. 우리는 이탈리아군도 만나지 않고 시가지를 통과해 북쪽으로 올라갔고 얼마 후 퇴각군의 주류와 만나 밤새도록 탈리아멘토 강을 향해 걸었다. 나는 그때서야 이 후퇴가 얼마나 대규모로 이루어지고 있는지 깨달았다. 군대와 더불어 이 지방 전체가 이동하고 있었다. 우리는 차량보다 빠른 속도로 밤새 걸었다. 다리가 쑤시고 피로했지만 생각했던 것보다 진도가 빨랐다. 보넬로가 포로가 되기로 결심한 것은 바보짓 같았다. 위험은 어디에도 없었기 때문이다. 우리는 아무런 사고도 없이 군대 둘을 돌파했다. 아이모만 총에 맞아 죽지 않았다면 위험이 있었다곤 생각도 하지 않았을 것이다. 철로를 따라 눈에 띄는 모습으로 걸어도 아무도 우리를 괴롭히지 않았다. 아이모의 저격은 갑작스러운 사고였고 거기에는 아무런 이유도 없었다. 보넬로는 지금쯤 어디 있을까 하고 생각했다.

"기분은 어떠십니까, 중위님?" 피아니가 물었다. 우리는 차량과 부대로 혼잡한 도로 한쪽을 걷고 있었다.

"좋아."

"저는 이제 걷는 데 지쳤어요."

"하지만 걸을 수밖에 없잖아. 이젠 걱정하지 않아도 돼."

"보넬로는 바보였어요."

"정말 바보짓을 했지."

"그 녀석을 어떻게 처리하실 작정입니까, 중위님?"

"잘 모르겠어."

"포로로 잡힌 걸로 할 순 없을까요?"

"잘 모르겠군."

"아시겠지만, 전쟁이 이대로 계속된다면 녀석의 가족들이 고통을 받을 겁니다."

"전쟁은 계속되지 않을 거야." 그때 지나던 병사 하나가 말했다. "우리는 지금 집에 가는 길이야. 전쟁은 이제 끝났어."

"다들 집으로 돌아가는 중이야."

"우린 모두 집으로 돌아가는 길이라고."

"중위님, 자 가시죠." 피아니가 말했다. 그는 어서 빨리 그 병사들을 지나치고 싶어 했다.

"중위라고? 어떤 놈이 중위야? 아 바소 글리 우피찰리!* 장

---

* A basso gli ufficiali! '장교 놈들을 때려눕혀라!'라는 뜻의 이탈리아어.

교 놈들을 때려눕혀라!"

피아니가 내 팔을 잡았다. "이름을 부르는 게 좋겠습니다. 저 녀석들이 말썽을 피울지도 모르니까요. 벌써 장교를 여러 명 쏴 죽였어요." 우리는 걸음을 재촉하여 그들을 앞질렀다.

"보넬로 가족에게 화가 될 보고는 하지 않을 거야." 나는 아까의 대화를 이어 갔다.

"전쟁이 끝난다면 상관없는 일이죠. 하지만 전쟁이 끝날 것 같지 않아요. 끝이 난다면야 얼마나 좋겠습니까만." 피아니가 말했다.

"곧 알게 되겠지." 내가 말했다.

"끝날 것 같지 않아요. 다들 끝났다고 생각하지만 믿어지지 않아요."

"비바 라 파체!* 우리는 지금 고향으로 돌아간다네!" 병사 하나가 외쳤다.

"모두 집으로 돌아갈 수 있다면 얼마나 좋을까요. 장교님은 집에 돌아가고 싶지 않으세요?" 피아니가 말했다.

"물론 돌아가고 싶지."

"하지만 우린 절대로 돌아갈 수 없을 거예요. 전쟁이 끝났다는 생각이 들지 않으니까요."

"안디아모 아 카사!**" 병사 하나가 외쳤다.

"녀석들이 소총을 버리는군요. 행군을 하면서 소총을 벗어

---

* Viva la Pace! '평화 만세!'라는 뜻의 이탈리아어.
** Andiamo a casa. '집으로 돌아가자!'라는 뜻의 이탈리아어.

팽개치고 있어요. 그러고는 고래고래 소리를 질러 댑니다."
피아니가 말했다.

"소총은 갖고 있어야지."

"소총을 버리면 전투를 시키지 않을 거라고 생각하나 봅
니다."

도로 한쪽을 따라 앞으로 나아가면서 보니 어둠과 빗속에
서 아직도 많은 부대원이 소총을 지니고 있는 모습이 보였다.
총은 외투 밖으로 삐죽이 나와 있었다.

"어느 여단인가?" 장교 한 사람이 큰 소리로 물었다.

"브리가타 디 파체*요. 평화 여단이라고요!" 누군가가 외쳤
다. 그러자 장교는 입을 다물고 한마디도 하지 않았다.

"뭐라는 거야? 저 장교가 뭐라고 한 거지?"

"장교를 타도하라! 비바 라 파체!"

"자, 어서 가시죠." 피아니가 말했다. 우리는 차량 행렬 속
에 버리고 간 영국군 앰뷸런스 두 대를 지나쳤다.

"고리치아에서 온 차들이로군요. 차가 눈에 익어요." 피아
니가 말했다.

"그렇다면 우리보다 훨씬 멀리 온 셈이군."

"우리보다 먼저 출발했으니까요."

"운전병들은 어디 있을까?"

"훨씬 앞쪽에 있겠죠."

"독일군은 우디네 외곽에 주둔 중이야. 이 사람들은 모두

---

* Brigata di pace. '평화 여단.'이라는 뜻의 이탈리아어.

강을 건너겠지." 내가 말했다.

"그렇죠. 그래서 저는 전쟁이 계속된다고 생각하는 겁니다." 피아니가 말했다.

"독일군은 진군해 올 수 있어. 그런데 어째서 진군해 오지 않는 걸까?" 내가 물었다.

"글쎄요. 전 전쟁에 대해선 아무것도 몰라서요."

"아마 수송 차량을 기다려야 할 테지."

"잘 모르겠어요." 피아니가 대답했다. 혼자 있으니 그는 전보다 훨씬 얌전했다. 다른 사람들과 함께 있으면 입이 여간 고약한 녀석이 아닌데.

"자넨 결혼했나, 루이지?"

"결혼했죠. 중위님도 아시잖아요."

"그래서 포로가 되고 싶지 않은 거야?"

"그것도 이유 중 하나죠. 한데 중위님은 결혼하셨나요?"

"아니."

"보넬로도 아직 안 했습니다."

"결혼했다고 해서 그 사람이 어떻다곤 말할 수 없지. 하지만 결혼한 사람들은 아내 곁으로 돌아가고 싶을 거야." 내가 말했다. 아내에 관한 이야기라면 얼마든지 환영이다.

"그렇죠."

"발은 어때?"

"꽤 아픈데요."

날이 밝기 전 우리는 탈리아멘토 강둑에 도착해 물이 불어난 강을 따라 다른 사람들과 말들이 건너고 있는 다리까지 내려갔다.

"이 강에서 적군을 저지할 수 있을 텐데요." 피아니가 말했다. 어둠 속에서도 강물이 많이 불어난 것이 보였다. 강물이 굽이치며 흐르고 있었으며 강폭은 넓었다. 나무다리는 길이가 1.2킬로미터쯤 되어 보였다. 여느 때라면 다리 훨씬 아래 넓은 자갈 바닥에서 좁은 수로로 흐를 물이 지금은 다리의 널빤지 바닥 가까이까지 차서 흐르고 있었다. 우리는 강둑을 따라간 뒤 다리를 건너는 군중을 비집고 들어갔다. 비를 맞으며 군중 틈에 끼어 바로 앞의 대포 탄환 상자를 따라 탁류의 몇십 센티미터 위로 천천히 다리를 건너면서 난간 너머로 강을 내려다보았다. 다른 사람의 보조에 맞춰야 했기 때문에 매우 피곤했다. 다리를 건너는 짜릿한 즐거움도 도무지 느낄 수 없었다. 만일 비행기 한 대가 대낮에 이 다리를 폭격한다면 어떻게 될까 하는 생각이 들었다.

"피아니!" 내가 불렀다.

"여기 있습니다, 중위님." 그는 조금 앞쪽에서 군중 사이에 끼어 있었다. 말을 하는 사람은 아무도 없었다. 모두 되도록 빨리 다리를 건너려 할 뿐이었다. 우리는 거의 다리를 건넜다. 다리 건너편에 장교들과 헌병들이 양쪽에 서서 손전등을 비추고 있었다. 지평선을 배경으로 그들의 검은 실루엣이 보였다. 가까이 다가가자 장교 한 사람이 대열에 섞여 있는 한 사내를 손가락으로 가리켰다. 그러자 헌병 하나가 그에게 다가가 팔을 붙들고 그를 끌고 나왔다. 헌병은 그 사내를 도로 밖으로 끌어냈다. 우리는 그들과 마주 볼 정도로 가까워졌다. 장교들은 대열 속의 사람들을 샅샅이 살피면서 이따금씩 자기들끼리 말을 나누기도 하고 앞으로 걸어 나가서 누군가의 얼굴에 전등불을 비추기도 했다. 우리가 그들과 정면으로 마주치기 직전 그들이 또 누군가를 끌어냈다. 나는 그 사내를 쳐다보았다. 중령이었다. 그들이 그에게 전등불을 비추자 그의 소매에 붙은 네모 테 속의 별이 눈에 들어왔다. 머리가 희끗희끗하고 키가 작고 뚱뚱한 사내였다. 헌병이 그를 장교들이 서 있는 뒤로 밀어 넣었다. 그들 앞에 다다랐을 때 나는 그중 한두 명이 나를 노려보고 있는 것을 느낄 수 있었다. 그러더니 그중 하나가 나를 가리키며 옆의 헌병에게 뭐라고 말을 했다. 헌병이 대열을 헤치고 내 앞으로 다가오더니 곧 내 멱살을 잡았다.

"이게 무슨 짓이야?" 나는 이렇게 말하면서 그의 얼굴을 갈겼다. 모자를 쓴 그의 얼굴을 보니 수염이 위로 뻗은 뺨에 피가 흘렀다. 또 다른 헌병이 우리 쪽을 향해 돌진했다.

"무슨 짓이냐고?" 내가 말했다. 그는 아무런 대답도 하지 않고 나를 붙잡을 기회만 노렸다. 나는 권총을 꺼내려고 팔을 등 뒤로 돌렸다.

"장교에게는 함부로 손댈 수 없다는 거 모르나?"

다른 녀석이 등 뒤에서 나를 붙잡아 팔을 들어 올리는 바람에 팔이 어깻죽지에서 비틀렸다. 내가 그에게 몸을 돌리자 다른 녀석이 내 목 주위를 움켜잡았다. 나는 그의 정강이를 걷어차고 왼쪽 무릎으로 사타구니를 걷어찼다.

"반항하면 총살해." 누군가가 명령하는 소리가 들렸다.

"도대체 왜 이러는 거야?" 나는 큰 소리로 외치고 싶었지만 소리가 크게 나오지 않았다. 그들은 이미 나를 도로 옆으로 끌고 나왔다.

"반항하면 총살해. 그자를 뒤쪽으로 끌고 가." 장교 하나가 다시 소리를 질렀다.

"당신 누구야?"

"이제 곧 알게 될 거요."

"도대체 누구냐고?"

"야전 헌병이오." 다른 장교가 대답했다.

"당신이 직접 오라고 해야지 어째서 이 헌병 놈을 시켜 나를 붙잡는 거요?"

그들은 아무 대답도 하지 않았다. 대답할 필요가 없었던 것이다. 그들은 야전 헌병이었다.

"다른 놈들이 있는 뒤쪽으로 끌고 가. 들었지. 녀석의 이탈리아어에 사투리가 섞여 있어." 첫 번째 장교가 말했다.

"네놈도 마찬가지야, 이……." 내가 말했다.

"이 녀석을 다른 놈들이 있는 뒤쪽으로 끌고 가." 첫 번째 장교가 말했다. 그들은 도로 아래 장교들이 줄지어 선 뒤쪽으로 내려가 강둑 옆 들판에 사람들이 모여 있는 곳으로 나를 데리고 갔다. 그들 쪽으로 걸어가는 동안 총성이 들렸다. 불이 번쩍 나더니 총소리가 들렸다. 우리는 사람들이 모여 있는 곳으로 갔다. 장교 네 명 앞에 사병 하나가 서 있고 양쪽에 헌병이 한 사람씩 지키고 있었다. 또 사병 한 무리가 헌병의 감시를 받으며 서 있었다. 또 다른 헌병 네 명이 소총에 기댄 채 심문하는 장교들 옆에 서 있었다. 모두가 차양이 넓은 군모를 쓴 헌병들이었다. 나를 끌고 온 두 명은 심문을 기다리는 장교들 틈에 나를 밀어 넣었다. 나는 장교들의 심문을 받는 사내를 쳐다보았다. 아까 대열 속에서 끌려나온 몸집이 뚱뚱하고 머리카락이 희끗한 키 작은 중령이었다. 심문하는 장교들은 총을 쏘기만 했지 남의 사격은 받아 본 적 없는 이탈리아 군인으로, 아주 능률적이고 냉정하고 절도가 있었다.

"소속 여단은?"

그가 그들에게 대답했다.

"연대는?"

그가 대답했다.

"왜 연대에서 이탈했소?"

그가 대답했다.

"장교는 소속 부대와 행동을 같이해야 한다는 거 모르나?"

그가 대답했다.

그뿐이었다. 다른 장교가 말했다.

"야만인들이 이 신성한 조국 땅을 짓밟은 것은 당신과 당신 같은 사람들 때문이오."

"지금 뭐라고 했습니까?" 중령이 물었다.

"우리가 승리의 결실을 잃게 된 것은 당신 같은 사람들의 반역 행위 때문이란 말이오."

"후퇴해 본 경험이 있소?" 중령이 물었다.

"이탈리아군은 결코 후퇴하지 않소."

우리는 빗속에 서서 그들의 대화를 들었다. 우리는 그 장교들을 마주 보고 서 있었고 체포된 중령은 우리 앞쪽에서 약간

옆쪽으로 비켜 서 있었다.

"나를 총살할 작정이라면 더 이상 심문하지 말고 당장 하시오. 심문은 바보짓이야." 중령이 말했다. 그러면서 그는 십자성호를 그었다. 장교들이 자기들끼리 의논했다. 그중 하나가 종이철에다 무언가를 적었다.

"부대 이탈 죄로 총살에 처함!" 그 장교가 말했다.

헌병 둘이 중령을 강둑으로 끌고 갔다. 모자도 쓰지 않은 노인은 양쪽으로 헌병의 감시를 받으면서 비를 맞으며 걸어갔다. 나는 총살하는 장면은 보지 못했지만 총소리는 들었다. 장교들은 또 다른 장교를 심문했다. 그 역시 소속 부대에서 이탈한 장교였다. 그에게는 해명조차 허락되지 않았다. 그들이 종이철에 쓴 선고문을 읽자 그는 소리 내어 울었다. 그의 총살이 집행될 때 그들은 또 다른 장교를 심문했다. 먼저 심문받은 사람이 총살을 당하는 동안 바로 다음 군인을 심문하는 것이었다. 이런 식이라면 총살을 피할 수 있는 방법이 없었다. 나는 심문을 기다릴 것인가, 아니면 탈출할 것인가, 갈피를 잡을 수 없었다. 누가 봐도 나는 이탈리아 군복을 입고 있는 독일군이었다. 나는 그들의 머리가 어떻게 돌아가는지 잘 알았다. 만약 그들에게도 머리가 있고 또 그것이 제대로 돌아간다면 말이다. 그들은 모두가 청년 장교로 나름대로 조국을 구하고 있던 것이다. 제2군이 탈리아멘토 강 건너에서 재편성되는 중이었다. 그들은 소속 부대를 이탈한 소령급 이상의 장교를 처형하고 있었다. 또한 이탈리아 군복을 입은 독일군 선동자들을 즉결 처분하고 있었다. 모두 철모를 쓰고 있었다. 우리 중에서 철모를 쓴 사람은 두 사람밖에 없었다. 헌병 중 몇몇도 철모를 쓰고 있었다. 나머지 헌병들은 챙이 넓은 모자를 쓰고 있었다. 우리는 그들을 비행기라고 불렀다. 우리는 비를 맞고 서 있다가 한 번에 한 명씩 끌려 나가 심문을 받고 총살을 당했다. 지금까지 심문받은 사람은 하나도 빠짐없이 총살을 당했다. 심문자들은 죽음의 위협을 받지 않으면서 죽음을 다루는 사람들한테서 볼 수 있는 놀랍도록 초연한 태도를 유지했고 준엄한 정의감에 불타고 있었다. 지금 그들은 야전 연대의 대령 한 사람을 심문하고 있었다. 막 세 명의 장교가 더 우리가 있는 곳으로 밀려 들어왔다.

"그의 연대는 어디였을까?"

나는 헌병을 쳐다보았다. 그들은 새로 잡혀 온 장교들을 바라보고 있었다. 다른 헌병들은 대령을 쳐다보고 있었다. 나는 몸을 홱 낮추어 두 군인을 밀어젖히고 머리를 숙이고는 강을 향해 돌진했다. 강가에서 발이 걸려 고꾸라지면서 나는 그대로 물속으로 첨벙 뛰어들었다. 물이 무척 차가웠지만 참을 수 있을 때까지 오랫동안 물속에 잠겨 있었다. 물결 때문에 몸이 빙빙 도는 것이 느껴졌다. 다시는 떠오르지 못하고 죽을 것 같다는 생각이 들 때까지 물속에 있었다. 나는 물 위로 잠깐 떠올랐다가 곧바로 숨을 깊이 들이마시고 다시 물속으로 들어갔다. 옷을 많이 입은 데다 군화를 신고 있어 물속에 잠겨 있는 선 어렵지 않았다. 두 번째로 물 위로 올라왔을 때 바로 앞쪽에 나무토막 하나가 눈에 들어와 나는 한 손으로 그것을 붙잡았다. 머리를 나무토막 뒤에 감추고는 그 너머는 올려다보지도 않았다. 강기슭은 쳐다보고 싶지도 않았다. 내가 뛰기 시작했을 때 총성이 들렸고, 처음 물 위로 솟아올랐을 때도 총성이 들렸다. 물 위로 거의 올라와서도 총을 쏘아 대는 소리가 들렸다. 그러나 이제는 더 이상 총소리가 들리지 않았다. 나무 토막은 물살을 따라 움직였고 나는 한 손으로 그것을 꼭 붙잡고 있었다. 나는 강기슭을 바라보았다. 강물은 아주 빨리 흐르고 있는 듯했다. 강에는 재목이 많이 떠다니고 있었다. 물은 무척이나 차가웠다. 수면에 섬같이 떠 있는 관목 덤불을 지나갔다. 나는 두 손으로 나무토막을 붙잡고 그것이 흘러 내려가는 대로 몸을 맡겼다. 강기슭은 이제 보이지 않았다.

31

　물살이 빠르면 강물 속에 들어가 있는 시간을 가늠하지 못
하는 법이다. 길게 느껴질 수도 있고 아주 짧게 느껴질 수도
있다. 차가운 물이 범람한 탓에 강물이 많아지면서 강에는 기
슭에서 떠내려온 온갖 물건이 흘러가고 있었다. 나는 다행히
도 묵직한 재목을 발견하여 매달릴 수 있었다. 두 손으로 될
수 있는 대로 편안히 그것을 붙잡고 턱을 나무 위에 올려놓고
서 얼음같이 차디찬 물속에 누워 있었다. 쥐가 날까 봐 걱정돼
서 강기슭 쪽으로 흘러가기를 바랐다. 나는 나무토막과 함께
크게 곡선을 그리며 강을 따라 떠내려갔다. 날이 충분히 밝자
강기슭을 따라 우거진 덤불이 보였다. 앞쪽에 관목 섬이 있어
물살이 강기슭 쪽으로 흘렀다. 군화와 군복을 벗고 상반으로
헤엄쳐 갈까 하는 생각도 해 보았지만 그만두기로 했다. 어떻
게 해서든 강기슭으로 올라가야겠다는 생각뿐이었지만, 맨발

로 육지에 오르면 곤란해질 것 같았다. 어떻게 해서든 메스트 레까지는 가야 했다.

나는 강기슭이 가까워졌다 멀어졌다 다시 가까워지는 것을 지켜보았다. 나는 전보다 약간 느린 속도로 떠내려가고 있었 다. 이번에는 강기슭이 매우 가까워졌다. 버드나무 덤불의 잔 가지도 보였다. 나무토막이 천천히 돌아서 강기슭을 등지게 되자 나는 내가 소용돌이 속에 들어왔다는 것을 알아차렸다. 나는 천천히 맴돌고 있었다. 꽤 가까이 있는 강기슭을 다시 보 자 한 팔로 나무토막을 붙들고 발길질을 하며 다른 한 팔로 강 둑을 향해 헤엄쳤지만 강기슭은 조금도 가까워지지 않았다. 소용돌이 밖으로 벗어날까 겁이 나 한 손으로 나무토막을 붙 들고 두 다리가 거기에 닿도록 다리를 구부리고는 있는 힘껏 기슭을 향해 밀었다. 관목 덤불이 보였지만 아무리 반동을 주 고 헤엄을 쳐도 물결 때문에 멀어지기만 했다. 순간 군화를 신 은 채로는 물에 빠져 죽을지도 모른다는 생각이 들었지만 나 는 열심히 물살을 헤치며 싸웠다. 고개를 들어 보니 강기슭에 가까이 접근해 있었고, 그래서 무거운 군화를 신은 공포 속에 서도 강기슭에 닿을 때까지 온 힘을 나해 허우적거리며 헤엄 을 쳤다. 어떻게 해서 겨우 버드나무 가지에 매달렸지만 몸을 끌어올릴 힘이 없었다. 그러나 이제는 물에 빠져 죽을 염려는 하지 않아도 된다는 생각이 들었다. 나무토막에 매달려 있는 한 물에 빠져 죽을 일은 없을 것 같았다. 힘을 쓰느라 배 속과 가슴이 텅 비고 구역질이 났지만 나뭇가지를 붙든 채 가만히 기다렸다. 구역질이 가라앉자 버드나무 덤불을 끌어당겨 두 팔을 가지에 감은 채 덤불을 끌어안고 잠시 쉬었다. 그러고 나서 버드나무 덤불을 헤치고 강둑으로 기어 올라갔다. 날은 어렴풋이 밝아 왔지만 인기척은 없었다. 나는 강둑에 납작 드러누워 강물 소리와 빗소리를 들었다.

잠시 뒤 나는 일어나서 강둑을 따라 걷기 시작했다. 라티사나*까지는 다리가 없었다. 내가 있는 곳이 산비토**의 반대쪽일지도 모른다는 생각이 들었다. 앞으로 어떻게 해야 좋을지 곰곰이 생각했다. 앞쪽에 강으로 흘러들어가는 도랑이 하나 있었다. 나는 그쪽을 향해 걸어갔다. 지금껏 아무도 만난 사람이 없었기 때문에 나는 도랑 둑 덤불 옆에 앉아 군화를 벗고 그 안의 물을 쏟아 버린 뒤 윗도리를 벗어 안주머니에서 흠뻑 젖은 서류와 지폐가 들어 있는 지갑을 꺼내고는 젖은 옷을 짰다. 바지도 벗어서 물기를 짜고 셔츠와 내의도 벗어서 짰다. 나는 몸을 두들기고 문지른 뒤에 다시 옷을 입었다. 모자는 어디론가 사라지고 없었다.

나는 윗도리를 입기 전 소매에 달린 헝겊 별을 떼어 돈과 함께 안주머니에 넣었다. 젖긴 했지만 돈은 이상이 없었다. 액수를 세어 보았다. 3000리라가 조금 넘었다. 옷이 젖어 차고 끈적끈적해서 피가 계속 순환하도록 두 팔을 두드렸다. 털내의를 입고 있었으므로 몸을 계속 움직이면 감기에 걸릴 염려는 없을 것 같았다. 권총은 그 도로에서 헌병들에게 빼앗겼기 때

---

*이탈리아 북동부 탈리아멘토 강변에 위치한 소도시.
**이탈리아 북동부 탈리아멘토 강변 서쪽에 위치한 소도시.

문에 권총집을 윗옷 안쪽에 찼다. 외투도 없이 빗속을 걷자니 추위가 몰려왔다. 나는 운하의 둑 위로 걷기 시작했다. 날이 밝았지만 시골은 비에 젖어 축 처지고 음산해 보였다. 들판은 황량하고 비에 젖어 있었다. 저 멀리 들판에 종루가 솟아 있는 것이 보였다. 나는 도로로 나섰다. 앞쪽에 부대 하나가 길을 따라 내려오고 있었다. 나는 절룩거리며 천천히 길 한쪽으로 걸어갔지만 나를 지나치면서 내게 주의를 기울이는 사람은 아무도 없었다. 강 쪽으로 올라가는 기관총 분견대였다. 나는 그대로 도로를 걸어 내려갔다.

그날 나는 베네치아 평야를 가로질렀다. 낮은 평지인 그곳은 비 때문에 더욱 낮아 보였다. 바다 쪽으로는 소금 늪들만 있을 뿐 도로는 거의 없었다. 도로는 하나같이 강어귀를 따라 바다 쪽으로 향해 있었기 때문에 이 지방을 횡단하려면 운하 옆의 작은 길을 따라 걸어야만 했다. 나는 북쪽에서 남쪽으로 내려와 철로 두 개와 여러 도로를 건너 마침내 작은 길이 끝나고 어느 늪 옆으로 철로가 놓여 있는 곳에 이르렀다. 베네치아에서 트리에스테로 통하는 간선 철로로, 높고 견고한 철둑 아래 탄탄한 선로에 복선 철로가 깔려 있었다. 철로 아래쪽으로 조금 내려온 곳에는 간이 정거장 하나와 경비를 서는 병사의 모습이 보였다. 선로 위쪽에는 늪으로 흘러들어 가는 개울에 다리가 하나 걸려 있었다. 그 다리에도 경비병 한 사람이 서 있었다. 들판을 북쪽으로 가로지르는데 저 멀리 평탄한 평야를 횡단해 이 철로로 달려오는 열차가 보였다. 포르토그루아로*에서 오는 열차가 아닐까 싶었다. 나는 경비병들의 거동을 살핀 뒤 선로 양쪽이 보이도록 철둑에 드러누웠다. 다리에 있는 경비병이 내가 누워 있는 방향으로 조금 걸어오다가 돌아서서 다리로 돌아갔다. 나는 배고픔을 느끼며 누워서 열차가 오기를 기다렸다. 아까 본 열차는 무척 길어서 기관차가 천천히 끌고 있었는데 그 정도라면 올라탈 자신이 있었다. 기다림에 지쳐 거의 체념할 때쯤 열차 한 대가 다가오는 것이 보였다. 똑바로 달려오는 기관차가 조금씩 크게 보였다. 나는 다리에 있는 경비병을 바라보았다. 그는 다리 가까운 쪽을 걷고 있었지만 철로와는 반대쪽에 있었다. 열차가 통과할 때라면 그의 눈에 띄지 않을 것 같았다. 나는 기관차가 점점 가까이 접근하는 것을 지켜보았다. 기관차는 열차를 힘겹게 끌고 왔다. 차량이 많이 달려 있었다. 열차에도 경비병들이 타고 있을 것이기 때문에 그들이 어디에 타고 있는지 확인하려고 했지만 시야가 가려 볼 수가 없었다. 거의 내가 누워 있는 곳까지 기관차가 다가왔다. 평지인데도 기관차는 증기를 내뿜으며 헐떡거리면서 내 바로 반대편까지 다가왔다. 나는 기관사가 지나가는 것을 보고 일어나서 지나가는 차량 바로 곁에 바짝 붙어 섰다. 경비병이 보고 있다고 해도 철로 가에 서 있으면 의심을 덜 받을 것이다. 유개화차가 몇 량 지나갔다. 그리고 난 뒤 곤돌라라고 부르는 나지막한 무개화차 한 량이 캔버스 포장을 덮고 다가왔다. 나는 무개화차가 거의 다 지나갈 때까

---

* 이탈리아 북동부 산비토 남쪽에 위치한 소도시. 베네치아–트리에스테 철로 연변에 있다.

지 기다렸다가 달려들어 뒤에 달린 손잡이를 붙잡고 몸을 들어 올렸다. 그리고 곤돌라와 그 뒤의 높다란 유개화차 사이로 기어올라 갔다. 다른 사람의 눈에 띈 것 같지는 않았다. 손잡이에 매달린 채 발을 연결기에 올려놓고 나지막하게 웅크리고 앉았다. 열차는 거의 다리 맞은편까지 왔다. 그곳에도 경비병이 있다는 게 기억났다. 열차가 지나갈 때 그는 나를 쳐다보았다. 아직 소년으로 철모가 너무 커 보였다. 내가 업신여기는 듯한 눈으로 노려보자 그는 시선을 돌렸다. 아마 내가 열차와 무슨 관계가 있는 사람이라고 생각했던 모양이다.

우리는 그를 지나갔다. 그는 불안한 표정으로 다른 차량이 통과하는 것을 쳐다보았다. 나는 몸을 숙이고 캔버스 포장이 어떻게 묶여 있는지 살펴보았다. 밧줄 고리가 달려 있고 가장자리가 밧줄로 묶여 있었다. 나는 나이프를 꺼내 밧줄을 끊고 팔을 안쪽으로 집어넣었다. 비에 젖어 뻣뻣해진 캔버스 포장 아래에 딱딱한 것이 툭 튀어나와 있었다. 나는 고개를 들고 앞쪽을 바라보았다. 앞 화차에는 경비병이 한 사람 타고 있었지만 앞쪽만 바라보고 있었다. 나는 손잡이를 놓고 캔버스 포장 밑으로 머리를 집어넣었다. 이마가 무언가에 부딪쳐 눈에서 불이 번쩍 나고 얼굴에 피가 흐르는 것이 느껴졌지만 나는 계속 기어들어가 납작하게 드러누웠다. 그러고 나서 몸을 돌려 다시 캔버스 포장을 매어 놓았다.

나는 대포와 함께 캔버스 포장 밑에 들어가 있었다. 대포에서는 산뜻한 기계유와 윤활유 냄새가 났다. 나는 드러누운 채 캔버스 포장에 부딪치는 빗소리와 덜컹거리며 철로 위를 달리는 바퀴 소리에 귀를 기울였다. 작은 틈으로 희미한 광선이 흘러들어 와 나는 누운 채로 대포를 살펴보았다. 대포마다 캔 버스 포장이 덮여 있었다. 제3군에서 전선으로 수송되는 대포가 틀림없다고 생각했다. 이마의 혹이 부어 올라 나는 가만히 누워 피를 응고시켜 멈추게 한 뒤 상처가 난 곳만을 남겨 둔 채 말라붙은 피를 떼어 냈다. 아무렇지도 않았다. 손수건은 없었지만 손가락으로 더듬어 캔버스 포장에서 떨어지는 빗물로 피가 말라붙었던 자리를 씻고 상의 소매로 깨끗이 닦아 냈다. 특별히 사람 눈에 띄고 싶지는 않았다. 열차가 메스트레에 도착하면 대포를 점검할 테니 그 전에 내려야겠다는 생각이 들었다. 잃어버리거나 돌보지 않고 잊어도 좋을 대포는 없는 법이니. 배가 너무 고파 죽을 지경이었다.

32

캔버스 포장을 뒤집어쓰고 대포와 함께 무개화차 바닥에
누워 있자니 몸이 젖어 춥고 배가 몹시 고팠다. 나는 참지 못
하고 돌아누워 배를 깔고 엎드린 후 두 팔 위에 머리를 얹었
다. 무릎이 뻣뻣했지만 상태는 아주 좋았다. 발렌티니가 수술
을 썩 잘해 냈던 것이다. 후퇴의 절반은 걸었고 탈리아멘토 강
의 일부는 이 무릎으로 헤엄쳤다. 발렌티니의 무릎이라 해도
과언이 아닌 무릎으로. 물론 다른 쪽 무릎은 내 것이었지만 말
이다. 의사가 몸에 손을 대고 나면 그것은 이미 내 몸이 아니
다. 그러나 머리는 내 것이고 배 속 또한 내 것이었다. 그런데
그 배가 지금 무척 허기를 느꼈다. 배 속이 저절로 뒤집히는
것만 같았다. 머리는 내 것이었지만 무언가를 생각하는 데는
쓸 수가 없었다. 오로지 기억만, 그것도 많지 않은 기억만을
떠올리는 데 쓸 수 있을 뿐이었다.

캐서린이 떠올랐다. 그러나 만날 수 있을지 어떨지도 모르는 상황에서 그녀를 생각한다는 것은 미칠 것 같은 일이었다. 그녀에 대해서는 조금만 생각하기로 했다. 덜커덩거리며 느릿느릿 달리는 열차며, 캔버스 포장 사이로 새어 드는 희미한 광선, 그리고 차 바닥에 캐서린과 함께 누워 있는 일에 대해서만. 너무 오랫동안 떨어져 있었던 데다, 옷은 비에 흠뻑 젖고 바닥은 조금씩밖에 움직이지 않는데, 생각하는 것이 아니라 그저 느끼기만 하면서 누워 있는 것은 차량의 딱딱한 바닥만큼이나 괴로운 일이었다. 젖은 옷과, 아내치고는 딱딱한 바닥만 있는 이 안에 혼자 갇혀 있자니 외롭고 쓸쓸했다.

캔버스 포장 아래 있는 것이 아무리 기분 좋고 대포와 함께 있는 것이 아무리 유쾌하다 해도 무개화차의 바닥과 포장된 대포와 바셀린을 칠한 금속 냄새와 비가 새는 캔버스 포장은 사랑할 만한 것이 못 되었다. 그런데 너는 이곳에 있는 것처럼 굴 수조차 없는 그 누군가를 사랑하고 있었어. 이제는 아주 분명하고 냉정하게, 아니, 냉정하다기보다는 분명하고 공허하게 그것을 알 수 있었어. 한 부대가 퇴각하고 다른 부대가 전진하는 현장에 있었기 때문에 배를 깔고 누워서 그것을 공허하게나마 깨닫게 되었거든. 마치 백화점 매장 감독이 화재로 상품을 모조리 날려 버린 것처럼 너는 앰뷸런스와 부하들을 모두 잃어버렸어. 그런데 보험도 없었고. 너는 이제 그곳에서 빠져나왔어. 이제 너한테는 아무런 의무가 없어. 백화점 매장 감독들이 늘 쓰던 억양으로 말을 한다고 해서 화재가 난 뒤에 그들을 총살해 버린다면 백화점이 다시 문을 열더라도 그들은 다시 돌아오지 않을 테지. 그들은 다른 일자리를 찾을 거야. 다른 직업이 있고 경찰한테 체포되지만 않는다면 말이야.

분노는 모든 의무와 함께 강 속에서 씻겨 내려갔다. 의무는 헌병이 내 멱살을 잡을 때 사라졌지만 말이다. 나는 외적인 형식에 별로 관심을 두지 않는 편이지만 군복을 벗어 버리고 싶었다. 소매에서 별을 떼어 버린 것은 그게 편해서였다. 명예를 위해서가 아니었다. 그들을 반대하는 것도 아니었다. 나는 이미 그 일에서 손을 뗐다. 나는 그들 모두에게 행운을 빌었다. 착한 사람도, 용감한 사람도, 침착한 사람도, 현명한 사람도 있었다. 그들 모두는 행운을 누려 마땅했다. 그러나 이제 더 이상 내가 나설 일은 아니었다. 나는 이 빌어먹을 열차가 메스트레에 도착하면 뭘 좀 먹고 생각하는 것을 그만두고 싶을 뿐이다. 어쨌든 생각을 그만해야 했다.

피아니는 내가 헌병에게 총살되었다고 보고할 것이다. 놈들은 총살한 사람들의 호주머니를 뒤져 서류를 모두 빼냈다. 그러나 내 서류는 손에 넣지 못할 것이다. 어쩌면 나를 익사자로 처리할지도 모른다. 그러면 미국에 있는 식구들은 어떤 보고를 받을까? 부상이나 그 밖의 이유로 죽은 줄 알겠지. 빌어먹을, 배가 고파 죽을 지경이다. 식당의 군종신부는 지금쯤 어떻게 되었을까? 리날디는 또 어떻게 되었을까? 포르데노네에 있겠지. 더 이상 후방으로 후퇴하지 않았다면 말이다. 그래, 이젠 그를 다시 만나기도 글렀다. 나는 그들을 두 번 다시 만나지 못할 것이다. 그들과의 생활도 이제 끝났다. 리날디가 매독에 걸렸다고는 생각하지 않지만 설령 매독이라 해도 치료만 빨리 하면 그리 대단한 병은 아니라고들 한다. 그래도 걱정은 되겠지. 나 역시 그 병에 걸렸다면 걱정할 테니. 누구든 마찬가지일 것이다.

나는 생각하도록 태어나지 않았다. 음식을 먹도록 태어났다. 정말 그렇다. 먹고 마시고 캐서린과 잠을 자도록 만들어졌다. 오늘 밤이라면 가능할지 모른다. 아니, 그렇지 않아. 하지만 내일 밤은 가능할지 모르겠어. 맛좋은 식사와 시트가 깔린 잠자리 그리고 그녀와 함께할 수 있는 곳이 아니라면 아무 데도 가지 않으리라. 어쩌면 하루라도 빨리 떠나야 할지도 몰라. 그녀는 함께 가 주겠지. 그녀가 가 주리라는 것을 나는 잘 알아. 언제쯤 떠나는 게 좋을까? 그것은 좀 더 생각해 볼 문제지. 날이 점점 어두워지고 있었다. 나는 누운 채 어디로 갈까 생각했다. 갈 곳은 얼마든지 있었다.

4부

33

날이 밝기 전 아침 일찍 열차가 속력을 늦추고 밀라노 역에 들어서자 나는 열차에서 뛰어내렸다. 선로를 가로질러 건물 몇 채를 빠져나와 거리 아래쪽으로 걸어 나왔다. 포도주 가게가 한 군데 열려 있어 그곳에 들어가 커피를 마셨다. 이른 아침의 냄새며 먼지를 갓 쓸어 낸 냄새며 커피 잔에 들어 있는 스푼 냄새며 포도주 잔이 남긴 동그랗게 젖은 냄새가 났다. 주인은 카운터 뒤에 있었다. 사병 두 명이 테이블에 앉아 있었다. 나는 카운터 앞에 서서 커피를 마시면서 빵을 한 조각 먹었다. 커피는 우유를 타서 뿌연 회색을 띠었다. 나는 빵 조각으로 우유의 더께를 걷어 냈다. 주인이 나를 쳐다보았다.

"그라파 한잔하시겠습니까?"

"아니, 괜찮습니다."

"그냥 드리는 겁니다." 그는 이렇게 말하면서 작은 잔에다 술을 따라서 내 앞으로 밀었다. "지금 전선의 상황은 어떻습니까?"

"잘 모르겠군요."

"저 사람들은 술에 취했어요." 그가 한 손으로 군인들이 앉아 있는 쪽을 가리키며 말했다. 그의 말을 믿어도 좋을 것 같았다. 그들은 정말 취한 것처럼 보였다.

"얘기 좀 해 주십시오. 전선에선 지금 어떤 일이 벌어지고 있는 겁니까?" 그가 물었다.

"전선 일은 잘 모르겠어요."

"손님이 저쪽 담 아래쪽에서 걸어오는 걸 봤어요. 기차에서 내리셨죠."

"대규모 후퇴가 이루어지고 있어요."

"신문에서 읽었습니다. 도대체 어떻게 된 거죠? 이제 전쟁이 끝났나요?"

"그렇게 생각하지 않습니다."

그는 작달막한 병에서 그라파를 따라 잔에 가득 채웠다. "혹 곤란한 상황에 처해 있으시다면 제가 숨겨 드릴 수도 있습니다."

"곤란한 상황에 있지 않습니다."

"혹시라도 그런 상황이라면 우리 집에서 묵으십시오."

"어디서 묵나요?"

"이 선물 안이죠. 여기서 많이들 묵습니다. 곤란한 상황에 처한 분들은 누구든지요."

"그런 사람들이 그렇게 많습니까?"

"어떤 걸 곤란한 사정이라고 하느냐에 달려 있죠. 손님은 남아메리카에서 왔나요?"

"아뇨."

"스페인어를 할 줄 아나요?"

"조금밖에는 몰라요."

그는 카운터를 닦았다.

"요즈음에는 이 나라를 떠나는 게 어렵지만 전혀 불가능하지도 않습니다."

"출국하고 싶은 생각은 없어요."

"이곳에 원하는 만큼 머물 수 있습니다."

"오늘 아침엔 가 봐야 할 데가 있습니다. 하지만 주소를 기억해 뒀다가 다시 찾아오겠습니다."

그러자 그는 고개를 내저었다. "그렇게 말하는 분은 돌아오시지 않죠. 정말로 사정이 딱한 분이라고 생각했거든요."

"그렇지는 않습니다. 하지만 친구가 되어 주는 분의 주소는 소중하지요."

나는 커피값으로 10리라짜리 지폐 한 장을 카운터 위에 올려놓았다.

"나하고 그라파 한잔합시다." 내가 말했다.

"그럴 필요까진 없는데."

"한잔하시죠."

그러자 그는 잔 두개에 술을 따랐다.

"잊지 마십시오. 이곳으로 오세요. 다른 사람들에게 숨겨 달라고 하지 말고요. 여기라면 안전합니다." 그가 말했다.

"확실히 그렇게 믿어지네요."

"확실히 믿으시는 거죠?"

"그럼요."

그의 표정은 진지했다. "그럼 한 가지 말씀드리죠. 그런 상의는 입고 다니지 마십시오."

"왜요?"

"양쪽 소매에 별을 뜯어낸 흔적이 뚜렷이 보입니다. 천의 색깔이 달라요."

나는 아무 말도 하지 않았다.

"서류가 없으면 만들어 드릴 수도 있어요."

"무슨 서류 말입니까?"

"휴가증 말입니다."

"서류는 필요 없어요. 갖고 있거든요."

"그럼 됐군요. 하지만 필요한 서류가 있으면 무엇이든 내드릴 수 있습니다." 그가 말했다.

"그런 서류들은 얼마나 하나요?"

"서류 나름이죠. 턱없이 비싸진 않습니다."

"지금은 필요한 서류가 없어요."

그는 어깨를 으쓱했다.

"나는 괜찮아요." 내가 말했다.

밖으로 나오자 그가 말했다. "제가 손님의 친구라는 걸 잊지 마십쇼."

"네, 잊지 않겠습니다."

"그럼 다시 만납시다." 그가 말했다.

"그러죠." 내가 말했다.

나는 밖으로 나와 헌병들이 있는 정거장을 멀찍이 피해 조그마한 공원 모퉁이에서 마차를 잡았다. 마부에게 병원의 주소를 일러 주었다. 병원에 도착하자 문지기가 살고 있는 숙소로 들어갔다. 그의 아내가 나를 껴안았다. 문지기는 나와 악수를 했다.

"돌아오셨군요. 무사히 말입니다."

"그럼요."

"아침 식사는 하셨나요?"

"네, 했어요."

"그동안 안녕하셨죠, 중위님? 잘 지내셨죠?" 그의 아내가 물었다.

"잘 지냈습니다."

"같이 아침 식사를 하지 않으실래요?"

"아뇨, 괜찮아요. 한데 미스 바클리는 아직도 이 병원에서 근무하나요?"

"미스 바클리요?"

"영국 간호사 아가씨 말이에요."

"중위님 애인 말이죠." 그의 아내가 말했다. 그녀는 내 팔을 가볍게 두드리며 미소를 지었다.

"지금은 없어요. 이곳을 떠났습니다." 그가 대답했다.

나는 가슴이 철렁 내려앉았다. "확실합니까? 그 키 크고 금발인 젊은 영국 아가씨 말이에요."

"틀림없습니다. 스트레사로 떠났어요."

"언제 떠났습니까?"

"이틀 전에 다른 영국 여자하고 같이 떠났죠."

"알겠습니다. 한데 두 분께 부탁이 있습니다. 나를 만났다는 말을 아무한테도 하지 마세요. 아주 중요한 일이니까요." 내가 말했다.

"아무한테도 얘기하지 않겠습니다." 그가 말했다. 나는 그에게 10리라짜리 지폐 한 장을 건네주었다. 그는 받지 않고 돌려주었다.

"누구한테도 얘기하지 않겠다고 약속드리죠. 하지만 돈은 필요 없어요." 그가 말했다.

"뭐든 도와 드릴 일이 없을까요?" 그의 아내가 물었다.

"그게 답니다." 내가 대답했다.

"입을 꾹 다물겠습니다. 앞으로도 제가 해 드릴 일이 있으면 알려 주시겠어요?" 문지기가 말했다.

"그러죠. 안녕히 계세요. 그럼 또 만나요." 내가 대꾸했다.

그들은 문간에 서서 내 뒷모습을 바라보았다.

나는 마차 안으로 들어가 마부에게 시먼스의 집 주소를 일러 주었다. 성악을 공부하던 지인이었다.

시먼스는 포르타마젠타* 쪽으로 시내에서 꽤 떨어진 교외에 살고 있었다. 내가 찾아갔을 때 그는 아직도 침대에 누워 있었다.

"굉장히 일찍 일어났군, 헨리!" 그가 말했다.

---

* 밀라노 서쪽의 마젠타로 나가는 여러 문 가운데 하나.

"새벽 기차를 타고 왔어."

"도대체 이 후퇴는 어떻게 된 거야? 자넨 전선에 나가 있었지? 담배 한 대 피우겠어? 테이블 위 상자 안에 있어." 큼직한 방에는 벽 쪽에 침대가, 한쪽 구석에 피아노와 옷장과 테이블이 놓여 있었다. 나는 침대 옆 의자에 앉았다. 시먼스는 침대 베개에 기대 앉아서 담배를 피웠다.

"난 지금 난처한 처지에 있어, 심." 내가 말을 꺼냈다.

"나도 그래. 하긴 나야 항상 그렇지만. 담배 피울 테야?" 그가 물었다.

"아니. 스위스에 가려면 어떤 수속을 밟아야 해?" 내가 물었다.

"자네가 가려고? 이탈리아군이 자네를 국외로 내보내려 하지 않을 텐데."

"물론 그렇겠지. 그건 나도 알아. 하지만 스위스 측 말이야. 그쪽에서는 어떻게 나올까?"

"자네를 억류할 테지."

"그건 나도 알아. 하지만 어떤 절차를 밟아 그렇게 하느냔 말이지?"

"그냥 간단해. 자네야 어느 곳이든 갈 수 있지. 신고나 뭐 그런 걸 해야 할 거야. 그건 왜 물어? 자네 지금 경찰한테 쫓기고 있는 거야?"

"아직 확실한 건 아냐."

"얘기하고 싶지 않으면 안 해도 돼. 하지만 재미있는 얘기일 것 같군. 이곳에는 별일 없었어. 나는 피아첸차에서 크게 실패했지."

"그거 참 안됐군."

"아, 그래……. 정말로 형편없었어. 노래는 잘 불렀는데 말이야. 이곳 릴리코* 극장에서 다시 한 번 시도해 볼 작정이야."

"나도 가 봤으면 좋겠네."

"정말 고마워. 한데 자네 아주 딱한 처지에 몰려 있는 건 아니겠지?"

"나도 잘 모르겠어."

"얘기하기 싫으면 안 해도 좋아. 그 살벌한 전선에서 어떻게 빠져나왔어?"

"이제 전쟁과는 손을 끊은 셈이지."

"잘했어. 전부터 난 자네가 분별력 있는 사람이라고 생각했지. 뭐든 도와줄 만한 일은 없고?"

"자넨 무척 바쁘잖아."

"아냐, 조금도 그렇지 않아, 헨리. 조금도 바쁘지 않아. 그러니 뭐든 기꺼이 도와줄게."

"자네 몸집이 나랑 비슷하지? 밖에 나가서 사복을 한 벌 사다 주겠어? 사복이 있지만 모두 로마에 두고 왔거든."

"참, 자네 로마에 살았지? 그 지저분한 곳에서. 어쩌다 그곳에서 살게 됐지?"

"건축가가 되고 싶었거든."

"그곳은 그럴 만한 장소가 못 돼. 옷을 사는 건 그만둬. 원하

---

* 밀라노에 있는 극장.

는 옷이 있으면 내가 다 줄게. 몸에 꼭 맞는 옷을 입혀 아주 멋쟁이를 만들어 주지. 저기 옷 갈아입는 곳으로 가. 그곳에 양복장이 있어. 아무거나 마음에 드는 것으로 골라서 입으라고. 이 친구야, 양복 같은 건 살 필요 없어."

"그래도 샀으면 하는데, 심."

"이봐, 사러 나가는 것보다 주는 게 훨씬 편해서 그래. 여권은 갖고 있어? 여권 없이는 멀리 가지 못할 거야."

"물론 아직 갖고 있어."

"자, 그럼 어서 옷을 바꿔 입고 그리운 헬베티아*로 떠나."

"그렇게 간단하지 않아. 우선 스트레사로 가야 하거든."

"그게 이상적이긴 하지. 그곳에선 보트로 건너가면 되거든. 나도 음악회만 아니라면 자네와 동행하는 건데. 어쨌든 조만간 나도 갈 거야."

"요들을 한번 해 보지그래."

"요들도 아직 부를 수 있지. 정말 잘 부를 수 있거든. 좀 색다른 노래이긴 하지만."

"자네라면 충분히 할 수 있어."

그는 담배를 피워 물고 침대에 깊숙이 누워 있었다.

"너무 큰 기대는 하지 마. 하지만 난 노래를 부를 수 있다고. 정말 웃기는 노래지만 부를 순 있어. 난 노래 부르는 게 즐겁거든. 한 곡 부를 테니 한번 들어 봐." 그는 목청을 가다듬

---

* 로마 시대의 알프스 지방을 일컫는 말. 지금은 스위스를 고풍스럽게 가리킬 때 쓴다.

어 「아프리카나」*를 부르기 시작했다. 노래를 부르니 그의 목이 부풀고 정맥이 튀어나왔다. "난 노래를 부를 수 있다고. 청중의 마음에 드는지 어떤지는 모르지만 말이야." 나는 창밖을 내다보았다. "내려가서 마차를 보내고 올게."

"보내고 다시 올라와, 친구. 그리고 함께 아침을 먹자고." 그는 침대에서 나와 똑바로 서서 심호흡을 하고 무릎 굽히기 운동을 시작했다. 나는 아래층으로 내려가 마부에게 마차 삯을 지불하고 돌려보냈다.

---

* 독일 작곡가 자코모 마이어베어(1791~1864)가 작곡한 오페라 「아프리카의 여인」에 나오는 아리아.

34

사복으로 갈아입으니 무도회에 가는 사람이 된 듯한 기분이 들었다. 오랫동안 군복만 입은 탓에 내 옷 같지 않았다. 바짓가랑이가 아주 헐렁하게 느껴졌다. 나는 밀라노에서 스트레사행 기차표를 샀다. 모자도 하나 새로 샀다. 시먼스의 모자는 쓸 수 없었지만 양복만은 그런대로 훌륭했다. 양복에서는 담배 냄새가 났다. 객실에 앉아 창밖을 내다보자니 새 모자에 비해 양복이 몹시 낡은 것 같은 느낌이 들었다. 창밖에 펼쳐지는 비에 젖은 롬바르디아의 시골 풍경처럼 나 자신도 서글프게 느껴졌다. 객실에는 항공병 몇 사람이 앉아 있었지만 나 같은 것은 안중에도 두지 않았다. 나를 똑바로 쳐다보지도 않았으며, 이 나이에 군대에 있지 않은 민간인을 지극히 경멸하고 있었다. 모욕당하는 느낌은 들지 않았다. 옛날 같으면 나도 그들을 모욕하고 싸움을 걸었을지도 모른다. 그들이 갈라라테*에서 내리고 나 혼자만 남게 되자 마음이 한결 가벼워졌다. 신문을 갖고 있었지만 전쟁에 관한 소식을 알고 싶지 않아서 읽지 않았다. 전쟁에 대해서는 잊을 작정이었다. 나는 단독 강화조약을 맺은 것이다. 기분이 몹시 쓸쓸했지만 기차가 스트레사에 도착하자 기뻤다.

정거장에 호텔 포터들이 마중 나와 있으리라고 생각했는데 한 사람도 없었다. 제철이 지난 지 오래되어서 아무도 열차 손님을 맞으러 나오지 않은 것이다. 나는 내 가방을, 아니, 사실은 시먼스의 가방을 들고 열차에서 내렸는데, 셔츠 두 벌밖에 들어 있지 않아서 무척 가벼웠다. 열차가 다시 떠날 때까지 나는 비가 내리는 정거장 지붕 밑에 서 있었다. 정거장에서 한 사내를 붙잡고 지금 영업 중인 호텔이 어디냐고 물었다. 그랜 호텔 에 데 일 보로메가 현재 영업 중이고 작은 호텔 몇 개도 일 년 내내 영업을 한다고 했다. 나는 가방을 들고 비를 맞으며 일보로메 호텔을 향해 걸었다. 마차가 거리를 따라 내려오는 것을 보고 나는 마부를 향해 손짓했다. 마차를 타고 들어가는 것이 더 나을 것 같았다. 큰 호텔의 마차 주차장 입구에 마차가 멈추자 수위가 우산을 받쳐 들고 나왔다. 그는 매우 정중했다.

나는 좋은 방 하나를 잡았다. 방은 매우 넓고 밝았으며 호수가 내려다보였다. 호수에는 구름이 나지막하게 덮여 있었지만 햇볕이 나면 풍경이 아름다울 것 같았다. 나는 아내가 오

---

* 이탈리아 북부의 롬바르디아에 있는 소도시.

기로 했다고 말했다. 공단 커버를 씌운 부부용 대형 더블베드도 있었다. 호텔은 매우 호화로웠다. 나는 긴 복도를 지나 폭이 넓은 계단을 내려가 방을 몇 개 지난 뒤 바로 내려갔다. 이곳 바텐더는 전부터 아는 사람이었다. 나는 등받이 없는 높다란 의자에 앉아 소금에 절인 편도와 얇게 썬 감자 칩을 먹었다. 마티니는 시원하고 상큼했다.

"사복 차림으로 무얼 하십니까?" 바텐더가 마티니를 두 잔째 만든 뒤에 나에게 물었다.

"휴가 중이야. 병후 요양 휴가."

"지금 이곳에는 손님이 한 분도 없습니다. 왜 호텔을 여는지 모르겠어요."

"낚시질은 좀 했어?"

"굉장한 놈을 몇 마리 낚았죠. 이맘때 트롤 낚시를 하면 굉장한 놈들이 잡힙니다."

"내가 보낸 담배는 받았고?"

"그럼요. 제가 보낸 카드도 받으셨죠?"

나는 웃었다. 담배는 구하지 못했다. 그가 원하는 것은 미국제 파이프용 담배였지만 내 친척이 부쳐 주는 것을 중단했거나, 아니면 도중에서 압수당한 것 같았다. 어쨌든 내 손에는 들어오지 않았다.

"또 구해 보도록 할게. 혹시 시내에서 영국 여자를 두 사람보지 못했어? 그저께 이곳에 왔다는데." 내가 말했다.

"이 호텔에는 없습니다."

"간호사들이야."

"간호사들이라면 보았죠. 잠깐만 기다리십시오. 어디에 머무는지 알아보고 오겠습니다."

"그중 한 사람은 내 아내야. 이곳에는 아내를 만나러 왔어." 내가 말했다.

"또 한 여자는 제 마누라고요."

"농담이 아냐."

"쓸데없는 농담을 해서 죄송합니다. 몰랐습니다." 그가 사과했다. 그는 밖으로 나가더니 오랫동안 돌아오지 않았다. 나는 올리브와 소금에 절인 편도와 감자 칩을 먹으면서 카운터 뒤쪽 거울에 비친 사복 차림의 내 모습을 바라보았다. 바텐더가 돌아왔다. "기차 역 근처에 있는 작은 호텔에 묵고 계시답니다." 그가 말했다.

"샌드위치를 먹을 수 있을까?"

"시켜 드리죠. 아시다시피 이곳에는 아무것도 없습니다. 지금은 손님이 없어서요."

"정말로 손님이 전혀 없는 거야?"

"아뇨. 물론 몇 분 계시긴 하죠."

샌드위치가 나왔기 때문에 나는 세 쪽을 먹고 마티니를 두서 잔 더 마셨다. 이처럼 시원하고 상큼한 술맛은 태어나서 처음이었다. 문명인이 된 듯한 기분이라고나 할까. 그동안 나는 붉은 포도주, 빵, 치즈, 질 낮은 커피, 그라파 같은 음식을 너무 많이 먹어 있었다. 기분 좋은 미호가니 기운디의 놋쇠의 기울 앞쪽에 있는 높다란 의자에 앉아서 나는 아무 생각도 하지 않았다. 바텐더가 뭔가를 물었다.

"전쟁 얘긴 그만둬." 내가 말했다. 전쟁은 이제 아득하기만 했다. 어쩌면 처음부터 없었는지도 모른다. 이곳에는 전쟁이 없었다. 그제야 비로소 나에게는 전쟁이 끝났다는 게 실감이 났다. 그런데도 전쟁이 정말로 끝났다는 느낌은 들지 않았다. 나는 학교를 땡땡이치고는 지금쯤 학교에서는 무슨 일이 벌어지고 있을까 궁금해하는 학생이 된 기분이었다.

내가 호텔로 찾아갔을 때 캐서린과 헬런 퍼거슨은 저녁 식사를 하고 있었다. 복도에 서니 식탁에 앉아 있는 두 사람의 모습이 보였다. 내 쪽에서는 캐서린의 얼굴이 보이지 않았지만 머리카락과 뺨 그리고 아름다운 목과 어깨는 보였다. 퍼거슨이 말을 하고 있었다. 내가 들어가자 퍼거슨은 하던 이야기를 멈췄다.

"어머나!" 퍼거슨이 외쳤다.

"안녕하세요?" 내가 말했다.

"어머, 당신!" 캐서린이 외쳤다. 그녀의 얼굴이 환하게 밝아졌다. 너무 기뻐서 도저히 믿어지지 않는다는 표정이었다. 나는 그녀에게 키스를 했다. 캐서린은 얼굴을 붉혔고 나는 식탁에 앉았다.

"정말 못 말리는 분이군요. 도대체 이곳에서 뭘 하고 있는 거예요? 식사는 했어요?" 퍼거슨이 물었다.

"아직 못했습니다." 그때 식사 시중을 드는 여자가 들어왔고 나는 내게도 먹을 것을 한 접시 갖다 달라고 주문했다. 캐서린은 행복한 눈빛으로 나에게서 시선을 떼지 못했다.

"사복을 입고 뭘 하는 거예요?" 퍼거슨이 물었다.

"내각에 입각했죠."

"난처한 일이 생겼군요."

"자자, 기운 내요, 퍼기. 기운을 내라고요."

"당신을 만났다고 기운이 나지는 않아요. 캐서린을 이렇게 난처하게 만들었으니 조금도 반갑지 않네요."

캐서린이 나에게 미소를 지으면서 식탁 밑으로 내 발을 건 드렸다.

"나를 난처하게 만든 사람은 아무도 없어, 퍼기. 내가 스스 로 택한 거지."

"난 이 사람 더는 못 봐주겠어. 비열한 이탈리아 술책으로 너를 망쳐 놓잖아. 하여튼 미국인이 이탈리아인보다 더 악질 이라니까." 퍼거슨이 말했다.

"스코틀랜드인은 무척이나 도덕적인 민족이고." 캐서린이 말했다.

"내 말 뜻은 그런 게 아냐. 이 사람의 이탈리아인 같은 비열 함을 말하는 거야."

"내가 비열한 사람이란 말이죠, 퍼기?"

"물론이죠. 비열한 것보다 더 나빠요. 뱀 같다고요.* 이탈리 아 군복을 입고 목에 망토를 두른 뱀 말이에요."

"지금은 이탈리아 군복을 입고 있지 않잖아요."

---

* 'sneak'(비열하게 굴다)라는 단어와 'snake'(뱀)라는 단어가 서로 소리가 비슷한 것을 두고 말장난을 하고 있다.

"그건 당신의 비열함을 보여 주는 또 하나의 증거죠. 지난 여름 내내 연애를 하고 이 애를 임신하게 만들어 놓고는 이젠 슬슬 도망칠 준비를 하는 거잖아요."

내가 캐서린에게 미소를 던지자 그녀도 나에게 미소를 보냈다.

"우리 둘은 함께 도망칠 거야." 캐서린이 말했다.

"둘 다 똑같아. 난 네가 부끄러워, 캐서린 바클리. 부끄러움도 모르고 명예도 모르는구나. 너도 이 사람처럼 비열해." 퍼거슨이 말했다.

"그만해, 퍼기." 캐서린은 이렇게 말하면서 퍼거슨의 손등을 가볍게 토닥거렸다. "나를 나무라지 마. 우리가 서로 사랑하고 있다는 건 너도 알잖아."

"손 치워." 퍼거슨이 말했다. 그녀의 얼굴이 빨갛게 상기되었다. "너한테 수치심이 있다면 사정이 달랐겠지. 하지만 너는 임신한 지 몇 달이 지나도록 그걸 농담으로 생각하고, 자기를 유혹한 남자가 돌아왔다고 좋아서 얼굴이 환해졌어. 부끄러움도 모르고 감정도 없는 거야." 그러고 나서 그녀는 흐느껴 울기 시작했다. 캐서린이 그녀에게 다가가 팔로 감쌌다. 선 채로 퍼거슨을 달래는 캐서린의 몸매는 별로 달라진 것 같지 않았다.

"난 아무래도 좋아. 하지만 끔찍하다고." 퍼거슨이 흐느껴 울었다.

"자, 그만해, 퍼기. 부끄럽게 생각할게. 그러니 울지 마, 퍼기. 울지 말라고, 퍼기." 캐서린이 달랬다.

"울긴 누가 울어? 우는 게 아냐. 네가 끔찍한 함정에 빠진 게 슬플 뿐이야." 퍼거슨은 나를 쳐다보았다. "당신이 미워요. 캐서린이 뭐라 하든 난 당신을 미워할 수밖에 없어요. 당신은 더럽고 비열한 미국 출신 이탈리아인이라고요!" 그녀는 울어서 눈과 코가 빨갛게 되었다.

캐서린은 내게 미소를 지었다.

"나를 안은 채로 저 사람한테 웃음을 보이지 마."

"퍼기, 좀 지나친 것 같아."

"그래, 알아. 두 사람 다 내 말에 신경 쓰지 마. 너무 속이 상해서 그래. 나도 알아. 난 두 사람이 행복하기를 바랄 뿐이야." 퍼거슨이 흐느꼈다.

"우린 지금 행복해. 퍼기, 넌 정말 착한 사람이야." 캐서린이 말했다.

그러자 퍼거슨은 다시 한 번 흐느껴 울었다. "난 너희 두 사람이 지금 같은 상태에서 행복하기를 바라지 않아. 왜 결혼하지 않는 거죠? 설마 당신한테 다른 아내가 있는 건 아니죠?"

"물론이죠." 내가 대답했다. 그러자 캐서린이 웃었다.

"웃을 일이 아냐. 다른 곳에 아내가 따로 있는 사람도 많다고." 퍼거슨이 말했다.

"우린 결혼할 거야, 퍼기. 그래야만 네 마음이 풀린다면." 캐서린이 대꾸했다.

"내 마음이 중요한 게 아니잖아. 당연히 결혼을 원해야지."

"그동안 너무 바빴잖아."

"물론이지. 그건 나도 알아. 아이 만드느라 무척 바빴지."

나는 그녀가 또다시 울음을 터뜨리지 않을까 걱정했지만 대신 그녀는 신랄한 말을 퍼부었다. "오늘 밤도 이 사람을 따라 도망치겠지?"

"그럼. 이이가 원한다면." 캐서린이 대답했다.

"나는 어쩌고?"

"혼자 남는 게 걱정되는 거야?"

"응, 그래."

"그럼 너하고 같이 있을게."

"아냐, 이 사람하고 같이 가. 지금 당장 떠나라고. 두 사람 보는 것도 지겨워."

"어쨌든 저녁이나 마저 먹자."

"아냐. 지금 바로 가."

"퍼기, 진정해."

"지금 당장 가 버리라니까. 둘 다 가라고."

"그럼 가자." 내가 말했다. 나도 퍼기가 지겨워졌다.

"역시 가고 싶어 하는군요. 나 혼자 저녁 식사를 하게 두고 말이죠. 난 전부터 이탈리아 호수들을 보고 싶었는데, 결국 이런 식으로 끝나는군요. 아, 아!" 그녀는 흐느껴 울다가 캐서린을 쳐다보고는 꺽꺽거렸다.

"저녁 식사를 마칠 때까지 여기 있을게. 내가 있는 걸 원한다면 혼자 두고 가지 않겠어, 퍼기." 캐서린이 말했다.

"아냐, 아냐. 정말로 네가 갔으면 좋겠어. 갔으면 좋겠다고. 난 지금 제정신이 아냐. 그러니 제발 내 말에 신경 쓰지 마." 그녀는 눈물을 닦았다.

식사 시중을 들던 아가씨는 울고불고하는 이 소동에 당황했다. 다음 음식을 가지고 왔을 때는 사태가 호전된 것을 보고 마음이 놓이는 기색이었다.

길고 텅 빈 복도, 문밖에 나란히 놓인 구두, 두꺼운 카펫이 깔린 바닥, 창밖에 내리는 비와 함께 호텔에서 보낸 그날 밤, 방 안은 밝고 즐겁고 쾌적한 기운으로 가득했다. 불을 끄니 보드라운 시트와 편안한 침대에 가슴이 두근거렸으며 마침내 내 집에 돌아온 듯한 느낌, 이제는 혼자가 아니라는 느낌, 한밤중에 잠을 깨도 사랑하는 사람이 아무 데도 가지 않고 곁에 그대로 있을 거라는 느낌이 들었다. 그 밖의 다른 모든 것도 현실 같지가 않았다. 피곤하면 자고 잠에서 깨면 다른 한 사람도 눈을 떠서 우리는 전혀 외롭지 않았다. 남자나 여자나 이따금씩은 혼자 있고 싶을 때가 있다. 사랑하는 사람끼리는 서로의 그런 기분을 질투하는 법이지만 솔직히 우리는 조금도 그런 기분을 느끼지 않았다. 오히려 우리는 함께여서 외로운 기분, 즉 세상 사람들에게 맞선 고독을 느낄 뿐이었다. 나도 그와 비슷한 기분을 느낀 적이 있다. 많은 여자와 함께 있을 때 오히려 고독을 느꼈는데 그런 경우가 가장 고독했다. 그러나 우리가 함께 있을 때는 결코 고독하지 않았고 두렵지도 않았다. 밤이 낮과 같지 않다는 것, 모든 것이 다르다는 것, 밤에 겪은 것은 낮에 존재하지 않으므로 설명할 수 없다는 것을 나는 잘 알았다. 또 고독한 사람에게 일단 고독이 찾아오면 밤이야말로 끔찍한 시간이라는 것도 잘 알았다. 그러나 캐서린과 함

께 있으면 밤이 더 유쾌하다는 것만 다를 뿐 낮과 거의 다를
게 없었다. 사람들이 이 세상에 너무 많은 용기를 갖고 오면
세상은 그런 사람들을 꺾기 위해 죽여야 하고, 그래서 결국에
는 죽음에 이르게 한다. 이 세상은 모든 사람을 부러뜨리지만
많은 사람은 그 부러진 곳에서 더욱 강해진다. 그러나 세상은
부러지지 않으려 하는 사람들을 죽이고 만다. 아주 선량한 사
람들이든, 아주 부드러운 사람들이든, 아주 용감한 사람들이
든 아무런 차별을 두지 않고 공평하게 죽인다. 당신이 그 어디
에 속하지 않는다 해도 이 세상은 당신 역시 틀림없이 죽이고
말겠지만. 특별히 서두를 필요는 없을 것이다.

이튿날 아침, 잠에서 깨어났을 때의 일이 지금도 기억에 생
생하다. 캐서린은 자고 있었고 창문으로는 햇살이 들어왔다.
비는 그쳤고 나는 침대에서 일어나 바닥을 가로질러 창가로
다가갔다. 아래쪽에는 지금은 휑하지만 아름답게 잘 정돈된
정원이 있었고, 자갈이 깔린 오솔길이며 수목이며 호숫가의
돌담이며 멀리 산을 등지고 햇빛을 받고 있는 호수가 보였다.
창가에 서서 밖을 내다보다가 뒤를 돌아보니 캐서린이 잠에
서 깨어 나를 쳐다보고 있었다.

"잘 잤어요, 자기? 멋진 날씨죠?" 그녀가 물었다.

"당신은 기분이 어때?"

"참 좋아요. 정말 멋진 밤이었어요."

"지금 아침 먹을까?"

그녀는 아침 식사를 간절히 원했고 나도 그랬다. 그래서 우
리는 침대에서 아침을 먹었다. 창문을 통해 들어오는 11월의

햇살을 받으며 내 무릎에 쟁반을 올려놓고 식사를 했다.

"신문 읽고 싶지 않아요? 병원에선 언제나 신문을 찾았잖아요?"

"필요 없어. 이젠 읽기 싫어졌어." 내가 말했다.

"신문도 보기 싫을 만큼 전세가 그렇게 나빴나요?"

"전쟁에 관한 소식은 읽고 싶지 않아."

"당신과 같이 있었다면 나도 사정을 알았을 텐데."

"언제든 머릿속이 정리되면 얘기해 줄게."

"하지만 당신이 군복을 벗은 걸 보면 체포하지 않을까요?"

"총살할지도 모르지."

"그럼 이곳에 머무르지 마요. 이 나라에서 도망쳐요."

"나도 그런 생각을 해 봤어."

"어서 이곳을 떠나요. 자기, 쓸데없는 요행은 바라지 마요. 메스트레에서 밀라노까지 어떻게 왔는지 말해 볼래요?"

"기차를 타고 왔지. 그땐 군복을 입고 있었으니까."

"위험하지 않았어요?"

"별로 위험하지 않았어. 날짜가 지난 이동 명령서를 갖고 있었거든. 메스트레에서 날짜를 고쳤지."

"자기, 여기 있다간 정말 언제 체포될지 몰라요. 그건 싫어요. 바보 같은 짓이야. 만일 당신이 체포된다면 우린 어떻게 되죠?"

"그런 생각은 하지 말자고. 생각하기도 지겨워."

"만약 당신을 체포하러 온다면 어떻게 할 작정이에요?"

"총으로 쏴 버리지."

"바보 같은 소리 마요. 여기를 떠날 때까지 당신을 호텔 밖으로 내보내지 않겠어요."

"그럼 어디로 간다는 거야?"

"제발 그런 식으로 말하지 마요, 자기. 당신이 말하는 곳이라면 어디든 갈게요. 그러니 떠날 곳을 생각해 봐요."

"저 호수 건너편이 스위스니 그곳으로 가면 되겠지."

"그게 좋겠어요."

호텔 바깥은 구름이 점점 끼어 호수가 어두워지고 있었다.

"난 우리가 범죄자처럼 사는 건 원치 않아." 내가 말했다.

"내 사랑, 제발 분별력 있게 생각해요. 얼마나 그렇게 살았다고. 앞으로 범죄자처럼 살 것도 아니고요. 우리는 멋지게 살 거예요."

"난 암만해도 범죄자가 된 듯한 기분이 들어. 군대에서 탈영했으니까."

"자기, 이성적으로 생각해요. 탈영한 게 아니죠. 그냥 이탈리아 군대일 뿐이었잖아요."

나는 웃었다. "당신은 훌륭한 여자야. 자, 침대로 들어가자. 난 침대에 있어야 기분이 좋아지거든."

잠시 뒤 캐서린이 말했다. "이제는 범죄자 같은 기분 들지 않는 거죠?"

"응, 당신과 같이 있을 때는." 내가 대답했다.

"당신은 정말 바보 같은 사람이야. 하지만 내가 보살펴 줄게요. 내 사랑, 이젠 입덧도 하지 않아요. 참 신기하죠?" 캐서린이 물었다.

"정말 신기한데."

"이렇게 훌륭한 아내를 두고도 고마운 줄 모르다니. 하지만 상관없어요. 당신을 체포하지 않을 곳으로 가서 재미나게 살아요."

"지금 당장 가자."

"그래요, 자기. 당신만 좋다면 언제고 어디든지 가겠어요."

"아무것도 생각하지 말고."

"응, 그렇게 해요."

35

캐서린은 퍼거슨을 만나러 호숫가를 따라 작은 호텔로 가고 나는 바에 앉아 신문을 읽었다. 바에는 앉아 있기에 편안한 가죽 의자들이 있었는데 나는 거기 앉아 바텐더가 오기를 기다리며 신문을 읽었다. 이탈리아군은 탈리아멘토 강에서도 적군을 방어하지 못했다. 지금은 피아베 강까지 후퇴하고 있었다. 피아베 강이라면 기억 나는 것이 있었다. 철도가 산도나* 부근에서 강을 건넌 뒤 전선 위쪽으로 동해 있었다. 상은 깊고 흐름이 느렸으며 강폭이 매우 좁았다. 하류 쪽으로 내려가면 모기가 많은 늪지대와 운하가 있었다. 또한 그곳에는 아담한 별장도 몇 채 있었다. 전쟁 전에 나는 코르티나담페초**에 올

---

* 베네치아 동쪽 피아베 강변에 위치한 소도시.
** 베네치아 북부 베네토 주의 휴양도시.

라가는 길에 산 사이로 이 강을 따라 몇 시간을 걸은 적이 있었다. 상류 쪽에는 바위 그늘 밑에 여울과 웅덩이가 있고 흐름이 빨라 송어가 살고 있는 시내처럼 보였다. 도로는 카도레*에서 그 강과 갈라졌다. 나는 그 상류에 있던 군대가 어떻게 내려올까 생각했다. 그때 바텐더가 들어왔다.

"그레피 백작께서 만나고 싶어 하십니다." 그가 말했다.

"누구?"

"그레피 백작요. 전에 오셨을 적에 여기 계시던 노신사분 기억하시죠."

"지금 이곳에 묵고 계신가?"

"네, 조카따님과 함께 묵고 계시죠. 중위님이 이곳에 계시다고 했거든요. 중위님과 당구를 치셨으면 하던데요."

"지금 어디 계시지?"

"지금은 산책을 하고 계십니다."

"건강하시고?"

"전보다 더 젊어지신 것 같아요. 어제 저녁엔 식사 전에 샴페인 칵테일을 세 잔이나 드시더라고요."

"당구 솜씨는 어떠셔?"

"잘 치십니다. 제가 지죠. 중위님이 이곳에 계시다니까 매우 기뻐하셨습니다. 당구를 칠 상대가 한 분도 없었거든요."

그레피 백작은 아흔네 살이었다. 메테르니히**와 같은 시

---

* 코르티나담페초 동쪽 지역.
** 클레멘스 메테르니히(1773~1859). 오스트리아의 정치가, 외교관, 빈 회의 의장으로서 나폴레옹을 상대로 활약했다.

대 사람으로 머리카락과 수염이 하얗게 센 예의 바른 노인이었다. 오스트리아와 이탈리아 양국 외교관을 역임한 사람으로 그의 생일 파티는 밀라노 사교계의 큰 행사였다. 백 살까지도 살 것 같았으며, 아흔네 살이라는 노령과 대조적으로 유연하고 능숙한 솜씨로 당구를 쳤다. 언젠가 제철이 아닐 때 스트레사에 갔다가 그를 만난 적이 있는데, 그때도 함께 당구를 치면서 샴페인을 마셨다. 나는 좋은 습관이라고 생각했다. 그는 100점에 15점의 핸디캡을 주고서도 나를 이겼다.

"그분이 여기 계시다는 걸 왜 진작 말하지 않았지?"

"깜박 잊었죠."

"그 밖에 또 누가 있어?"

"모두 모르시는 분들입니다. 다 해 봐야 여섯 분밖에 안 계시는걸요."

"자네 지금 하고 있는 일이 있어?"

"아니, 없습니다."

"그럼 낚시나 하러 가자."

"한 시간 정도라면 갈 수 있습니다."

"그럼 가자고. 트롤 낚시 도구를 갖고 와."

바텐더가 코트를 입은 뒤 우리는 밖으로 나갔다. 호숫가로 내려가 보트를 타고 내가 노를 젓는 동안 바텐더는 고물에 앉아서 호수의 송어를 낚으려고 끝에 회전 낚시와 무거운 납덩이가 달린 낚싯줄을 풀어 내렸다. 우리는 호수 기슭을 따라 노를 저었고, 바텐더는 낚싯줄을 손에 쥐고 가끔 그것을 잡아당겼다. 호수에서 바라보니 스트레사는 매우 쓸쓸해 보였다. 헐벗은 가로수들이 길가에 늘어서 있고 큰 호텔들과 문을 닫은 별장들이 있었다. 나는 이솔라벨라*까지 노를 저어 암벽 가까이에 다가갔다. 그곳에서는 물이 갑자기 깊어지더니 투명한 물속까지 암벽이 경사져 내려가다가 위쪽으로 '어부의 섬'까지 이어져 있는 것이 보였다. 해가 구름에 가려 물은 거무스름하고 잔잔하면서 매우 차가웠다. 물고기들이 수면으로 뛰어올라 물 위에 동그라미가 여러 번 생겼지만 고기는 한 마리도 잡히지 않았다.

나는 노를 저어 어부의 섬 맞은편으로 나아갔다. 보트들이 끌어 올려져 있고 어부들이 어망을 손질하고 있었다.

"한잔할까요?"

"그거 좋지."

보트를 돌 방파제에 대자 바텐더는 낚싯줄을 당겨 둘둘 만 뒤 뱃바닥에 놓고 회전 낚시를 뱃전 한끝에 걸었다. 나는 육지로 올라가서 배를 잡아맸다. 우리는 작은 카페로 들어가서 식탁보도 깔지 않은 테이블에 앉아 베르무트를 주문했다.

"노를 저어 피곤하시죠?"

"아니."

"돌아갈 땐 제가 젓겠습니다."

"나는 노 젓는 게 좋아."

"장교님이 낚싯줄을 잡고 있으면 재수가 좋아질지도 모르잖아요."

---

*마조레 호수에 있는 섬. 이탈리아어로 '아름다운 섬'이라는 뜻.

"그럼 그렇게 해."

"전쟁이 어찌 돼 가는 건지 얘기 좀 해 주십쇼."

"죽을 맛이지."

"저는 전쟁에 나가지 않아도 돼요. 그레피 백작처럼 나이가 많거든요."

"자네도 나가야 할지 몰라."

"내년엔 우리 나이도 소집하겠죠. 하지만 안 갈 겁니다."

"어떻게?"

"외국으로 빠져 버리는 거죠. 전쟁에는 나가고 싶지 않아요. 아비시니아* 전쟁에도 참전했거든요. 전쟁이라면 질색입니다. 장교님은 어쩌다 나가게 됐나요?"

"나도 모르겠어. 바보였나 봐."

"베르무트 한잔 더 하실래요?"

"좋아."

돌아갈 때는 바텐더가 노를 저었다. 우리는 스트레사 앞까지 트롤 낚시를 하면서 호수를 올라가서 호수 기슭에서 별로 멀지 않은 아래쪽으로 나아갔다. 팽팽한 낚싯줄을 손에 쥐고 어두컴컴한 11월의 호수와 쓸쓸한 기슭을 바라보는데 회전 낚시가 약하게 빙글빙글 도는 것이 느껴졌다. 바텐더가 노를 크게 저어 보트를 앞으로 밀자 낚싯줄이 흔들렸다. 한번은 물고기가 미끼를 물었다. 낚싯줄이 갑자기 팽팽해지며 뒤로 젖혀졌다. 낚싯줄을 잡아당기자 요동치는 송어의 무게가 느껴

---

* 에티오피아의 옛 이름.

지면서 다시 낚싯줄이 흔들렸다. 물고기를 놓치고 만 것이다.

"큰 것 같던가요?"

"꽤 큰 놈이었어."

"언젠가 한번은 낚싯줄을 이에 물고 트롤 낚시를 하다가 물고기가 걸리는 바람에 하마터면 입이 달아날 뻔했어요."

"제일 좋은 방법은 낚싯줄을 다리에 걸어 두는 거야. 그러면 반응도 느낄 수 있고 이도 빠질 염려가 없지."

나는 물에 손을 담갔다. 무척 차가웠다. 우리는 이제 거의 호텔 맞은편까지 와 있었다.

"이제 그만 들어가 봐야겠습니다. 11시까지는 가 봐야 되거든요. 뢰르 뒤 칵테일*이어서요." 바텐더가 말했다.

"알겠어."

나는 낚싯줄을 끌어들여 톱니처럼 파인 막대기 양 끝에 감았다. 바텐더는 암벽에 있는 작은 정고(艇庫)에 보트를 넣고는 쇠사슬과 자물쇠로 잠갔다.

"보트를 쓰고 싶으시면 언제든지 열쇠를 드리겠습니다." 그가 말했다.

"고마워."

우리는 호텔로 올라가 바에 들어갔다. 이른 아침이라 술을 더 마시고 싶지 않아서 나는 방으로 올라갔다. 하녀가 방금 청소를 마친 참이었고 캐서린은 아직 돌아오지 않았다. 나는 침대에 누워 아무 생각도 하지 않으려고 애썼다.

─────────

*L'heure du cocktail. '칵테일 시간'이라는 뜻의 프랑스어.

캐서린이 돌아오자 다시 기분이 좋아졌다. 퍼거슨이 아래층에 와 있다고 했다. 점심을 같이 먹으러 왔다는 것이다.

"당신이 상관하지 않을 것 같아서요." 캐서린이 말했다.

"나는 괜찮아." 내가 대꾸했다.

"무슨 일 있어요, 자기?"

"모르겠어."

"난 알아요. 할 일이 없어서 그런 거죠. 당신한테 있는 건 오직 나뿐인데 내가 없었으니."

"잘 맞혔어."

"미안해요, 자기. 갑자기 할 일이 없어지는 게 얼마나 끔찍한 일인지 잘 알아요."

"너무나 할 일이 많은 인생이었는데. 이제 당신이 같이 있어주지 않으면 나한테는 아무것도 남은 게 없군." 내가 말했다.

"하지만 이제부터는 같이 있을 텐데요. 두 시간밖에는 외출하지 않았잖아요. 당신이 할 만한 일이 없을까?"

"바텐더하고 낚시를 갔었어."

"재미가 없었나요?"

"재미있었지."

"내가 옆에 없을 땐 내 생각을 하지 마요."

"전선에 있을 때는 그러려고 노력했지. 하지만 그때는 할 일이 있었거든."

"할 일이 없어진 오셀로*군요."

---

* 윌리엄 셰익스피어의 비극 『오셀로』의 주인공. 프레더릭 헨리가 질투를

"오셀로는 검둥이였잖아. 게다가 난 질투를 하는 게 아냐. 당신을 너무 사랑하기 때문에 당신 말고는 달리 할 일이 없을 뿐이지." 내가 말했다.

"당신 얌전한 신사가 되어서 퍼거슨에게 친절하게 대해 줄 거죠?"

"퍼거슨이 욕만 하지 않으면 늘 친절하잖아."

"제발 친절하게 대해 줘요. 우리는 가진 게 많지만 그 애한 테는 아무것도 없다는 걸 생각해요."

"우리가 가진 걸 부러워하는 것 같지는 않던데."

"당신은 똑똑하면서도 모르는 게 많아요."

"어쨌든 친절하게 대할게."

"그러리라고 믿어요. 당신은 정말 좋은 사람이니까."

"식사를 한 뒤에도 계속 남아 있는 건 아니겠지?"

"그럼요. 어떻게든 바로 보낼게요."

"그리고 나서 우린 이리로 올라오는 거야."

"물론이죠. 내가 뭘 원한다고 생각해요?"

우리는 퍼거슨과 함께 점심을 먹으러 아래층으로 내려갔다. 그녀는 호텔의 규모와 호화로운 식당에 매우 감탄했다. 우리는 흰 카프리 두서너 병과 함께 점심을 맛있게 먹었다. 그레피 백작이 식당으로 들어오며 우리에게 고개 숙여 인사를 했다. 어딘지 우리 할머니를 조금 닮은 데가 있는 그의 조카딸

느끼기 때문에 캐서린은 그를 오셀로라고 부른 것이다. 또한 오셀로는 터키군과 전투를 하려고 키프로스로 진군하는 베네치아 군대를 지휘한다.

이 그와 함께 있었다. 내가 캐서린과 퍼거슨에게 백작에 관해 이야기하자 퍼거슨은 크게 감동했다. 호텔은 퍽 크고 화려하고 텅 비어 있었지만 식사는 훌륭하고 포도주 맛 또한 아주 좋았다. 포도주 덕분에 우리 모두는 기분이 무척 좋아졌다. 캐서린은 그 이상 더 유쾌할 수 없을 만큼 기분이 좋아 보였다. 무척이나 행복한 듯했다. 퍼거슨도 매우 명랑했다. 나 역시 기분이 아주 좋았다. 점심 식사를 마친 뒤 퍼거슨은 자기가 묵는 호텔로 돌아갔다. 점심을 먹었으니 잠시 누워서 쉬겠다는 것이었다.

오후 늦게 누군가가 우리 방문을 두드렸다.

"누구세요?"

"그레피 백작께서 같이 당구를 칠 수 있는지 알고 싶다고 해서요."

나는 손목시계를 보았다. 시계는 베개 밑에 있었다.

"가야 돼요, 자기?" 캐서린이 속삭이듯 나지막하게 물었다.

"가는 게 좋겠어." 시계는 4시 15분을 가리키고 있었다. 나는 큰 소리로 밖을 향해 외쳤다. "백작께 5시에 당구장으로 가겠다고 전해 줘."

4시 45분에 나는 캐서린에게 잠시 작별 키스를 하고 옷을 갈아입으러 욕실로 들어갔다. 넥타이를 매고 거울을 보니 사복을 입은 모습이 내가 보기에도 어색했다. 잊지 말고 셔츠 몇 벌과 양말을 꼭 구입해야 할 것 같았다.

"오래 걸려요?" 캐서린이 물었다. 침대에 누워 있는 그녀의 모습이 여간 귀엽지 않았다. "그 브러시 좀 집어 줄래요?"

머리카락이 한쪽으로 떨어지도록 그녀는 머리를 붙잡고 빗었다. 바깥은 벌써 어두웠고 침대 머리맡의 전등 불빛이 그녀의 머리와 목과 어깨를 환하게 비추었다. 내가 다가가 키스를 하고 브러시 든 손을 꼭 쥐자 그녀의 머리가 베개 위에 파묻혔다. 나는 그녀의 목덜미와 어깨에 키스를 퍼부었다. 너무도 사랑스러워 기절할 지경이었다.

"가고 싶지 않아."

"나도 보내기 싫어요."

"그럼 안 갈래."

"그러지 마요. 어서 갔다 와요. 금방 돌아올 텐데, 뭐."

"저녁 식사는 이 방에서 하자."

"빨리 갔다 와요."

그레피 백작은 당구장에 와 있었다. 그는 스트로크 연습을 하고 있었는데 당구대 위에서 비치는 불빛에 보니 퍽 노쇠해 보였다. 전등 저쪽에 있는 카드 테이블 위에는 은으로 된 얼음 통이 놓여 있었는데, 샴페인 두 병의 목 부분과 마개가 얼음 위로 삐죽 나와 있었다. 내가 당구대 쪽으로 다가가자 그레피 백작이 허리를 펴고 내 쪽으로 걸어왔다. 그는 나에게 손을 내밀었다. "이렇게 와 줘서 고맙네. 당구 상대를 해 주다니 정말 고마워."

"불러 주셔서 제가 감사하죠."

"몸은 많이 회복되었나? 이손초 강에서 부상을 입었다고 들었는데. 어서 쾌유하기를 바라네."

"이젠 괜찮습니다. 백작께서도 건강하시죠?"

"아, 나야 늘 건강하지. 하지만 점점 나이를 먹고 있어. 곳곳에서 나이 먹은 흔적이 보인다네."

"믿어지지 않는데요."

"정말이야. 예를 하나 들어 볼까? 이젠 나도 이탈리아어를 쓰는 게 더 편해졌어. 쓰지 않으려고 노력하는데도 피곤하면 나도 모르게 이탈리아어가 튀어나오더군. 그럴 때면 나도 정말 나이를 먹고 있구나 하고 생각하지."

"그럼 이탈리아어로 말씀하십시오. 저도 좀 피곤하니까 말입니다."

"아, 하지만 자넨 영어로 말하는 게 편할 텐데."

"미국어입니다."

"그래, 미국어. 미국어로 하지. 참 듣기 좋은 언어야."

"미국 사람은 만날 일이 거의 없습니다."

"보고 싶겠군. 누구나 자기 동포, 특히 자기 나라 여자를 그리워하는 법이지. 나도 경험이 있어 잘 아네. 그럼 한판 쳐 볼까? 많이 피곤한 건 아니겠지?"

"아닙니다. 농담으로 해 본 소립니다. 핸디캡은 몇 점이나 주시겠습니까?"

"많이 쳤소?"

"전혀 치지 않았습니다."

"꽤 잘 치던데. 100에 10점씩 할까?"

"너무 과대평가하시는군요."

"그럼 15점?"

"좋습니다만 제가 질 겁니다."

"내기로 칠까? 자넨 내기 당구 치는 걸 좋아했지."

"그게 좋겠습니다."

"좋아. 그럼 핸디캡은 18점으로 하고, 한 점에 1프랑*씩 겁시다."

그는 당구를 노련하게 쳤고 나는 핸디캡을 얻고도 50점에 겨우 4점밖에 앞서지 못했다. 그레피 백작은 벽에 있는 초인종을 눌러 바텐더를 불렀다.

"병마개를 따 주게." 그가 말했다. 그러고 나서 나를 향해 말했다. "작은 자극제 좀 들자고." 포도주는 얼음처럼 차고 상당히 독한 것이 맛이 좋았다.

"이탈리아어로 할까? 그래도 신경 쓰이지 않겠나? 이게 내결점이야."

우리는 당구를 치면서 사이사이에 포도주를 조금씩 마시고 이탈리아어로 이야기를 주고받았지만, 게임에 열중하느라 말을 많이 하지는 않았다. 그레피 백작이 100점을 쳤을 때 나는 핸디캡에도 불구하고 겨우 94점이었다. 그는 미소를 지으며 내 어깨를 가볍게 두드렸다.

"자, 남은 한 병을 마저 마시고 전쟁 이야기나 들어 보지." 그는 내가 자리에 앉기를 기다렸다.

"전쟁 얘기 말고 다른 얘기를 하시는 건 어떨까요." 내가 말했다.

"전쟁 얘기는 하기 싫은가? 좋소. 요즈음에는 어떤 책을 읽

---

* 벨기에, 프랑스, 리히텐슈타인, 룩셈부르크, 스위스의 기본 화폐 단위.

었지?"

"읽은 책이 없습니다. 따분한 건 질색이라서요." 내가 대답했다.

"설마 그럴 리 있나. 하지만 책은 읽어야 해."

"전시 중에 어떤 책이 나왔습니까?"

"바르뷔스*라고 하는 프랑스 작가가 쓴『포화』라는 책이 나왔어. 그리고『브리틀링 씨는 그것을 알아차린다』**라는 책도 나왔고."

"아니, 그 사람은 아무것도 알아차리지 못하던데요."

"뭐라고?"

"그 주인공 말입니다. 그 책들은 병원에 있었습니다."

"책을 읽었군그래."

"네. 하지만 전혀 마음에 들지 않았습니다."

"난『브리틀링 씨』가 영국 중류 계급의 영혼을 아주 잘 그려 냈다고 생각했는데."

"전 영혼에 관해서는 잘 모릅니다."

"가련한 사람. 영혼에 관해 아는 사람은 아무도 없소. 자넨 신을 믿나?"

"한밤중에는 믿죠."

그러자 그레피 백작은 미소를 짓고 손가락으로 유리잔을 돌렸다. "나이를 먹으면 신앙이 좀 더 두터워질 줄 알았는데

---

* 앙리 바르뷔스(1873~1935). 프랑스 작가로『포화』(1916),『지옥』,『클라르테』등을 썼다.
**H. G. 웰스(1866~1935)의 소설로 1916년에 출간되었다.

웬일인지 그렇게 되지 않더군. 참으로 딱한 일이지."

"죽은 뒤에도 계속 살고 싶으십니까?" 내가 물었다. 죽음 이야기를 꺼내고 보니 바보 같은 짓이었다는 생각이 들었다. 그러나 백작은 신경 쓰지 않았다.

"그야 삶 나름이겠지. 이 세상은 아주 즐거워. 나는 영원히 살고 싶소. 살 만큼 살았는데도 말이야." 그는 미소를 지었다.

우리는 얼음 양동이 속에 샴페인을 담아 놓고 테이블 위에 서로의 유리잔을 올려놓은 채 가죽 의자에 깊숙이 몸을 묻고 앉아 있었다.

"자네도 나만큼 나이가 들면 온갖 일이 이상스럽게 생각될 거야."

"지금도 전혀 노령으로 보이지 않으십니다."

"늙는 건 육체뿐이지. 이따금씩 백묵이 부러지듯 내 손가락이 부러지지나 않을까 겁이 날 때가 있어. 그러면서도 정신은 늙지 않고 또 그렇다고 별로 지혜로워지지도 않아."

"백작께선 지혜로우십니다."

"아냐. 노인이 지혜로울 거라고 생각하는 건 엄청난 착각이야. 지혜로워지는 게 아냐. 다만 신중해질 뿐이지."

"그게 지혜로워지는 거겠죠."

"그게 지혜라면 아주 탐탁지 않은 지혜야. 자네가 삶에서 가장 소중하게 생각하는 건 뭔가?"

"제가 사랑하는 사람입니다."

"그건 나도 마찬가지야. 그건 지혜가 아니지. 자넨 삶을 소중하게 생각하나?"

"물론이죠."

"나도 그래. 그게 우리가 갖고 있는 전부니까. 그리고 생일 파티를 하기 위해서라도 말이야. 자네가 나보다 현명한지도 모르겠군. 생일 파티 같은 건 열지 않을 테니까."

우리는 계속 포도주를 마셨다.

"정말로 전쟁을 어떻게 생각하십니까?" 내가 물었다.

"바보짓이라고 생각하지."

"어느 쪽이 승리할까요?"

"이탈리아가 승리하겠지."

"어째서죠?"

"이탈리아가 더 젊은 나라니까."

"젊은 나라가 늘 승리하나요?"

"한동안은 그러기 쉽지."

"그럼 그 뒤에는 어떻게 되나요?"

"그들도 늙은 나라가 되겠지."

"지혜롭지 않다고 말씀하셔 놓고."

"젊은이, 이건 지혜로운 게 아니라네. 냉소적인 거지."

"제가 듣기엔 지혜로우십니다."

"특별히 그렇지도 않아. 그 반대쪽의 예를 들 수도 있으니까. 하지만 지금 얘기도 나쁘진 않군. 샴페인은 다 마셨소?"

"거의 다 마셨습니다."

"좀 더 마실까? 그러고 나서 옷을 갈아입어야겠어."

"그만 마시는 게 좋겠습니다."

"정말 그만 마시겠나?"

"네." 그러자 그는 자리에서 일어섰다.

"행운을 비네. 자네가 아주 행복하고 또 아주 건강하기를 바라네."

"고맙습니다. 백작님도 영원히 삶을 누리시기 빕니다."

"고맙네. 지금도 꽤 오래 살았어. 신앙이 두터워지거든 내가 죽은 후 나를 위해 기도해 주게. 몇몇 친구에게도 그렇게 부탁해 두었어. 난 신앙심이 두터워지기를 기대했지만 뜻대로 안 됐거든." 그는 쓸쓸한 미소를 짓는 것 같았지만 확실히는 알 수 없었다. 몹시 나이가 들고 주름이 많은 얼굴이라 조금만 미소를 지어도 주름살이 많이 잡혀서 표정의 변화를 읽을 수 없었다.

"어쩌면 저도 아주 경건해질지 모릅니다. 어쨌든 백작님을 위해 기도드리겠습니다." 내가 말했다.

"나는 늘 경건해지기를 바라 왔어. 내 가족들은 모두 독실한 신앙인으로 죽었지. 하지만 어찌 된 셈인지 나는 그래지지가 않더라고."

"아직 때가 이른가 보죠."

"너무 늦었는지도 모르지. 너무 오래 살아서 종교적인 감정이 없어졌나 봐."

"저한테는 그런 감정이 밤에만 찾아옵니다."

"그렇다면 사랑을 하고 있군. 잊지 말게나, 그것이 종교적인 감정이라는 걸."

"그렇게 믿으십니까?"

"물론이지." 그는 테이블을 향해 한 걸음 내디뎠다. "당구 상대를 해 줘서 정말로 고마웠네."

"저도 아주 즐거웠습니다."

"2층까지 같이 올라가세."

36

그날 밤 폭풍우가 몰아쳤고 나는 비가 유리창에 세차게 부딪치는 소리에 잠을 깼다. 열어 놓은 창으로 비가 들어오고 있었다. 누군가가 방문을 두드렸다. 나는 캐서린이 잠에서 깨지 않도록 가만히 문가로 다가갔다. 바텐더가 서 있었다. 그는 비옷을 입고 젖은 모자를 손에 들고 있었다.

"잠깐 말씀 좀 드려도 될까요, 중위님?"

"무슨 일이지?"

"아주 중요한 일입니다."

나는 주위를 둘러보았다. 방은 어두웠다. 창문으로 들이친 빗물이 방바닥에 고여 있는 것이 보였다. "들어와." 내가 말했다. 나는 그의 팔을 붙잡고 욕실로 들이기 문을 잠그고 불을 켰다. 나는 욕조 가장자리에 걸터앉았다.

"무슨 일이야, 에밀리오? 딱한 사정이라도 생긴 건가?"

"아뇨. 중위님에 관한 일입니다."

"그래?"

"그들이 내일 아침 중위님을 체포하러 올 겁니다."

"그래?"

"그걸 알려 드리려고 왔어요. 시내에 나갔다가 카페에서 녀석들이 얘기하는 걸 들었습니다."

"알겠어."

윗도리는 비에 젖어 있었고 손에는 젖은 모자를 든 채 그는 말없이 서 있었다.

"왜 나를 체포하려는 걸까?"

"전쟁에 관한 무언가 때문이겠죠."

"그게 뭔지 알아?"

"모르죠. 하지만 저들은 중위님이 전에는 장교로 여기 오셨는데 지금은 군복을 입지 않고 오신 걸 압니다. 이번 후퇴가 있은 뒤에는 닥치는 대로 사람들을 체포합니다."

나는 잠시 생각해 보았다.

"언제 올까?"

"아침에요. 시간은 잘 모르겠습니다."

"어떻게 하면 좋을까?"

그는 세면기 위에 모자를 올려놓았다. 비에 흠뻑 젖은 모자에서 물방울이 뚝뚝 떨어졌다.

"두려워할 일만 없다면 별일은 없겠죠. 하지만 체포된다는 건 좋은 일이 아니에요……. 특히 지금 같은 상황에서는요."

"난 체포되고 싶지 않아."

"그럼 스위스로 가십시오."

"어떻게 가지?"

"제 보트를 타고 가시죠."

"폭풍우가 몰아치는데." 내가 말했다.

"폭풍우는 멎었습니다. 파도는 높지만 괜찮을 겁니다."

"언제 떠나면 좋을까?"

"지금 당장 떠나셔야 합니다. 아침 일찍 체포하러 올지도 모르니까요."

"짐은 어쩌지?"

"어서 짐을 싸십시오. 부인도 옷을 입게 하시고요. 짐은 제가 가져다드리죠."

"어디서 기다리겠나?"

"여기서 기다리겠습니다. 복도에 있다가 들키면 곤란하니까요."

나는 문을 열고 나가 닫은 뒤 침실로 들어갔다. 캐서린은 이미 깨어 있었다.

"무슨 일이에요, 자기?"

"아무것도 아냐, 캣. 지금 곧 옷을 입고 보트를 타고 스위스로 갈 수 있겠어?" 내가 말했다.

"당신은?"

"가기 싫지. 침대로 다시 들어가고 싶어." 내가 대답했다.

"무슨 일이에요?"

"바텐더 말로 내일 아침에 나를 체포하러 온대."

"그 바텐더, 머리가 어떻게 된 건 아니죠?"

"아냐."

"그럼 얼른 서둘러요, 자기. 곧 떠나야 하니 옷을 입어요."

그녀는 침대 옆에 일어나 앉았다. 아직도 졸린 표정이었다. "욕실에 있는 사람이 바텐더예요?"

"응."

"그럼 세수는 하지 않을래요. 잠깐 저쪽을 보고 있어요, 자기. 옷을 갈아입게."

그녀가 잠옷을 벗을 때 하얀 등이 보였지만 쳐다보는 것을 싫어했기 때문에 나는 시선을 다른 곳으로 돌렸다. 임신으로 배가 조금씩 불러 왔기 때문에 그녀는 내게 벗은 몸을 보이려 하지 않았다. 나는 창문을 두드리는 빗소리를 들으면서 옷을 입었다. 가방에 넣을 짐은 많지 않았다.

"가방이 많이 비었어, 캣. 넣을 게 있으면 넣어."

"내 짐은 거의 다 꾸렸어요. 자기, 정말 우스운 질문 같지만, 바텐더는 왜 욕실에 있는 거죠?"

"쉿! ⋯⋯우리 가방을 갖고 내려가려고 기다리는 중이야."

"참 친절한 사람이네요."

"오랜 친구야. 전에 그에게 파이프용 담배를 보내 주려고 한 적이 있거든." 내가 말했다.

나는 열린 창으로 어둠이 깔린 밤을 내려다보았다. 보이는 것은 어둠과 비뿐, 호수는 보이지 않았다. 바람은 전보다 잠잠 했다.

"난 준비 다 됐어요, 자기." 캐서린이 말했다.

"좋아." 나는 욕실 문 앞으로 다가갔다. "가방은 여기 있어,

에밀리오." 내가 말했다. 바텐더는 가방 두 개를 받아 들었다.

"도와주셔서 정말 고마워요." 캐서린이 그에게 말했다.

"별말씀을요, 부인. 제가 귀찮은 일에 말려들까 봐 그러는 겁니다." 그가 나에게 말했다. "종업원 전용 계단을 이용해 보트로 이걸 갖고 나가겠습니다. 두 분은 산책을 나가는 것처럼 호텔 밖으로 나가십시오."

"산책하기 좋은 밤이네요." 캐서린이 말했다.

"짓궂은 날씨지 뭐야."

"우산이 있어 다행이에요." 캐서린이 말했다.

우리는 복도를 지나 두꺼운 카펫이 깔린 넓은 계단을 따라 내려갔다. 계단 아래 문 옆에는 포터가 책상에 기대어 앉아 있었다.

그는 우리를 보고 놀란 듯했다.

"설마 이 시간에 외출하시려는 건 아니겠죠, 손님?" 그가 물었다.

"맞아요, 밖에 나가는 겁니다. 호수로 폭풍 구경을 가려고요." 내가 대답했다.

"우산은 있으십니까, 손님?"

"없어요. 이 외투는 방수용입니다." 내가 말했다.

그는 의심스러운 듯 내 코트를 훑어보았다. "우산을 갖다 드리죠, 손님." 그가 이렇게 말하면서 안으로 들어가더니 큼 직한 우산 하나를 꽂고 나왔다. "그럼 그거지만요, 손님." 그가 말했다. 나는 그에게 10리라짜리 지폐 한 장을 건넸다. "아, 아주 친절하시군요. 어쨌든 정말 고맙습니다." 그가 말했다. 그는 문을 연 채 붙잡고 있었고 우리는 빗속으로 걸어 나갔다. 그는 캐서린에게 미소를 지었고 그녀도 그에게 생긋 미소를 지었다. "폭풍우를 맞지는 마십시오. 비에 젖습니다, 손님." 보조 포터인 그의 영어는 직역체였다.

"곧 돌아올 겁니다." 내가 말했다. 우리는 엄청나게 큰 우산을 받쳐 들고 좁은 길을 내려가 비에 젖은 컴컴한 정원을 지나 도로로 걸어갔다. 그리고 나서 거리를 가로질러 호숫가를 따라 격자 울타리가 있는 작은 길로 나왔다. 바람은 아직도 앞 호수 쪽으로 불고 있었다. 차갑고 습기를 머금은 11월의 바람으로 산지에는 눈이 내리고 있을 거라는 생각이 들었다. 우리는 부두 안벽을 따라 쇠사슬로 잡아매 놓은 보트들을 지나 바텐더의 보트가 있는 곳으로 다가갔다. 물은 바위에 부딪혀 거무죽죽해 보였다. 그때 바텐더가 나무들이 늘어선 곳 사이에서 불쑥 나타났다.

"가방은 보트 안에 두었습니다." 그가 말했다.

"보트 값을 지불하고 싶은데." 내가 말했다.

"얼마나 갖고 계십니까?"

"별로 많지는 않아."

"돈은 나중에 부쳐 주십시오. 그래도 됩니다."

"얼마나 부칠까?"

"알아서 보내 주십쇼."

"금액을 말해 줘."

"무사히 빠져나가시거든 500프랑 부쳐 주십쇼. 무사히 빠져나가시면 그 정도는 주셔도 괜찮겠죠."

"좋아."

"여기 샌드위치가 있습니다." 그는 나에게 꾸러미 하나를 건네주었다. "바에 있는 걸 전부 갖고 왔어요. 이게 전부예요. 이건 브랜디고 이건 포도주예요." 나는 그것들을 내 가방에 집어넣었다. "이것 값은 치를게."

"좋습니다. 50리라만 주십쇼."

나는 그에게 돈을 주었다. "이 브랜디는 고급품이라 부인께 드려도 괜찮을 겁니다. 부인께선 보트에 타시는 게 좋겠어요." 그는 암벽을 등지고 아래위로 흔들거리는 보트를 붙잡고 있었다. 나는 캐서린을 보트에 태웠다. 그녀는 고물에 앉아 케이프로 몸을 감쌌다.

"어디로 가는지는 아십니까?"

"호수 위쪽으로 가면 되겠지."

"얼마나 먼지는 아십니까?"

"루이노를 지나면 되겠지."

"루이노, 칸네로, 칸노비오, 트란차노를 지나셔야 합니다. 브리사고에 도착하기 전까지는 스위스 땅이 아닙니다. 몬테타마라도 통과해야 하고요.*"

"지금 몇 시죠?" 캐서린이 물었다.

"11시밖에 되지 않았어." 내가 대답했다.

"계속 노를 저으면 아침 7시에는 도착할 겁니다."

---

* 루이노, 칸네로, 칸노비오, 트란차노, 브리사고, 몬테타마라 등은 마조레 호수를 따라 있는 소도시와 마을.

"그렇게 멀어?"

"35킬로미터나 되는 거리죠."

"어떻게 간담? 이런 비에는 나침반이라도 있어야 할 텐데."

"아뇨. 우선 이솔라벨라를 향해 노를 저으십시오. 거기서 이솔라마드레* 반대쪽에서 바람을 따라가세요. 바람이 저절로 팔란차까지 데려다 줄 겁니다. 그곳에 가면 불빛이 보일 겁니다. 그다음부터는 호반 위쪽을 따라 노를 저으십시오."

"바람이 바뀔지도 모르잖아."

"아뇨. 바람은 사흘 동안 이 방향으로 불 겁니다. 마타로네** 산에서 곧장 불어 오는 바람이니까요. 물을 퍼낼 깡통도 하나 넣어 뒀습니다." 그가 말했다.

"지금 얼마라도 보트 값을 지불할게."

"아뇨. 저도 운에 맡겨 볼 작정입니다. 무사히 빠져나가시면 많이 보내 주십시오."

"그럼 그렇게 하지."

"물에 빠질 염려는 없을 것 같습니다."

"그럼 다행이고."

"바람을 타고 호수 위쪽으로 올라가십쇼."

"알았어." 나는 보트에 올라탔다.

"호텔 숙박비는 놓고 오셨나요?"

"응. 봉투에 넣어서 방에 놓고 왔어."

---

* 마조레 호수에 있는 섬. 이탈리아어로 '어머니의 섬'이라는 뜻.
** 스위스와 이탈리아의 경계에 있는 페나인 알프스 산맥의 한 봉우리인 마터호른의 이탈리아식 지명.

"잘하셨어요. 그럼 행운을 빕니다, 중위님."

"자네도 잘 있어. 여러모로 고마워."

"물에라도 빠지시면 그런 생각이 안 드실 텐데요."

"저 사람이 뭐라고 하는 거예요?" 캐서린이 물었다.

"행운을 빈대."

"행운을 빌어요. 정말 고마워요." 캐서린이 그에게 말했다.

"그럼 준비되셨습니까?"

"됐어."

그가 허리를 굽히고 보트를 밀어 주었다. 나는 노를 물속에 깊이 틀어박고 나서 한 손을 흔들었다. 바텐더는 그러지 말라는 표정으로 손을 흔들었다. 나는 호텔의 불빛을 바라보며 불빛이 보이지 않을 때까지 똑바로 앞쪽으로 노를 저었다. 파도가 꽤 높은 편이었지만 바람을 타고 계속 저었다.

37

나는 얼굴에 바람을 맞으며 어둠 속에서 노를 저었다. 비는 그쳤지만 이따금씩 우수수 쏟아져 내리기도 했다. 사방은 칠흑같이 어두웠고 바람은 차가웠다. 고물에 앉아 있는 캐서린의 모습은 보였지만 노 끝에 잠기는 수면은 보이지 않았다. 길이가 긴 노에는 미끄럼을 막아 주는 가죽이 붙어 있지 않았다. 노를 끌어올리고 몸을 앞으로 굽힌 뒤 수면을 찾아 노를 다시 담가 끌어당기면서 나는 되도록 힘들이지 않고 보트를 저어 나갔다. 바람을 지고 있었으므로 노를 수평으로 젖히지는 않았다. 어차피 손에는 물집이 잡히겠지만 최대한 늦추고 싶었다. 보트가 가벼워 노를 젓기는 그리 힘들지 않았다. 나는 어두컴컴한 수면 위로 노를 저어 나갔다. 아직 아무것도 보이지는 않았지만 어서 빨리 팔란차 맞은편에 닿았으면 하는 생각이 간절했다.

우리는 결국 팔란차를 보지 못했다. 바람이 호수 위쪽에서 불어와 어둠 속에서 팔란차를 가린 곳을 지나쳤다. 그러는 바람에 불빛을 보지 못했던 것이다. 마침내 호수 훨씬 위쪽에서 불빛이 깜박거려 기슭 가까이 가 보니 인트라*였다. 우리는 오랫동안 한 점 불빛도 보지 못하고 호수 기슭도 보지 못했다. 그저 물결을 타고 어둠 속을 꾸준히 나아갈 뿐이었다. 가끔 물결이 보트를 솟구쳐 올릴 때면 노 끝이 수면에 닿지 않기도 했다. 물결은 꽤 거칠었지만 나는 계속해서 노를 저었다. 갑자기 보트가 기슭에 접근해 바로 옆에 솟은 암벽에 부딪칠 뻔했다. 물결이 바위에 철썩하고 부딪쳐 높이 솟아올랐다가 다시 떨어져 내렸다. 나는 오른쪽 노를 힘껏 잡아당기고 왼쪽 노로 물을 역으로 저으며 다시 호수 한가운데로 나왔다. 삐죽이 솟은 암벽은 이제 보이지 않았고 우리는 호수 위쪽을 향해 나아갔다.

"지금 우린 호수를 가로질러 가고 있는 거야." 내가 캐서린에게 말했다.

"팔란차를 봤어야 하지 않나요?"

"그만 지나치고 말았어."

"괜찮아요, 자기?"

"괜찮아."

"나도 잠깐은 노를 저을 수 있을 텐데."

"아냐. 난 괜찮아."

---

*마조레 호수 호반에 있는 소도시.

"퍼거슨이 안됐어요. 아침에 호텔에 왔다가 우리가 없어진 걸 알게 되겠죠." 캐서린이 말했다.

"그런 건 걱정할 일도 아냐. 내가 걱정하는 건 날이 밝기 전에 세관 감시병들한테 들키지 않고 스위스령(領) 호수로 들어갈 수 있을까 하는 거야."

"아직도 멀었나요?"

"여기서 30킬로미터쯤 돼."

나는 밤새도록 노를 저었다. 손바닥이 너무 아파서 노를 잡기도 힘들 지경에 이르렀다. 기슭에 부딪칠 뻔한 것도 여러 번이었다. 호수 위에서 길을 잃고 시간을 낭비할까 봐 기슭에 가깝게 거리를 유지했던 탓이다. 때로는 산들을 배경으로 호반을 따라 뻗은 도로와 죽 늘어선 나무들이 보일 정도로 가까이 가기도 했다. 비가 그치고 바람이 구름을 몰고 가자 달빛이 비쳤다. 뒤를 돌아보니 카스타뇰라*의 길고 컴컴한 곶과 흰 물결을 일으키는 호수 수면, 그리고 그 너머로 눈 덮인 높은 산에 걸려 있는 달이 보였다. 곧바로 구름이 달을 가려 산도 호수 수면도 보이지 않았지만 전보나는 훨씬 밝아서 호수 기슭이 보였다. 너무 똑똑히 보였기 때문에 나는 팔란차 도로에 세관 감시원이 나와 있을 것에 대비해 보이지 않는 곳으로 보트를 이동했다. 또다시 달이 얼굴을 드러내자 호숫가로 산중턱에 있는 흰 별장들과 나무들 사이로 흰 도로가 보였다. 나는 쉬지

---

*마조레 호수 호반에 있는 소도시.

않고 노를 저었다.

호수의 폭이 넓어지면서 그 건너편 산기슭에 불빛이 몇 개 보였다. 대안의 산과 산 사이에 쐐기 모양의 협곡이 보이는 걸로 보아 루이노가 틀림없다. 내 추측이 맞다면 우리는 순조롭게 전진을 하고 있는 셈이었다. 나는 노를 보트 안으로 끌어올리고 자리에 등을 대고 드러누웠다. 노를 젓느라 녹초가 되었기 때문이다. 팔과 어깨와 등이 아팠고 손바닥도 벗겨졌다.

"내가 우산을 펴고 있을게요. 바람을 받아 앞으로 나아갈 수 있을 거예요." 캐서린이 말했다.

"키를 잡을 수 있겠어?"

"그럴 것 같아요."

"그럼 뱃전에 꼭 붙어서 이 노를 겨드랑이에 끼고 조종해 봐. 우산은 내가 들고 있을 테니." 나는 고물로 돌아가 그녀에게 키 잡는 법을 가르쳐 주었다. 나는 문지기가 준 큼직한 우산을 받아 들고 이물을 마주 보고 앉아서 그것을 폈다. 우산은 딸깍 소리를 내며 활짝 펴졌다. 좌석에 걸어 둔 손잡이를 타고 앉아서 우산 양 끝을 꼭 붙잡았다. 우산은 바람을 잔뜩 받았다. 양쪽 끝을 힘닿는 데까지 붙잡자 보트가 바람을 안고 앞으로 나아갔다. 아주 세고 빨랐다.

"정말 멋지게 달리네요." 캐서린이 말했다. 내가 볼 수 있는 건 오직 우산대뿐이었다. 우산이 너무도 팽팽해서 마치 우산을 타고 날리는 듯한 느낌이었다. 두 다리로 버틴 채 허리를 젖히고 있을 때 갑자기 우산이 젖혀졌다. 우산살 하나가 탁 부러져 이마에 닿는 것이 느껴졌다. 나는 바람 때문에 구부러지려 하는 우산 꼭대기를 잡으려고 애썼지만 우산 전체가 비틀리며 파닥하고 거꾸로 뒤집혔다. 이제까지 바람을 잔뜩 받고 달리던 돛을 붙잡고 있었는데, 지금은 뒤집히고 찢어진 우산 손잡이에 걸터앉은 꼴이 되고 말았다. 나는 좌석에 매 두었던 손잡이를 풀고 우산을 이물에 놓은 뒤 노를 잡으러 캐서린한 테로 갔다. 그녀는 깔깔거리며 웃다가 내 손을 잡고 계속 웃어 댔다.

"왜 그래?" 나는 노를 잡았다.

"우산을 잡고 있는 모습이 하도 재미있어서요."

"그렇겠지."

"화내지 마요, 내 사랑. 정말 재미있었다고요. 우산 끝을 붙잡고 있는 당신 모습이 6미터가 넘는 폭으로 넓어 보이는 데다 너무 귀여워서……." 그녀는 숨이 막히는 듯 말도 제대로 잇지 못했다.

"내가 저을게."

"좀 쉬며 한잔해요. 멋진 밤이에요. 그리고 우린 꽤 멀리 왔어요."

"보트가 파도 골짜기 사이에 끼지 않도록 해야 해."

"내가 술을 꺼내 줄게. 좀 쉬어요, 자기."

나는 노를 높이 세웠고 노에 부딪치는 바람을 이용해 앞으로 나아갔다. 캐서린은 가방을 열고 내게 브랜디 병을 건네주었다. 주머니칼로 병마개를 딴 뒤 한 모금 길게 쭉 들이켰다. 부드러우면서도 독한 술이 들어가자 온몸이 후끈해지며 기분이 좋아졌다. "훌륭한 브랜디인데." 내가 말했다. 달은 다시 한 번 구름 속으로 들어갔지만 호숫가가 보였다. 또 다른 곳 하나가 호수 한가운데로 길게 뻗어 있는 것 같았다.

"이제 많이 따뜻해졌어, 캣?"

"아주 기분이 좋아요. 몸은 좀 뻣뻣한 것 같지만."

"물 좀 퍼내. 그러면 발을 내려놓을 수 있을 거야."

그런 뒤 나는 노를 저으면서 노걸이가 삐걱거리는 소리와 깡통으로 고물의 좌석 밑에 고인 물을 퍼내는 소리에 귀를 기울였다.

"깡통 이리 줘. 물 좀 마시게." 내가 말했다.

"굉장히 더러운데요."

"괜찮아. 물로 헹구면 돼."

캐서린이 뱃전에서 깡통을 물에 헹구는 소리가 들렸다. 그런 뒤 그녀는 물을 가득 떠서 내게 건네주었다. 브랜디를 마신 뒤라 목이 말랐다. 물은 얼음처럼 차가웠다. 너무 차가워서 이가 시릴 지경이었다. 나는 호수 기슭 쪽을 바라보았다. 우리는 길쭉한 곳에 좀 더 가까이 와 있었다. 앞쪽의 만에 불빛들이 보였다.

"고마워." 나는 이렇게 말하고 캐서린에게 깡통을 돌려주었다. 캐서린이 말했다.

"뭘 그런 걸 가지고. 원하면 얼마든지 더 줄 수 있어요."

"뭐 먹고 싶지 않아?"

"아뇨. 하지만 소금 있으면 배가 고파질 거예요. 그때까지 아껴 두죠."

"그래."

앞쪽에 곶처럼 보이던 것은 육지가 높고 길쭉하게 뻗어 나온 돌출부였다. 나는 그것을 통과하기 위해 호수 한가운데로 나아갔다. 어느새 호수는 훨씬 좁아져 있었다. 달이 다시 얼굴을 내밀었다. 만약 세관 감시원이 있었다면 물 위에 시커멓게 떠 있는 우리 보트를 보았을 것이다.

"기분은 어때, 캣?" 내가 물었다.

"좋아요. 그런데 지금 어디쯤 왔어요?"

"앞으로 13킬로미터 이상은 남지 않은 것 같아."

"그럼 아직도 한참 노를 저어야 하네요, 내 사랑. 당신 많이 지쳤죠?"

"아냐. 괜찮아. 손만 조금 쑤실 뿐이야."

우리는 호수 위쪽으로 계속 나아갔다. 오른쪽 둑에 산들이 갈라진 계곡, 즉 나지막한 해안선이 있는 평평한 곳이 나타났다. 확실하진 않아도 칸노비오*라는 생각이 들었다. 여기서부터가 세관 감시원한테 들킬 위험이 제일 컸기 때문에 나는 호수 안쪽으로 멀리 들어갔다. 저 멀리 반대쪽 기슭에는 둥근 지붕을 덮어 놓은 듯 높은 산이 솟아 있었다. 나는 완전히 녹초가 되어 있었다. 노를 저어 가기에는 그다지 먼 거리가 아니었지만 몸 상태가 좋지 않으니 여간 멀어 보이지 않았다. 스위스령 호수에 이르려면 아직도 저 산을 지나 적어도 8킬로미터는 위쪽으로 더 가야 했다. 달이 완전히 지기 전에 하늘은 또 한 번 흐려져 사방이 무척이나 캄캄해졌다. 나는 호수 안쪽으로

---

*스위스와 이탈리아의 국경에 위치한 소도시.

꽤 들어가서 잠시 노를 젓다가 쉬고 그런 뒤에는 바람이 날에 부딪치도록 노를 붙잡고 있었다.

"내가 잠시 저어 볼게요." 캐서린이 말했다.

"그러지 않아도 돼."

"그런 소리 마요. 오히려 나한테도 좋을 거야. 몸이 너무 뻣뻣해지지 않을 테니까요."

"젓지 않아도 괜찮은데, 캣."

"그런 소리 말래도. 적당한 노 젓기는 임산부한테도 아주 좋은 운동이에요."

"그럼 좋아. 적당히 조금만 저어 봐. 내가 뒤쪽으로 갈 테니까 당신이 이쪽으로 와. 올 때는 양쪽 뱃전을 꼭 붙잡아야 해."

나는 고물에 앉아서 윗도리를 입고 깃을 세운 뒤 캐서린이 노 젓는 모습을 지켜보았다. 그녀는 아주 능숙하게 저었지만 노가 너무 길어서 걸리적거렸다. 나는 가방을 열어 샌드위치를 두서너 조각 먹고 브랜디를 한 모금 마셨다. 그랬더니 기분이 훨씬 좋아졌다. 브랜디를 한 모금 더 마셨다.

"피곤하면 말해. 노가 당신 배에 부딪치지 않도록 조심하고." 내가 말했다.

"만약 그렇게 되면…… 삶이 좀 더 단순해지겠죠." 캐서린이 노를 저으면서 말했다.

나는 브랜디를 또 한 모금 마셨다.

"괜찮은 거야!"

"괜찮아요."

"그만하고 싶거든 말해."

"알았어요."

나는 브랜디를 한 모금 더 마시고 나서 보트 양쪽 뱃전을 붙잡고 앞으로 나아갔다.

"괜찮아요. 잘 젓고 있는걸."

"고물 쪽으로 돌아가. 난 충분히 쉬었으니까."

나는 브랜디 기운에 힘입어 얼마 동안 쉽게 꾸준히 노를 저을 수 있었다. 그러다가 노를 헛저어 물만 튕기기 시작했고, 곧 브랜디를 마신 직후 너무도 힘들여 저은 탓에 조금씩 불쾌한 신트림이 올라와서 다시 보트가 물결에 닿아 찰싹거리도록 놔두어야 했다.

"물 한 모금 주겠어?" 내가 말했다.

"그야 어렵지 않죠." 캐서린이 대답했다.

먼동이 트기 전에 이슬비가 내리기 시작했다. 바람은 잔잔했다. 어쩌면 호수의 만곡부를 이루는 산에 바람이 막힌 건지도 몰랐다. 날이 밝기 시작하자 나는 몸을 추스르고 열심히 노를 젓기 시작했다. 이제는 어느 지점에 와 있는지조차 알 수 없었으며 얼른 스위스령 호수로 들어가고 싶었다. 날이 밝았을 즈음 우리는 호반에 아주 가까이 와 있었다. 바위가 많은 호수 기슭과 나무들이 보였다.

"저게 뭐죠?" 캐서린이 물었다. 나는 노에 몸을 기댄 채 귀를 기울였다. 통통 소리를 내며 호수 위를 달리는 모터보트였다. 나는 호수 기슭에 보트를 바짝 대고 가만히 있었다. 통통거리는 소리가 더욱 가까워지더니 빗속에서 우리 조금 뒤쪽으로 모터보트가 나타났다. 고물 쪽에 세관 감시원 네 명이 타고 있었는데 알프스 모자를 깊숙이 눌러 쓰고 외투 깃을 세우고 소총을 어깨에 메고 있었다. 너무 이른 아침이라 모두 졸린 얼굴이었다. 그들 모자의 노란색 줄과 외투 깃에 붙어 있는 노란색 휘장이 보였다. 모터보트는 그대로 통통거리는 엔진 소리를 내며 빗속으로 사라졌다.

나는 호수 가운데로 보트를 저어 나갔다. 만약 국경에 가깝게 접근한 거라면 도로에 있는 보초병들한테 제지를 받고 싶지는 않았다. 나는 겨우 기슭이 보이는 곳에 머물며 빗속에서 사십오 분가량 계속 노를 저었다. 그때 모터보트 소리가 또다시 들렸고 나는 엔진 소리가 호수 너머로 사라질 때까지 조용히 있었다.

"스위스령으로 들어온 것 같아, 캣." 내가 말했다.

"정말요?"

"스위스 군인들을 볼 때까진 확인할 방법이 없지만."

"스위스 해군이거나요."

"스위스 해군이라면 웃을 일이 아냐. 아까 들은 모터보트는 아마 스위스 해군 소속일지도 몰라."

"스위스로 들어가면 우리 푸짐하게 아침을 먹어요. 스위스에는 롤빵이랑 버터랑 잼이 유명하잖아요."

이제 날이 환하게 밝았고 이슬비가 내렸다. 바람은 여전히 호수 위쪽으로 불고 있어 흰 물결이 우리 배에서 멀어지며 호수 위쪽으로 밀려 가는 것이 보였다. 스위스령으로 들어온 것이 틀림없었다. 호수 기슭의 나무들 뒤로 집이 여러 채 보이

더니 호반에서 조금 올라간 곳에 돌로 지은 집들과 언덕 위의
별장 몇 채 그리고 교회가 하나 있는 마을이 나타났다. 호반
을 따라 뻗은 길에 혹시 감시원이 없는지 찾아보았지만 아무
도 보이지 않았다. 도로는 이제 호수와 상당히 가까운 곳을 지
나갔고, 도로변의 어느 카페에서 병사 하나가 나오는 것이 보
였다. 그는 독일군처럼 짙은 녹색 군복에 철모를 쓰고 있었
다. 건강해 보이는 얼굴에 칫솔처럼 빳빳한 수염을 기르고 있었
다. 그가 우리를 쳐다보았다.

"저 사람에게 손을 흔들어 봐." 내가 캐서린에게 말했다. 그
녀가 손을 흔들자 그도 어색한 듯 미소를 지으며 손을 흔들었
다. 나는 노 젓는 속도를 늦추었다. 우리는 이제 호수 기슭을
지나고 있었다.

"국경에서 꽤 멀리 들어온 모양이야." 내가 말했다.

"정말 그렇다면 얼마나 좋을까요, 내 사랑. 우리를 국경 밖
으로 돌려 보내지 말아야 할 텐데."

"국경은 훨씬 뒤쪽에 있어. 아마 여긴 세관이 있는 마을인
것 같아. 틀림없이 브리사고일 거야."

"그곳에도 이탈리아 사람들이 있을까요? 세관 도시에는 늘
양국 사람들이 있잖아요."

"전쟁 중에는 그렇지 않아. 이탈리아인들이 국경을 넘는 걸
허락하지 않을 테니까."

마을은 작고 아담했다. 부두를 따라 고깃배들이 많이 매여
있었고 시렁에는 그물이 걸려 있었다. 11월의 이슬비가 내리
고 있었지만 빗속에서도 마을은 활기가 넘치고 깨끗했다.

"그럼 육지에 올라가 아침을 먹을까?"

"응, 그래요."

나는 왼쪽 노를 힘껏 저어 기슭에 바짝 접근한 뒤 부두에 가까이 다가가서 노를 놓고 보트를 나란히 갖다 댔다. 그리고 노를 끌어올린 뒤 쇠고리를 붙잡고 젖은 돌 위로 올라서서 스위스 땅을 밟았다. 보트를 동여매고 캐서린에게 손을 뻗었다.

"어서 올라와, 캣. 기분이 상쾌해."

"가방은 어쩌죠?"

"보트에 그대로 둬."

캐서린이 육지로 올라왔고 마침내 우리 두 사람은 함께 스위스 땅에 들어섰다.

"정말 아름다운 나라예요." 캐서린이 말했다.

"멋지지?"

"어서 아침 식사를 하러 가요!"

"멋진 나라잖아? 발바닥에 느껴지는 감촉도 좋아."

"몸이 너무 굳어서 그건 별로 못 느끼겠어요. 하지만 훌륭한 나라 같아. 자기, 우리가 그 지긋지긋한 곳을 빠져나와 지금 여기에 와 있다는 게 실감이 나요?"

"아무렴. 실감이 나고말고. 태어나서 처음 느껴 보는 기분이야."

"저 집들 좀 봐요. 이 광장 참 멋지죠? 저기 아침 먹을 데가 있네요."

"이 비는 멋지지 않고? 이탈리아에서는 이런 비가 내린 적이 한 번도 없었어. 상쾌한 비야."

"정말 이곳에 도착했군요, 내 사랑! 우리가 여기 와 있다니 실감 나요?"

우리는 카페 안으로 들어가서 깨끗한 나무 식탁에 앉았다. 우리는 술에 취한 사람들처럼 흥분해 있었다. 앞치마를 두른 깔끔한 생김새의 여자가 다가와 무엇을 주문하겠느냐고 물었다.

"롤빵이랑 잼이랑 커피 주세요." 캐서린이 말했다.

"죄송합니다만 전쟁 중이라서 롤빵은 없습니다."

"그럼 식빵으로 주세요."

"토스트를 만들어 드릴 순 있어요."

"그게 좋겠네요."

"난 달걀 프라이도 먹고 싶은데."

"신사분께는 몇 개나 해 드릴까요?"

"세 개요."

"네 개로 해요, 자기."

"그럼 네 개 주세요."

여자는 자리를 떠났다. 나는 캐서린에게 키스를 하고 그녀의 손목을 꼭 잡았다. 우리는 서로의 얼굴을 마주 보며 카페 안을 둘러보았다.

"아, 자기. 참 멋지지 않아요?"

"더할 나위 없이 훌륭해." 내가 대답했다.

"롤빵이 없어도 상관없어요. 밤새 롤빵만 생각했지만 괜찮아. 조금도 상관없어요." 캐서린이 말했다.

"우리는 곧 체포될 거야."

"걱정 마요, 자기. 우선 아침 식사나 해요. 아침을 먹은 뒤라면 체포돼도 상관없어. 더구나 우리를 어쩌겠어요? 엄연히 영국 시민과 미국 시민이잖아."

"당신 여권은 갖고 있지?"

"물론이죠. 아, 그런 얘기 그만둬요. 그냥 즐겨요."

"이보다 더 기분이 좋을 순 없어." 내가 대꾸했다. 깃처럼 꼬리를 세운 살찐 회색 고양이 한 마리가 마루를 가로질러 우리 식탁으로 오더니 내 다리에 몸을 비비며 가르랑거렸다. 나는 팔을 뻗어 고양이 등을 쓰다듬어 주었다. 캐서린은 매우 행복한 듯 나를 향해 미소를 지었다. "커피가 나오네요." 그녀가 말했다.

아침 식사를 마친 뒤 우리는 체포되었다. 우리는 마을을 잠시 산책하고 가방을 가지러 부두로 내려갔다. 병사 하나가 보트를 감시하고 있었다.

"당신들 보트입니까?"

"그렇습니다만."

"어디서 왔습니까?"

"호수 위쪽에서 왔습니다."

"그럼 같이 가 주셔야겠습니다."

"가방은 어떻게 할까요?"

"가지고 가십시오."

나는 가방을 들고 캐서린과 나란히 걸었고 군인은 우리 뒤에서 낡은 세관 건물로 걸어갔다. 세관 안에서는 깡마르고 자못 군인답게 생긴 중위가 우리를 심문했다.

"국적이 어디입니까?"

"미국과 영국입니다."

"여권을 보여 주십시오."

나는 내 여권을 주었고 캐서린은 핸드백에서 그녀의 여권을 꺼냈다.

그는 오랫동안 여권 두 개를 조사했다.

"무슨 이유로 보트를 타고 스위스에 입국했나요?"

"저는 스포츠 애호가입니다. 보트는 제가 즐기는 스포츠죠. 기회만 있으면 늘 노를 젓습니다." 내가 그에게 대답했다.

"이곳에는 왜 오셨습니까?"

"겨울 스포츠를 하러 왔습니다. 우리는 관광객으로 겨울 스포츠를 하고 싶었죠."

"이곳은 겨울 스포츠를 할 만한 장소가 아닙니다."

"압니다. 겨울 스포츠를 할 수 있는 곳으로 갈 생각입니다."

"이탈리아에서는 무슨 일을 했습니까?"

"나는 건축 공부를 하고 있었습니다. 내 사촌 누이동생은 미술 공부를 하고 있었고요."

"왜 그곳을 떠났습니까?"

"겨울 스포츠를 즐기고 싶어서요. 전쟁 중이라 건축 공부를 계속할 수가 없었습니다."

"여기서 기다리십시오." 중위가 말했다. 그러더니 그는 우리 여권을 가지고 건물 안으로 들어갔다.

"아주 그럴듯해요, 자기. 계속 밀고 나가요. 겨울 스포츠를 즐기러 왔다고요." 캐서린이 말했다.

"당신 미술에 대해 좀 아나?"

"루벤스*는 알아요." 캐서린이 대답했다.

"그 몸집이 크고 뚱뚱한 화가 말이지." 내가 말했다.

"티치아노**도 알죠." 캐서린이 말했다.

"적갈색 머리카락 말이군. 만테냐***는 어때?" 내가 물었다.

"어려운 화가들은 묻지 마요. 알긴 알아요…… 무척 잔인한 사람이죠." 캐서린이 말했다.

"그래 무척 잔인하지. 온통 못 자국 천지니." 내가 맞장구를 쳤다.

"내가 얼마나 괜찮은 아내가 될지 어디 두고 봐요. 당신 손님들과도 그림 얘기를 나눌 수 있을 테니." 캐서린이 말했다.

"저기 그자가 나와." 내가 말했다. 그 깡마른 중위가 우리 여권을 들고 세관 복도를 따라 걸어 나왔다.

"두 분을 로카르노****로 이송해야겠습니다. 마차를 잡으면 병사 한 사람이 동행할 겁니다." 그가 말했다.

"좋습니다. 보트는 어떡하죠?" 내가 말했다.

"보트는 압수합니다. 가방에는 뭐가 들어 있습니까?"

---

*페테르 파울 루벤스(1577~1640). 플랑드르의 바로크 화가.
**티치아노 베첼리오(?1488~1576). 이탈리아의 베네치아파 화가.
***안드레아 만테냐(?1431~1506). 이탈리아의 화가. 예수의 몸에 난 못 자국 그림을 주로 그렸다.
****스위스 동남부 마조레 호수에 있는 소도시로 1925년 평화 회의가 열린 장소.

그는 가방 두 개를 샅샅이 뒤져 일 리터들이 브랜디 병을 쳐들었다. "한잔하시렵니까?" 내가 말했다.

"아뇨. 어쨌든 고맙습니다. 돈은 얼마나 갖고 있습니까?" 그가 몸을 일으켰다.

"2500리라입니다."

이 대답에 그는 우리에게 호감을 느끼는 듯했다. "사촌동생은 얼마나 갖고 있죠?"

캐서린이 가진 돈은 1200리라가 조금 넘었다. 중위의 얼굴에 만족스러운 기색이 감돌았다. 그의 태도가 아까보다 훨씬 누그러졌다.

"겨울 스포츠를 하기에는 벵겐*이 안성맞춤입니다. 우리 아버지가 벵겐에서 아주 훌륭한 호텔을 운영하시거든요. 일 년 내내 문을 엽니다."

"그것 참 잘됐네요. 성함을 가르쳐 주시겠습니까?" 내가 말했다.

"명함에 적어 드리죠." 그가 매우 정중하게 명함을 건네주었다.

"이 병사가 두 분을 로카르노까지 모시고 갈 겁니다. 여권은 병사가 갖고 있을 겁니다. 죄송합니다만 저로선 어떻게 해드릴 수가 없네요. 로카르노에서 비자나 경찰의 허가증을 교부해 줬으면 좋겠습니다."

그는 우리 여권을 병사에게 건네주었고 우리는 가방을 들

---

*스위스 융프라우 중턱에 위치한 휴양지로 겨울 스포츠의 중심지.

고 마차를 부르러 마을로 출발했다. "어이." 중위가 병사를 불렀다. 그러더니 그에게 독일어 사투리로 뭐라고 했다. 병사는 소총을 등에 메고 우리 가방을 들었다.

"훌륭한 나라야." 내가 캐서린에게 말했다.

"참 실리적이네요."

"정말 감사합니다." 내가 중위에게 인사를 했다. 그는 손을 흔들었다.

"서비스예요!" 그가 대답했다. 우리는 감시병을 따라 마을로 들어갔다.

병사는 마부와 같이 앞자리에 앉았고 우리는 마차에 몸을 실은 채 로카르노로 달렸다. 로카르노에서도 별로 불쾌한 일은 없었다. 심문은 받았지만 우리가 여권과 돈을 가지고 있었기 때문에 모두가 정중하게 대해 주었다. 우리가 하는 말은 한마디도 믿지 않는 눈치였지만. 내가 생각해도 말도 안 되는 소리였지만 그곳은 재판소 같은 곳이었다. 합리적인 것을 바라는 것이 아니라 형식만 들어맞으면 그뿐이었다. 우리는 여권을 가지고 있는 데다 돈을 쓸 것이다. 결국 그들은 우리에게 임시 비자를 내주었다.

이 비자는 언제든지 취소될 수 있었다. 우리는 어디를 가든지 경찰에 보고를 하게 되어 있었다.

가고 싶은 데는 어디든 갈 수 있나요? 물론이죠. 어디에 가고 싶으십니까?

"어디 가고 싶어, 캣?"

"몽트뢰*요."

"참 좋은 곳이죠. 그곳이라면 마음에 드실 겁니다." 담당 공무원이 말했다.

"로카르노도 아주 좋은 곳이죠. 장담하지만 이곳도 아주 마음에 드실 겁니다. 참 매력적인 곳이거든요." 다른 공무원이 말했다.

"우리는 겨울 스포츠를 할 수 있는 곳으로 가고 싶습니다."

"몽트뢰에서는 겨울 스포츠를 할 수 없어요."

"지금 뭐라고 했어? 난 몽트뢰 출신이야. 몽트뢰 - 오베를랑 - 베르누아 철도 연변에서는 틀림없이 겨울 스포츠를 즐길 수 있어. 자네가 그걸 부정한다면 그건 거짓이야." 다른 공무원이 말했다.

"부정하는 게 아냐. 다만 몽트뢰에선 겨울 스포츠를 할 수 없다고 말한 것뿐이야."

"난 그 말에 동의할 수 없어. 그 말에 이의를 제기하겠어." 다른 공무원이 대꾸했다.

"난 내 말을 끝까지 고집하겠어."

"그 주장에 이의를 제기하네. 나는 루지**를 타고 몽트뢰 거리로 들어간 적이 있다고. 그것도 한 번이 아니라 여러 번이었지. 루지는 확실한 겨울 스포츠야."

그러자 다른 공무원이 내 쪽을 쳐다보았다.

"당신들이 생각하는 겨울 스포츠가 루지 타기인가요? 로카

---

*스위스 서부의 제네바 호수 동쪽 끝에 위치한 휴양도시.
**스위스에 시작된 1인용 또는 2인용 경기 썰매.

르노에 머무시는 게 편할 겁니다. 기후도 좋고 환경도 그만이
거든요. 꼭 마음에 드실 겁니다."

"신사분은 몽트뢰로 가고 싶다는 의사를 표명했어."

"루지 타기라는 게 도대체 뭡니까?" 내가 물었다.

"이것 보라고, 이분은 아직 루지 타기란 말도 들어 본 적이
없다잖아!"

이것으로 두 번째 공무원이 매우 유리한 입장에 섰다. 그래
서인지 기분도 좋아 보였다.

"루지 타기란 말이죠. 터보건* 썰매를 타는 거죠." 첫 번째
공무원이 말했다.

"미안하지만 내 생각은 달라." 두 번째 공무원이 머리를 저
었다. "다른 의견을 말해야겠군. 터보건 썰매는 루지와는 분
명히 달라. 터보건 썰매는 캐나다에서 얇은 판자로 만드는 거
야. 루지는 보통 썰매에다 미끄럼 쇠를 붙인 거고. 뭐든 정확
한 게 중요해."

"그럼 터보건 썰매는 탈 수 없습니까?" 내가 물었다.

"물론 탈 수 있죠. 얼마든지 탈 수 있습니다. 몽트뢰에서는
캐나다에서 만든 상등 터보건 썰매를 팔지요. 오크스 형제 상
회에서요. 그들만의 터보건 썰매를 직접 수입하거든요." 첫
번째 공무원이 대답했다.

그러자 두 번째 공무원이 고개를 돌렸다. "터보건을 타려면
특별한 활주로가 필요하다고. 터보선을 타고 몽드뢰 기리로

---

*판자의 앞쪽 끝이 말려 올라간 가늘고 긴 썰매.

들어갈 순 없다고. 이곳에선 어디에 묵고 계십니까?"

"아직 모르겠습니다. 지금 막 브리사고에서 도착한 길이거든요. 마차가 밖에서 기다리고 있습니다." 내가 대답했다.

"몽트뢰에 가시면 틀림없습니다. 기후도 쾌적하고 경치도 아름답지요. 멀리 가지 않아도 겨울 스포츠를 즐길 수 있어요." 첫 번째 공무원이 말했다.

"정말로 겨울 스포츠를 즐기고 싶다면 말이죠, 엥가딘*이나 뮈렌으로 가십시오. 겨울 스포츠를 위해 몽트뢰로 가는 것은 권하고 싶지 않습니다." 두 번째 공무원이 말했다.

"몽트뢰 위쪽에 있는 레자방**은 각종 겨울 스포츠를 즐길 수 있는 곳이죠." 그러자 몽트뢰를 열렬히 옹호하던 공무원이 동료를 노려보았다.

"저기, 이제 우린 그만 가 봐야겠습니다. 사촌 누이가 몹시 피곤해서요. 일단 시험 삼아 몽트뢰로 가 보겠습니다." 내가 말했다.

"축하드립니다." 첫 번째 공무원이 내 손을 잡고 흔들었다.

"로카르노를 떠나면 후회하실 겁니다. 어쨌든 몽트뢰에 가시면 경찰에 신고해야 합니다." 두 번째 공무원이 말했다.

"경찰도 불쾌하게 대하진 않을 겁니다. 아시게 되겠지만 그곳 사람들은 아주 친절하고 상냥하거든요." 첫 번째 공무원이 나에게 다짐을 주었다.

---

*스위스 동남부 지역에 위치한 인 강의 긴 협곡.
**스위스의 몽트뢰 위쪽에 위치한 마을. 헤밍웨이를 비롯해 F. 스콧 피츠제럴드, 헤르만 헤세 같은 문인들이 드나들던 곳으로 유명하다.

"두 분 모두 고맙습니다. 충고 대단히 고마웠습니다." 내가 말했다.

"그럼 안녕히 계세요. 두 분 모두 정말 고마웠습니다." 캐서린이 말했다.

그들은 문간까지 나와 인사를 했는데, 물론 로카르노를 옹호하던 공무원이 좀 냉랭했다. 우리는 계단을 내려와 마차에 올라탔다.

"아휴! 좀 더 빨리 빠져나올 수 없었나요?" 캐서린이 말했다. 나는 공무원 중 한 사람이 추천해 준 호텔의 이름을 마부에게 일러 주었다. 그는 고삐를 잡았다.

"당신, 저 군인을 잊고 있었네요." 캐서린이 말했다. 병사는 마차 옆에 그대로 서 있었다. 나는 그에게 10리라짜리 지폐 한 장을 건네주었다. "아직 스위스 돈이 없어서요." 내가 말했다. 그는 고맙다며 거수경례를 하고는 자리를 떠났다. 마차가 출발해 호텔을 향해 달렸다.

"당신 어떻게 몽트뢰를 생각해 냈어? 정말 그곳에 가고 싶은 거야?" 내가 캐서린에게 물었다.

"제일 먼저 생각난 곳이에요. 나쁘지 않은 곳이죠. 산 위에서 좋은 곳을 찾을 수 있을 거예요." 그녀가 대답했다.

"당신 졸려?"

"지금도 자고 있는걸요."

"이제 곧 푹 잘 수 있을 거야. 가엾은 캣, 길고도 지루한 밤이었지."

"재미있었어요. 특히 당신이 우산을 돛 삼아 달릴 때는요."

캐서린이 대답했다.

"우리가 지금 스위스에 와 있다는 게 실감 나?"

"아뇨. 잠에서 깨면 꿈일까 봐 두려워요."

"나도 그래."

"이거 현실이겠죠, 자기? 설마 당신을 돌려 보내려고 밀라노 정거장으로 달리는 건 아니겠죠?"

"그렇지 않기를 바라고 있어."

"그런 말은 하지 마요. 말만 들어도 가슴이 철렁해요. 정말로 그곳으로 가고 있는지도 모르잖아요."

"난 너무 지쳐서 아무것도 모르겠어." 내가 말했다.

"당신 손 좀 보여 줘요."

나는 그녀에게 두 손을 내밀었다. 두 손 모두 부르트고 터져 쓰라렸다.

"옆구리에 구멍은 없어.*" 내가 말했다.

"그런 벌 받을 소린 하지 마요."

나는 너무 피곤해서 머리가 몽롱했다. 흥분도 모두 가라앉았다. 마차는 거리를 따라 달리고 있었다.

"가엾어라." 캐서린이 말했다.

"만지지 마. 정말이지 지금 어디로 가고 있는지 도통 모르겠군. 어디로 가는 겁니까, 마부 양반?" 그러자 마부가 마차를 세웠다.

---

* 예수가 십자가에 못 박힐 때 로마 병정이 창으로 찔러 옆구리에 상처를 입은 것의 비유적 표현.

"메트로폴 호텔로 가고 있습니다. 그곳으로 가는 게 아니었나요?"

"맞아요. 그곳이라면 괜찮지, 캣." 내가 대답했다.

"그래요. 괜찮아요, 자기. 그러니 흥분하지 마요. 잠을 푹 자고 나면 내일은 머리가 개운해지겠죠."

"지금은 정말 정신이 몽롱해. 희극 오페라 같은 하루야. 배도 너무 고프고." 내가 말했다.

"피곤해서 그래요, 자기. 이제 곧 나아질 거예요." 마차는 호텔 앞에 멈춰 섰다. 누군가가 나와서 우리의 가방을 받아 들었다.

"기분이 많이 좋아졌어." 내가 말했다. 우리는 호텔로 통하는 포도(鋪道)에 내렸다.

"그럴 줄 알았어. 피곤했던 것뿐이에요. 오랫동안 한잠도 못 잤잖아요."

"어쨌든 우리가 정말로 여기에 왔어."

"응, 정말로 이곳에 왔어요."

우리는 가방을 든 보이의 뒤를 따라 호텔 안으로 들어갔다.

5부

38

그해 가을은 눈이 무척 늦게 내렸다. 우리는 소나무 숲에 둘러싸인 산중턱의 갈색 목조 가옥에서 살았다. 밤이 되면 서리가 내려 아침에 일어나 보면 화장대 위에 놓아 둔 물그릇에 얇게 얼음이 얼었다. 구팅겐 부인이 아침 일찍 방에 들어와서는 창문을 닫고 큼직한 옹기 난로에 불을 지펴 주었다. 소나무 장작이 딱딱 소리를 내며 불이 붙더니 난로 안에 금방 불길이 활활 타올랐다. 두 번째로 들어올 때 구팅겐 부인은 굵은 장작과 뜨거운 물이 담긴 주전자를 가지고 왔다. 방이 따뜻해지자 그녀는 아침 식사를 가지고 들어왔다. 침대에서 일어나 앉아 아침 식사를 하노라면 호수가 내려다보이고 프랑스 쪽 호수 건너편에 솟아 있는 산들이 보였다. 산봉우리에는 눈이 덮여 있었고 호수는 희끄무레한 강철 빛을 띠고 있었다.

바깥으로는 이곳 스위스 농가 앞에서 산까지 도로가 나 있었다. 수레바퀴 자국과 산마루에는 서리가 내려 무쇠처럼 단단하게 얼어붙어 있었다. 도로는 숲을 빠져나가 목장 있는 데까지 계속 산을 돌면서 이어졌다. 숲 가장자리에 있는 목장의 헛간들과 오두막집들은 계곡을 건너다보고 있었다. 계곡은 깊었고 바닥에는 시냇물 한 줄기가 호수로 흘러들었다. 바람이 계곡 건너에서 불어올 때면 바위에 부딪치는 물소리가 들렸다.

가끔 우리는 이 도로를 벗어나 소나무 숲 사이로 난 오솔길을 걸었다. 숲 바닥은 폭신폭신했다. 서리가 내려도 도로처럼 단단히 굳지 않기 때문이었다. 구두 바닥과 구두 뒤축에 징이 박혀 있고, 징이 얼어붙은 바큇자국에 박히기 때문에 단단한 도로를 걷는 것도 문제는 없었다. 징이 박힌 구두를 신고 걷노라면 기분이 좋고 상쾌했다. 그리고 숲 속을 걷는 것은 참으로 즐거운 일이었다.

우리가 사는 집 앞에서 산은 가파르게 호수를 따라 작은 들판까지 뻗어 있었다. 양지 바른 현관에 앉아 있으면 산허리를 따라 내려가는 꾸불꾸불한 길이며 그 아래쪽 산중턱에 층층으로 꾸며진 포도밭이 보였다. 겨울철이라 포도 덩굴은 모두 말라 있었고, 포도밭은 돌담으로 구분 지어져 있었으며, 그 아래로는 호반을 따라 좁은 들판 위에 있는 마을의 집들이 보였다. 호수에는 마치 어선의 쌍돛처럼 나무가 두 그루 서 있는 섬이 있었다. 호수 건너에 있는 산들은 날카롭고 가팔랐으며 호수 끝사락에는 두 산맥 시이로 평평한 론* 계곡의 늪사이

---

*스위스 남서부에서 남쪽으로 프랑스를 지나 리옹 만으로 흘러들어가는 강.

있었다. 산맥에 가려져 있지만 그 계곡 위쪽으로는 당뛰미디*
산이 있었다. 눈 덮인 높은 산으로 계곡을 내려다보고 있지만,
너무 멀리 떨어져 있기 때문에 여기까지 그림자를 드리우지
는 못했다.

해가 밝게 내리쬘 때는 현관에서 점심을 먹었지만 보통은
장식이 없는 판자벽과 구석에 큼직한 난로가 있는 2층의 작은
방에서 식사를 했다. 시내에서 책과 잡지, 그리고 호일**을 한
권 사다가 둘이서 하는 게임을 배웠다. 난로가 있는 작은 방이
우리의 거처였다. 방에는 안락의자가 두 개, 책과 잡지를 올려
놓는 테이블이 하나 있었다. 식사한 것을 치우고 나면 우리는
식탁에 앉아 카드 게임을 했다. 구팅겐 부부는 아래층에 살고
있었는데 저녁 때면 가끔 둘이 이야기를 주고받는 소리가 들
렸다. 그들 역시 매우 행복했다. 남편은 전에 호텔의 급사장으
로 일했고 아내도 같은 호텔의 하녀로 일했는데 돈을 모아 이
집을 구입한 것이다. 급사장이 되기 위해 공부하는 아들 하나
는 취리히의 호텔에서 일하고 있었다. 아래층에는 포도주와
맥주를 파는 매점이 있어 이따금씩 저녁 때 바깥 도로에 짐마
차를 세워 놓고 남자들이 포도주를 마시러 계단을 올라오는
소리가 들렸다.

거실 복도에 장작 상자가 놓여 있어 나는 그곳에서 장작을
날라다 불을 계속 지폈다. 그러나 우리는 밤늦게까지 있지는

---

* 스위스와 프랑스의 국경에 인접한 산.
** 영국인 에드먼드 호일(1672~1769)이 실내 게임, 특히 카드 게임 방식
과 규칙을 정리한 책.

않았다. 우리는 어둠 속에서 큼직한 침실에 누워 잠을 잤고, 나는 옷을 벗은 채 창문을 열고 밤과 차디찬 별과 창 밑의 소나무들을 바라보다 되도록 빨리 침대로 들어갔다. 공기가 무척 차갑고 맑아 창밖의 어둠을 벗 삼아 침대에 누우면 기분이 정말 좋았다. 우리는 잠을 푹 잤다. 내가 한밤중에 잠을 깨는 이유는 단 한 가지뿐이었다. 그럴 때면 나는 캐서린이 깨지 않도록 가만히 깃털 이불을 끌어다 덮어 주고 나서 얇은 이불의 가벼움을 새삼스럽게 느끼며 따뜻하게 다시 잠이 들었다. 전쟁은 다른 누군가의 대학에서 벌어지는 축구 경기처럼 아득히 멀게만 느껴졌다. 아직 눈이 내리지 않았기 때문에 산악 지대에서는 여전히 전투가 계속되고 있다는 소식이 신문을 통해 전해졌다.

가끔 우리는 산을 내려가 몽트뢰까지 갔다. 산 아래로 오솔길이 있었지만 그쪽은 너무 가팔라서 보통은 도로를 걸어가 들판 사이의 폭이 넓고 단단하게 굳은 길을 내려간 뒤 포도밭 돌담 사이 아래쪽으로 내려가 다시 길가의 마을 집들 사이로 빠져나왔다. 셰르네, 퐁타니방, 그리고 이름은 잊었지만 또 한 마을까지 모두 세 개의 마을이 있었다. 그러고 나서 계단식 포도밭이 있는 산중턱 암벽 위의 낡은 장방형 석조 대저택을 지나갔다. 포도 덩굴은 쓰러지지 않도록 모두 막대기에 고정되어 있었지만 덩굴은 갈색으로 말라 있었다. 땅은 눈을 맞을 준비를 하고 있었으며 저 멀리 아래쪽 호수는 평평한 것이 강철처럼 희뿌앴다. 도로는 대저택 아래로 길게 비탈이 되어 오른

쪽으로 구부러졌는데 이 길을 따라 경사가 가파른 자갈길을
내려가면 몽트뢰로 접어들었다.

 몽트뢰에는 아는 사람이 하나도 없었다. 우리는 호반을 산
책하면서 백조들이며 갈매기들이며 사람이 가까이 가면 공중
으로 날아올라 호수를 내려다보고 끽끽거리는 제비갈매기들
을 바라보았다. 호수 한가운데에서는 작고 까만 논병아리 떼
가 꼬리에 긴 파문을 일으키며 헤엄쳤다. 시내에서는 큰 거리
를 걸으며 상점의 진열장을 들여다보았다. 큰 호텔들은 대개
휴업 중이었지만 상점은 대부분 열려 있었고 사람들은 우리
를 매우 친절하게 반겼다. 캐서린이 머리를 하러 가는 깨끗한
미용실이 하나 있었다. 미용실을 운영하는 여자는 아주 쾌활
한 사람으로 몽트뢰에서 우리가 알고 지내는 유일한 사람이
었다. 캐서린이 미용실에서 머리를 하는 동안 나는 맥줏집에
들러 뮌헨의 흑맥주를 마시며 신문을 읽었다. 나는《코리에레
델라 세라》와 파리에서 오는 영국 신문과 미국 신문을 읽었
다. 적과의 통신을 방지하기 위해서인지 광고는 모두 먹으로
까맣게 지워져 있었다. 신문을 읽어도 도무지 재미있지 않았
다. 곳곳에서 전세는 아주 형편없이 돌아가고 있었다. 나는 큼
직한 흑맥주잔을 앞에 놓고 구석에 깊숙이 앉아서 프레첼이
든 셀로판 봉지를 뜯었다. 프레첼의 짭짤한 소금 맛 때문에 한
결 맛이 좋은 맥주를 마시면서 비참한 전쟁 기사를 읽었다. 캐
서린이 올 때가 훨씬 지났는데도 좀처럼 오지 않아 나는 신문
을 신문 걸이에 걸고 맥주값을 지불하고 그녀를 찾으러 거리
로 나갔다. 춥고 음산한 날씨가 겨울 기분을 느끼게 했으며 건

물의 돌까지도 싸늘하게 보였다. 캐서린은 아직도 미용실에 있었다. 주인 여자가 캐서린의 머리에 웨이브를 넣고 있었다. 나는 좁은 방에 앉아 지켜보았다. 조용히 지켜보자니 가슴이 두근거렸다. 캐서린이 미소를 지으며 내게 말을 걸었지만 흥분한 탓인지 내 목소리가 조금 둔탁하게 들렸다. 머리 집게들이 딸깍거리며 경쾌한 금속성 소리를 냈고, 캐서린의 모습이 삼면경에 비쳤으며, 내가 앉아 있는 자리는 편안하고 따뜻했다. 마침내 미용사가 캐서린의 머리를 올리자 캐서린은 거울을 들여다보며 핀을 뽑기도 하고 꽂기도 하면서 조금 손질을 하더니 곧 자리에서 일어섰다. "너무 오래 걸렸죠. 미안해요."

"남편께서 꽤 흥미로워하시던데요. 안 그런가요, 선생님?" 여주인이 미소를 지었다.

"네, 맞습니다." 내가 대답했다.

우리는 밖으로 나와서 거리를 걸었다. 춥고 음산한 날씨로 바람까지 불었다. "자기, 정말 난 당신을 너무 사랑하나 봐." 내가 말했다.

"정말 행복한 시간이죠? 그런데 있죠. 우리 어디 가서 차 대신 맥주 마셔요. 꼬마 캐서린에게도 맥주가 좋아요. 몸집을 조그맣게 만들어 주거든요." 캐서린이 말했다.

"꼬마 캐서린이라. 그 게으름뱅이 녀석 말이지." 내가 말했다.

"보통 얌전한 게 아녜요. 말썽도 전혀 부리지 않고요. 의사 선생님 말씀이, 맥주는 내게도 좋고 태아도 작게 만들어 준댔어요." 캐서린이 말했다.

"작은 사내아이라면 경마 기수가 될지도 몰라."

"아기가 태어나면 우리 정말 결혼해야 할 것 같아요." 캐서린이 말했다. 우리는 맥줏집에 들어가 구석 테이블에 앉았다. 바깥은 점점 어두워지고 있었다. 시간은 아직 일렀지만 날이 음산해서 황혼이 일찍 찾아왔다.

"당장이라도 결혼해." 내가 말했다.

"싫어요. 지금은 창피해요. 몸매가 너무 뚜렷하게 드러나잖아. 이 꼴로는 사람들 앞에서 결혼식을 올리기 싫어요." 캐서린이 말했다.

"진작 결혼했어야 하는 건데."

"나도 그랬더라면 싶어요. 하지만 언제 결혼할 수 있을까요, 자기?"

"잘 모르겠어."

"어쨌든 한 가지는 분명해요. 이렇게 눈에 띄게 유부녀 티가 나는 모습으로는 절대 결혼식을 올리지 않겠다는 것 말이에요."

"당신은 유부녀처럼 보이지 않아."

"아, 아네요. 정말 그렇게 보여요, 자기. 미용사가 첫애냐고 묻더라고요. 그래서 사내아이 둘이랑 계집아이 둘이 있다고 했는걸."

"우리 언제 결혼할까?"

"몸이 가벼워진 뒤라면 언제든 좋아요. 모두 멋진 한 쌍이라고 생각할 만큼 훌륭한 결혼식을 올리고 싶어요."

"그래, 당신은 걱정 안 돼?"

"걱정을 왜 해요? 딱 한 번 비참했던 건 밀라노에서 창녀가 된 것 같은 기분이 들었을 때였어요. 그것도 겨우 칠 분 정도 였어요. 더구나 그건 그 방의 가구 때문이었다고요. 지금도 난 당신의 좋은 아내 노릇을 하고 있잖아요?"

"사랑스러운 아내지."

"그럼 너무 형식적인 것에 구애받지 마요, 자기. 다시 몸이 가벼워지면 얼른 결혼해요."

"그렇게 하자."

"맥주 한 잔 더 해도 괜찮아요? 의사 선생님이 난 골반이 좀 작은 편이라서 꼬마 캐서린을 작게 만드는 게 가장 좋다고 하 셨어요."

"그것 말고 다른 말은 없었어?" 나는 걱정이 되었다.

"그뿐이에요. 혈압은 아주 정상이래요, 자기. 아주 칭찬할 만한 혈압이래요."

"골반이 작은 것에 관해서는 뭐라고 했어?"

"아무 말도 하지 않았어요. 전혀요. 스키만 타지 말라고 하 셨죠."

"그야 당연한 얘기지."

"전에 스키를 타 본 경험이 없다면 이제 시작하기엔 너무 늦었다고요. 넘어지지 않는다면 괜찮지만요."

"농담도 잘하시는군."

"정말 좋은 분이에요. 분만 때 그분을 모셔 와야겠어요."

"그 의사한테 결혼해야 할지 물어봤어?"

"아뇨. 결혼한 지 사 년이나 됐다고 했는걸. 당신하고 결혼하면 난 미국인이 되겠죠. 그리고 미국 법에 따라 결혼하면 합법적인 아이가 될 거고요."

"어디서 그런 걸 알아냈지?"

"도서관에서 뉴욕판『세계 연감』을 봤어요."

"당신은 멋진 여자야."

"나 미국 사람이 되는 게 정말 기뻐요. 우리 함께 미국으로 갈 거죠, 자기? 나이아가라 폭포를 구경하고 싶어요."

"당신은 멋진 여자야."

"다른 것도 보고 싶지만 생각이 나지 않네요."

"도살장은?"

"아뇨. 생각이 안 나요."

"울워스 빌딩*은?"

"아뇨."

"그랜드캐니언**은?"

"아뇨. 하지만 보고 싶은 게 있어요."

"그게 뭔데?"

"골든게이트***요! 그게 보고 싶었어요. 골든게이트는 어디 있죠?"

---

* 뉴욕에 있는 57층짜리 울워스 백화점 건물. 흔히 '상업의 성당'이라 일컬어진다. 1931년까지 에펠탑을 제외하고 세계에서 가장 높은 고층 건물이었다.
** 애리조나 주에 위치한 대협곡.
*** 흔히 '금문교(金門橋)'라 일컫는 아름다운 다리로, 미국 샌프란시스코 만과 태평양을 잇는 골든게이트 해협에 설치되어 있는 현수교.

"샌프란시스코에 있어."

"그럼 우리 그곳에 가기로 해요. 그렇잖아도 샌프란시스코는 한번 가 보고 싶었어요."

"그래, 좋아. 그러자고."

"이제 산에 올라가야죠. 지금 출발할까요? MOB*를 탈 수 있을까요?"

"5시 조금 넘어 출발하는 전동차가 있어."

"그럼 그걸 타기로 해요."

"그래. 그 전에 난 맥주나 한 잔 더 해야겠어."

밖으로 나와 거리를 걸어 정거장으로 가는 계단을 올라가자니 몹시 추웠다. 론 계곡에서 추운 바람이 불어 내려오고 있었다. 상점 진열장에는 불이 켜져 있었고, 우리 두 사람은 가파른 돌계단을 올라가 위쪽 거리로 나와 그곳에서 다시 또다른 계단을 올라 정거장에 도착했다. 전동차가 불을 환히 밝힌 채 기다리고 있었다. 출발 시각을 가리키는 글자판이 있었는데 시곗바늘이 5시 10분을 가리키고 있었다. 나는 정거장의 시계를 보았다. 5시 5분이었다. 전동차에 올라타자 운전사와 차장이 역 구내 포도주 가게에서 나오는 것이 보였다. 우리는 자리에 앉아 창문을 열었다. 전동차는 전기 난방 장치가 되어 있어 공기가 탁했지만 창으로 차갑고 신선한 바람이 들어왔다.

"피곤하지 않아, 캣?" 내가 물었다.

---

*몽트뢰 – 오베를랑 – 베르누아(Montreux-Oberland-Bernois) 철도의 약칭.

"아뇨. 기분이 아주 좋아요."

"오래 타지는 않을 거야."

"나는 전동차 타는 게 좋아요. 내 걱정은 마요, 자기. 기분이 좋아요." 캐서린이 말했다.

눈은 크리스마스 사흘 전까지도 내리지 않았다. 어느 날 아침, 잠에서 깨어나 보니 눈이 펑펑 내리고 있었다. 난로에 불이 활활 타오르는 가운데 우리는 침대에 누워 눈이 내리는 모습을 바라보았다. 구팅겐 부인이 아침 상을 치우고 난로에 장작을 더 지펴 주었다. 그야말로 지독한 눈보라였다. 그녀의 말로는 자정쯤부터 눈이 내리기 시작했다고 한다. 창가로 다가가 창밖을 내다보았지만 도로 건너편은 보이지 않았다. 바람이 거세게 부는 데다 눈까지 휘몰아치고 있었다. 나는 침대로 돌아와 캐서린과 함께 누워 이야기를 나누었다.

"스키를 탈 줄 알면 얼마나 좋을까. 스키도 탈 줄 모르니 따분해요." 캐서린이 말했다.

"봅슬레이*를 구해서 길거리까지 내려가 보자. 자동차를 타는 것보다 해롭지는 않을 테니."

"너무 요동이 심하지 않을까요?"

"타 보면 알겠지."

"요동이 심하지 않았으면 좋겠어요."

"조금 있다가 눈 속을 산책하자고."

---

*방향 조정 키가 달린 2인승 혹은 4인승의 경주용 썰매.

"점심 먹기 전에 해요. 식욕이 나도록 말이에요." 캐서린이 말했다.

"난 언제나 배가 고픈데."

"나도 그래요."

우리는 눈 속으로 나갔지만 눈보라가 심해서 멀리 가지는 못했다. 내가 앞장서서 역까지 내려가는 오솔길을 만들어 놓았지만 그곳에 도착해 보니 너무 멀리 온 것 같았다. 눈보라가 몰아치고 있어 아무것도 눈에 보이지 않았다. 정거장 옆에 있는 작은 술집에 들어가 빗자루로 서로의 눈을 털어 주고 벤치에 앉아서 베르무트를 마셨다.

"지독한 눈보라네요." 여자 바텐더가 말했다.

"그러게요."

"올해는 눈이 꽤 늦게 내렸어요."

"그래요."

"초콜릿바를 먹어도 될까요? 아니, 점심 먹을 때가 다 됐죠? 언제나 배가 고파요." 캐서린이 말했다.

"괜찮아, 하나 먹어." 내가 말했다.

"개암 열매가 들어 있는 걸로 하나 주세요." 캐서린이 주문했다.

"아주 맛있는 초콜릿이죠. 저도 그걸 제일 좋아한답니다." 바텐더가 말했다.

"나한테는 베르무트 한 잔 더 주세요."

그 집을 나와 길을 되돌아 올라가려니 걸어온 발자국이 눈에 묻혀 있었다. 움푹 팬 발자국에는 어렴풋한 흔적만 남아 있었다. 얼굴에 눈보라가 불어닥쳐서 도저히 눈을 뜰 수가 없었다. 눈을 털어 내고 점심을 먹으러 집 안으로 들어갔다. 구팅겐 씨가 점심을 차려 주었다.

"내일은 스키를 탈 수 있겠군요. 스키 탈 줄 아십니까, 헨리 씨?" 그가 물었다.

"아뇨, 못 탑니다. 하지만 배우고 싶어요."

"아주 쉬워요. 크리스마스 때 아들이 집에 오니 가르쳐 드리라고 하죠."

"그거 잘됐네요. 언제 오나요?"

"내일 저녁에요."

점심 식사를 마치고 작은 방 난롯가에 앉아 창밖에 눈이 내리는 것을 바라보고 있을 때 캐서린이 먼저 말을 꺼냈다. "자기, 혼자 여행을 떠나 다른 남자들과 어울리면서 스키를 타고 싶지 않아요?"

"아니. 왜 그래야 하지?"

"가끔씩 당신이 나 아닌 다른 사람들을 만나고 싶을 거라는 생각이 들어요."

"당신은 다른 사람을 만나고 싶은 기야?"

"아뇨."

"나도 마찬가지야."

"알아요. 하지만 당신은 다르잖아요. 나는 아기가 있으니 아무것도 하지 않아도 괜찮아요. 내가 요새 바보처럼 너무 혼자 지껄이는 것 같아. 그래서 당신이 나에게 질리기 전에 어디든 좀 가는 게 좋겠다고 생각했죠."

"당신은 내가 당신 곁을 떠났으면 좋겠어?"

"아뇨. 곁에 있는 게 좋죠."

"나도 그럴 작정이야."

"이리 좀 와요. 당신 머리에 난 혹을 만져 보고 싶어. 혹이 아주 크네요." 그녀는 혹을 쓰다듬었다. "자기, 턱수염 기르고 싶지 않아요?" 캐서린이 물었다.

"길렀으면 좋겠어?"

"재미있을 거야. 당신이 턱수염 기른 모습을 보고 싶어요."

"좋아. 그럼 길러 볼게. 지금 당장 이 순간부터 기르기 시작하는 거야. 그거 괜찮은 생각인데. 이걸로 나도 이제 할 일이 생긴 셈이니까."

"할 일이 없는 게 걱정되지 않나요?"

"아니. 난 지금이 좋아. 즐겁게 지내잖아. 당신은 안 그래?"

"나야 행복하죠. 하지만 이렇게 배가 불러 오니 당신이 싫증을 느낄까 봐 걱정돼요."

"아, 캣. 당신은 내가 얼마나 당신을 사랑하는지 몰라."

"몸이 이래도?"

"지금의 당신 모습 그대로. 난 행복해. 우리 지금 즐겁게 지내고 있다고 생각하지 않는 거야?"

"물론 나야 그렇죠. 하지만 당신이 갑갑하지 않을까 해서."

"아냐. 가끔 전선이며, 알고 지내던 사람들 생각이 나지만 걱정하지는 않아. 난 어떤 일에 대해서든 생각을 많이 하는 편이 아니거든."

"누가 궁금해요?"

"리날디며 신부며 내가 알던 여러 사람들. 하지만 그들도 그렇게 오래 생각하진 않아. 전쟁에 대해선 생각하기도 싫어. 전쟁에서는 이미 오래전에 손을 뗐거든."

"지금은 뭘 생각하고 있나요?"

"아무 생각도 안 해."

"아녜요, 뭔가 생각하고 있어. 얘기해 줘요."

"리날디가 정말 매독에 걸렸을까 하는 생각."

"그뿐이에요?"

"응."

"그분 정말 매독에 걸렸나요?"

"그건 나도 모르지."

"당신이 그 병에 걸리지 않아서 다행이야. 당신 그런 병에 걸려 본 적 있어요?"

"임질에는 걸린 적 있지."

"그런 얘긴 듣고 싶지 않아. 많이 고통스러웠나요, 자기?"

"아주 고통스러웠지."

"나도 한번 걸려 볼 걸 그랬어요."

"그건 안 될 말이야."

"정말이에요. 당신이 걸렸던 거라면 나도 걸려 보고 싶어. 그러면 당신한테 그 여자들을 갖고 놀려 줄 수 있잖아요."

"재미있는 상상이군."

"당신이 임질에 걸렸던 일은 조금도 재미있지 않아요."

"그건 그래. 자, 눈 내리는 것 좀 봐."

"당신을 보는 게 더 좋아요. 자기, 왜 머리를 안 길러요?"

"어떻게 기르는 거 말이야?"

"지금보다 좀 더 길게요."

"이만하면 길지 않아?"

"아니, 좀 더 길게 길러 봐요. 내 머리를 조금 짧게 자르면 우리 둘이 아주 비슷해 보일 거야. 한쪽은 금발이고 한쪽은 검은 머리라는 것만 빼고."

"난 당신 머리를 자르게 하고 싶지 않아."

"재미있잖아요. 이제 이 머리는 지겨워. 밤에 잘 때 아주 거추장스러워요."

"난 그래도 좋아."

"짧게 자르는 게 싫어요?"

"좋아할 수도 있겠지만 지금 이대로가 좋아."

"짧게 자르는 게 나을지도 몰라요. 그러면 우리 둘이 비슷해지는 거죠. 아, 내 사랑, 너무나 당신을 원하다 보니 그만 당신이 되어 버리고 싶어요."

"벌써 그렇게 되었는데, 뭘. 우리는 한 몸이잖아."

"그건 알아요. 밤에는 그렇죠."

"밤은 정말 멋져."

"우리가 아주 하나로 섞여 버렸으면 좋겠어. 당신이 멀리 가는 거 난 싫어요. 방금도 말했지만 가고 싶으면 가도 좋아요. 하지만 서둘러 돌아와 줘요. 아, 자기, 자기와 함께가 아니면 사는 것 같지 않을 거예요."

"절대로 가지 않을 거야. 당신이 없으면 나도 아무 쓸모가 없어. 더 이상 살아가는 게 아니지." 내가 말했다.

"난 당신이 삶을 누리길 원해요. 멋진 삶을요. 하지만 우린 함께 그걸 누릴 거죠?"

"한데 당신은 내가 턱수염 기르길 바라는 거야, 아니면 그 만두기를 바라는 거야?"

"계속 길러요. 무척 멋있을 거야. 어쩌면 새해에는 다 자랄 거예요."

"자, 우리 체스 게임 할까?"

"그것보단 당신이랑 놀고 싶은데."

"아냐, 체스 게임을 하자."

"그럼 나중에 노는 거죠?"

"그래."

"좋아요."

나는 체스 판을 꺼내 말을 늘어놓았다. 밖에는 아직도 눈이 펑펑 내리고 있었다.

한밤중에 잠이 깼는데 캐서린도 깨어 있었다. 달빛이 환히 창문으로 비치면서 침대 위에 창살 그림자를 드리웠다.

"깼어요, 당신?"

"응. 잠이 안 와?"

"잠이 깨서 생각하고 있었어요. 당신을 처음 만났을 때 내가 제정신이 아니었던 거 기억나요?"

"그래, 당신 조금 이상했지."

"이제는 그렇지 않아요. 지금은 행복해. 아주 부드럽게 '행복해.'라고 해 봐요. '행복해.'라고 말해 봐요."

"행복해."

"아, 당신은 다정한 사람이야. 그리고 지금 난 정신이 이상하지 않아요. 정말, 정말, 정말로 너무 행복하다고요."

"자, 어서 잠이나 자요." 내가 말했다.

"좋아요. 우리 같은 순간에 같이 잠들기로 해요."

"좋았어."

그러나 우리는 그렇게 하지 못했다. 나는 꽤 오랫동안 깨어서 이런저런 일을 생각하며, 캐서린이 얼굴에 달빛을 받으며 잠든 모습을 지켜보았다. 그러다가 어느 순간 나도 모르게 잠이 들고 말았다.

39

1월 중순이 되자 내 턱수염은 자랄 대로 자랐고, 겨울도 자리를 잡아 낮에는 청명하게 춥고 밤에는 매섭게 추웠다. 우리는 다시 도로를 산책할 수 있었다. 건초를 실은 썰매며 장작을 실어 나르는 썰매며 산에서 끌어내리는 통나무들 때문에 눈은 단단하게 굳고 반들반들했다. 눈은 몽트뢰 아래까지 이 지방 일대를 뒤덮고 있었다. 호수 건너편 산들도 온통 흰빛을 띠었고 론 계곡의 들판도 눈에 덮여 있었다. 우리는 산 뒤쪽을 돌아 멀리 뱅드랄리아*까지 산책을 했다. 캐서린은 징을 박은 부츠에 망토를 두르고 끝에 뾰족한 강철이 달린 지팡이를 들고 다녔다. 망토 덕분에 배는 그렇게 불러 보이지 않았다. 우

---

* 제네바 호수 근처의 마을로, 헤밍웨이는 1922년에 이곳에서 『무기여 잘 있어라』의 일부를 집필했다.

리는 걸음을 천천히 옮겼으며 그녀가 지칠 때는 걸음을 멈추고 길가 통나무에 걸터앉아 쉬었다.

뱅드랄리아의 숲 속에는 벌목꾼들이 들러 술을 마시는 술집이 하나 있었다. 우리는 이 술집에 들어가 난롯불에 몸을 녹이면서 향료와 레몬을 탄 따끈한 붉은 포도주를 마셨다. 이곳 사람들은 그것을 '글뤼바인'이라고 불렀는데 몸을 덥게 하는 데도, 축배를 드는 데도 좋은 술이었다. 술집 안은 어둠침침하고 연기가 자욱했지만 밖으로 나오면 숨을 들이마실 때마다 찬 공기가 폐부를 찌르는 듯 허파로 들어와 코끝의 감각이 마비될 정도였다. 돌아보면 술집 창밖으로 불빛이 새어 나오고 마부들의 말이 몸뚱이를 따뜻하게 하려고 다리를 구르고 머리를 흔들어 대는 모습이 보였다. 말의 콧잔등 털에는 서리가 서려 있었으며 숨을 내쉴 때마다 공중으로 깃털 같은 서리를 내뿜었다. 집으로 올라가는 도로는 한동안 반들반들하고 미끄러웠으며, 재목을 끌어내는 길이 갈라지는 지점까지는 말 때문에 얼음이 오렌지 색깔로 변해 있었다. 거기서부터는 깨끗한 눈으로 굳은 도로가 숲 사이로 뻗어 있었다. 우리는 돌아오는 길에 두 번이나 여우를 만났다.

경치가 좋은 곳이라 나가면 언제나 기분이 좋았다.

"이제 턱수염이 멋지게 자랐네요. 꼭 벌목꾼들의 턱수염 같아. 작은 금귀고리 단 사람 봤죠?" 캐서린이 물었다.

"그 사람은 알프스 영양 사냥꾼이야. 그걸 달는 긴 영양 소리가 잘 들리기 때문이래." 내가 말했다.

"정말요? 에이, 그럴 리가. 자기들이 영양 사냥꾼이라는 걸 알리려고 다는 거겠죠. 이 근처에 영양들이 살고 있나요?"

"그럼, 당드자망* 건너에 살고 있지."

"여우를 만나서 재미있었어요."

"여우는 잘 때 꼬리로 몸을 감아 추위를 막는대."

"기분이 좋을 거야."

"나도 늘 그런 꼬리가 있었으면 했어. 우리에게도 여우 꼬리 같은 게 있다면 재미있지 않을까?"

"옷 입기가 불편하겠죠."

"그에 맞는 옷을 만들거나 옷 같은 건 상관없는 나라에서 살면 되지."

"지금도 우린 아무것도 상관없는 나라에서 살고 있어요. 아는 사람이 없는 곳에 산다는 건 멋진 일 아녜요? 아는 사람을 만나고 싶은 건 아니죠, 자기?"

"그럼."

"여기 잠깐 앉아서 쉴까요? 조금 피곤해."

우리는 통나무에 바짝 붙어 앉았다. 앞쪽 도로가 숲 사이를 뚫고 아래로 이어졌다.

"이 애가 우리 사이에 끼어들지는 않겠죠? 이 장난꾸러기 꼬마 말이에요."

"그럼. 누가 그러게 두나."

"참, 돈은 얼마나 있어요?"

"넉넉해. 지난번에 은행에서 일람불 어음을 지불해 줬어."

---

* 알프스 산맥의 한 산.

"당신이 스위스에 있는 걸 알면 가족들이 당신을 데려가려고 하지 않을까요?"

"그럴지도 모르지. 편지에 뭐라고 써야겠어."

"가족들에게 아직도 편지 안 했어요?"

"아니. 일람불 어음만 보내 달라고 했어."

"맙소사, 내가 당신 집안 식구가 아닌 게 정말 다행이네요."

"전보를 칠 생각이야."

"식구들 걱정은 조금도 안 되나요?"

"전에는 걱정했지. 하지만 몹시 다툰 뒤로는 관심이 저절로 사라졌어."

"난 그분들을 좋아할 것 같아요. 아주 많이 좋아할지도 몰라요."

"집안 식구 얘긴 하지 말자. 얘기를 하다 보면 또 걱정이 시작되니까. 다 쉬었으면 이제 걷자고."

"충분히 쉬었어요."

우리는 다시 도로를 걸어 내려갔다. 이제 사방은 어두웠고 장화 밑에서는 눈이 뽀드득뽀드득 소리를 냈다. 밤은 건조하고 춥고 꽤나 청명했다.

"당신 턱수염 참 마음에 들어요. 대성공이야. 보기엔 뻣뻣하고 억세 보여도 여간 보드랍고 기분 좋은 게 아녜요." 캐서린이 말했다.

"없을 때보다 나은 것 같아?"

"그런 것 같아요. 있잖아요, 자기, 꼬마 캐서린을 낳을 때까지는 머리를 자르지 않을래요. 지금은 배가 많이 불러서 제법

임산부 티가 나죠. 하지만 아기를 낳고 몸이 날씬해지면 그때 머리를 자를 거예요. 그러면 당신에게도 새롭고 멋진 여자가 되겠죠. 함께 가서 자르든지, 나 혼자 가서 자른 뒤 당신을 깜짝 놀라게 할래요."

나는 아무 대꾸도 하지 않았다.

"불가능하다고 말하는 건 아니죠?"

"그럼. 가슴이 설렐 것 같은걸."

"아, 자긴 정말 다정한 사람이야. 머리를 자르면 더 예뻐 보일 거예요, 자기. 몸이 날씬해져서 당신 마음을 설레게 하면 당신은 다시 처음부터 나한테 빠지게 될 거라고요."

"이봐! 지금도 당신을 이렇게 사랑하고 있잖아. 당신은 내가 어떻게 해 주기를 바라는 거야? 나를 무너뜨리겠다는 거야?" 내가 물었다.

"음, 맞아요. 당신을 무너뜨리고 싶어요."

"좋아. 나도 바라는 바야." 내가 대꾸했다.

40

우리는 행복한 나날을 보냈다. 정월과 2월도 어느덧 지나갔으며, 그해 겨울은 날씨가 아주 좋았고 우리는 더없이 행복했다. 따스한 바람이 불어와 잠깐 눈이 녹고 날씨가 따뜻해지자 봄기운이 느껴졌지만 언제나 다시 청명하고 매서운 추위가 찾아와 계절을 겨울로 돌이키곤 했다. 3월로 접어들어서야 처음으로 겨울이 누그러졌다. 밤에 비가 내리기 시작했다. 아침 내내 비가 내리자 눈이 진창으로 변해 산중턱의 경치는 보기에도 볼품없었다. 호수와 계곡 위에 구름이 둥둥 떠다녔다. 산꼭대기 위에도 비가 내렸다. 캐서린은 두꺼운 덧신을 신고 나는 구팅겐 씨의 고무장화를 신은 채 진창과 도로의 얼음을 씻어 내리며 흐르는 물을 지나 우산 하나를 같이 쓰고 경기장까지 걸어가서, 술집에 들러 점심 전에 베르무트를 마셨다. 술집 밖에서 빗소리가 들려왔다.

"이제 마을로 내려가야 하지 않을까?"

"당신은 어떻게 생각해요?" 캐서린이 물었다.

"겨울이 지나고 비까지 계속 내린다면 이곳도 별로 재미가 없을 거야. 꼬마 캐서린이 태어나려면 이제 얼마나 남았지?"

"한 달쯤요. 어쩌면 조금 더 남았을지도 모르고요."

"그럼 몽트뢰에 내려가 머무는 게 좋겠어."

"로잔*으로 가는 건 어떨까요? 그곳엔 병원도 있으니까요."

"그래. 하지만 너무 큰 도시인 것 같은데."

"크면 어때요. 우리 둘만 있으면 되죠. 더구나 로잔은 근사한 도시일 것 같아."

"그럼 언제 갈까?"

"난 상관없어요. 당신이 가고 싶으면 언제든 가요. 당신이 원치 않으면 나도 떠나고 싶지 않아요."

"날씨를 좀 보자고."

비는 사흘 동안 내렸다. 이제 정거장 아래쪽 산허리의 눈은 완전히 녹아 내렸다. 도로에는 눈 녹은 흙탕물이 개울을 이루었다. 길이 너무 진창이 되어 도저히 밖으로 나갈 수가 없었다. 비가 내린 지 사흘째 되던 날 아침, 우리는 마을로 내려가기로 했다.

"괜찮습니다, 헨리 씨. 미리 알려 주실 필요는 없습니다. 궂은 날씨가 시작되어서 이곳에 계속 머무실 거라곤 생각하지 않았어요." 구팅겐 씨가 말했다.

---

* 제네바 호수에 위치한 스위스 서부의 도시.

"집사람 때문에 병원 가까운 곳에 있어야 할 것 같아요."

"이해합니다. 아이가 태어나면 다시 오셔서 머무세요." 그가 말했다.

"그럼요, 방이 비어 있다면요."

"봄이 되어 날씨가 좋아지면 오셔서 재미있게 지내십시오. 아기랑 유모는 지금 닫아 둔 큰 방을 쓰게 하고 선생님 내외분은 호수가 내려다보이는 지금 그 방을 쓰시면 됩니다."

"오게 되면 편지로 미리 알려 드리겠습니다." 내가 말했다. 우리는 짐을 꾸리고 나서 점심을 먹은 뒤 마을로 내려가는 전동차를 타고 떠났다. 구팅겐 부부는 우리를 정거장까지 배웅해 주었는데, 구팅겐 씨는 진창 속에서 썰매로 짐을 날라 주었다. 그들은 비를 맞으며 정거장 한 모퉁이에 서서 손을 흔들어 작별 인사를 했다.

"참 좋은 분들이에요." 캐서린이 말했다.

"잘해 주셨지."

우리는 몽트뢰에서 로잔행 기차를 탔다. 차창을 통해 우리가 살던 쪽을 바라보았지만 구름에 가려 산은 보이지 않았다. 기차는 브베*에서 정차했다가 다시 한쪽으로는 호수를 끼고 다른 한쪽으로는 비에 젖은 갈색 들판과 앙상하게 헐벗은 나무들과 젖은 집들을 지나쳐 달렸다. 로잔에 도착해서는 중간 크기의 호텔에 묵었다. 마차를 타고 거리를 달려 호텔 현관에 들어설 때까지도 비는 계속 내렸다. 구팅겐 부부의 집에서 살

---

* 제네바 호수에 위치한 스위스 서부의 소도시.

다 와서 그런지, 윗도리의 접은 깃에 놋쇠 열쇠를 달고 있는 수위며, 엘리베이터며, 마룻바닥에 깔린 카펫이며, 번쩍거리는 부속품이 달린 하얀 세면기며, 놋쇠 침대와 넓고 편안한 침실 등 모든 것이 호화롭게만 보였다. 창문으로는 꼭대기에 철책을 두른 담에 둘러싸인 비에 젖은 정원이 내려다보였다. 가파르게 경사진 거리 건너편에도 비슷한 담과 정원이 있는 호텔이 또 있었다. 나는 정원 분수에 비가 내리는 모습을 바라보았다.

캐서린은 방 안의 전등을 모두 켜고 짐을 풀었다. 나는 위스키소다를 주문하고 침대에 누워서 정거장에서 사 온 신문을 읽었다. 1918년 3월로 프랑스에서는 독일군의 공격이 시작되었다. 캐서린이 짐을 풀면서 방 안을 왔다 갔다 하는 동안 나는 위스키소다를 마시며 신문을 읽었다.

"내가 이제 뭘 준비해야 하는지 알아요, 자기?" 캐서린이 물었다.

"뭔데?"

"아기 옷이에요. 이렇게 만삭이 될 때까지 아기 물건을 준비하지 않은 사람은 거의 없을 거예요."

"그야 사면 되지."

"그래요. 내일 사려고요. 필요한 물건을 알아 둬야겠어."

"그런 건 잘 알겠지. 간호사였으니까."

"하지만 병원에서 애를 낳는 군인은 없죠."

"나 있잖아."

그러자 그녀가 베개로 나를 때렸고 그 바람에 마시던 위스키소다가 엎질러지고 말았다.

"한 잔 더 주문해 드릴게요. 엎질러서 미안해요." 그녀가 말했다.

"얼마 없었어. 침대로 올라와."

"싫어요. 이 방을 좀 멋지게 꾸며야겠어."

"어떻게?"

"우리 집처럼요."

"연합국 국기라도 걸지그래."

"아, 입 다물어요."

"다시 한 번 말해 봐."

"입 다물라고요."

"말투가 아주 조심스럽네. 누구의 기분도 상하게 하지 않겠는걸."

"기분 상하게 하려던 건 아니에요."

"그럼 침대로 와."

"그러죠." 그녀는 침대로 와서 걸터앉았다. "자기, 나 요즘 재미없죠. 큰 밀가루 부대 같아 가지고."

"전혀 그렇지 않아. 당신은 아름답고 또 귀여워."

"당신 아내가 되려다 이렇게 볼품없는 모양새가 되고 말았어요."

"아냐, 당신은 나날이 아름다워지기만 하는데."

"하지만 나도 이제 곧 날씬해질 거예요, 자기."

"지금도 날씬해."

"당신 취했나 봐."

"겨우 위스키소다 한 잔 마셨는데."

"한 잔 더 올 거예요. 오늘 저녁 식사는 이리로 갖고 오라고 할까요?" 그녀가 물었다.

"그게 좋겠어."

"식사가 끝나도 밖에 나가지 않을 거죠? 오늘 밤엔 방에만 있어요."

"그리고 놀자고." 내가 대꾸했다.

"나도 포도주를 좀 마셔야겠어. 몸에 해롭지는 않을 거예요. 우리가 좋아하던 백포도주 카프리가 있을지도 몰라요." 캐서린이 말했다.

"있을 거야. 이 정도 크기의 호텔이라면 이탈리아산 포도주가 있겠지." 내가 말했다.

웨이터가 문을 두드렸다. 그는 얼음을 넣은 위스키 유리잔과 유리잔 옆에 조그마한 소다수 한 병을 쟁반에 받쳐 들고 있었다.

"고마워요. 거기 놔둬요. 저녁 식사 2인분이랑 단맛이 나지 않는 흰 카프리 두 병을 얼음에 채워 방으로 가져다줘요." 내가 말했다.

"식사는 수프부터 시작하겠습니까?"

"수프 먹을 거야, 캣?"

"네."

"수프는 1인분만 가져다줘요."

"감사합니다." 그는 문을 닫고 나갔다. 나는 또다시 신문을 들고 전쟁 기사를 읽기 시작했다. 소다수를 위스키 잔 얼음 위에 천천히 따랐다. 다음에는 위스키 잔 속에 얼음을 넣지 말라고 해야지. 얼음을 따로 갖고 오라고 해야겠어. 그래야 위스키가 얼마나 되는지 알 수 있고, 또 소다수를 부어도 갑자기 술맛이 싱거워지지 않거든. 위스키를 한 병 사다 놓고 얼음과 소다만 갖다 달라고 해야겠어. 그게 현명한 방법이지. 좋은 위스키는 참으로 즐거운 거야. 인생의 즐거움 중 하나지.

"뭘 그렇게 생각해요, 자기?"

"위스키에 대해 생각하고 있었어."

"위스키에 관해서 뭘?"

"위스키가 얼마나 좋은지에 대해서."

그러자 캐서린은 얼굴을 찡그렸다. "정말로 그래요." 그녀가 말했다.

우리는 그 호텔에 삼 주 동안 머물렀다. 나쁘지 않은 호텔이었다. 식당은 대개 비어 있었기 때문에 우리는 저녁 식사를 거의 방에서 했다. 우리는 시내를 거닐기도 하고 톱니바퀴 궤도철도를 타고 우시*까지 가서 호숫가를 산책하기도 했다. 날씨가 제법 따뜻해져서 마치 봄이 온 것 같았다. 산에 있는 게 좋지 않았을까 하는 생각도 들었지만, 봄다운 날씨는 며칠 가지 않았고 겨울이 끝날 무렵의 매서운 강추위가 다시 돌아왔다.

캐서린은 시내로 나가 아기에게 필요한 물건들을 샀다. 나는 아케이드 안에 있는 체육관에 가서 운동 삼아 권투를 했다.

---

*스위스 서부 로잔 근처에 있는 소도시.

캐서린이 아침 늦게까지 누워 있는 동안에 나는 보통 그 체육관에 갔다. 봄처럼 따뜻한 날 권투를 한 뒤에 샤워를 하고 공중에 떠도는 봄 냄새를 맡으며 거리를 걷고 카페에 앉아서 사람 구경을 하고 신문을 읽고 베르무트를 마시는 것은 정말 즐거운 일이었다. 그런 다음 호텔로 돌아와 캐서린과 함께 점심을 먹곤 했다. 체육관의 권투 사범은 콧수염이 있는 사람으로 동작이 정확하고 활기가 넘쳤지만 이쪽에서 공격을 하면 자세가 흐트러지면서 어쩔 줄 몰라 했다. 그래도 체육관에 가면 즐거웠다. 공기도 좋고 실내도 밝아 나는 있는 힘을 다해 운동을 했다. 줄넘기도 하고, 혼자서 하는 섀도복싱도 하고, 활짝 열어 놓은 창으로 들어오는 손바닥만 한 햇살을 받으며 마루에 누워 복부 운동도 하고, 어쩌다 사범과 권투 시합을 해서 사범을 놀라게 하기도 했다. 처음에는 수염을 기른 남자가 권투를 하는 모습이 이상하게 보여 길쭉하고 좁은 거울 앞에서 섀도복싱을 제대로 할 수 없었다. 그러나 마침내 나는 그것에 재미를 느꼈다. 권투를 시작하면서부터 턱수염을 깎고 싶었지만 캐서린이 반대했다.

이따금씩 캐서린과 나는 마차를 타고 교외로 나가기도 했다. 날씨가 화창한 날 마차를 타고 달리면 기분이 상쾌했다. 우리는 마차를 타고 나가서 식사하기에 적당한 장소 두 곳을 찾아냈다. 캐서린이 이제 멀리까지 걷지 못했기 때문에 나는 그녀와 함께 마차를 타고 기분 좋게 시골길을 돌아다녔다. 날씨가 좋을 때면 더없이 유쾌한 시간을 보냈고 한 번도 기분을 잡친 날이 없었다. 이제 분만일이 가까워지고 있었다. 무언가에 쫓기는 듯한 기분에 우리는 함께 있는 시간을 조금도 헛되이 보내지 않았다.

41

어느 날 새벽 3시경 캐서린이 침대 속에서 엎치락뒤치락하는 기척에 나는 잠에서 깼다.

"괜찮아, 캣?"

"조금씩 진통이 와요, 자기."

"규칙적으로 와?"

"아뇨. 그렇지는 않아요."

"진통이 규칙적으로 오면 병원에 가자."

나는 졸음을 이기지 못하고 다시 잠이 들었다가 잠시 후 다시 눈을 떴다.

"의사를 부르는 게 좋겠어요. 어쩐지 진짜 진통 같아." 캐서린이 말했다.

나는 전화기 있는 데로 가서 의사를 불렀다. "진통이 얼마나 자주 오죠?" 그가 물었다.

"진통이 얼마나 자주 와, 캣?"

"십오 분마다 오는 것 같아요."

"그럼 병원으로 오시는 게 좋겠습니다. 나도 옷을 입고 곧 가겠습니다." 의사가 말했다.

나는 전화를 끊고 택시를 부르기 위해 정거장 근처의 차고에 전화를 걸었다. 오랫동안 전화를 받는 사람이 없었다. 그러다 마침내 남자 소리가 들리더니 즉시 택시를 불러 주겠다고 약속했다. 캐서린은 옷을 갈아입고 있었다. 그녀의 가방에는 병원에서 필요한 아기 용품이 가득 들어 있었다. 나는 복도로 나가서 초인종을 눌러 엘리베이터를 불렀다. 그러나 아무런 반응이 없었다. 나는 아래층으로 내려갔다. 아래층에는 야간 경비원밖에 없었다. 나는 직접 엘리베이터를 위층으로 올려 캐서린의 가방을 넣고 그녀를 태운 뒤 아래층으로 내려왔다. 야간 경비원이 문을 열어 주었고, 우리는 밖으로 나와 차도에 이르는 계단 옆 넓적한 돌바닥에 서서 택시가 오기를 기다렸다. 맑게 갠 하늘에는 별이 총총 떠 있었다. 캐서린은 몹시 들떠 있었다.

"진통이 시작돼 정말 다행이에요. 이제 조금만 있으면 모든 게 끝나겠죠." 그녀가 말했다.

"당신은 정말 착하고 용감한 여자야."

"난 무섭지 않아요. 그래도 택시가 빨리 왔으면 좋겠네요."

택시가 거리를 날러오는 소디기 들리더니 곧 헤드라이트 불빛이 보였다. 차도로 돌아 들어온 차에 캐서린을 부축해 태우자 운전사가 가방을 앞자리에 놓았다.

"병원으로 가요." 내가 말했다.

우리는 차도를 빠져나와 언덕길을 올라갔다.

병원에 도착하자 나는 가방을 들고 그녀와 함께 안으로 들어갔다. 안내 데스크에 앉아 있던 여자가 캐서린의 이름, 나이, 주소, 친척, 종교를 장부에 적었다. 캐서린이 종교는 없다고 하자 여자는 '종교'라는 단어 뒤 빈칸에 작대기를 그었다. 그녀는 '캐서린 헨리'라고 이름을 말했다.

"병실로 안내해 드리겠습니다." 여자가 말했다. 우리는 엘리베이터를 타고 위층으로 올라갔다. 여자가 엘리베이터를 세우자 우리는 밖으로 나와 여자를 따라 복도를 걸어 내려갔다. 캐서린은 내 팔을 꼭 붙잡고 있었다.

"이 방입니다. 옷을 벗고 침대에 누워 계세요. 여기 환자복이 있으니까 갈아입으시고요." 여자가 말했다.

"잠옷 가져왔는데요." 캐서린이 말했다.

"이 옷을 입는 게 좋을 겁니다." 여자가 대꾸했다.

나는 밖으로 나와 복도에 있는 의자에 앉았다.

"이젠 들어오셔도 됩니다." 여자가 문간에서 말했다. 캐서린은 투박한 시트 천으로 만든 듯한 사각의 민무늬 가운을 입고 좁은 침대 위에 누워 있었다. 그녀는 나를 향해 미소를 지었다.

"이제는 쿡쿡 쑤시는 것처럼 아파요." 캐서린이 말했다. 여자는 캐서린의 손목을 잡고 손목시계로 진통 주기를 재고 있었다.

"이번 건 컸어요." 캐서린이 말했다. 그녀의 표정만 보아도 알 수 있었다.

"의사 선생님은 어디 계십니까?" 내가 여자에게 물었다.

"지금 주무시고 계세요. 필요할 때 오실 겁니다."

"부인께 조치를 좀 취해 드려야겠는데요. 다시 밖으로 나가 주세요." 간호사가 말했다.

나는 복도로 나왔다. 텅 빈 복도에는 창문이 두 개 달려 있었고 닫힌 문들이 죽 늘어서 있었다. 병원 냄새가 물씬 풍겼다. 나는 의자에 앉아 마룻바닥을 내려다보며 캐서린을 위해 기도했다.

"이제 들어오셔도 좋아요." 간호사가 말했다. 나는 병실로 들어갔다.

"아, 여보!" 캐서린이 말했다.

"어때?"

"이젠 진통이 아주 자주 와요." 그녀는 얼굴을 찡그렸다. 그러더니 미소를 지었다.

"이번 건 진짜였어요. 간호사님, 다시 한 번만 등에 손을 대 주겠어요?"

"그게 편하시다면요." 간호사가 대답했다.

"당신은 나가 있어요. 나가서 뭘 좀 먹고 와요. 간호사님이 그러는데 진통이 오래 계속될지도 모른대요." 캐서린이 말했다.

"초산은 보통 진통이 오래 지속돼요." 간호사가 말했다.

"밖에 나가서 뭘 좀 먹고 와요. 난 정말 괜찮아요." 캐서린이 말했다.

"잠깐만 그대로 있을게." 내가 말했다.

진통은 아주 규칙적으로 왔다가 금방 가라앉았다. 캐서린은 몹시 들떠 있었다. 진통이 심해질 때면 그녀는 도리어 좋은 진통이라고 했다. 또 진통이 가라앉으면 실망하고 부끄러워했다.

　"자기, 나가요. 당신이 있으니까 자꾸 신경이 쓰여요." 그녀의 얼굴이 일그러졌다. "어머, 이번 것은 아까보다 더 좋았어요. 나 좋은 아내가 되고 싶고, 바보짓 하지 않고 아기를 낳고 싶어. 제발 어서 나가서 식사를 하고 돌아와요, 여보. 당신이 여기 없어도 하나도 섭섭하지 않아요. 간호사님이 아주 잘해 주세요."

　"식사를 드실 시간은 넉넉합니다." 간호사가 말했다.

　"그럼 갔다 올게. 잘 있어, 자기!"

　"잘 다녀와요. 내 몫까지 맛있게 먹어요." 캐서린이 말했다.

　"아침 식사를 할 만한 곳이 어디 있나요?" 내가 간호사에게 물었다.

　"이 길로 죽 내려가시면 광장에 카페가 있어요. 아마 지금쯤 문을 열었을 거예요." 간호사가 대답했다.

　날이 환하게 밝아 오고 있었다. 나는 인적이 없는 텅 빈 거리를 걸어 카페로 갔다. 창문에 불이 켜져 있었다. 안으로 들어가 함석 입힌 카운터 앞에 서자 노인이 백포도주 한 잔과 브리오슈*를 내놓았다. 브리오슈는 어제 만든 것이었다. 나는 그것을 포도주에 적셔서 먹고 나서 커피를 한 잔 마셨다.

　"이렇게 이른 시간에 뭐하세요?" 노인이 물었다.

---

　* 달걀과 버터 등을 넣어 만든 프랑스식 빵. 주로 아침 식사로 먹는다.

"아내가 병원에서 아기를 낳고 있습니다."

"그렇군요. 순산하기 바랍니다."

"포도주 한 잔 더 주십시오."

그가 병에서 따르던 술이 조금 엎질러져 함석판 위로 흘러내렸다. 나는 그 한 잔을 마시고 돈을 지불한 뒤 밖으로 나왔다. 바깥에는 집집마다 내놓은 쓰레기통이 환경미화원을 기다리고 있었다. 개 한 마리가 쓰레기통 하나에 코를 박고 킁킁거렸다.

"뭘 찾는 거야?" 나는 이렇게 물으며 꺼내 줄 것이 있나 해서 깡통을 들여다보았다. 위쪽에는 커피 찌꺼기와 먼지와 시든 꽃 몇 송이뿐이었다.

"아무것도 없소, 견공(犬公)." 내가 말했다. 개는 길을 건너갔다. 나는 병원 계단을 따라 캐서린이 있는 위층까지 올라와 그녀의 병실을 향해 복도를 걸어갔다. 문을 두드렸다. 아무런 대답이 없었다. 그래서 문을 열어 보았다. 방은 텅 비어 있었고, 의자 위에는 캐서린의 가방이, 벽에는 그녀의 잠옷만이 걸려 있었다. 나는 사람을 찾으려고 병실 밖으로 나와 복도 아래쪽으로 걸어갔다. 그러다 간호사 한 사람을 만났다.

"헨리 부인은 지금 어디 있습니까?"

"부인 한 사람이 지금 막 분만실로 들어갔어요."

"그곳이 어디죠?"

"제가 안내해 드릴게요."

간호사는 나를 복도 끝으로 데리고 갔다. 병실 문이 조금 열려 있었다. 캐서린이 시트를 덮고 수술대 위에 누워 있는 모습이 보였다. 수술대 한쪽에는 간호사가, 그 맞은편에는 의사가 무슨 실린더 기계* 옆에 서 있었다. 의사는 한 손에 튜브가 달린 고무 마스크를 들고 있었다.

"가운을 드릴 테니 입고 들어 가세요. 이쪽으로 오세요." 간호사가 말했다.

간호사는 나에게 흰 가운을 입힌 뒤 목 뒤쪽에 안전핀을 꽂아 주었다.

"자, 이제 들어가셔도 좋습니다." 그녀가 말했다. 나는 안으로 들어갔다.

"아, 자기! 생각만큼 잘 안 되네요." 캐서린이 긴장한 목소리로 말했다.

"헨리 씨인가요?" 의사가 물었다.

"네. 어떻습니까, 선생님?

"아주 순조롭습니다. 진통이 올 때마다 마취를 하기 편리하도록 이리로 옮겼습니다." 의사가 대답했다.

"지금 해 주세요." 캐서린이 말했다. 그러자 의사가 고무 마스크를 그녀의 얼굴에 씌우고는 다이얼을 돌렸다. 나는 캐서린이 깊이 그리고 빠르게 숨을 들이쉬는 것을 지켜보았다. 그러고 나서 그녀는 마스크를 밀어냈다. 의사가 마개를 비틀어 잠갔다.

"이번엔 그다지 심하지 않았어요. 조금 전의 것은 아주 굉장했어요. 선생님이 그걸 견디게 해 주셨죠, 선생님?" 그녀의

---

* 마취에 쓰이는 아산화질소를 공급하는 기계.

목소리가 낯설게 들렸다. '선생님'이라는 단어에서 목소리가 높이 올라갔다.

그러자 의사가 미소를 지었다.

"또 한 번 대 주세요." 캐서린이 말했다. 그녀는 고무 마스크를 얼굴에 바짝 대고 가쁘게 숨을 쉬었다. 신음 소리가 약간 났다. 곧이어 그녀는 마스크를 떼고 미소를 지었다.

"이번 것은 대단했어요. 아주 큰 거였어요. 걱정 마세요, 자기. 가요. 나가요. 가서 아침 식사를 한 번 더 하고 와요." 그녀가 말했다.

"그냥 여기 있을래." 내가 말했다.

우리가 병원에 도착한 것은 새벽 3시경이었다. 정오가 되었는데도 캐서린은 여전히 분만실에 있었다. 진통이 또다시 가라앉았다. 그녀는 매우 지치고 기진맥진해 보였지만 여전히 명랑했다.

"잘 안 되네요, 자기. 미안해요. 쉽게 해 낼 줄 알았는데. 지금…… 또 진통이…….." 그녀는 손을 뻗어 마스크를 잡고는 얼굴에 갖다 댔다. 의사는 다이얼을 돌리며 그녀를 지켜보았다. 조금 뒤에 진통이 가라앉았다.

"이번 건 대단치 않았어요." 캐서린이 말했다. 그러고 난 뒤 미소를 지었다. "나 마취 가스에 반했나 봐요. 참 신통한 물건이에요."

"집에도 하나 사다 두자고." 내가 말했다.

"또 시작되네요." 캐서린이 급하게 말했다. 의사는 다이얼을 돌리며 자신의 손목시계를 쳐다보았다.

"지금은 진통 주기가 얼마나 되나요?" 내가 물었다.

"일 분 정도 됩니다."

"점심 식사는 안 하십니까?"

"조금 있다가 먹겠습니다." 그가 대답했다.

"뭘 좀 드셔야지요, 선생님. 진통을 너무 오래 끌어서 죄송해요. 남편이 마취를 시켜 주면 안 될까요?" 캐서린이 물었다.

"원하신다면요. 숫자 2가 있는 데까지 돌리면 됩니다." 의사가 말했다.

"알겠습니다." 내가 말했다. 다이얼에는 손잡이로 돌리는 바늘이 달려 있었다.

"지금 대 줘요." 캐서린이 말했다. 그녀는 마스크를 얼굴에 바짝 댔다. 나는 다이얼을 2까지 돌리고 캐서린이 마스크를 떼자 스위치를 껐다. 의사가 나에게 할 일을 준 것이 무척 고마웠다.

"당신이 했어요?" 캐서린이 물었다. 그녀는 내 손목을 쓰다듬었다.

"그럼, 내가 했지."

"당신 참 착해요." 그녀는 마취 가스에 조금 취해 있었다.

"그럼 나는 음식을 쟁반에 담아 오게 해서 옆방에서 먹겠습니다. 어느 때고 부르십시오." 의사가 말했다. 시간이 지나갔고 나는 그가 식사하는 것을 지켜보았다. 조금 뒤에는 침대에 누워 담배를 피우는 것을 보았다. 캐서린은 점점 지쳐 가고 있었다.

"내가 이 아이를 낳을 수 있을까요?" 그녀가 물었다.

"그럼, 낳을 수 있지."

"힘껏 노력하고 있어요. 힘을 주지만 사라져 버리네요. 또 시작했어. 어서 마취기를 대 줘요."

나는 2시에 밖으로 나가 점심을 먹었다. 카페 안에는 몇 사람이 커피와 키르슈 또는 마르* 술잔을 앞에 두고 식탁에 앉아 있었다. 나도 식탁에 가서 앉았다. "식사할 수 있을까요?" 내가 웨이터에게 물었다.

"점심 시간이 지났는데요."

"뭐 먹을 만한 건 없나요?"

"슈크루트**라면 있습니다."

"그럼 슈크루트하고 맥주를 주십시오."

"반 리터 잔으로 드릴까요 4분의 1리터 잔으로 드릴까요?"

"반 리터 잔으로요, 약한 걸로 주십시오."

웨이터가 햄을 위에 얹고 포도주에 절여 따끈하게 찐 양배추 속에 소시지를 넣은 사우어크라우트를 한 접시 가지고 왔다. 나는 그것을 먹으며 맥주를 마셨다. 배가 몹시 고팠다. 나는 테이블에 앉아 있는 사람들을 둘러보았다. 한 테이블에서는 카드 놀이가 진행되고 있었다. 내 옆 테이블에 앉은 두 남자는 이야기를 나누면서 담배를 피우고 있었다. 카페 안에 연

---

* 키르슈는 검은 체리를 발효한 즙을 증류해서 만든 알코올 음료. 마르는 와인 찌꺼기를 증류해 만든 브랜디로 프랑스식 그라파에 해당한다.
** 소금물이나 식초에 절인 양배추를 발효시켜 먹는 프랑스 요리. 독일에서는 사우어크라우트라고 한다.

기가 자욱했다. 아침을 먹었던 함석 입힌 카운터 뒤에는 이제 세 사람이 있었다. 아까 그 노인과 검은 옷을 입고 카운터 뒤에 앉아서 테이블에 내가는 음식을 하나하나 눈으로 쫓는 뚱뚱한 부인, 그리고 앞치마를 두른 소년이 하나 있었다. 저 여자는 도대체 아이를 몇이나 낳았을까, 또 아이를 낳을 때 어땠을까 하고 생각해 보았다.

슈크루트를 다 먹고 나서 다시 병원으로 돌아갔다. 거리는 이제 깨끗이 청소되어 있었다. 길에는 쓰레기통이 하나도 없었다. 구름이 끼어 있었지만 해가 막 얼굴을 내밀려 하고 있었다. 나는 엘리베이터를 타고 올라가서 복도를 지나 흰 가운을 벗어 놓았던 캐서린의 병실로 갔다. 가운을 입고 목 뒤에 핀을 꽂았다. 거울을 보니 턱수염을 기른 돌팔이 의사처럼 보였다. 나는 복도를 지나 분만실로 갔다. 문이 꼭 닫혀 있어 노크를 했다. 아무 대답이 없기에 손잡이를 돌려 안으로 들어갔다. 의사가 캐서린 옆에 앉아 있었다. 간호사는 방 저쪽 구석에서 뭔가를 하고 있었다.

"남편이 오셨습니다." 의사가 말했다.

"아, 여보. 이 선생님은 최고로 훌륭한 분이세요. 지금 아주 재미있는 얘기를 해 주셨어요. 진통이 너무 심해지면 아프지 않게 해 주셨고요. 훌륭한 분이세요. 참으로 훌륭하세요, 선생님." 캐서린이 아주 묘한 목소리로 말했다.

"취했군." 내가 말했다.

"나도 알아요. 그래도 그렇게 말하면 안 되죠." 캐서린이 말했다. 그러고 나서 그녀가 외쳤다. "대 줘요. 어서 대 줘요." 그녀는 마스크를 움켜쥐고 짧고 깊게 숨을 헐떡이면서 흡입기에 짤깍 소리가 나게 했다. 그러고 난 뒤 길게 한숨을 내쉬자 의사가 손을 뻗어 마스크를 치웠다.

"이번 건 굉장히 컸어요." 캐서린이 말했다. 목소리가 아주 낯설게 들렸다. "난 죽지 않을 거예요, 자기. 이제 죽을 고비는 넘겼어요. 기쁘지 않으세요?"

"다시는 그런 고비를 넘기지 마."

"안 넘길 거예요. 하지만 무섭지는 않아요. 난 죽지 않아요, 자기."

"그런 바보 같은 일은 없을 거요. 남편을 두고 죽다니. 그런 일은 없을 겁니다." 의사가 말했다.

"아, 물론이죠. 난 안 죽어요. 안 죽을 거예요. 죽는 건 바보짓이거든요. 자, 또 왔어요. 어서 대 줘요."

조금 있다가 의사가 말했다. "헨리 씨, 잠깐만 밖에 나가 계십시오. 진찰을 해 봐야겠습니다."

"내가 어떤지 보시려는 거예요. 조금 있다가 곧 돌아와요, 자기. 그럴 수 있죠, 선생님?" 캐서린이 물었다.

"물론이죠. 들어오셔도 좋을 때를 알려 드리겠습니다." 의사가 대답했다.

나는 밖으로 나와 복도를 내려가서 캐서린이 아기를 낳은 뒤에 들어가기로 한 방으로 갔다. 그 방에서 의자에 앉아 방 안을 둘러보았다. 점심을 먹으러 갈 때 산 신문이 윗토리에 들어 있기에 꺼내 읽었다. 밖이 어두워지기 시작해서 불을 켜고 읽었다. 얼마 뒤 나는 읽기를 멈추고 불을 끈 뒤에 어두워져

가는 바깥을 바라보았다. 왜 의사가 사람을 보내 나를 부르지 않는지 궁금했다. 내가 없는 편이 더 나아서일지도 모른다. 그는 잠시라도 내가 나가 있기를 바랐는지 모른다. 나는 손목시계를 쳐다보았다. 십 분 후에도 사람이 안 오면 가야지.

가엾고 가엾은 내 귀여운 캣! 그래, 이것이 바로 함께 잠을 잔 것에 대한 대가구나. 이것이 그 덫의 끝이구나. 이것이 인간이 사랑해서 얻게 되는 결과구나. 어쨌든 마취제에 대해선 하느님께 감사해야겠다. 마취제가 나오기 전에는 어땠을까? 진통이란 일단 시작되면 물방아 속의 물줄기처럼 멈출 줄을 모른다. 캐서린은 임신 중에 정말 건강했어. 임신의 고통도 없었지. 입덧도 거의 없었고. 마지막까지도 전혀 힘들어하지 않았어. 그런데 이제 마침내 그녀가 붙잡힌 거야. 무슨 짓을 해도 벗어날 길이 없어. 벗어나다니, 당치도 않은 소리! 쉰 번을 결혼해 봐도 결국은 마찬가지일 거야. 한데 그녀가 죽으면 어떻게 하지? 죽지 않을 거야. 요즈음은 애를 낳다가 죽는 사람은 없어. 그건 모든 남편들의 생각이지. 그렇고말고. 하지만 만에 하나 그녀가 죽는다면 어쩌지? 죽지 않을 거야. 지금 힘든 고비를 넘기고 있을 뿐이야. 초산은 원래 시간을 오래 끈다잖아. 그냥 힘든 고비를 넘기고 있는 거야. 나중에 우리는 얼마나 힘든 시간을 보냈는지 얘기할 거고, 캐서린은 별로 힘들지 않았다고 말할 테지. 하지만 만약 그녀가 죽는다면 어떻게 하지? 천만에, 죽을 리 없어. 그럴 리 없지만, 만에 하나 죽는다면? 절대로 죽을 리 없어. 바보 같은 생각은 집어치워. 지금은 고생을 하고 있는 것뿐이야. 그녀가 이렇게 괴로움을 당하는 건 자연의 이치야. 이번이 초산이고, 또 초산은 거의 언제나 진통을 오래 끄는 법이거든. 맞아, 하지만 만일에 그녀가 죽는다면 어떻게 하지? 죽긴 왜 죽어. 죽을 까닭이 없잖아? 죽어야 할 이유가 도대체 뭐야? 밀라노에서 즐겁게 보낸 밤의 산물로 어린아이가 태어나는 것뿐이라고. 지금은 속을 좀 썩이지만 곧 태어날 거고, 그런 뒤에는 나도 그놈을 돌보면서 귀여워하겠지. 하지만 만약 그녀가 죽는다면 어떻게 하나? 죽지 않을 거야. 하지만 죽는다면 어쩌나? 죽을 리가 없어. 괜찮을 거야. 하지만 캐서린이 죽는다면 어떻게 하나? 죽지 않을 거래도. 그녀는 괜찮아. 하지만 만약 죽는다면 어떻게 하나? 죽을 리 없어. 하지만 만에 하나 죽게 되면 어떻게 하지? 이봐, 그렇게 되면 어떻게 하난 말이야? 캐서린이 죽는다면 어떻게 하냐고?

그때 의사가 방으로 들어왔다.

"어떻습니까, 선생님?"

"신통치 않습니다." 의사가 대답했다.

"그게 무슨 말씀인가요?"

"말 그대로입니다. 진찰해 봤는데……." 그는 진찰 결과를 자세하게 설명했다. "그 뒤 경과를 쭉 지켜보고 있었지요. 한데 도무지 진전이 없군요."

"선생님의 의견은 어떠신가요?"

"두 가지 방법이 있습니다. 핀셋 분만법이 있고 제왕 절개 수술이 있습니다. 한데 핀셋 분만법은 아이한테 해로울 수도 있는 데다 살이 찢어질 수도 있고 또 꽤 위험합니다."

"제왕 절개 수술에는 어떤 위험이 따릅니까?" 만일 그녀가 죽기라도 하면 어떻게 하나!

"보통 분만 이상의 위험은 없습니다."

"선생님께서 직접 수술하십니까?"

"네, 그렇습니다. 수술 준비와 필요한 사람을 갖추는 데 한 시간쯤 걸립니다. 그보다 덜 걸릴 수도 있고요."

"선생님 소견은 어떻습니까?"

"제왕 절개 수술을 권하고 싶습니다. 제 아내라면 제왕 절개 수술을 하겠습니다."

"수술 뒤의 부작용은 어떻습니까?"

"부작용은 없습니다. 흉터가 남을 뿐이죠."

"병독에 감염될 위험은 없습니까?"

"핀셋 분만만큼 위험하지는 않습니다."

"지금 아무 조치도 않고 내버려 두면 어떻게 되나요?"

"결국은 어떤 조치든 취해야 할 겁니다. 부인께선 이미 기력을 많이 잃었어요. 수술은 빨리 할수록 안전합니다."

"그럼 최대한 빨리 수술해 주십시오." 내가 말했다.

"그렇다면 가서 그렇게 지시를 하겠습니다."

나는 분만실로 들어갔다. 캐서린이 불룩한 배에 시트를 덮고 몹시 창백하고 피로한 얼굴로 수술대 위에 누워 있고 그 옆에 간호사가 있었다.

"의사 선생님한테 수술해도 좋다고 그랬어요?" 캐서린이 물었다.

"응."

"잘됐어요. 이제 한 시간만 지나면 모든 게 끝날 거예요. 나이제 완전히 지쳤어요, 여보. 몸이 조각나는 것 같아요. 마취 가스를 대 줘요. 듣질 않아요. 아, 이젠 안 듣는다고요!"

"숨을 깊이 들이쉬어 봐."

"쉬고 있어요. 아, 그런데도 더 이상 듣지 않아. 이젠 안 듣는다고요!"

"다른 실린더를 갖다 줘요." 내가 간호사에게 말했다.

"그게 새것인데요."

"나 정말 바보예요, 여보. 하지만 이제 더 이상 듣질 않아요." 그녀는 울기 시작했다. "아, 내가 얼마나 아기를 말썽 없이 낳고 싶어 했는데. 그런데 이제 몸이 녹초가 되고 조각나 버렸어요. 이것마저 제대로 듣지 않아요. 아, 여보, 전혀 듣지 않아요. 이 진통만 멎는다면 죽어도 괜찮아요. 아, 제발, 여보, 제발 진통을 멈추게 해 줘요. 또 시작이야. 아, 아, 아!" 그녀는 마스크 속에서 흐느끼며 숨을 쉬었다. "기계가 말을 듣지 않아요. 듣지 않는다고요. 고장 난 거야. 내 걱정은 하지 마요, 여보. 제발 울지 마요. 내 걱정은 하지 마요. 난 조각이 난 것뿐이에요. 가엾은 당신. 내가 이렇게 당신을 사랑하니 다시 좋아질 거예요. 이번만큼은 좋아질 거라고요. 내게 뭐든 해 줄 수 없나요? 나 좀 어떻게 해 주었으면."

"내가 듣게 해 볼게. 이걸 끝까지 돌려 볼게."

"지금 그걸 대 줘요."

나는 다이얼을 끝까지 돌렸고, 너무 힘들여 숨을 쉬는 바람에 마스크를 쥔 그녀의 손에 힘이 빠졌다. 나는 가스 스위치를 끄고 마스크를 뗐다. 그녀는 먼 곳에 갔다가 돌아온 듯 의식을 되찾았다.

"이번 건 참 좋았어요, 자기. 아, 자기는 정말 친절해요."

"용기를 내. 언제까지나 이렇게 할 순 없으니까. 이러다간 당신 죽을지도 몰라."

"이젠 더 이상 용기도 없어요, 자기. 이제 완전히 부서져 버렸어요. 이렇게 부서지고 있다고요. 이제야 알겠어요."

"누구나 마찬가지야."

"하지만 끔찍해요. 질질 끌다가 이렇게 결국 부서뜨리는 거예요."

"이제 한 시간만 있으면 끝날 거야."

"그러면 얼마나 좋을까요? 여보, 나 죽진 않겠죠?"

"그럼. 당신은 죽지 않아. 내가 약속할게."

"당신을 두고 죽기 싫어요. 하지만 이젠 너무 지쳐서 죽을 것 같아."

"바보 같은 소리. 누구나 다 그런 느낌이 드는 거야."

"가끔 이젠 죽는구나 하는 생각이 들어요."

"당신은 죽지 않아. 죽을 리 없어."

"하지만 만일 죽으면 어쩌죠?"

"죽게 내버려 두지 않겠어."

"어서 빨리 그걸 대 줘요. 어서 빨리요!"

그러고 나서 조금 뒤에 그녀가 중얼거렸다. "난 죽지 않을 거예요. 누가 죽을 줄 알아요."

"물론 안 죽지."

"당신 내 곁에 있어 줄 거죠?"

"하지만 수술을 지켜보지는 않을 거야."

"그래요. 그냥 거기 있어만 줘요."

"물론이지. 언제나 여기 있을게."

"당신은 내게 정말 좋은 분이에요. 아, 그걸 대 줘요. 좀 더 세게 대 줘요. 또 듣지 않아요!"

나는 다이얼을 3으로 돌렸다가 다시 4로 돌렸다. 의사가 빨리 돌아와 주었으면 싶었다. 2 이상 돌리자니 두려웠던 것이다.

마침내 다른 의사가 간호사 두 명을 데리고 병실에 들어와 캐서린을 바퀴 달린 들것에 옮겨 복도를 내려갔다. 들것이 복도를 빠르게 지나 엘리베이터 안으로 들어가자 모두 벽에 몸을 딱 붙여 자리를 만들어야만 했다. 그러고 나서 위층으로 올라가자 엘리베이터 문이 열렸고 엘리베이터에서 내려 고무바퀴에 실린 채 복도를 따라 수술실로 들어갔다. 수술 모자를 쓰고 마스크를 하고 있어서 나는 아까 그 의사를 알아보지 못했다. 또 다른 의사와 간호사가 몇 명 있었다.

"어떻게 좀 해 줘요. 어떻게든 해 달라고요. 아, 제발, 선생님, 어떻게 좀 도와주세요!" 캐서린이 외쳤다.

그러자 의사 한 사람이 그녀의 얼굴에 마스크를 씌웠다. 문으로 들여다보니 흰히고 밝은 수술실이 보였다. 마치 원형 극장 같았다.

"저쪽 문으로 들어가서 앉아 계셔도 좋습니다." 간호사 한 사람이 나에게 말했다. 난간 뒤쪽에 하얀 수술대와 조명등을 내려다볼 수 있는 벤치가 몇 개 놓여 있었다. 나는 캐서린을 바라보았다. 얼굴에는 마스크가 씌워져 있었으며 이제는 아무 말도 하지 않고 조용했다. 그들은 바퀴 달린 들것을 앞으로 밀고 갔다. 나는 몸을 돌려 복도 아래쪽으로 걸어갔다. 간호사 두 명이 수술 견학실 입구 쪽으로 서둘러 가고 있었다.

"제왕 절개 수술이래. 제왕 절개 수술을 하려는 거야." 간호사 하나가 말했다.

다른 간호사가 웃으며 말했다. "마침 때를 잘 맞춰 왔네. 운이 좋지 않아?" 그들은 견학실로 통하는 문으로 들어갔다.

또 다른 간호사가 왔다. 그녀 역시 서둘러 걷고 있었다.

"그리로 들어가세요. 어서 들어가세요." 그녀가 말했다.

"나는 그냥 밖에 있겠습니다."

그녀는 급히 안으로 들어갔다. 나는 복도 위아래를 서성였다. 수술실에 들어가는 것이 두려웠기 때문이다. 창밖을 내다보았다. 날이 어두웠지만 창으로 비치는 불빛에 비가 내리는 것이 보였다. 나는 복도 한쪽 끝에 있는 방으로 들어가 유리 상자 속의 병에 붙어 있는 라벨을 바라보았다. 그러고 나서 다시 나와 텅 빈 복도에 우두커니 서서 수술실 문을 지켜보았다.

의사 한 사람이 간호사를 데리고 나왔다. 그는 갓 껍질을 벗긴 토끼 같은 것을 두 손에 받쳐 들고 급히 복도를 가로질러 건너편 방으로 들어갔다. 그가 들어간 방문으로 가 보니 그들이 갓 태어난 아기에게 무언가를 하고 있었다. 의사는 내가 볼 수 있도록 갓난아기를 들어 올렸다. 갓난아기의 두 발목을 붙잡고 거꾸로 들고 찰싹 때렸다.

"아기는 괜찮습니까?"

"굉장합니다. 5킬로그램은 되겠는데요."

나는 아기에 대해 아무런 감정도 느낄 수 없었다. 나와는 아무런 관계도 없는 아기 같았다. 아버지라는 느낌도 전혀 들지 않았다.

"아드님이 자랑스럽지 않으세요?" 간호사가 물었다. 그들은 갓난아기를 씻기고 뭔가로 감쌌다. 가무잡잡하고 조그마한 얼굴과 검은 손이 보였지만 움직이지도 않고 울음소리도 나지 않았다. 의사는 또다시 갓난아기에게 뭔가를 했다. 의사의 얼굴에 당황하는 기색이 어렸다.

"아뇨. 하마터면 엄마의 생명을 앗아갈 뻔한 녀석인걸요." 내가 대답했다.

"그건 이 귀여운 꼬마 잘못이 아니죠. 사내아이를 바라지 않으셨나요?"

"아뇨." 내가 대답했다. 의사는 갓난아기에게 정신을 쏟고 있었다. 두 다리를 붙잡고 들어 올려 찰싹 때렸다. 나는 끝까지 보지 않고 복도로 나왔다. 이제는 수술실로 가 봐도 될 것 같았다. 문으로 들어가서 견학실 조금 아래쪽으로 내려갔다. 난간 뒤에 앉아 있던 간호사들이 자기들이 있는 곳으로 오라고 손짓했다. 나는 고개를 저었다. 내가 서 있는 곳에서도 충분히 볼 수 있었기 때문이다.

나는 캐서린이 죽었다고 생각했다. 죽은 것처럼 보였다. 내가 볼 수 있는 얼굴 부분은 잿빛을 띠고 있었다. 저 아래쪽에서는 조명 아래 의사가 핀셋으로 벌려 놓은 크고 길쭉하고 두툼한 상처를 꿰매고 있었다. 마스크를 쓴 또 다른 의사가 마취제를 투여하고 있었다. 마스크를 쓴 두 간호사는 여러 기구를 의사에게 집어 주고 있었다. 마치 종교재판 장면을 그린 그림을 보는 기분이었다. 그것을 지켜보자니 수술 과정을 전부 보지 않기를 잘했다는 생각이 들었다. 절개하는 보습은 차마 볼 수 없을 것만 같았지만, 구두 수선공처럼 숙련된 솜씨로 깊은 상처를 여며 두툼하게 이랑 자국으로 꿰매는 모습을 보자 기뻤다. 상처 봉합이 모두 끝나자 나는 복도로 나와 또다시 서성거렸다. 얼마 뒤에 의사가 복도로 나왔다.

"환자 상태는 어떻습니까?"

"괜찮습니다. 보셨습니까?"

그는 지쳐 보였다.

"봉합하시는 것을 봤습니다. 절개한 상처가 꽤 길더군요."

"그렇게 생각하셨습니까?"

"네. 상처는 납작하게 아물겠죠?"

"아, 물론입니다."

얼마 뒤 그들은 바퀴 달린 들것을 밖으로 밀고 나와 빠른 속도로 복도를 지나 엘리베이터 쪽으로 갔다. 나는 그 곁을 따라갔다. 캐서린은 신음 소리를 내고 있었다. 아래층으로 내려오자 그들은 그녀를 병실 침대에 눕혔다. 나는 침대 발치에 있는 의자에 앉았다. 방에는 간호사가 한 사람 있었다. 나는 의자에서 일어나 침대 옆에 섰다. 병실은 어두웠다. 캐서린이 손을 내밀었다. "아, 자기." 그녀가 말했다. 몹시 약하고 지친 목소리였다.

"그래 어때, 여보."

"계집애인가요, 사내애인가요?"

"쉬…… 말하지 마세요." 간호사가 말했다.

"사내애야. 키도 크고 몸통도 크고 가무잡잡하더군."

"아기는 괜찮아요?"

"응, 괜찮아." 내가 대답했다.

간호사가 이상하다는 듯 내 쪽을 바라보았다.

"너무 지쳤어요. 그리고 지독하게 아파요. 당신은 괜찮죠, 여보?" 캐서린이 물었다.

"괜찮아. 자꾸 말하지 마."

"당신, 나한테 잘해 줬어요. 아, 지독하게 아파. 아기는 어떻게 생겼어요?"

"노인네처럼 주름이 잡힌 얼굴에다 껍질을 벗겨 놓은 토끼 같아."

"나가 주셔야겠어요. 지금 부인께선 말을 하시면 안 됩니다." 간호사가 말했다.

"그럼 나가 있겠습니다."

"뭘 좀 먹고 와요."

"아냐. 그냥 밖에 있겠어." 나는 캐서린에게 키스를 했다. 몹시 창백한 얼굴의 그녀는 쇠약하고 지쳐 보였다.

"잠깐 얘기 좀 할 수 있을까요?" 내가 간호사에게 말했다. 그러자 간호사는 나를 따라 복도로 나왔다. 나는 조금 복도 아래쪽으로 걸어 내려갔다.

"아기는 어떻게 됐죠?" 내가 물었다.

"아직 모르셨나요?"

"네."

"살아 있지 않았어요."

"그럼 죽어 있었단 말입니까?

"숨을 쉬게 할 수 없었어요. 탯줄이 목에 감겼거나 했던 모양이에요."

"그래서 죽었군요."

"네. 정말 안됐어요. 멋지고 큰 아기였는데. 저는 아시는 줄 알았어요."

"몰랐습니다. 간호사님은 이제 아내에게 돌아가시는 게 좋겠군요." 내가 말했다.

옆으로 간호사의 보고서가 클립에 끼워져 걸려 있는 책상 앞에 앉아 나는 창밖을 내다보았다. 어둠과 함께 창밖에서 새어 나오는 불빛에 비가 내리는 것이 보일 뿐이었다. 역시 그랬구나. 아기는 이미 죽어 있었어. 그래서 의사가 그렇게 지친 얼굴이었던 거야. 그런데 뭣 때문에 갓난아기에게 그런 짓을 했던 걸까? 갓난아기가 다시 살아서 숨을 쉴지도 모른다고 생각한 모양이지. 나는 종교가 없지만 갓난아기에게 세례를 받게 해 줘야 한다는 것쯤은 알고 있었다. 하지만 아기가 전혀 숨을 쉬지 않았다면 어떻게 되는 거지? 그 아기는 전혀 숨을 쉬지 않았다. 한 번도 살아 있지 않았던 것이다. 오직 캐서린의 배 속에서만 살아 있었을 뿐이다. 그놈이 엄마의 배를 쿡쿡 차는 것은 나도 가끔 손으로 느꼈다. 그러나 최근 일주일 동안은 그런 움직임이 없었다. 어쩌면 그때부터 질식해 있었는지도 모른다. 불쌍한 어린것. 제기랄, 차라리 내가 그렇게 질식했더라면 좋았을걸. 아냐, 그건 거짓말이야. 하지만 그랬더라면 이런 식으로 죽음을 경험하지는 않았을 텐데. 이제 캐서린은 죽겠지. 내가 바로 그렇게 만든 거야. 인간은 죽는다. 그것이 무엇인지 몰랐어. 그것에 대해 배울 시간이 없었던 거야. 경기장에 던져 놓은 뒤 몇 가지 규칙을 알려 주고는 베이스를 벗어나는 순간 공을 던져 잡아 버리거든. 아이모처럼 아무 까닭 없이 죽이거나. 또는 리날디처럼 매독에 걸리게 하지. 하지만 결국에는 모두 죽이고 말지. 그것만은 분명해. 결국 살아남는다 해도 종국에는 죽임을 당하는 거야.

언젠가 캠프를 할 때 나는 모닥불 위에 통나무 하나를 얹어 놓은 적이 있다. 통나무에는 개미가 잔뜩 붙어 있었다. 통나무에 불이 붙기 시작하자 개미들은 우글우글 기어 나와 처음에는 불이 있는 한가운데로 기어갔다. 그러다가 나무 끄트머리 쪽으로 돌아갔다. 개미 떼는 끄트머리 쪽에 잔뜩 모여 있다가 불 속으로 뚝뚝 떨어졌다. 그중 몇 마리는 기어 나왔지만 몸이 불에 타서 납작해진 채로 어디로 가는 줄도 모르고 무작정 달아났다. 그러나 대부분의 개미들은 불 쪽으로 갔다가 나무 끄트머리 쪽으로 돌아가서 뜨겁지 않은 곳에 모여 있다가 결국은 불 속으로 떨어졌다. 나는 그때 바로 이것이야말로 세계의 종말이라고 생각했다. 구세주가 되어 통나무를 불 속에서 끄집어내어 개미들이 땅바닥으로 달아날 수 있는 곳으로 던져 줄 수 있는 절호의 기회라고 생각했다. 그러나 나는 아무것도 하지 않았다. 다만 함석 컵의 물을 통나무에 끼얹었을 뿐이다. 그것도 컵을 비워 거기에 위스키를 따르고 물을 타기 위해서 였다. 활활 불타고 있는 통나무에 물 한 컵을 끼얹은 것은 개미를 삶아 죽이는 일에 불과했다.

그렇게 나는 복도 밖에 앉아서 캐서린의 상태와 경과를 듣기 위해 기다렸다. 간호사가 나오지 않아 얼마 뒤 나는 문 앞으로 가서 소리가 나지 않도록 아주 조용히 문을 열고 병실 안을 들여다보았다. 복도에는 전등불이 환히 켜져 있는데 병실 안은 어두컴컴해서 처음에는 아무것도 보이지 않았다. 이윽고 침대 가에 앉아 있는 간호사와 배개 위 캐서린의 머리가 보였다. 흰 시트 밑에서 그녀는 납작하게 누워 있었다. 간호사가 입술에 손을 대더니 자리에서 일어나 문가로 다가왔다.

"어떻습니까?" 내가 물었다.

"괜찮습니다. 저녁 식사를 하고 나서 다시 오세요." 간호사가 대답했다.

나는 복도 아래쪽으로 계단을 내려와 병원 현관을 나와 비가 내리는 어두운 거리를 걸었다. 카페 안에는 불이 환하게 켜져 있었고 많은 사람들이 테이블에 앉아 있었다. 앉을 자리가 눈에 띄지 않았다. 웨이터가 다가오더니 젖은 외투와 모자를 받아 들고 맥주를 마시면서 석간 신문을 읽고 있는 중년 남자 맞은편 자리로 안내해 주었다. 나는 자리에 앉은 뒤 웨이터에게 오늘의 특별 메뉴가 뭐냐고 물었다.

"송아지 스튜입니다만…… 벌써 다 떨어졌습니다."

"그럼 다른 거라도 먹을 수 있을까요?"

"햄에그나, 치즈에그나, 아니면 슈크루트가 됩니다."

"슈크루트는 점심 때 먹었습니다." 내가 말했다.

"그렇죠. 정말 그랬습니다. 점심 때 슈크루트를 드셨어요." 그가 말했다. 웨이터는 정수리가 벗어진 중년 남자로 머리카락을 그 위로 말끔하게 빗어 올려 놓았다. 친절해 보이는 얼굴이었다.

"그럼 뭘 드시겠어요? 햄에그를 드실까요, 아니면 치즈에그를 드실까요?"

"햄에그를 주십시오. 맥주하고요." 내가 말했다.

"반 리터 잔 약한 맥주죠?"

"네." 내가 대답했다.

"생각나는군요. 오늘 낮에도 반 리터 잔에 약한 맥주를 드셨어요." 그가 말했다.

나는 햄에그를 먹으면서 맥주를 마셨다. 햄을 아래쪽에 놓고 달걀을 위쪽에 얹은 햄에그는 둥근 접시에 담겨 나왔다. 너무 뜨거워서 음식을 입에 넣은 뒤 식히기 위해 맥주를 한 모금 마셔야 했다. 배가 고팠기 때문에 웨이터에게 한 접시 더 주문했다. 맥주도 몇 잔 더 마셨다. 나는 아무 생각 없이 맞은편 남자가 읽고 있는 신문을 읽었다. 영국군의 전선이 돌파되었다는 기사였다. 내가 자기 신문의 뒷면을 읽고 있다는 것을 눈치채자 그는 신문을 접었다. 웨이터에게 신문을 갖다 달라고 부탁할까 생각했지만 신문에 집중할 수가 없을 것 같았다. 식당 안은 더웠고 공기가 탁했다. 테이블에 앉아 있는 사람들 대부분은 서로 알고 지내는 사이였다. 카드 놀이를 하는 패거리도 있었다. 웨이터들은 카운터에서 테이블로 분주하게 술을 나르고 있었다. 남자 두 사람이 들어왔지만 앉을 자리가 없었다. 그들은 내가 앉아 있는 테이블 맞은편에 서 있었다. 나는 맥주를 한 잔 더 주문했다. 아직은 자리를 뜨고 싶지 않았다. 병원으로 돌아가기에는 시간이 너무 일렀기 때문이다. 나는 될 수 있는 대로 아무 생각 없이 아주 냉정하게 있고자 애를 썼다. 서 있던 두 사람은 계속해서 서성거리다가 아무도 자리에서 일어서지 않자 그대로 나가 버렸다. 나는 맥주를 또 한 잔 마셨다. 내 앞 테이블에는 접시가 여러 개 포개져 있었다. 내 앞쪽에 앉은 남자는 안경을 벗어 안경집에 넣고 신문을 접어 주머니에 집어넣은 뒤 술잔을 손에 든 채 카페 안을 둘러보았다. 갑자기 그만 돌아가야겠다는 생각이 들었다. 웨이터를 불러 계산을 하고 윗도리를 입고 모자를 쓰고는 문밖으로 나왔다. 빗속을 걸어 병원으로 향했다.

위층으로 올라갔을 때 복도 아래쪽에서 걸어오는 간호사한 사람을 만났다.

"지금 막 호텔로 전화를 걸고 오는 참이에요." 그녀가 말했다. 몸속에서 뭔가 덜컥 떨어지는 듯한 느낌이 들었다.

"좋지 않은 일이라도 있었습니까?"

"부인께서 출혈을 하셨습니다."

"들어가도 되겠습니까?"

"아뇨. 아직은 안 됩니다. 의사 선생님이 옆에 계십니다."

"위독한 상태입니까?"

"아주 심각합니다." 간호사는 병실로 들어가 문을 닫았다.

나는 복도에 앉아 있었다. 몸속에서 모든 것이 빠져나가는 것 같았다. 아무것도 생각나지 않았다. 아무것도 생각할 수 없었다. 지금 그녀가 죽어 가고 있다는 것을 알았고, 그래서 제발 죽지 않게 해 달라고 기도를 드렸다. 그녀가 죽지 않게 해 주소서. 아, 하느님, 제발 그녀가 죽지 않게 해 주소서. 만약 죽지 않게 해 주신다면 당신을 위해 무슨 일이라도 하겠습니다. 제발, 제발, 제발, 인자하신 하느님, 그녀가 죽지 않게 해 주소서. 거룩하신 하느님, 그녀가 죽지 않게 해 주소서. 부디, 부디, 부디 그녀가 죽지 않게 해 주소서. 하느님, 제발 그녀가 죽지 않게 해 주소서. 만약 그녀를 죽지 않게 해 주신다면, 당신이 시키는 일은 무엇이든지 다 하겠습니다. 당신은 갓난아기를 데려가셨습니다. 하지만 그녀만은 제발 죽지 않게 해 주소서. 어린것을 데려가신 건 괜찮습니다. 하지만 그녀만은 죽지 않게 해 주소서. 부디, 부디 인자하신 하느님, 그녀만은 죽지 않게 해 주옵소서.

그때 간호사가 문을 열고 나에게 들어오라고 손짓했다. 나는 그녀의 뒤를 따라 병실로 들어갔다. 내가 들어가도 캐서린은 쳐다보지 않았다. 나는 침대 옆으로 다가갔다. 의사는 침대 반대편에 서 있었다. 캐서린은 나를 보고 미소를 지었다. 나는 침대 위로 몸을 구부리고 울기 시작했다.

"가엾은 당신." 캐서린이 아주 나지막한 목소리로 말했다. 얼굴이 잿빛이었다.

"괜찮아, 캣. 이제 곧 괜찮아질 거야." 내가 말했다.

"나는 죽어요." 그녀가 말했다. 그러고 나서 조금 기다리다가 다시 말을 이었다. "정말 죽기 싫어요."

나는 그녀의 손을 잡았다.

"만지지 마세요." 그녀가 말했다. 나는 그녀의 손을 놓아주었다. 그녀는 미소를 지었다. "가엾은 당신. 마음껏 만져도 좋아요."

"곧 완쾌될 거야, 캣. 반드시 일어날 거야."

"만일을 위해 당신에게 편지를 써 두려고 했는데 그러지 못했어요."

"신부님이나 누구더러 와 달라고 할까?"

"당신만 있으면 돼요." 그녀가 대답했다. 조금 있다가 다시 말을 이었다. "난 하나도 두렵지 않아요. 다만 죽음이 미울 뿐이에요."

"말을 많이 하시면 안 됩니다." 의사가 말했다.

"알았어요." 캐서린이 말했다.

"내가 해 줄 건 없어, 캣? 뭘 갖다 줄까?"

그러자 캐서린이 미소를 지었다. "없어요." 그러고 나서 조금 있다가 다시 말을 이었다. "우리가 하던 일을 다른 여자하고 똑같이 하지 않을 거죠? 우리가 하딘 말을 다른 여자하고 똑같이 나누지 않을 거죠?"

"물론 안 하고말고."

"하지만 당신에게 여자가 생겼으면 해요."

"난 그런 거 필요 없어."

"말씀을 너무 많이 하십니다. 헨리 씨께선 나가 주셔야겠습니다. 남편분은 나중에 또 오실 수 있습니다. 부인께선 돌아가

시는 게 아닙니다. 쓸데없는 생각을 하시면 안 됩니다." 의사
가 말했다.

"알았어요. 밤이면 당신을 찾아와 같이 지낼 거예요." 그녀
가 말했다. 이제는 입을 여는 것조차 몹시 힘들어 보였다.

"어서 밖으로 나가 주십시오. 지금 얘기를 해서는 안 됩니
다." 캐서린은 잿빛 얼굴로 나에게 윙크를 했다. "바로 바깥에
있을게." 내가 말했다.

"걱정하지 마요, 자기. 나 조금도 두렵지 않아요. 이건 비열
한 장난일 뿐이에요." 캐서린이 말했다.

"당신은 사랑스럽고 용감한 여자야."

나는 바깥 복도에서 기다렸다. 오랫동안 기다렸다. 간호사
가 문을 열고 나와 내 쪽으로 다가왔다. "부인께서 몹시 위독
하십니다. 걱정이네요."

"죽었나요?"

"아뇨. 하지만 의식을 잃은 상태입니다."

그녀는 계속해서 출혈을 한 것 같았다. 그런데 그들에게는
출혈을 막을 방법이 없었다. 나는 병실로 들어가 캐서린이 숨
을 거둘 때까지 그녀 옆에 있었다. 그녀는 줄곧 의식을 잃은
상태였고 오래지 않아 숨을 거두었다.

나는 병실 밖 복도에서 의사에게 말했다. "오늘 밤 제가 할
일이라도 있습니까?"

"아뇨. 하실 일은 아무것도 없습니다. 제가 호텔까지 모셔
다 드릴까요?"

"아뇨. 어쨌든 고맙습니다. 잠시 여기에 있겠습니다."

"뭐라고 드릴 말씀이 없습니다. 뭐라고 말씀을……."

"아무 말씀도 하실 필요 없습니다." 내가 말했다.

"그럼 안녕히 가십시오. 호텔까지 모셔다 드리면 안 될까요?" 그가 물었다.

"아뇨. 어쨌든 고맙습니다."

"그 수밖에 다른 방법이 없었습니다. 수술을 해 보고서야 알았습니다만……." 그가 말했다.

"이제 그 얘기는 그만두지요." 내가 말했다.

"호텔까지 모셔다 드리고 싶습니다만."

"아니, 괜찮습니다."

그는 복도 아래쪽으로 걸어갔다. 나는 병실 문 쪽으로 다가갔다.

"아직 들어오시면 안 됩니다." 간호사 한 사람이 말했다.

"아니, 들어가겠습니다." 내가 말했다.

"아직 들어오시면 안 됩니다."

"당신이나 나가요. 다른 분도요." 내가 소리를 질렀다.

그러나 간호사들을 내보내고 문을 닫고 선등을 꺼도 소용이 없었다. 마치 조상(彫像)에게 마지막 작별 인사를 하는 것 같았다. 잠시 뒤 나는 병실 밖으로 나와 병원을 뒤로 한 채 비를 맞으며 호텔을 향해 발걸음을 옮겼다.

작품 해설

미국의 시인이자 극작가인 아치볼드 매클리시는 어니스트 헤밍웨이를 두고 "스무 살 전에는 전쟁 베테랑이었고,/ 스물다섯 살에 유명해졌으며 서른 살에 대가가 되었다."라고 노래했다. 1920년대 헤밍웨이처럼 프랑스 파리에서 국외 이주자로 생활한 매클리시는 누구보다 헤밍웨이를 잘 알았다. 헤밍웨이가 스물다섯 살에 유명해졌다고 노래한 것은 그가 당시 본격적인 의미의 첫 장편소설 『태양은 다시 떠오른다』(1926)를 출간했기 때문일 것이다. 그러나 좀 더 정확히 말하자면 이때 헤밍웨이의 나이는 스물다섯 살이 아니라 스물일곱 살이었다. 아니면 스물다섯 살이 되던 1924년에 단편 소품집 『우리 시대에』를 파리에서 출간한 것을 두고 그렇게 말한 것일지도 모른다. 어찌 됐든 서른 살에 헤밍웨이가 대가가 되었다는 말은 사실이다. 『무기여 잘 있어라』(1929)를 출간한 것은 정확히 그가 서른 살이 되던 해였기 때문이다.

『태양은 다시 떠오른다』로 작가로서 명성을 얻은 헤밍웨이는 두 번째 장편소설 『무기여 잘 있어라』를 출간함으로써 소설가로서의 입지를 굳게 다졌다. 그는 미국 문단은 말할 것도 없고 세계 문단에서 명성을 크게 떨쳤다. F. 스콧 피츠제럴드나 거트루드 스타인 밑에서 도제 생활을 끝내고 그제야 장인의 반열에 오른 것이다. 헤밍웨이는 이 무렵 작가로서뿐만 아니라 '파파 헤밍웨이'라는 이미지와 함께 전 세계에서 대중의 우상으로 대접받았다. 텁수룩한 수염에 술잔을 들고 있는 모습은 그의 상징이 되다시피 했다.

헤밍웨이는 비교적 오랜 시간을 두고 『무기여 잘 있어라』를 집필했다. 『태양은 다시 떠오른다』를 구 주에 걸쳐 집필한 것과 달리 이 작품을 쓰는 데는 무려 육 개월이나 걸렸다. 물론 첫 작품도 정성 들여 다듬고 또 다듬었지만 이 작품은 보석을 가공하듯 더욱더 심혈을 기울여 수정하고 개작했다. 1928년 3월 파리에서 처음 이 작품의 초고를 쓰기 시작해 미국 플로리다 주의 키웨스트, 두 번째 아내 폴린 파이퍼의 친정집이 있는 아칸소 주의 피고트, 미주리 주 캔자스시티, 와이오밍 주의 셰리든 등 미국 전역을 옮겨 다니면서 이 작품을 집필했다. 마지막에는 다시 파리로 돌아와 1929년 6월까지 최종 원고에 매달렸다. 그해 9월에 출간된 이 작품은 곧바로 초판이 3만 부 이상 팔리고 사 개월이 지나지 8만 부 이상 팔려 나갔는데, 이로써 헤밍웨이는 예술적으로뿐 아니라 재정적으로도 독립을 선언할 수 있었다.

1

작가가 작품을 쓰는 이유는 크게 세 가지다. 그중 하나는 자아를 표현하고 싶은 충동에서 비롯한다. 낭만주의 전통에 서있는 작가들이나 시인들이 주로 여기에 속한다. 영국의 낭만주의를 대표하는 시인 윌리엄 워즈워스의 말대로 그들에게 작품이란 "흘러넘치는 강력한 감정의 분출"이었다. 그래서 그는 "침잠 가운데 회상한 감정"에서 작품이 나온다고 지적했다. 작가가 작품을 쓰는 두 번째 이유는 쓰라린 과거의 경험에서 벗어나기 위한 충동에서 비롯한다. 이러한 관점에서 보면 창작 행위란 한낱 질병을 치료하기 위한 치유적 행위에 지나지 않는다. 그런가 하면 작가는 각박한 현실에서 도피하기 위한 수단으로 작품을 쓴다. 지그문트 프로이트를 비롯한 정신분석학자들은 예술을 창작하는 행위를 "죽음을 애도하는 행위"라고 불렀다. 예술가들이 예술 작품을 만들어 내는 것은 곧 현실 세계에서 얻지 못한 그 무엇에 대해 끊임없이 슬퍼하는 행위라는 말이다. 다시 말해서 예술가들은 하나같이 현실세계에서 얻지 못한 것들에 대해 예술이라는 환상의 세계를 빌려 대리 만족을 느끼고자 한다. 그러므로 그 이론에 따르면 예술 작품이란 따지고 보면 예술가가 이루지 못한 꿈과 욕망에 대한 보상에 지나지 않는다.

헤밍웨이는 두 번째와 세 번째 이유에서 작품을 썼다. 한편으로는 과거의 기억을 잊고 싶어서, 또 한편으로는 쓰라린 현실에서 도피하기 위해 작품을 썼다. 그러나 좀 더 엄밀히 따져 보면 이 두 가지 이유는 서로 배타적인 것이 아니라 상호 보완적인 관계에 있다. 작가는 과거에 겪은 쓰라린 슬픔과 고통에서 벗어나지 못하기 때문에 여전히 괴로워하고, 환상 세계에서 과거에 얻지 못한 욕망을 충족함으로써 괴로움에서 벗어나려고 하는 것이다.

헤밍웨이의 창작 동기는 프로이트의 예술 창작 이론과 비교적 잘 맞아떨어진다. 열아홉 살의 젊은 나이로 제1차 세계 대전에 참가해 이탈리아 전선에서 중상을 입은 헤밍웨이는 밀라노에 후송되어 그곳 육군 병원에서 치료를 받는다. 그런데 그는 이 병원에서 여섯 살 많은 미국인 간호장교 애그니스 본 쿠로스키를 만나 사랑에 빠진다. 이 미모의 여성과 결혼할 계획이었지만, 막상 그가 미국의 고향으로 돌아와 휴양하는 동안 그녀는 이탈리아 장교와 결혼해 버린다. 애그니스는 그에게 첫사랑이었으며, 이 첫사랑의 실연은 참으로 견디기 힘든 충격이었다.

그 뒤 몇 년의 세월이 흐르도록 헤밍웨이는 실연의 상처를 씻지 못한다. 좀처럼 마음의 평정을 찾지 못한 그는 결국 프랑스 파리로 이주해 그곳에서 작가로서의 길을 모색했지만 그것마저 뜻대로 되지 않았다. 어느 날 센 강 좌안의 어느 카페에서 친구와 함께 술을 마시던 헤밍웨이는 친구에게 자신에게는 작가로서 행운이 없다고 한탄했다. 한탄을 들은 친구는 이렇게 말했다. "자네 작품이 팔리지 않는 까닭은 말이야, 자네가 그동안 고통을 당해 본 적이 없기 때문인지도 몰라. 자네는 고통에 대해 잘 모르잖아?" 그러자 헤밍웨이는 버럭 화를 내며 "뭐, 고통을 모른다고! 고작 그렇게밖에 생각하지 않는 군!" 하며 그에게 애그니스 본 쿠로스키한테서 실연당한 이야 기와 함께 이탈리아 전선에서 겪었던 온갖 고통스러운 경험을 들려주었다.

이 일이 있은 지 얼마 뒤 헤밍웨이는 자신이 겪은 뼈저린 경험을 소설의 형식으로 원고지에 옮기기 시작했다. 그의 대표작 중 하나로 꼽히는 『무기여 잘 있어라』가 탄생하는 순간이었다. 그가 이 소설을 쓴 것은 프로이트가 말한 "죽음을 애도하는 행위"와 크게 다르지 않았다. 현실에서 이루지 못한 꿈을 소설을 통해 보상받으려 했기 때문이다. 게다가 다른 작가와 마찬가지로 헤밍웨이에게도 문학 작품을 쓰는 것은 강박 관념에서 벗어나기 위한 수단이었다. 단편작 「아버지와 아들」(1933)에서 그는 주인공 닉 애덤스의 입을 빌려 "좋지 않은 어떤 일을 글로 쓸 때면 그는 그것에서 벗어날 수 있었다. 글로 표현함으로써 그러한 많은 일에서 해방되었다."라고 밝혔다. 이렇듯 헤밍웨이에게 창작 행위는 심리적 갈등이나 긴장을 해소하는 치유 수단이었던 것이다.

2

『무기여 잘 있어라』는 『태양은 다시 떠오른다』보다 삼 년 늦게 출간되었지만 이 작품에서 다루는 사건은 전작보다 앞선다. 제1차 세계대전이 끝난 지 무려 십 년이 지난 뒤 출간된

『무기여 잘 있어라』는 전쟁 중 이탈리아 전선에서 일어난 사건을 다루는 반면, 『태양은 다시 떠오른다』는 1918년 전쟁이 휴전에 들어간 뒤 참전 용사들이 파리에서 생활하는 모습을 그리고 있다. 이탈리아 전선에서 앰뷸런스 부대원으로 근무하는 미국인 장교 프레더릭 헨리는 우연히 스코틀랜드 출신 간호사 캐서린 바클리를 만난다. 그녀와의 관계는 일종의 '게임'처럼 시작되었지만 그가 부상을 입고 후방 병원에 입원하고 난 뒤부터 매우 진지하게 변한다. 그 뒤 프레더릭은 임신한 캐서린을 병원에 남겨 둔 채 다시 전선으로 떠난다. 자신의 부대와 연락이 끊긴 채 퇴각 중이던 그는 이탈리아 헌병에게 검문을 받고 탈영 혐의로 총살당하기 직전 탈리아멘토 강물 속으로 뛰어들어 그야말로 구사일생으로 목숨을 건진다. 캐서린과 다시 만난 그는 이탈리아 국경을 넘어 중립국 스위스로 피신해 그곳에서 캐서린의 출산일을 기다리며 잠시나마 목가적인 생활을 즐긴다. 그러나 그녀는 분만하던 중 끝내 사망하고 프레더릭은 먼 이국땅에 홀로 남게 된다.

이 소설은 언뜻 전쟁의 잔혹성과 비인간성을 고발하는 일종의 반전(反戰) 소설처럼 보인다. 실제로 이 작품 곳곳에서는 전쟁을 날카롭게 비판하는 구절이 발견된다. 예를 들어 프레더릭 밑에서 기술병으로 근무하던 한 사병은 "아무것도 깨닫지 못하고 또 깨달을 능력도 없는 우둔한 계급이 있어요. 그런 부류 때문에 지금 이런 선생이 벌어지고 있는 겁니다."라고 말한다. 이탈리아인 군의관 리날디도 프레더릭에게 "정말 지긋지긋한 전쟁이라고. 자네는 내 말을 알아듣겠지."라고 말한다. 적어도 장르적 관점에서 보면 헤밍웨이의 이 작품은 에리히 마리아 레마르크의 『서부 전선 이상 없다』(1929), 리처드 올딩턴의 『한 영웅의 죽음』(1929), 로버트 그레이브스의 『모든 것이여, 안녕』(1929) 같은 전쟁 소설과 같은 장르에 속한다. 헤밍웨이의 작품을 포함해 이 세 소설이 모두 같은 해에 출간되었다는 것이 무척 흥미롭다.

한편 적지 않은 비평가들은 이 소설을 삶과 죽음이 엇갈리는 긴박한 전쟁터를 배경으로 펼쳐지는 사랑 이야기로 읽었다. 헤밍웨이도 『무기여 잘 있어라』를 "자신이 쓴 『로미오와 줄리엣』"이라고 밝히면서 이 작품은 젊은 남녀의 비극적 사랑을 그린 연애 소설이라고 말한 적이 있다. 그의 말대로 이 작품은 윌리엄 셰익스피어의 비극 같은 사랑 이야기로 읽기에 크게 무리가 없다. 온갖 장애를 겪으며 애틋하게 사랑한다는 점에서도 그러하고, 그 사랑이 불행한 결말로 끝난다는 점에서도 그러하다. 다만 셰익스피어의 비극이 두 가문의 불화와 갈등 때문이라면, 헤밍웨이의 작품에서는 생물학적 우연이나 우주의 질서가 주인공을 파멸로 몰아넣는다는 점이 다르다. 어찌 됐든 이 두 작품에서 주인공들은 인간의 자유의지와 상관없이 초월적 힘에 의해 비극을 맞는다.

3

『무기여 잘 있어라』는 단순한 반전 소설이나 애정 소설의 차원을 뛰어넘는다. 어떤 의미에서 이 작품은 인식론적인 소설로 읽을 수 있다. 다시 말해 주인공이 온갖 고통과 좌절을 겪으면서 삶에 대한 지식이나 통찰을 조금씩 터득해 가는 과정을 그린 작품이다. 19세기 미국의 작가 허먼 멜빌은 고래잡이를 하는 드넓은 바다를 자신의 "하버드 대학이요 예일 대학"이라고 부르면서 대양을 교육의 장(場)이라고 생각했다. 그러나 헤밍웨이는 삶과 죽음이 교차하는 전쟁터에서 삶의 의미를 배웠다. 그는 옛날부터 현대까지 전쟁에 참가한 사람들이 쓴 수기를 한데 모아 『싸우는 사람들』(1942)이라는 책을 편집한 적이 있다. 이 책의 서문에서 헤밍웨이는 "전쟁에서 인간의 마음과 인간의 정신을 배우라." 하고 말한다. 이렇듯 그에게 전쟁터는 삶의 의미를 배우는 일종의 교육장 같은 곳이었다.

작품이 시작될 무렵, 화자이자 주인공인 프레더릭 헨리는 삶에 대해 거의 무지한 상태에 있었다. 그러다가 마치 병아리가 달걀을 깨고 나오듯 그는 점차 무지의 벽을 깨뜨리고 인식의 단계에 이른다. 소설 첫머리에서 헤밍웨이는 프레더릭의 입을 빌려 군종신부를 두고 이렇게 말한다.

그는 내가 모르는 것, 일단 배워도 늘 잊어버리는 것을 언제나 알고 있었다. 나는 나중에 그것을 깨달았지만 그때는 그것을 알지 못했다.

이 문장은 이 작품의 주제를 파악하는 데 아주 중요한 실마리가 된다. 특히 여기에서 무엇보다도 눈여겨보아야 할 것은 '알고 있었다.'와 '나중에' 그리고 '그때'라는 세 낱말이다. 주인공은 '그때'는 미처 몰랐지만 '나중에' 그 무언가를 '알게' 되었다고 밝힌다. 이 소설은 주인공이 전쟁 중 온갖 일을 겪으면서, 자신은 몰랐지만 신부는 이미 알고 있던 바로 '그것'을 조금씩 배워 나가는 과정을 그린 작품이다. 그렇다면 이 소설의 주제를 밝히는 것은 곧 주인공이 나중에 깨닫게 되는 '그것'이 과연 무엇인지를 찾아내는 일일 것이다.

이 작품에서 작중 인물로서의 프레더릭과 화자로서의 프레더릭을 엄밀히 구별해야 하는 까닭이 바로 여기에 있다. 고백체의 일인칭 소설인 탓에 프레더릭이 동시에 두 역할을 맡고 있다는 사실을 자칫 놓치기 쉽지만, 좀 더 꼼꼼히 따져 보면 두 역할 사이에는 큰 차이가 있음이 드러난다. 소설이 처음 시작할 때 프레더릭은 자신의 자아나 삶에 대해 이렇다 할 인식이 없었다. 전쟁이 일어나기 전 그는 홀로 이탈리아에서 유학하며 건축학을 공부하고 있었고, 제1차 세계대전이 일어나자 뚜렷한 이유도 없이 이탈리아군에 입대했다. 이 무렵 그는 음주와 섹스 말고는 뚜렷한 존재 이유를 찾지 못하고 있었다. 한마디로 삶의 방향 감각을 상실한 채 '비현실적'이고 어떤 일에도 '개의치 않는' 삶을 살고 있었다. 한 장면에서 군의관 리날디는 그에게 미국인이 아니라 자신과 똑같은 이탈리아인이라고 말한다. "우린 똑같다고. 자네는 진짜 이탈리아인이야. 온통 불과 연기뿐, 속은 텅 비었어." 이 "온통 불과 연기뿐"이라는 표현에서도 단적으로 드러나듯이 이 무렵 프레더릭은 무의미한 삶을 살고 있었다.

이러한 프레더릭에게 그동안 잃어버렸던 자아를 되찾고 삶에 대한 새로운 통찰과 인식을 얻게 해 주는 것이 바로 캐서린 바클리와의 사랑이다. 그녀는 그를 이 세상에 새롭게 태어나도록 돕는 산파 같은 역할을 한다. 프레더릭은 처음 그녀를 만날 때 장교 위안소로 매춘부를 찾아가는 것보다는 그녀를 만나는 게 조금 더 낫다고 솔직히 털어놓는다. 그러나 그녀를 계속 만나면서 그는 점차 사랑의 의미를 깊이 깨닫는다. 그녀에게 애정을 느낀 것은 비단 중상을 입고 병원에 입원해 있는 신세여서만은 아니다. 프레더릭은 자신이 그녀에게 미쳐 있었다고 고백할 정도로 캐서린을 깊이 사랑하게 된다. 이 작품의 후반부에 이르러 그레피 백작이 당구를 치며 그에게 "자네가 삶에서 가장 소중하게 생각하는 건 뭔가?"라고 묻자 프레더릭은 서슴지 않고 "제가 사랑하는 사람입니다."라고 대답한다. 작품 첫머리에서 군종신부에게 "저는 사랑을 하지 않습니다."라고 고백한 것과 비교해 보면 엄청난 변화다.

이렇듯 프레더릭은 캐서린과의 사랑을 통해 남녀 사이의 사랑이 인간의 삶에서 얼마나 중요한지 새삼 깨닫는다. 두 사람의 사랑은 단순한 육체적 관계를 넘어 인간과 인간 사이의 정신적 교감이나 교섭에 대한 은유로 볼 수 있다. 이러한 정신적 소통이야말로 삶을 충만하고 의미 있게 만들어 준다는 사실을 그는 처음으로 깨닫게 되는 것이다. 비록 두 주인공은 기독교를 믿지 않지만 "사랑은 오래 참고, 친절하다. 사랑은 시기하지 않으며, 뽐내지도 않으며, 교만하지 않다."(「고린도전서」13장 4절)라는 사랑의 복음을 받아들이고 그것을 몸소 실천에 옮기는 듯하다.

더욱이 프레더릭 헨리는 전쟁터에서 온갖 고통을 겪고 캐서린 바클리를 사랑하면서 추상적이고 관념적인 것이 얼마나 공허한지 깊이 깨닫는다. 추상적이고 관념적인 것을 무척 싫어하는 그는 구체적이고 물질적인 경험에 무게를 싣는다. 프레더릭은 서슴지 않고 "나는 생각하도록 태어나지 않았다. 먹고 마시고 캐서린과 잠을 자도록 만들어졌다."라고 밝힌다. 이 구절은 서구 근대화에 이론적 토대를 마련한 르네 데카르트의 관념 철학에 쐐기를 박는 말이다. 데카르트는 일찍이 "나는 생각한다. 그러므로 나는 존재한다."라고 말함으로써 인간의 존재 이유를 다름 아닌 사유에서 찾았다. 그러나 머리가 아니라 가슴, 이성이 아니라 감성에서 진리를 찾으려는 프레더릭은 작게는 데카르트의 철학, 크게는 서구 근대 철학에 정면으로 맞선다.

이렇게 인간의 사유를 별로 믿지 않는 프레더릭은 추상적이고 관념적인 것에 적잖이 메스꺼움을 느낀다. 그가 그렇게 추상적이고 관념적인 말을 끔찍이도 싫어하게 된 데는 그럴 만한 까닭이 있다. 그가 생각하기에 그런 말들은 전쟁의 폭력과 무의미를 감추거나 정당화하기 위한 술수에 지나지 않기 때문이다. 또한 도살장처럼 살육과 폭력이 난무하는 전쟁을 불러일으킨 장본인들이 다름 아닌 추상적이고 관념적인 것을 중시하는 사람들이라고 생각하기 때문이다.

신성이니 영광이니 희생이니 하는 공허한 표현을 들으면 언제나 당혹스러웠다. 이따금 우리는 고함 소리만 겨우 들릴 뿐 목소리도 잘 들리지 않는 빗속에서 그런 말을 들었다. 또 오랫동안 다른 포고문 위에 붙여 놓은 포고문에서도 그런 문구를 읽었다. 그러나 나는 신성한 것을 실제로 본 적이 한 번도 없으며, 영광스럽다고 부르는 것에서도 조금도 영광스러움을 느낄 수 없었다. 희생은 고깃덩어리를 땅속에 파묻는 것 말고는 달리 할 것이 없는 시카고의 도살장과 같았다. (중략) 영광이니 명예니 용기니 신성이니 하는 추상적인 말들은 마을의 이름이나 도로의 번호, 강 이름, 연대의 번호와 날짜와 비교해 보면 오히려 외설스럽게 느껴졌다.

프레더릭에게 서구 문명이나 문화는 이렇게 허황되고 우아한 장식에 지나지 않았다. 추상적이고 관념적인 말의 바벨탑이 바로 서구 문명이요 문화라고 해도 크게 틀리지 않는다. 그렇기 때문에 그는 오직 손으로 만질 수 있고 눈으로 볼 수 있으며 귀로 들을 수 있는 것만을 진리로 받아들인다. 사물의 구체적인 이름에 주의를 기울이고 구체적인 감각을 지식의 근거로 삼으려고 한다. 그가 지나치다고 할 만큼 먹고 마시고 섹스에 탐닉하는 것은 바로 그 때문이다. 적어도 이 점에서 그는 경험론자요 유물론자라고 할 수 있다. 그가 제도화된 종교를 받아들이지 않는 이유는 어찌 보면 지극히 당연하다. 그에게 서구 문명의 주춧돌이라고 할 전통적인 기독교는 한낱 추상적 개념에 지나지 않기 때문이다. 그는 기독교의 신보다는 차라리 이교도의 바쿠스 신을 믿는다고 밝힌다. 시쳇말로 주(酒) 님을 믿는 것이다.

4

『무기여 잘 있어라』에서 프레더릭 헨리가 피비린내 나는 전쟁터와 캐서린과의 사랑을 통해 깨닫는 것은 무엇보다 인간 조건에 대한 깊은 이해이다. 캐서린의 죽음을 통해 그는 모든 인간은 결국 죽음이라는 '생리학적 덫'에 걸려 있다는 사실을 깨닫는다. 제왕 절개 수술을 한 뒤 출혈이 멈추지 않아 죽어 가는 그녀를 생각하며 그는 비극적 인간 조건을 뼈저리게 느낀다.

이제 캐서린은 죽겠지. 내가 바로 그렇게 만든 거야. 인간은 죽는다. 그것이 무엇인지 몰랐어. 그것에 대해 배울 시간이 없었던 거야. 경기장에 던져 놓은 뒤 몇 가지 규칙을 알려 주고는 베이스를 벗어나는 순간 공을 던져 삽아 버리거든. 아이모처럼 아무 까닭 없이 그냥 죽이거나. 또는 리날디처럼 매독에 걸리게 하지. 하지만 결국에는 모두 죽이고 말지. 그것만은 분명해. 결국 살아남는다 해도 종국에는 죽임을 당하는 거야.

이 인용문에서 "그것이 무엇인지 몰랐어. 그것에 대해 배울 시간이 없었던 거야."라는 구절을 눈여겨볼 필요가 있다. 여기에서 '그것'이란 앞에서도 이미 밝혔듯이 군종신부는 알고 있었지만 자신은 몰랐던 바로 그 무엇이다. 프레더릭은 지금까지는 배우지 못했지만 이제는 어렴풋하게나마 '그것'을 깨닫기 시작한다. 그리고 '그것'은 바로 인간이란 이 세상에 태어난 이상 누구나 죽을 수밖에 없다는 엄연한 진리이다. 이러한 죽음의 쇠사슬에서 벗어날 수 있는 사람은 아무도 없다. 이 작품의 한 장면에서 프레더릭이 캐서린에게 "용감한 사람에게는 아무 일도 일어나지 않아."라고 말하자 캐서린은 "그들도 물론 누구나 죽겠죠."라고 대꾸한다. 용감한 사람도 죽고 비겁한 사람도 죽으며 잘생긴 사람도 죽고 못생긴 사람도 죽는다. 이렇게 모든 사람은 죽음 앞에서 평등할 수밖에 없다.

위 인용문에서 작가가 인간의 삶을 야구에 빗대고 있다는 사실을 주목해 보자. 인간은 누구나 이 세상에 태어나는 순간 삶이라는 야구장에 들어간다. 초월적 존재자는 인간에게 기본적인 규칙 몇 가지만 가르쳐 주고는 그를 야구장에 집어넣는다. 인간이 베이스를 벗어나는 순간 초월적 존재자는 공을 던져 잡아 버린다. 이 야구의 비유는 독일의 실존주의 철학자 마르틴 하이데거가 말한 '삶의 피투성(被投性)'을 상기시킨다. 그에 따르면 인간은 자신의 의지와 상관없이 이 황량한 우주에 '던져진' 존재이다. 이 엄연한 사실을 외면하지 않고 솔직하게 받아들일 줄 아는 사람만이 참다운 영웅이요 실존주의자인 것이다.

헤밍웨이는 또한 인간의 비극적 삶을 불타는 장작더미 위의 개미에 빗대기도 한다. 캠프를 간 프레더릭은 낡은 장작더미에서 개미 떼를 발견한다. 장작개비 한쪽에 불이 붙자 개미들은 다른 쪽으로 옮겨 오지만 불은 금방 그쪽으로도 붙는다. 결국 개미들은 활활 타오르는 불에 떨어져 죽고 만다. 위스키를 마시기 위해 프레더릭은 컵에 담긴 물을 장작에 쏟아 버리지만 개미를 살려 주기 위한 행동은 아니었다. 물론 물을 맞은 개미 몇 마리는 운 좋게 살아남기도 한다. 이 장면에서 개미의 운명은 곧 인간의 운명이고, 프레더릭은 신과 같은 존재이다. 프레더릭이 일부러 개미를 살려 주려고 하지 않았듯이 신도 인간의 불행과 죽음에 무관심하다. 야구의 비유와 함께 비극적인 인간 조건을 실감나게 보여 주는 대목이다.

앞에서 이미 셰익스피어의 비극 『로미오와 줄리엣』을 언급했지만 『무기여 잘 있어라』도 주제나 형식에서 보면 르네상스 시대의 비극과 여러 면에서 비슷하다. 현대 소설 가운데 주제나 내용 면에서 이만큼 삶의 비극적 의미를 다룬 작품도 찾아보기 어렵다. 이 소설과 관련해 헤밍웨이는 "나는 이 소설이 비극이라는 사실 때문에 불행하지는 않았다. 삶이란 한 편의 비극이라고 믿고 있고 오직 한 가지 결말로밖에는 끝날 수 없다는 사실을 잘 알기 때문이다."라고 말한 적이 있다. 여기에서 "오직 한 가지 결말"이란 다름 아닌 인생의 종착역인 죽음을 말한다. 이 세상에 태어나는 순간 인간은 누구나 무덤을 향해 한 걸음씩 걸어갈 뿐이다. 하이데거가 인간 실존을 왜 "죽음을 향한 행진"이라고 했는지 그 이유를 알 만하다.

프레더릭 헨리는 요양 휴가가 끝나는 대로 다시 전선으로 복귀하라는 명령을 받는다. 이때 캐서린 바클리는 그에게 임신 삼 개월이 되었다는 사실을 알린다. 그동안 목가적인 생활을 해 온 두 사람에게 비극의 그림자가 드리우기 시작한다. 한 사람은 한 치 앞도 내다볼 수 없는 전선으로 떠나고, 다른 사람은 미혼모로서 온갖 일을 혼자 감당해야 한다. 두 사람은 한동안 아무 말도 하지 않고 잠자코 있다. 그러다가 마침내 캐서린이 한 손을 뻗어 프레더릭의 손을 잡으며 이렇게 말한다.

"화나지 않았죠, 자기?"
"그럼."
"덫에 걸린 듯한 느낌이 들지는 않나요?"
"약간은 그럴지도 모르지. 하지만 당신 때문은 아냐."
"나 때문이라곤 하지 않았어요. 바보 같이 굴지 마세요. 어쨌든 덫에 걸린 기분이 드느냐는 거죠."
"인간이라면 언제나 생리적으로 덫에 걸려 있다는 느낌이 들지."

두 사람의 대화를 좀 더 잘 이해하려면 헤밍웨이가 세 번에 걸쳐 사용하는 '덫'이라는 낱말을 찬찬히 눈여겨봐야 한다. 덫이란 짐승을 꾀어 잡는 기구이지만 '덫에 치이다.'나 '덫에 걸리다.'라는 표현처럼 비참한 상황을 빗대어 말할 때 자주 쓴다. 지금 캐서린은 프레더릭에게 덫에 걸린 짐승 같은 느낌이 들지 않느냐고 묻는다. 그러한 느낌이 들지 않는 것은 아니지만 그녀 때문은 아니라고 말한다. 캐서린이 누구 때문이건 덫에 걸린 느낌이 들지 않느냐고 다시 묻자 프레더릭은 "인간이라면 언제나 생리적으로 덫에 걸려 있다는 느낌이 들지."라고 대답한다. 이 마지막 문장에서 그가 말한 '생리적 덫'이란 바로 인간이라면 숙명처럼 걸머지고 있는 죽음을 가리킨다. 죽음이라는 생리적 덫에서 벗어날 수 있는 사람은 아무도 없다. 삶이란 것도 따지고 보면 생리적 덫 속에서 살아가는 것이다.

그런데 캐서린은 죽음 말고도 또 다른 생리적 덫에 걸려 있다. 그녀는 유난히 골반이 작게 태어났다. 스위스 몽트뢰의 농가에서 목가적인 생활을 하며 분만 날짜를 기다리던 캐서린은 어느 날 프레더릭과 함께 산책을 하던 중 술집에 들러 맥주를 마신다. 그녀는 그에게 "맥주 한 잔 더 해도 괜찮아요? 의사 선생님이 난 골반이 좀 작은 편이라서 꼬마 캐서린을 작게 만드는 게 가장 좋다고 하셨어요."라고 말한다. 프레더릭은 이 말이 조금 마음에 걸리기는 하지만 크게 신경 쓰지 않는다. 그러나 캐서린은 결국 자연 분만을 하지 못해 제왕 절개 수술을 하지만 출혈이 멈추지 않는 바람에 끝내 목숨을 잃고 만다. 이 장면을 쓸 무렵 헤밍웨이의 두 번째 아내 폴린 파이퍼도 제왕 절개로 아들 패트릭을 낳았다. 헤밍웨이가 캐서린의 수술 장면을 실감나게 묘사할 수 있었던 것도 그 덕분이다.

그러고 보니 이 작품의 제목 '무기여 잘 있어라'도 그 의미가 여간 예사롭지 않다. 원문의 'arms'를 '무기'로 번역했지만 이는 '팔'을 가리키는 단어이기도 하다. 단수형으로 사용할 때와 복수형으로 사용할 때 그 의미가 달라지는 몇 안 되는 명사 가운데 하나이다. 헤밍웨이는 이 'arms'라는 말을 장기의 양수 겸장처럼 두 가지 의미로 사용했다. 지금 프레더릭은 몇 달 전 전쟁과 단독 강화조약을 맺은 채 무기에 작별을 고했다. 특히 카포레토에서 퇴각하던 중 헌병의 심문을 받기 전 강물에 뛰어든 후로 그는 전쟁과 완전히 결별했다. 세례에서도 볼 수 있듯이 기독교 문화권인 서양에서 물은 새로운 삶이나 거듭 태어나는 삶을 상징한다. 프레더릭이 강물에 뛰어든 행위도 일종의 세례 행위로 볼 수 있다. 그에게 전쟁은 이제 자신과 상관없는 먼 나라 이야기일 뿐이다. 한편 그는 마지막 병원 장면에서 사랑하는 캐서린의 두 팔과도 작별을 고하고 있다. 이제 그녀는 다시는 그에게 돌아올 수 없는 먼 여행길을 떠나는 중이다. 그렇다면 이 작품의 제목은 '무기여 잘 있어라'뿐 아니라 '팔이여 잘 있어라'로도 볼 수 있다. 여기서 팔은 두말할 나위 없이 신체 전체, 즉 캐서린을 가리키는 제유적 표현이다.

헤밍웨이가 『무기여 잘 있어라』를 쓰면서 가장 고심한 부분이 캐서린 바클리가 분만 중 사망하는 장면이다. 마지막 교정쇄를 뉴욕의 찰스 스크리브너 출판사로 보내기 전까지 그는 이 장면을 무려 열일곱 번에 걸쳐 고쳐 썼다. 캐서린을 살리려다가 죽이고, 죽였다가 다시 살리는 과정을 수없이 거듭하다가 결국 출혈이 멈추지 않아 그녀가 죽는 것으로 결론지었다. 앞에서 이미 언급했듯이 헤밍웨이는 삶이란 "오직 한 가지 결말로밖에는 끝날 수 없다는 사실"을 잘 알고 있었기 때문이다. 이 무렵 그의 아버지가 시카고 근교에서 권총으로 자살했다는 사실도 그가 캐서린을 사망하게 만드는 데 한몫했다.

5

어니스트 헤밍웨이를 두고 "스물다섯 살에 유명해졌으며 서른 살에 대가가 되었다."라고 노래한 아치볼드 매클리시는 같은 시에서 "4월의 도시 한 거리에 있는 목수의 다락방에서/ 그는 호두나무 막대기에서 자기 시대를 위해 문체를 깎았다." 라고 노래하기도 했다. "4월의 도시"란 프랑스의 파리를 말하며 "거리에 있는 목수의 다락방"이란 헤밍웨이가 갓 결혼한 아내 해들리와 함께 지내던 초라한 아파트를 가리킨다. 바로 이 다락방 같은 아파트에서 헤밍웨이는 단단하기로 이름난 호두나무를 깎듯이 영어 문장을 갈고닦았다.

헤밍웨이는 『무기여 잘 있어라』에서 시인이 무색할 만큼 온갖 이미지와 상징 같은 시적 장치를 즐겨 사용한다. 그를 단순히 사실주의자나 자연주의자로 간주할 수 없는 까닭이 바로 여기에 있다. 물론 사실주의 전통에 서 있으면서도 그는 이미지즘이나 상징주의에서 자양분을 섭취했다. 그러므로 헤밍웨이를 이미지즘적 사실주의자나 상징적 사실주의자로 보아도 크게 틀리지 않을 것 같다. 언어를 최대한 질약해 경제적으로 사용한다는 점도 그러하고, 감정을 헤프게 늘어놓지 않고 모더니즘의 대부 T. S. 엘리엇이 말하는 '객관적 상관물'을 빌려 표현한다는 점도 그러하다.

이러한 객관적 상관물 중에서도 들판과 산, 비와 눈, 비(非) 가정과 가정의 대조는 더할 나위 없이 좋은 예가 된다. 이 작품에서 들판, 비, 비가정은 부패와 질병 그리고 죽음과 깊이 관련되어 있다. 들판에서는 늘 전투가 벌어지고 병사들이 부상당하고 죽는가 하면, 끔찍한 일이 일어날 때면 거의 언제나 비가 내린다. 또 들판은 가정과 멀리 떨어져 있는 남성들만의 세계이다. 한편 산, 눈, 가정은 평화와 안녕과 행복을 상징한다. 들판과 대조되는 산은 군종신부의 고향 아브루치 마을처럼 "날씨는 춥지만 하늘이 청명하고 아주 건조"한 곳이다. 눈은 비와는 여러모로 뚜렷이 대조되는 상징이다. 아브루치 마을은 "길이 꽁꽁 얼어붙어 무쇠처럼 단단한 곳, 날씨가 청명하고 춥고 건조한 곳, 눈조차 바삭바삭해서 가루처럼 흩날리는 곳"으로 이곳에서는 군종신부의 말대로 거룩한 신이 조롱받지 않는다. 뒷날 헤밍웨이는 「킬리만자로의 눈」(1936)에서도 눈을 불멸과 영생의 상징으로 사용한다. 눈이 쌓인 산 속의 농가에서 프레더릭과 캐서린은 몇 달 동안이나마 목가적인 삶을 살아간다. 비록 아직 법적으로 결혼하지는 않았지만 여느 부부 못지않게 행복한 가정생활을 꾸려 간다. 그러나 이러한 목가적 삶은 연극의 막간에 해당할 뿐 그들의 비극은 점차 종말을 향하여 치닫는다.

『무기여 잘 있어라』는 말할 것도 없고 헤밍웨이의 모든 작품 중에서도 맨 마지막 장면은 가장 기억에 남을 만하다. 프레더릭 헨리는 캐서린이 사망하고 난 뒤 병실에 있는 두 간호사를 모두 내보낸 채 혼자서 그녀와 함께 있고 싶어 한다. 이 장면에서 헤밍웨이는 "그러니 간호사들을 내보내고 문을 닫고 전등을 꺼도 소용이 없었다. 마치 조상(彫像)에게 마지막 작별 인사를 하는 것 같았다. 잠시 뒤 나는 병실 밖으로 나와 병원을 뒤로 한 채 비를 맞으며 호텔을 향해 발걸음을 옮겼다."로 끝맺는다. 마지막 장면에서 헤밍웨이는 이 작품 전체에서 일관되게 사용해 온 이미지와 상징을 하나로 수렴하고 있다. 프레더릭과 캐서린이 목가적 생활을 하던 곳이 몽트뢰의 산속이라면 캐서린이 사망하는 병원이 있는 곳은 평지에 위치한 로잔이다. 구팅겐 부부의 농가에는 눈이 내린다면 이곳 로잔에서는 주룩주룩 비가 내린다. 주인공은 잠시 뒤 병실 밖으로 나와 비를 맞으며 호텔을 향해 발걸음을 옮긴다. 또한 이 병원은 그들이 행복한 생활을 누리던 가정집과는 거리가 먼 병원이다. 그가 지금 발걸음을 옮기고 있는 호텔도 가정집이 아니기는 마찬가지이다. 헤밍웨이는 프레더릭이 싸늘한 시체로 변한 캐서린에게 마지막 작별인사를 하는 것을 마치 조각품에게 작별 인사를 하는 것에 빗댄다.

또한 이 작품은 르네상스 시대의 비극이 흔히 그러하듯 모두 다섯 부분으로 구성되어 있다. 그런데 다섯 부분의 결말이 거의 같은 이미지로 끝나는 것이 무척 흥미롭다. 1부에서 4부에 이르는 처음 네 부는 하나같이 주인공이 한 장소에서 다른 장소로 부지런히 이동하는 것으로 끝을 맺는다. 그러다가 마지막 5부에 이르러 모든 것이 갑자기 정지된다. 캐서린에게 마지막 이별을 고하는 것은 곧 싸늘한 대리석 조각품에 작별 인사를 하는 것과 같다. 윌리엄 포크너는 언젠가 "삶이란 움직임이다."라고 말한 적이 있다. 이 말을 뒤집어 보면 움직이지 않는 것은 곧 죽음이 된다. 아마 대리석 조각만큼 완전히 정지된 상태를 보여 주는 것도 드물 것이다.

그러나 프레더릭은 캐서린에게 이별을 고하고 난 뒤 다시 병원을 뒤로 한 채 빗속에서 호텔을 향해 걸어간다. 정지 상태에서 다시 동작 상태로 옮기는 것이다. 마치 동영상 화면을 잠시 중단했다가 다시 작동시키듯 말이다. 캐서린은 '생리적 덫'에 걸려 죽음을 맞이했지만 프레더릭은 언제나 조각품 같은 캐서린의 시체와 함께 머물 수만은 없다. 삶의 의미를 깊이 깨달은 그는 이제 삶을 충실히 살 준비가 되어 있다. 그리고 삶이라는 또 다른 전쟁터를 향해 지금 묵묵히 걸어가고 있는 것이다.

이 작품의 제목은 우리나라에서 그동안 '무기여 안녕' 또는 '무기여 잘 있거라'로 번역되어 왔다. 그러나 전자의 경우 '안녕'이라는 표현을 작별 인사가 아닌 처음 만났을 때 하는 인사말로 오해하기 쉽다. 한편 후자의 경우, 현행 맞춤법상 '-거라'라는 어미가 '가다'나 '가다'로 끝나는 동사 어간에만 붙기 때문에 '있거라'는 잘못된 표기이다. 그래서 이 번역본에서는 국립국어원이 정한 현행 맞춤법에 맞게 제목을 '무기여 잘 있어라'로 표기했다.

2011년 12월
김욱동

작가 연보

1899년 7월 21일 미국 일리노이 주의 오크파크에서 의사인 아버지 클래런스 헤밍웨이와 음악 교사 그레이스 헤밍웨이의 여섯 자녀 중 둘째로 출생.

1913년 오크파크 고등학교(후에 오크파크 및 리버포리스트 고등학교로 개명) 입학. 재학 시절 저널리스트와 작가로서 재능을 보임.

1917년 고등학교 졸업. 10월 대학 입학을 포기하고 《캔자스시티 스타》 신문사의 수습기자로 취직. 이때 특유의 '하드보일드(강건체)' 문체를 익히기 시작.

1918년 4월 신문기자를 그만두고 제1차 세계대전에 참전하기 위해 미 육군에 자원하지만 권투 연습 중 다친 시력 때문에 입대가 거부됨. 5월 23일 미 적십자 부대의 앰뷸런스 운전사로 지원해 이탈리아 전선에 투입됨. 7월 8일 이탈리아 북부 포살타 디 피아베에서 박격포 포탄 및 중기관총 사격을 당해 두 다리에 중상을 입음. 이탈리아 정부로부터 무공훈장을 받음. 밀라노 육군병원에서 치료를 받던 중 여섯 살 연상인 미국 간호장교 애그니스 본 쿠로스키와 사랑에 빠짐.

1919년   제1차 세계대전 휴전 후 미국에 돌아오지만 나이가 어리다는 이유로 애그니스 본 쿠로스키로부터 결혼을 거절당함.

1920년   어린 시절부터 계속된 어머니와의 불화로 집을 나감. 캐나다의 온타리오 주 토론토로 이주해《토론토 스타》지의 기자로 일함. 이해 말 시카고로 돌아와 주식 투자 잡지사에서 편집인으로 잠시 일함. 이 무렵 소설가 셔우드 앤더슨과 친교를 맺기 시작.

1921년   9월 3일 해들리 리처드슨과 결혼. 11월《토론토 스타》및《스타 위클리》의 기자 겸 해외 특파원 자격으로 파리에 감. 이때 셔우드 앤더슨이 파리에 거주하는 미국 작가 거트루드 스타인에게 추천서를 써 줌. 파리에 머물면서 '국외 추방 작가'들과 교류하며 문학 수업을 받음.

1922년   《토론토 스타》특파원 자격으로 그리스-터키 전쟁을 취재하기 위해 오늘날의 터키 이스미르에 해당하는 스미르나를 여행함. 파리에서 에즈라 파운드와 거트루드 스타인에게서 소설 작법을 배움.

12월 해들리가 파리의 리옹 역에서 헤밍웨이의 미발표 원고 전부를 분실.

1923년 임신 중인 아내 해들리와 함께 스페인의 팜플로나로 투우 구경을 감. 10월, 첫아들 존 해들리(범비) 출생. 그 때문에 잠시 토론토를 방문. 7월『세 편의 단편과 열 편의 시(Three Stories and Ten Poems)』를 한정판으로 파리에서 출간.

1924년 포드 매덕스 포드를 도와《트랜스아틀랜틱 리뷰》지를 편집함. 1월 단편 소품집『우리 시대에(in our time)』를 파리에서 출간. 아내와 존 더스패서스 등과 함께 스페인의 팜플로나를 두 번째로 여행.

1925년 7월 아내와 어린 시절의 친구 빌 스미스 등과 함께 스페인의 팜플로나를 세 번째로 여행. 4월 파리의 '딩고 바'에서 세 살 위인 F. 스콧 피츠제럴드를 만나 교류하게 됨. 10월 자전적인 인물인 닉 애덤스를 주인공으로 하는 일련의 단편소설이 수록된『우리 시대에(In Our Time)』를 미국의 보니 앤드 라이브라이트 출판사에서 출간. 오스트리아 슈룬스에서 겨울을 보냄.

1926년 스콧 피츠제럴드의 소개로 미국의 유수 출판사 찰스 스크리브너와 편집자 맥스웰 퍼킨스를 알게됨. 5월 셔우드 앤더슨을 패러디한 중편소설『봄의 계류(The Torrents of Spring)』를 찰스 스크리브너에서 출간. 그 후 헤밍웨이의 모든 작품은 이 출판사에서 출간됨. 6월 아내 해들리와 두 번째 아내가 될 폴린 파이퍼와 함께 스페인의 팜플로나를 여행. 10월 『태양은 다시 떠오른다(The Sun Also Rises)』를 출간.

1927년   4월 해들리와 이혼하고 한 달 뒤 파리 《보그》지에서 근무하던 부유한 패션 작가 폴린 파이퍼와 재혼. 10월 단편집 『여자 없는 남자(Men Without Women)』를 출간.

1928년   프랑스 파리를 떠나 미국 플로리다 주 키웨스트로 이주. 1950년대까지 이곳에서 살면서 주요 작품을 집필. 6월 둘째 아들 패트릭 출생. 12월 아버지가 권총으로 자살.

1929년   9월 『무기여 잘 있어라(A Farewell to Arms)』를 출간. 상업적으로 성공한 첫 작품으로 출간 4개월 만에 8만 부가 판매됨.

1931년   11월 셋째 아들 그레고리 핸콕 출생.

1932년   9월 투우에 관한 논픽션 『오후의 죽음(Death in the Afternoon)』을 출간.

1933년   10월 단편집 『승자에게는 아무것도 주지 마라(Winner Take Nothing)』를 출간. 아프리카 케냐로 10주에 걸친 사파리 사냥을 감.

1935년   10월 아프리카 사파리를 다룬 논픽션 『아프리카의 푸른 언덕(Green Hills of Africa)』을 출간.

1937년   북아메리카신문연맹(NANA)의 통신 특파원 자격으로 스페인 내전을 취재. 이때 공화정부파를 지원해 저술과 강연 등을 통해서 모금 활동을 함. 10월 『유산자와 무산자(To Have and Have Not)』를 출간.

1938년 6월 선전 영화 대본인 『스페인의 땅(The Spanish Earth)』을 출간. 10월 『제5열 및 최초의 49단편 (The Fifth Column and the First Forth-Nine Stories)』을 출간. 「제5열」은 헤밍웨이의 유일한 희곡 작품.

1939년 11월 폴린 파이퍼와 별거하고 쿠바 아바나 교외에 저택을 구입해 '전망 좋은 농장'이라는 뜻의 '핑카 비히아'로 명명하고 그곳으로 이주.

1940년 11월 작가이자 신문기자인 마사 겔혼과 세 번째로 결혼. 6월 희곡 작품 『제5열』을 단행본으로 출간. 10월 『누구를 위하여 종은 울리나(For Whom the Bell Tolls)』를 출간.

1942년 제2차 세계대전 중 미 해군에 자원해 자신의 보트 '필라'호로 쿠바 해안에서 독일 잠수함을 수색하지만 한 척도 발견하지 못함. 10월 전쟁 이야기를 모은 『싸우는 사람들(Men at War)』을 편집하고 서문을 씀.

1943년 신문 및 잡지 특파원으로 유럽 전쟁 취재 시작.

1944년 《콜리어》지의 전쟁 특파원으로 연합군의 노르망디 상륙작전과 독일 진격 등을 취재하고 파리 입성에도 참가. 런던에서 신문기자이자 특파원인 메리 웰시를 만나 사귀기 시작.

1946년   3월 메리 웰시와 네 번째로 결혼한 뒤 쿠바와 미국 아이다호 주 케첨에서 살기 시작.

1947년   제2차 세계대전 중 독일 잠수함 수색에 공헌한 점을 인정받아 미국 정부로부터 훈장을 받음.

1950년   9월 『강을 건너 숲속으로(Across the River and Into the Trees)』를 출간.

1951년   6월 어머니 사망.

1952년   9월 『노인과 바다(The Old Man and the Sea)』를 《라이프》지에 발표한 후 단행본으로 출간.

1953년   『노인과 바다』로 퓰리처상 소설 부문 수상. 메리 웰시와 함께 동아프리카로 두 번째 사파리 사냥 여행을 떠남.

1954년   1월 아프리카에서 연이은 두 번의 비행기 사고와 들불로 중상을 입음. 한때 헤밍웨이가 사망했다는 풍문이 전 세계에 퍼짐. 12월 미국 작가로서는 다섯 번째로 노벨 문학상 수상.

1959년   스페인을 방문해 투우 관람. 이 무렵 건강이 계속 악화됨.

1960년   샌프란시스코에서 『시 선집(Collected Poems)』이 작가의 허가 없이 출간됨.

1961년   쿠바를 영원히 떠남. 그동안 헤밍웨이와 친교를 맺어 온 피델 카스트로가 권좌에 오름. '핑카 비히아'를 정부에서 소유하다 뒷날 헤밍웨이 박물관

으로 개조. 우울증, 알코올중독증, 기타 질병에 시
달리다 7월 2일 캐첨의 자택에서 엽총으로 자살.
가톨릭 의식으로 장례식을 치른 뒤 아이다호 주
선밸리에 묻힘.

1964년   유작『움직이는 축제일(A Moveable Feast)』이 출간됨.

1970년   유작『해류 속의 섬들(Islands in the Stream)』이 출
간됨.

1972년   유작『닉 애덤스 이야기(The Nick Adams Stories)』
가 출간됨.

1977년   유작『88편의 시(88 Poems)』가 출간됨.

1985년   유작『위험한 여름(The Dangerous Summer)』이 출
간됨.

1986년   유작『에덴동산(The Garden of Eden)』이 출간됨.

1987년   『어니스트 헤밍웨이 단편전집(The Complete Short
Stories of Ernest Hemingway)』이 출간됨.

1999년   허구적 자서전『여명의 진실(True at First Light)』
을 아들 패트릭이 편집해서 출간함.

세계문학전집 **279**

무기여 잘 있어라

1판 1쇄 펴냄 2012년 1월 2일
1판 25쇄 펴냄 2024년 1월 12일

지은이 어니스트 헤밍웨이
옮긴이 김욱동
발행인 박근섭, 박상준
펴낸곳 (주)민음사

출판등록 1966. 5. 19. (제 16-490호)
서울특별시 강남구 도산대로1길 62(신사동) 강남출판문화센터 5층 (우편번호 06027)
대표전화 02-515-2000 팩시밀리 02-515-2007
www.minumsa.com

© 김욱동, 2012. Printed in Seoul, Korea

ISBN 978-89-374-6279-5 04800
ISBN 978-89-374-6000-5 (세트)

세계문학전집 목록

세계문학전집은 계속 간행됩니다.